新定杜工部草堂詩箋斠証

二

〔唐〕杜甫　著
〔宋〕魯訔　編次
〔宋〕蔡夢弼　會箋
曾祥波　新定斠證

上海古籍出版社

新定杜工部草堂詩箋斠證卷第十

至德二載夏自賊中達行在所授拾遺後所作

喜達行在所三首

○至德二載，禄山死。二月，肅宗赴靈武，旋鳳翔。闕（一）右節度郭英乂戰武功，賊退。公西走鳳翔。元稹誌公墓曰：步謁肅宗行在，拜左拾遺。按，公集有曰「麻鞋見天子」，謂此時也。○【九家集注杜詩引作「王洙曰」。又，杜陵詩史、分門集注、補注杜詩引作「王彦輔曰」。】行在，乃天子行幸之所在也。

西憶岐陽信，○【趙次公曰】岐陽，乃鳳翔也。○【鄭曰：「十道志：岐陽，漢扶風杜陽之地。」】後漢志：右扶風美陽有岐山。無人遂却迴。眼穿當落日，心死著寒灰。○著，陟略切，置也。肅宗駐蹕鳳翔。○【趙次公曰】甫陷賊中，憶帝引領西望，無人從帝所來，不得消息，是以眼穿心死也。○【王洙曰】

莊子齊物篇：心如死灰。霧樹行相引，○【王洙曰】霧，一作茂。○或又作幾。○【師古曰】甫冒霧而奔行在也。蓮峰望忽開。○蓮，一作連。○【王洙曰：「或，一作忽。」】忽，一作或。○疑蓮峰乃華山也。華山記：山頂有池，生千葉蓮花，服之羽化，因曰華山。韓退之有詩云「太華峰頭玉井蓮」是也。○【趙次公曰】或謂「蓮峰」當作「連山」爲是。公豈有却過長安之東，經同、華州之境而來乎？○【趙次公曰。又，杜陵詩史、分門集注作「魯曰」。】鮑照詩：連山眇雲霧。所親驚老瘦，辛苦賊中來。○【王洙曰】以其奔走憔悴，故素所親愛者驚問其老而且瘦也。

【校記】

〔一〕關，元本無，古逸叢書本作「隴」。

愁思胡笳夕，○笳，君牙反。○【沈曰】胡人捲蘆葉而吹，曰胡笳。○【趙次公曰：「胡笳，胡人所吹。則賊兵胡人也。」】謂陷於賊，夜聽其聲而愁也。凄凉漢苑春。○【九家集注杜詩依例爲「王洙曰」。又，杜陵詩史、分門集注、補注杜詩引作「趙次公曰」。】凡養鳥獸，通名爲苑。○【趙次公曰：「言漢苑春，則追思其在賊中凄凉之時也。」】追思苑中景物，經兵火而荒凉也。生還今日事，○【王洙曰】後漢班超妹昭上書請超曰：超餘年一得生還，復見開〔一〕庭。間道暫時人。○間，讀去聲，隙也。○【王洙曰】言伺間隙之道而行。○【師古曰】不敢保其性命也。○【王洙曰】班超傳：從間道到疏勒。

司隸章初覩，○【黃曰】指肅宗中興也。○【王洙曰】後漢光武紀：更始將北都洛陽，以光武行司隸校尉，使前修整官府，於是置僚屬，作文移，一如舊章。時三輔吏事〔二〕東迎更始，見諸將過，皆冠幘而服婦人衣，諸于繡𧝂，莫不笑之，或有畏而走者。及見司隸僚屬，皆歡喜不自勝，老吏或垂泣曰：「不圖今日復見漢官威儀。」由是識者皆屬心焉，爭持牛酒迎勞。○【杜田補遺】謝玄暉詩：還覩司隸章。○【趙次公曰】又，庾信哀江南賦：反舊章於司隸。南陽氣已新。○【王洙曰】光武紀：望氣者蘇伯阿爲王莽使，至南陽，遥望見春陵郭，唶曰：「氣佳哉！鬱鬱葱葱然。」喜心翻倒極，嗚咽淚沾巾。○【師古曰】樂極則哀繼之，此詩人抑揚之意也。

【校記】

〔一〕開，古逸叢書本作「闕」。九家集注杜詩、杜陵詩史、分門集注、補注杜詩、集千家注批點杜工部詩集皆然。

〔二〕事，古逸叢書本作「士」。

死去憑誰報，歸來始自憐。○【王洙曰】楚辭：私自憐兮何極。猶瞻太白雪，○【趙次公曰：「于太白言雪，則太白之雪冬夏不消。必曰武功天者，古語有之：『武功、太白，去天三百。』言最高處也，亦以寓親近行在之意乎？」】地理志：鳳翔郿縣有太白山，在鳳翔南。水經注：太白山南連武功山，夏宿雪其上，曰太白。三秦記：太白山在武功縣南，去長安三百里，俗云：「武功、太白，去天三百。」○【杜田補遺。又，杜陵詩史、分門集注引作「沈曰」。】録異記：金星之精墜於終南圭峰之西，因號爲太白，其精化爲白石，狀如美玉，常有紫雲覆之。喜遇武功天。○【趙次公曰：「太白山在郿縣，郿則鳳翔之屬縣也。武功在唐不屬鳳翔，但近耳。公詩兩句所以顯行歸行在也。」】武功縣在唐不屬鳳翔，但近鳳翔爾。公詩所以顯言歸行在也。影静千官裏，心蘇七校前。○【王洙曰】公入朝，鮮當途之交，故言影静。心蘇，謂憂釋而心清也。前漢刑法志：京師有南北軍之屯，武帝内增七校。注：中壘、屯騎、步兵、越騎、長水、胡騎、射身、虎賁，凡八校尉。胡騎不常置，故止言七也。今朝漢社稷，新數中興年。○【鄭卬曰】中，竹仲切。○【王洙曰】凡王室中否而再興，謂之中興。

述懷

○【王洙曰：「新玄宗紀：天寶十五年，安禄山僭號於東京，賊將安慶緒犯潼關，哥舒翰軍敗退，翰至潼關，爲其帳下火拔歸仁以左右數十騎執之降賊，關門不守。京師駭，河東、華陰、上洛等皆委城而走，上乃謀幸蜀也。按新唐書：天子幸蜀，甫走避三川。肅宗立，自鄜州羸服奔行在，爲賊所得。至德元年，亡走謁帝鳳翔，授右拾遺。按新書言甫至德二年亡走鳳翔，而舊史以爲甫謁帝彭原郡。至德，肅宗年號也。」】天寶十五載，安禄山僭號於東京，哥舒翰以兵守潼關，爲賊所破，京師震恐，玄宗遂西幸。甫是時挈家居三川，有三川觀水漲詩，三川屬鄜州。自後轉陷賊中。肅宗以天寶十五年七月即位靈武，改元，號爲至德元載。

至德二載〔一〕，甫自賊中竄歸鳳翔，上謁肅宗。肅宗授以左拾遺。○有詔許至三川迎家眷。此詩乃竄歸後序述其由也。

去年潼關破，○【鄭卬曰】潼，徒紅反，水名。○去年，即至德元載〔二〕也。唐地理志：潼關在華州之華陰縣，即古桃林之塞也。本名衝關，河自龍門南流，衝激華山，因以爲名。妻子隔絶久。○時甫妻子久寓三川。今夏草木長，○【王洙曰】陶潛讀山海經詩：孟夏草木長。脱身得西走。○今夏，即至德二載〔三〕。當夏時，草木既長，甫得以竄還草木之中，而西走鳳翔也。麻鞋見天子，○【趙次公曰】亥轂子：夏、商以草爲屩，周以麻爲之，謂之麻鞋，貴賤通著也。衣袖露兩肘。○【王洙曰】公言奔走流離，迫於窘困，至以麻鞋謁見天子，而袖露兩肘，以見其衣籃縷也。莊子：原憲提衿而肘見。朝廷慜生還，親故傷老醜。○阮籍詩：朝爲美少年，夕暮成老醜。涕淚受拾遺，流離主恩厚。○天子憫其生還，授以左拾遺，復詔恤其妻子流離，許至鄜州迎家眷。人主之恩，轉見寬厚也。柴門雖得去，○柴門，指妻子所居三川者是也。未忍即開口。○【趙次公曰：「後有詔許至鄜州迎家，不欲遽違天顔也。」】甫既得去省家，未忍便開口辭天顔，此君臣之義然也。寄書問三川，不知家在否。比聞同罹禍，殺戮到雞狗。○甫且寄書以詢問三川消息，乃知舉家同被殺戮，雖雞犬亦無遺也。山中漏茅屋，○此謂羌村之所居也。誰復依户牖。摧頽蒼松根，地冷骨未朽。

幾人全性命，盡室豈相偶。○【趙次公曰：「他人少有全性命者，而吾之室家豈保其相偶聚乎？」】甫復自料必有得全其性命者，雖盡室獲保全，其生亦無得相偶聚，必至於東西散徙也。嶔岑猛虎場，○【鄭卬曰：「上去今切，下鋤針切。」】嶔，去金切。岑，魚音切。或作岑，鋤簪切。○張衡思玄賦：慕歷陵之嶔岑。注：嶔岑，山貌。○【王洙曰】陸機詩：飢食猛虎窟。鬱結回我首。○猛虎場，指賊徒之所在，謂其搏噬人有如虎也，是以不敢遽進，但自回首而心鬱結也。自寄一封書，今已十月後。○【趙次公曰】趙子櫟曰：十月後，非冬之十月也。何以明之？公往問家屋乃在閏八月初吉耳，此詩在閏八月之前所作也。反畏消息來，寸心亦何有。○蓋未得其消息，存没猶持兩端，恐既得消息，如前所云寸心泯滅，果何有邪！漢運初中興，○【王洙曰】中，竹仲反。○以光武比肅宗也。平生老耽酒。○一作生平。躭與耽同，丁含切。耽，樂也。○【王洙曰】漢霍光傳：昌邑夜飲，湛沔於酒。顔師古曰：湛，讀曰沉，又讀曰躭。沔，荒迷酒也。曹植賦：躭於觴酌，流情縱佚。沈思歡會處，恐作窮獨叟。○獨，一作途。甫平生杯酒間，與妻子歡會，亦可以遣適窮愁。今愁妻子罹禍，老年窮獨，無所依歸，良可歎也！○【師古曰】孟子：老而無子曰獨。

【校記】

〔一〕載，元本、古逸叢書本作「年」。

〔二〕載，元本、古逸叢書本作「年」。

〔三〕載，元本、古逸叢書本作「年」。

彭衙行

○【趙次公曰。又，門類增廣十注杜詩依例爲「王洙曰」，杜陵詩史、分門集注、補注杜詩引作「王彥輔曰」。又，集千家注批點杜工部詩集引作「蔡夢弼曰」，誤。】左氏文公二年傳：晉〔一〕侯及秦師戰于彭衙。杜預注：馮翊郡郃陽縣西北有彭衙城。○按，唐之地理：同州白水縣州西北一百二十里有漢彭衙故城，在東北。

憶昔避賊初，北走經險艱。夜深彭衙道，○道，一作門。月照白水山。○【趙次公曰】郃陽縣與白水縣正相接，皆屬同州。○天寶十五載七月，甫避賊於馮翊，有白水高齋詩是也。盡室久徒步，逢人多厚顏。○言貧困不能自振，思以辱及妻子，故爲之羞也。○【王洙曰】書五子之歌：顏厚有忸怩。參差谷鳥吟，○【王洙曰】吟，一作鳴。不見遊子還。○【師古曰】公以前年秋避賊，次年春谷鶯鳴，尚不得還，故有是句。癡女飢咬我，啼畏虎狼聞。○虎狼，陳作「猛虎」。○【王洙曰。又，杜陵詩史引作「蘇曰」。】虎狼，喻盜賊也。懷中掩其口，反側聲愈嗔。小兒强解事，○【鄭卬曰】强，其兩切。故索苦李餐。○餐，千〔二〕安切。說文：吞也。方避寇之際，匿聲隱迹，惟恐盜賊知之，奈何飢兒啼聲愈厲，故以苦李誘啗之，而小兒亦强會事，是以不爲賊所蹤跡矣。

一旬半當〔三〕雨，泥濘相攀牽。○【鄭卬曰】濘，乃定切。既無禦濕備，○【王洙曰：「禦雨，」一云禦濕。」】濕，一作雨。徑滑衣又寒。有時經契闊，○【王洙曰】經，一作最。詩擊鼓：死生契闊。毛萇傳：契闊，勤苦也。竟日數里間。野果充餱糧，○【王洙曰】詩公劉：廼裹餱糧。卑枝成屋椽。○言宿於樹下也。早行石上水，暮宿天邊煙。少留同家窪，○【鄭卬曰】窪，烏瓜切。○同，或作周，即同州同谷是也。欲出蘆子關。○謂將並遊烏延塞上也。唐地理志：蘆子關在延州延昌縣北。故人有孫宰，高義薄曾雲。○曾與層同。○【王洙曰】陸士衡詩：高義薄雲天。延客已曛黑，○【王洙曰】謝靈運詩：夜聽極星闌，朝遊窮曛黑。張燈啓重門。煖湯濯我足，翦紙招我魂。○【王洙曰：「宋玉爲屈原招魂。」】昔屈原被讒於楚，懷沙自沉，宋玉爲之作招魂。○甫意若曰：盜賊充斥，身涉艱苦，魂魄爲之沮喪，故孫宰翦紙爲旐，以招其魂也。楚辭有招魂篇。從此出妻孥，相視涕闌干。○【趙次公曰】闌干，淚不斷貌。衆雛爛熳睡，○【師古曰：「衆雛，指甫諸子昆兄也。」】衆雛，公指以喻諸子幼小也。○【趙次公曰】爛熳，謂睡之熟也。○鸚鵡賦：匪餘年之足惜，憫衆雛之無知。喚起霑盤飧。○飧，音孫。説文：餔也。○【王彦輔曰。又，門類增廣十注杜詩引作「新添」。】【左氏僖公二十三年傳：重耳過曹，僖負羈饋盤飧，寘璧。誓將與夫子，○夫子，指孫宰也。永結爲弟昆。遂空所坐堂，安居奉我歡。誰肯艱難際，豁達露心肝。○當艱難之際，能披心肝，以氣義相待者寔難。○【師古曰】其人惟孫宰尚義，以所坐之堂而館我，况復以盤飧禮之加恤，故甫誓與之爲弟兄，示其親愛之誠不相忘也。別來歲月周，胡羯仍構患。○【鄭卬曰】患，協胡官切，害也。○【趙次公曰：「胡羯之患，蓋指言安慶緒。蓋安慶緒於正月弑父而襲僞位也。」】胡羯，指安、史也。何當有翅翎，飛去墮爾前。○【趙次公曰：「公既陷賊而脱身達行在，故寄此詩感其恩、懷其人矣。」】自是執別已經期年，盜賊尚未平，恨無羽翼可到同谷，與孫宰款會，此渴仰之辭也。

【校記】

〔一〕晉，元本作「皆」。

〔二〕千，古逸叢書本作「于」。

〔三〕當，元本、古逸叢書本作「雷」。

塞蘆子

○【鮑彪曰】唐地理志：延州延昌縣北有蘆子關。○又地志：蘆子關在烏延南，如此則延昌縣北爲烏延塞上。

五城何迢迢，迢迢隔河水。○【陳孔璋飲馬長城窟行：長城何連連，連連三十里。邊兵盡東征，城内空荆杞。○五城，謂鄜、延、環、慶、耀五州。雖有河爲限，然史思明正割河北，高秀巖正西向，宜以五城爲念。○【王洙曰：「時官兵止知東討收復河洛，而不知蘆子之可塞。公懼有乘隙而起者，故有此作。」】時諸將之兵皆務東討收復河洛〔一〕，而不備其西以塞蘆子，徒恃河水迢迢爲限，而城中空虚，已生荆杞，此非所以固國者也。思明割懷衛，○【王洙曰】史思明，雜種胡人也。天寶十四載，隨安禄山反河陽，懷、衛二州盡陷於賊也。秀巖西未已。○【王洙曰】高秀巖，哥舒翰麾下將也，後爲史思明僞河東節度使。○將兵方西嚮未已，恐乘隙而西略矣。迴略大荒東，○【王洙曰】山海經：大荒之中有山，名曰大荒之山。日月所入，是謂大荒之野。崤函蓋虚爾。○【王洙曰】項羽贊引過秦論：秦孝公據崤、函之固。顔師古曰：殽謂殽山，今陝縣東二殽是也。函謂函谷，今桃林縣〔二〕南洪溜澗是也。延州秦北户，關防猶可倚。焉得一萬人，疾驅塞蘆子。岐有薛大夫，○【王洙曰】岐，一作頃。旁制山賊起。○延州乃秦地之北門，蘆子去州一百八十里，有門山。或云蘆子蓋兩山峙〔三〕立如門，其形若胡蘆也。甫意若曰：延州捍蔽秦之北，得萬人控塞蘆子，則思明、秀巖不能西略。又得薛大夫在岐州，旁制山賊，則吐蕃之兵必引遁而去矣。近聞昆戎徒，○昆戎即吐蕃也，與思明連結入寇，乘中國之亂也。爲退三百里。○扶風太守薛景山敗禄山之遊軍也。蘆關振兩寇，○振，一作扼。兩寇，謂思明、吐蕃也。深意實在此。誰敢叫帝閽，○敢，一作能。閽，陳作門。○【杜田補遺】張衡思玄賦：叫帝閽使闢扉。○【杜田補遺。又，分門集注引作「騰曰」。補注杜詩引作「王洙曰」。】揚雄甘泉賦：選巫咸兮叫帝閽。○閽，主門者也。胡行速如鬼。○帝閽，天子之門。胡兵疾速如鬼之行，不可測知，憑誰叫天子之門告於君上，庶不爲二寇之所乘隙也。

【校記】

〔一〕洛，元本、古逸叢書本作「北」。

〔二〕縣，元本、古逸叢書本作「謂」。

〔三〕峙，元本、古逸叢書本作「特」。

送長孫九侍御赴武威判官

○涼州，漢武威郡，故匈奴休屠王地。

按地理志：漢武太初四年，開匈奴，置河西五郡，張掖、酒泉、燉煌、武威、金城，通西域，斷匈奴右臂。前涼張軌、後涼吕光、北涼沮渠蒙遜並都之。隋志：舊置涼州。後周置總管府。大業初，府廢。在唐曰涼州安西郡。公此詩乃鳳翔所作。唐幕府下臺閣一等，其選甚高。方時中興，推擇皆自朝廷。

驄馬新鑿蹄，○【趙次公曰】。又，杜陵詩史、分門集注、補注杜詩、集千家注批點杜工部詩集引作「師古曰」。〔二〕以桓典比孫侍御也。後漢桓典拜侍御史，時宦官秉權，典執政無所迴避，常乘驄馬，京師畏懼，爲之語曰：「行行且止，避驄馬御史。」**銀鞍被來好。**○【王洙曰】徐敬業詩：汗馬躍銀鞍。**繡衣黄白郎，**○【王洙曰：「漢侍御史有繡衣直指，持斧捕盜。」】前漢御史大夫領繡衣直指，出討姦猾，理大獄。武帝所制，不常置。太初四年，遣直指使者暴勝之衣繡衣，杖斧，分部捕逐群盜。後漢譙玄傳：平帝元始四年，選明達政事、能班化風俗者八人，時並舉立〔一〕爲繡衣使者，持節分行天下，觀覽風俗。

騎向交河道。聞君適萬里，○【王洙曰：「漢侯應上書：車師前國王治交河城，河水分流繞城下，故號交河。唐安西去交河郡七百里。」】唐安西郡東至焉耆，去交河郡七百里，南隣北蕃，北拒突厥，河水分流遶城下，故號交河。○時吐蕃寇涼州，故帝以長孫爲武威判官，招集涼州餘民。故長孫騎向交河而爲萬里之行也。取別何草草。○不及款曲也。天子憂涼州，嚴程到須早。○謂期限促也。去秋群胡反，○【趙次公曰：「群胡反，指吐蕃也。前詩多以胡言安慶緒、史思明，今此接於涼州之下，則非言安、史也。」】指吐蕃部落也。不得無電掃。○謂當以兵威掃蕩之也。此行收遺甿，○收，陳作牧，謂復以柔道招撫之也。風俗還再造。族父領元戎，○【王洙曰：「元戎，元帥也。」】族父謂長孫叔父，爲元帥也。名聲國中老。○謂爲朝廷之耆舊也。奪我同官良，○同官，謂甫〔二〕爲拾遺。長孫爲侍御史，皆爲諫官。而長孫於同官之中其才尤爲良也。長孫既出爲判官，甫不獲與之同僚，豈非爲族父之所奪乎？飄飖按城堡。○城堡，即軍壘也。長孫本耆舊之良臣，今乃按察城堡，非所宜也。使我不能餐，令我惡懷抱。○惡，如字。甫恨其官非所〔三〕宜，故食不下咽，而懷抱爲之不佳也。若人才思闊，○【饒曰】若人，美孫侍御也。○論語：君子哉若人。溟漲漫絶島。○言孫才思闊大，如滄溟之泛漲，雖至高之絶島，亦爲之涵浸也。鐏前失詩流，○言無人唱和也。塞上得國寶。○【王洙曰】得，一作多。○言武威得其人也。李尋傳：士者，國之大寶。皇天悲送遠，雲雨白浩浩。○【趙次公曰：「言上天亦悲人之遠去，所以雲雨愁態，浩浩然白也。」】時送行遇雨，故甫托〔四〕言天意悲其送遠，始爲之下淚也。東郊尚烽火，○【趙次公曰：「東郊指言史思明。蓋東京雖復，而洛陽之東猶用兵也。」】指史思明之亂也。○漢書音義：邊方備胡寇，作高土〔五〕臺。臺上作桔槔，桔槔頭有兜零，以薪草置其中，常低之。有寇即然火舉之以相告，曰烽。又多積薪，寇至則燔之，望其煙，曰燧。晝則燔燧，夜則舉烽。唐六典：鎮戍烽候，所至大率相去三十里，其逼邊者築城以置之，其放煙有一炬、二炬、三炬、四炬，每日初夜舉一炬，謂之平安火。朝野色枯槁。○謂內外皆困悴也。西極柱亦傾，○【趙次公曰：「指言吐蕃侵廊、岷、霸等州，其勢方熾也。」】言吐蕃又寇廓、岷、霸等州，亦若天柱之折也。○集有詩云「群兵從西下，極目高崒兀。疑是崆〔六〕峒來，恐觸天柱折」是也。○【王洙曰：「列子湯問篇：折天柱。又云：常怒流於西極。」】列子湯問篇：昔女媧氏斷鼇足以立四極，其後共工氏與顓頊爭爲帝，怒而觸不周之山，折天柱，絕地維，故天傾西北。○爾雅釋地：西至于邠國，謂之西極。如何正穹昊。○故甫問策於長孫，不知如何以整頓天下也。

【校記】

〔一〕立，古逸叢書本作「玄」。

〔二〕甫，元本、古逸叢書本作「用」。

〔三〕所，元本作「辨」，古逸叢書本作「便」。

〔四〕托，元本、古逸叢書本作「此」。

〔五〕土，古逸叢書本作「士」。

〔六〕崆，元本、古逸叢書本作「空」。

送樊二十三侍御漢中判官

○地志：漢中，唐涼州安西都護府，築龜兹城，西臨疏勒，北距突厥。

威弧不能弦，○【王洙曰】易繫辭：弦木爲弧，剡木爲矢，弧矢之利，以威天下。自爾無寧歲。○【師古曰】玄宗開元初，天下富實，自謂四方無虞，偃然荒縱酒色，寵愛貴妃，禄山以胡種居高位，總兵從事夷狄，中國武備皆弛，是不能弦威弧也。禄山一旦乘隙而叛〔一〕，自此紛亂略無寧歲。○【王洙曰】國語：姜氏告於公子曰：「自子之行，晉無寧歲。」川谷血横流，○【王洙曰】揚子淵騫篇：川谷流人之血。豺狼沸相噬。○【黄曰】豺狼，喻盗賊也。天子從北來，長驅振凋弊。頓兵岐梁下，○【黄曰】天子，謂肅宗即位靈武。○【王洙曰：「肅宗理兵鳳翔。」】長驅北來，理兵岐、梁二州。○【唐曰】爲中興收〔二〕復之計。却跨沙漠裔。○【師古曰】指漢中郡，謂跨歷楚、漢諸州，皆整兵從帝東討也。○按唐志：興元府漢中郡，本梁州漢川郡。開元十三年，以涼、梁相近，更名褒州。天寶元年，改郡名。二京陷未收，四極我得制。○【歐陽曰】肅宗以太子稱尊號，雖兩京未復，偏據一方，而四方之極，皆爲總制，何命而不從乎〔三〕。○【杜田補遺】又，杜陵詩史、分門集注、補注杜詩引作「修可曰」。】爾雅釋地：東至於泰遠，西至於邠國，南至於濮鉛，北至于祝栗，謂之四極。蕭索漢水清，○【王洙曰】索，一作瑟。緬通淮湖税。○【趙次公曰】言漢中有水，可以遠通淮、蔡、荆、湖之賦税，足以供餽餉也。使者紛星散，○分使諸郡以撫綏安集之也。○【王洙曰】古詩：星使日夜馳。王綱尚旒綴。○【泰伯曰】言國危而欲絶也。○【王洙曰】詩商頌：爲下國綴旒。南伯從事賢，君行立談際。○【師古曰】漢中係荆湖南路伯長也。○【趙次公曰】南伯，乃南方諸侯之長，即漢中主將是也。從事，乃幕府内之屬官，指樊判官也。○【師古曰】今主將、判官相投俱賢，此行謀事有成功，只在立談之間，可收其效也。○【趙次公曰】或曰，南伯與從事俱賢，相投只在立談之間耳。坐知七曜曆，○坐，一作生。此美樊判官明天文也。○【杜田補遺。又，杜陵詩史、補注杜詩引作「修可曰」。】北史劉綽傳：綽字士元，專以著述爲務。九章算術、周髀、七曜曆書十餘部，推步量度，莫不覈其本根，窮其秘奥。手畫三軍勢。○此美樊判官善兵法也。○【杜田補遺。又，杜陵詩史、補注杜詩引作「杜定功曰」。】前漢張湯傳：長子千秋爲中郎將，將兵擊烏桓，還謁。大將軍霍光問千秋戰鬭〔四〕方略、山川形勢，千秋口〔五〕對兵事，畫地成圖，無所忘失。○【王洙曰】後漢馬援傳：援字文淵，光武西征隗囂，援於帝前開示衆軍所從道徑往來，分析曲折，昭然可曉。帝曰：「虜在吾目中矣。」冰雪浄聰明，雷霆走精鋭。幕府輟諫官，朝廷無此例。○此，黄〔六〕作比。至尊方旰食，○旰，古按切，晏也。○【王洙曰】左氏傳：任奢曰：「楚君大夫，其旰食乎？」仗爾布嘉惠。○侍御乃諫官，以諫官爲幕府之屬，本無此例，爲天子晚食，憂及〔七〕盜賊，欲仗樊侍御出使宣布嘉惠，不得不爾。補闕募徵人，柱史晨征憩。○樊、晁皆作「補闕入柱史」。補闕、柱史，皆諫官名。暮〔八〕召樊生入受命，明日侵晨便行，以王事之急故也。征憩，謂已行而少歇，與甫序別也。○【王洙曰：「老聃爲柱下吏。」】按劉向列〔九〕仙傳：李耳，字伯陽，陳人。生於殷時，爲周柱下史，好養精氣，轉爲守藏史，積八十餘年。○漢官儀：侍御史，周官，爲柱下史，冠法冠，一名柱後，以鐵爲柱，言其審固不撓。今子美詩以御史爲柱史。正當艱難時，實藉長久計。○【王洙曰】久，一作大。○前漢陸賈傳：賈説高帝曰：「文武並用，長久之術也。」回風吹獨樹，○言無伴也。白日照執袂。○言執別也。慟哭蒼煙根，山門萬里閉。○里，一作重。○【師古曰】甫既與樊生有萬里之別，從此消息閉絶，妻子間隔，朋友別離，是以慟哭于蒼煙之根也。居人莽牢落，○【師古曰】居人，甫自謂。牢落，辛苦貌。遊子方迢遰。○【鄭卬曰】遰音弟，去也，避也。○【師古曰】遊子，指樊生。迢遰，言遠行也。徘徊悲生離，○【王洙曰】屈原九歌：悲莫悲兮生別離。局促老一世。○【師古曰】甫自痛拘迫當今之世，謂所至亂離，竄匿林谷，而不獲騁也。○【薛夢符曰】前漢灌夫傳：上怒内史曰：「公平生數言武安長短，今日廷論，局促如轅下駒。」陶唐歌遺民，○【師古曰】謂唐繼堯之後，德祚長遠，未能遽絶也。○【王洙曰】左氏襄公二十九年傳：吳公子札來聘，請觀於周樂，爲之歌唐，曰：「思深哉！其有陶唐氏之遺民乎。不然，何憂之遠也？」後漢更列帝。○【王洙曰】列，一作別。○【師古曰】漢承文、武之餘澤，遭王莽篡奪，不失其天下。光武因民謳歌思漢，遂建中興之業。肅宗亦然也。恨無匡復姿，○【王洙曰】姿，一作資。聊欲從此逝。

○【師古曰】甫自恨當艱難，自無匡復之才以佐天子，但從此長往山林，因勉樊生當努力以贊中興也。

○【王洙曰】前漢紀：高帝曰：「吾亦從此逝矣。」

【校記】

〔一〕叛，元本、古逸叢書本作「反」。

〔二〕收，古逸叢書本作「恢」。

〔三〕乎，元本、古逸叢書本作「也」。

〔四〕戰鬬，元本、古逸叢書本作「鬬戰」。

〔五〕口，古逸叢書本作「日」。

〔六〕黄，古逸叢書本作「一」。

〔七〕憂及，元本、古逸叢書本作「及憂」。

〔八〕暮，古逸叢書本作「募」。

〔九〕列，元本、古逸叢書本作「别」。

送從弟亞赴安西判官

○【王洙曰】安西，一作河西。○唐志：安西大都督府。鮑欽止〔一〕詩譜：亞字次公，肅宗在靈武，上書論當世事，擢校書郎。至德二載，杜鴻漸節度河西，奏辟幕府，故詩云「令弟草中來，蒼然請論事，帝曰大布衣，藉卿佐元帥」。

南風作秋聲，○【師古曰】南風，生養萬物之風，今作秋聲，殺氣盛也。時祿山反，河北二十四郡皆陷于賊，安得陰陽調和乎？南風作秋聲，蓋有由也。**殺氣薄炎熾。**○月令：仲秋之月，殺氣浸盛，陽氣日衰。**盛夏鷹隼擊，**○【王洙曰：「月令：立秋之日，鷹隼乃擊。」】此皆紀失時也。鷹隼逢秋始擊搏，今盛夏之月而鷹隼擊，是亦宣王六月出師之比也。月令：季夏行冬令，則鷹隼蚤鷙。**時危異人至。**○漢公孫贊：異人並出。**令弟草中來，**○【趙次公曰】謝靈運酬從弟惠連詩：末路值令弟，開顏披心胸。**蒼然請論事。**○蒼，鮑作茫。**詔書引上殿，奮舌動天意。**○謂杜亞竄匿草中，來〔二〕謁肅宗，恐爲奸盜所獲。時亞蒼皇請論禦戎之事，有詔上殿，所言皆合天子之意也。**兵法五十家，**○謂杜亞明兵書也。○【王洙曰：「兵法，見前漢藝文志。」】漢藝文志：兵家者，蓋出於古司馬之職，王官之武備也。**爾腹爲篋笥。**○【王洙曰：「邊韶：『腹便便，五經笥。』」】邊韶字孝先，晝日假寐，弟子嘲曰：「邊孝先，腹便便，懶讀書，晝欲眠。」韶聞之，應曰：「邊爲姓，孝爲字，腹便便，五經笥。」

應對如轉丸，○言其捷也。○【王洙曰】前漢梅福書：昔高祖從諫若轉圜。疎通略文字。○言智謀博達，不泥古兵法也。經綸皆新語，○【王洙曰】易屯卦：君子以經綸。足以正神器。○【王洙曰】老子二十九章：天下神器，不可爲也。宗廟尚爲灰，○【王洙曰】謂九廟爲賊所焚也。君臣俱下淚。○【王洙曰】俱，一作皆。○肅宗君臣皆傷感而泣也。崆峒地無軸，○崆峒山在西，言西地爲之陷，乃吐蕃入寇也。地有三千六百軸。地無軸，如列子湯問篇所謂「地維絶」也。張華博物志：崑崙東北地轉下有八玄幽都，方二十餘萬里，地下有四柱，廣十萬里，地有三千六百軸，互相牽也。青海天軒輊。○青海在東，言山東危而不安，乃哥舒翰戰處也。○【王洙曰：「言天地未安也。」】天軒輊，喻天之低昂不安貌也。○【杜田補遺。杜陵詩史、分門集注引作「薛夢符曰」。】詩小雅：如輊如軒。後漢馬援上疏：夫居前不能令人輕，居後不能令人軒。西極最瘡痍，○言西極重遭吐蕃入寇也。淮南時則訓：西方之極，自崑崙絶流沙沈羽，西至三危之國，餘見前注。○【趙次公曰】前漢季布傳：瘡痍未息。連山暗烽燧。○【俯曰】張揖廣雅：烽燧，兜零籠也。餘見前注。帝曰大布衣，○【魯曰】左氏傳：衛文公大布衣。○鹽鐵論：古者庶〔三〕人老耋而後絲，其餘則麻枲而已，故命曰大布衣。藉卿佐元帥。○【王洙曰：「謂杜鴻漸。」】鮑欽止云：元帥謂杜鴻漸也。坐看清流沙，所以子奉使。歸當再前席，○言杜亞之使，能平西方之難，可以坐視其有效也。○【王洙曰】漢孝文帝前席賈生。適遠非歷試。○【王洙曰。杜陵詩史、分門集注引作「馬曰」。】舜典：歷試諸艱。須存武威郡，

○武威，即安西都護府也，餘前注。爲畫長久利。○昔文帝前席，聽賈生鬼神之對，舜歷試諸難〔四〕，今亞遠適安西，非是歷試諸難〔五〕，但天子憂及西方，是以遣之。歸來當處左右以膺前席之禮，然此須存武威，爲畫長久之利，無徒偷目前之近效也。孤峰石戴驛，○爾雅釋山：石戴土謂之崔嵬。快〔六〕馬金纏轡。黄羊飫不羶，○羶，式連切，羊臭也。説文：羳〔七〕，黄腹羊也。羳〔八〕，扶員切。蘆酒多還醉。○四句述行役勞苦所經之宿食也。大觀三年，都〔九〕隨使虜，嘗舉此詩以問虜使時立愛，立愛云：「黄羊野物，可以獵取，食之不羶。蘆酒麋穀醖成，可撥醅取不醉也，但力微，飲多即醉。二物皆北方所有。」信子美之言驗矣。蘆，蔡肇又作「虜」，引「虜酒千盃不醉人」爲證。今兩存之。踴躍常人情，慘澹苦士志。安邊敵何有，反正計始遂。○常人之情，當天子分遣之日，必踴躍以爲榮，而士志反刻苦以爲憂，其色慘憺者，何哉？蓋以王事靡盬爲憂故也。公羊傳：撥亂反正，莫近於春秋。吾聞駕鼓車，○【杜田補遺。杜陵詩史、分門集注、補注杜詩引作「修可曰」。】後漢循吏傳：光武建武十三年，異國有獻名馬者，日行千里。又進寶劍，價兼百金。詔以馬駕鼓車，劍賜騎士。不合用騏驥。龍吟迴其頭，夾輔待所致。○【黄曰】謂光武詔以名馬駕鼓車，不宜用騏驥，以喻杜亞懷大才，不宜出爲判官也。冀他日乘龍吟之會，回首出而夾輔唐室，寔有待於杜判官也。○【王洙曰：「左傳：夾輔周室。」】左氏傳僖公二十六年傳：昔周公、太〔一〇〕公股肱周室，夾輔成王。

【校記】

〔一〕止，古逸叢書本作「正」。

〔二〕來，元本、古逸叢書本作「求」。

〔三〕庶，元本、古逸叢書本作「衣」。

〔四〕難，古逸叢書本作「艱」。

〔五〕難，古逸叢書本作「艱」。

〔六〕快，元本、古逸叢書本作「怏」。

〔七〕羶，元本、古逸叢書本作「羶」。

〔八〕羶，元本、古逸叢書本作「璠」。

〔九〕都，古逸叢書本作「郭」。

〔一〇〕太，古逸叢書本作「大」。

送韋十六評事充同谷郡防禦判官

昔没賊中時，潛與子同遊。今歸行在所，王事有去留。○【九家集注杜詩、分門集注、補注杜詩引作「王洙曰」：「安禄山大亂，甫與韋宙同陷賊，後皆遁歸行在所。」又，杜陵詩史引「王彦輔曰」。】禄山亂，甫與韋同陷賊中，潛相來往。至德二載，竄歸鳳翔，上謁肅宗，授甫拾遺，以韋爲同谷郡判官，甫留而韋去故也。○【王洙曰】詩北山：王事靡盬。偪側兵馬聞〔一〕，○【鄭卬曰】：「偪，彼側切，迫也。亦作『逼』。」】偪與逼同，彼側切，迫也。主憂急良籌。○【王洙曰】史記范睢傳：主憂臣辱。子雖軀幹小，○小，一作少，非也。○【趙次公曰】晉載記：劉曜討陳安於隴城，安死。人謠曰：「隴城健兒有陳安，軀幹雖小腹中寬，愛養將士同心肝。」志氣横九州。○【王洙曰：「老，一作志。」】志，一作老。挺身艱難際，張目視寇讎。朝廷壯其節，奉詔令參謀。○參謀，即判官也。鑾輿駐鳳翔，○崔豹古今注：乘輿以黄，五輅衡上金雀者，朱鳥也，口銜鈴。鈴，謂鑾也。按，至德二載二月戊子，肅宗乘輿次於鳳翔。○【王洙曰】地理志：鳳翔府扶風郡，隋置鳳棲，尋改爲麟遊郡。同谷爲咽喉。○【王洙曰】同谷郡，今成州。晉仇池郡，漢下辨縣，舊名武街城。西阸弱水道，○【鄭卬曰】阸，從〔二〕革切，塞也。○山海經：崑崙之丘，其下有弱水環之。玄中記：崑崙弱水，鴻毛不起也。○【九家集注杜詩引作「集注」。又，杜陵詩史、分門集注、補注杜詩引作「孝祥曰」。】十洲記：鳳麟州在西海之中，四面有弱水遶之，鴻毛不浮，不可越也。南鎮枹罕陬。○【王洙曰】枹罕，一作氐羌。枹音孚。○後漢郡國志：隴西郡枹罕，故屬金城。○【王洙曰】按，唐安昌郡河州理枹罕縣。枹罕，故羌侯邑也。此邦承〔三〕平日，剽劫吏所羞。○【王洙引顔師古注：「剽，匹妙切，急也。」】剽，匹妙切，强取也。況乃胡未滅，控帶莽悠悠。○同谷之俗好剽劫〔四〕，吏不能制，況今吐蕃連結禄山，其禍未平，此郡控引羌胡之地，取〔五〕朝廷猶爲遠，是以難治也。府中韋使君，道足示懷柔。令姪才俊茂，二美又何求。○或曰：令姪乃宙也。宙叔父韋充同谷防禦使，表朝廷丐宙爲參謀，叔姪皆有美才，故云「二美」〔六〕也。鮑欽止謂：非指韋宙也。當考之。受詞太白脚，○地理志：鳳翔郿縣有太白山。○【杜田補遺】辛氏三秦記：太白山在武功縣南，去長安三百里，不知高幾許。俗云：武功〔七〕、太白，去天三百〔八〕。走馬仇池頭。○太白脚，乃鳳翔山下。仇池，即同谷。韋姪既受命至鳳翔，遂走馬往同谷也。○【杜田補遺】後漢西南夷傳：白馬氐者，武帝分廣漢西部，合以爲武都，居於河池。一名仇池，方百頃，四面斗絶。注：仇池山在今成州上禄縣南。○【杜田補遺。又，杜陵詩史、分門集注、補注杜詩引作「歐陽曰」。】三秦記：山上有池，故名仇池。地平如砥，其南北有山路，懸絶百仞，一夫守道，萬夫莫向。山勢自然有樓櫓却敵之狀。古色沙土裂，○【王洙曰】色，一作邑。○以下叙彼之風俗也。○【王洙曰】漢書音義：沙土曰漠，即今磧也。積雪陰雲稠。○【王洙曰：「積陰雪霜稠，一作『積雪陰雲稠』。」】一作「積陰雪霜稠」。○一作「積陰雪雲稠」。羌父豪猪靴，○海陵卞圜曰：本草注：貐，豪猪，亦名蒿猪，毛如蝟簪，摇而射人，猪之類也。山海經：貐，彘身人面，身〔九〕如嬰兒，食人。山海經又云：猫猪，大者肉至千斤。豪猪，面如豚面，白毛，毛大如笄而黑端，以毛射人。郭景純注：猫猪也，夾〔一〇〕脾有麄毫，長數尺，能以頸上毫射人也。揚雄長楊賦：捕熊羆豪猪。羌兒青兕裘。○晉本作「漢兵黑貂裘」。兕，似姊〔一一〕切。爾雅：兕似牛。郭璞注〔一二〕：一角，青色，重千斤。○【趙次公曰。又，杜陵詩史、分門集注引作「大臨曰」。】説文：兕如野牛，青皮厚可爲鎧。○嶓冢之山，其類多也。吹角向月窟，○【杜田補遺。又，杜陵詩史、分門集注、補注杜詩引作「泰伯曰」。】古今樂録：蚩尤率魑魅罔兩與黄帝戰于涿鹿，帝乃命吹角爲龍吟以禦之。其後魏武北征烏桓，度沙漠，而軍士思歸，於是咸爲鳳鳴，而聲〔三〕更悲。吹角者，本以應胡笳之聲，後漸用焉。〇【王洙曰】月窟，西極也。揚雄長楊賦：西壓月窟。蒼山旌旆愁。〇蒼山，一作山蒼。鳥驚出死樹，〇鳥驚，以喻民之驚竄也。龍怒拔老湫。〇湫，此由切，龍潭也。龍怒，以喻諸將欲出與之戰也。拔，挺出之貌。古來無人境，今代横戈矛。傷哉文儒士，〇文儒，美韋也。憤激馳林丘。〇文儒士，指韋之令姪，憤氣激昂急赴國家之難也。中原正格鬭，〇【王洙曰：「相抱而殺之曰格。」】兩相敵曰格。〇【趙次公曰】陳琳飲馬長城窟行：男兒正當格鬭死。後會何緣由。百年賦命定，豈料沉與浮。〇沉浮，猶言盛衰也。且復戀良友，握手步道周。論兵遠壑浄，亦可縱冥搜。題詩得秀句，札翰時相投。

【校記】

〔一〕聞，元本、古逸叢書本作「間」。

〔二〕從，元本、古逸叢書本作「衣」。

〔三〕承，元本、古逸叢書本作「升」。

〔四〕劫，原作「切」，據古逸叢書本改。

〔五〕取，古逸叢書本作「去」。

〔六〕二美，元本、古逸叢書本作「二美」。

〔七〕武功，元本、古逸叢書本乙作「功武」。

〔八〕三百，元本、古逸叢書本作「三百里」。

〔九〕身，元本、古逸叢書本作「聲」。

〔一〇〕夾，元本、古逸叢書本作「交」。

〔一一〕姊，古逸叢書本作「娣」。

〔一二〕注，元本、古逸叢書本作「云」。

〔一三〕聲，元本、古逸叢書本作「爲」。

奉送郭中丞兼太僕卿充隴右節度使三十韻

○英乂。魯訔曰：唐新書不言英乂爲大僕卿，止云爲御史中丞。又云爲御史大夫，却〔一〕在改節度使之後。今甫詩題如此，以見史筆之失也。○【王洙曰：「按，新史：祿山之亂，英乂授秦州都督、隴右採訪使。賊將高嵩擁兵入汧隴，英乂僞勞之，既而伏兵發，盡虜其衆。」】按，郭英乂傳：英乂，知運之季子，勇名河隴。哥舒翰初曰：「當代吾節制。」至德二載，肅宗興師朔野，英乂遷隴右節度使。賊軍高嵩擁戈汧隴，英乂出奇大破之。

詔發西山將，秋屯隴右兵。○【鄭卬曰】屯，越渾切〔二〕，聚也。○【趙次公曰】西山將，謂英乂先爲秦州都督帥，詔還，加隴右節度也。○按，隴右道者，禹貢雍州之域〔三〕。雍州自岐隴以北爲關內道，自隴西南并〔四〕得禹貢梁州之北垂，爲隴右道。淒涼餘部曲，○後漢百官志：將軍領軍皆有部曲，大將軍營五部，部校尉一人，部下有曲，曲有軍候一人，曲下有屯，屯長一人。郭躬傳「一統於督」者，謂任部曲。燀赫舊家聲。○【王洙曰】燀，齒善切。○英乂父知運，長七尺，猿臂虎口，開元飛將。○【趙次公曰】知運先嘗爲隴右節度，父子先後授纛隴右，故曰「餘部曲」、「舊家聲」也。鵰鶚乘時去，○喻英乂乘秋而赴隴右也。驊騮顧主鳴。○【師古曰：「言戀王室也。忠臣之志，不忘於君。」】喻英乂戀闕，不忍忘君而去也。艱難須上策，○須，魯作思。容易即前程。斜日當軒蓋，高風捲旆旌。○【王洙曰】高，一作歸。○【師古曰：「高風，八月也。」】此紀英乂去之時，適當八月也。松悲天水冷，○【王洙曰】天水郡，漢武元鼎三年置。秦州地記：郡前湖水冬夏無增，因以名焉。沙亂雪山清。○【王洙曰】後漢明帝紀：祁連，山名，即天山也。一名雪山。今名折〔五〕羅雪山，在伊州北。○【沈曰】十道志：伊州天山，一名白山，其山甚高，冬夏有雪，故亦曰雪山。和虜猶懷惠，○【趙次公曰】指言吐蕃也。至德二載，使來，請討賊，且修好，既而侵廓、岷、霸〔六〕等州，又請和。防邊詎敢驚。古來於異域，鎮靜示專征。○【趙次公曰】言待之以靜，不時撓之，示之以有，必征其侵叛之理也。燕薊奔封豕，周秦觸駭鯨。○【趙次公曰】天寶十四載，禄山反幽州，陷河北。十二月，陷東京。明年，陷京師。此所謂奔突燕薊，觸冒周秦也。○【王洙曰】按，左氏定公四年傳：吳爲封豕長虵，以薦食上國。○崔豹古今注：鯨，大魚也。鼓浪成雷，濆沫成雨，水族驚畏，一皆逃匿。中原何慘黷，餘孽尚縱横。○【趙次公曰】禄山既弑〔七〕，慶緒爲寇，此所謂「尚縱横」也。箭入昭陽殿，○【趙次公曰】言禍亂及於宮中也。笳吟細柳營。○【趙次公曰】細柳乃周亞夫之營，在長安。笳吟細柳，言胡人之笳乃在漢宮也。内人紅袖泣，王子白衣行。○【趙次公曰】言是王子以避亂之故，隱迹爲白衣而行也。宸極妖星動，園陵殺氣平。○【王洙曰】陵，一作林。空餘金椀出，○【王洙曰】椀，一作盌。○言發掘墳墓也。南史沈炯傳：炯字初明，爲魏所虜，嘗獨行，經漢武通天臺，爲〔八〕表奏之，陳己思鄉之意，云：「甲帳朱簾，一朝零落。茂陵玉盌，遂出人間。」或引孔氏志怪：漢盧充家西有崔少府墓，崔有女與爲婚，與充金椀一枚。非是。無復繐帷輕。○言寢廟以細葛布爲靈帷也。毁廟天飛雨，○言塵埃如雨之飛也。焚宫火徹明。罘罳朝共落，○罘音浮，罳音思。○【趙次公注引青箱雜記】漢書音義：罘罳，連闕曲閣也。崔豹古今注：屏也。○餘見大雲寺贊公房詩注。楡桷夜同傾。○【王洙曰】言宗廟宫室皆爲賊焚毁也。三月師逾整，○至德二載二月戊子，英乂戰于武功。庚子，郭子儀戰于潼關。甲辰，戰于永豐。四月庚寅，戰于運橋。皆捷，賊弛戈遁而北，故有是句。魯訔謂八月初以廣平王爲天下兵馬元帥。群胡勢就烹。瘡痍親接戰，勇決冠垂成。○【趙次公曰】此微言英乂之敗，而激其再立功也。是年二月，李光弼敗安慶緒于太原，而是時英乂戰于武功，敗績，故有瘡痍之譬，且言其功垂成也。妙譽期元宰，○【趙次公曰：「美其可以爲相。」】期英乂他日可爲宰相也〔九〕。殊恩具列卿。〇【趙次公曰：「則今兼太僕也。」】美英乂以中丞兼太僕卿而充節度使也〔一〇〕。幾時回節鉞，戮力掃攙搶。〇戮，當作勠，力竹切。又音劉，并力也。〇【鄭卬曰】攙，初銜切。搶，楚耕切。〇【王洙曰】攙搶，妖星，喻盜賊也。前漢天文志：石氏：見攙雲如牛。甘氏：不出三月乃生天搶。石氏：見搶雲如馬，甘氏：不出三月乃生天攙。〔一一〕圭竇三千士，〇言英乂之兵皆文士，非召募市人也。〇【王洙曰】儒行：儒有篳門圭窬。注：穿牆爲窬，如圭也。〇【杜陵詩史、分門集注引作「修可曰」。】左氏襄公十年傳：王叔之宰曰篳門圭竇之人，而皆陵其上，其難爲上矣。杜預注：篳門，柴門。圭竇，小户。穿壁爲户，上鋭下方，狀如圭也。〇【王洙曰】又，僖公二十四年傳：秦伯送衛於晉三千人，實綱紀之僕。〔一二〕雲梯七十城。〇【王洙曰】雲梯，攻城之具，高長，上與雲齊，可依雲而立，所以攻敵之城中也。墨子曰：楚王令公輸班爲高雲梯以攻宋，墨子守之，輸九攻之，而墨子九却之，不能入。〔一三〕恥非齊説客，〇【鄭卬曰】説，輸芮切，談也。〇甫自謂也。〇【王洙曰】前漢酈食其傳：韓信東擊齊，齊軍歷下以距漢，食其説齊王田廣，迺罷歷下守備，縱酒，韓信聞食其憑軾下齊七十餘城，迺夜渡兵襲齊，廣聞漢兵至，以爲食其賣己，迺烹食其，因敗走。〔一四〕甘似魯諸生。〇甘，或作祇。甫意甘守文墨，不敢效英乂立大功也。〇【王洙曰】叔孫通傳：臣願徵魯諸生，與其子弟共起朝儀。〇【趙次公曰】子謂恥非甘似，皆甫自叙也。蓋言圭竇之貧士尚有三千而下七十城，亦有爲雲梯之具者，如我曾無説客之談，時爲諸生之事而已，蓋自責其無補於戰也。〔一五〕通籍微班忝，○【王洙曰】甫又自謂得通朝籍也。微班，謂其爲拾遺也。前漢元帝紀：令從官、給事官、司馬中者，得爲大父母、父母、兄弟通籍。應劭曰：籍者，爲二尺竹牒，記其年紀、名字、物色，縣之宫門，案省相應，乃得入也。〔一六〕周行獨坐榮。○【鄭卬曰】行，胡岡切，列也。○【王洙曰】詩卷耳：寘彼周行。獨坐，美英乂爲御史中丞也。後漢宣秉傳：秉字巨公，拜御史中丞。光武特詔御史中丞與司隸校尉、尚書令會同，並專席而坐，故京師號曰「三獨坐」。〔一七〕隨肩趨漏刻，○【趙次公曰：「言同入朝也。」】甫又自叙其相隨入朝也。○梁刻漏經：漏刻之作，肇於黄帝。宣乎夏、商。周禮夏官：挈壺氏掌挈壺以令軍井。凡軍事縣壺以序聚㰐，皆以水火守之，分以日夜，及冬則以火爨鼎而沸之，而沃之。〔一八〕短髮寄簪纓。○【王洙曰】寄，一作愧。○言有名無實也。徑欲依劉表，○【王洙曰】魏志王粲傳：粲字仲宣〔一九〕，以西京擾亂，皆不就辟，乃之荆州依劉表。還疑厭禰衡。○【王洙曰】還疑，一作能無。○甫欲依託英乂幕府，復恐英乂之厭己，遂不果也。○【王洙曰】後漢文苑傳：魯國孔融深愛衡才，稱述於曹操，操欲見之，而衡素相輕疾，不肯往，操懷忿，而以其才名，不欲殺之，乃召衡至，送與劉表。劉表先服其才名，甚賓禮之。後復侮慢於表，表耻不能容，以江夏太守黄祖性急，故送衡與之，祖亦善待焉。後衡言不遜順祖，遂殺之。〔二〇〕漸衰那此別，忍淚獨含情。○恐此別不復相見，故泣也。〔二一〕廢邑狐狸語，○【王洙曰】左氏〔二二〕襄十四年傳：南鄙之田，狐狸所居，豺狼所嘷。空村虎豹爭。○【王洙曰】空村，言無人也。虎豹争，謂盜賊縱横也。〔二三〕人頻墜塗炭，○【王洙曰】書〔二四〕仲虺之誥：有夏昏德，民墜塗炭。公豈忘精誠。○【鄭卬曰】忘，無放切。〔二五〕元帥調新律，○律，樊作鼎。○【趙次公曰】時代宗以廣平王俶初爲元帥，張子儀〔二六〕副之。新律，謂師律之律也。〔二七〕前軍厭舊京。○【趙次公曰：「前軍，指言李嗣業之軍。」師古曰：「前軍壓舊京，言前軍已收京而鎮壓之，尚賴諸將安邊扈駕，此勉郭公之辭。」】前軍，指李嗣業已平長安而鎮壓之也。〔二八〕安邊仍扈從，○從，才用切。○【趙次公曰】隋行，乃謂長安收復，更賴諸將扈蹕而復還闕也。〔二九〕莫作後功名。○【王洙曰】莫作，一作「無使」。此勉英乂因時而立功，無後衆人也。○是年十月丁卯，車駕還京。〔三〇〕

【校記】

〔一〕却，元本、古逸叢書本作「知」。

〔二〕切，元本、古逸叢書本作「反」。

〔三〕域，原作「或」，據元本、古逸叢書本改。

〔四〕并，元本、古逸叢書本作「兼」。

〔五〕折，元本、古逸叢書本作「新」。

〔六〕霸，古逸叢書本作「疊」。

〔七〕弒，元本、古逸叢書本作「殺」。

〔八〕爲，元本、古逸叢書本作「修」。

〔九〕「期英」至「相也」，古逸叢書本無。

〔一〇〕「殊恩」句下注，元本、古逸叢書本作：「言其兼大僕卿。」

〔一一〕「戮力」句下注，元本、古逸叢書本作：「成十三年傳：戮力同心。釋文云：欃槍，妖星也。」

〔一二〕「圭竇」句下注，元本、古逸叢書本作：「荀子儒行：儒有蓽門圭竇。」

〔一三〕「雲梯」句下注，元本、古逸叢書本作：「雲梯，攻城之具。」

〔一四〕「恥非」句下注，元本、古逸叢書本作：「酈生嘗爲説客，馳使諸侯。」

〔一五〕「甘似」句下注，元本、古逸叢書本作：「漢叔孫通傳：臣願徵魯諸生與臣弟子共起朝儀。」

〔一六〕「通籍」句下注，元本、古逸叢書本作：「此公自言得通朝藉也。」

〔一七〕「周行」句下注，元本、古逸叢書本作：「詩：寘彼周行。」

〔一八〕「甫又」至「沃之」，元本、古逸叢書本作：「漢宣帝置行刻漏，賜十郡列卿。」

〔一九〕字仲宣，元本、古逸叢書本無。

〔二〇〕「還疑」句下注，元本、古逸叢書本作：「還疑，一云能無。後。」

〔二一〕「忍淚」句下注，元本、古逸叢書本作：「劉機：含情忍淚，夜起薊門。」

〔二二〕左氏，元本、古逸叢書本無。

〔二三〕「空村」句下注，元本、古逸叢書本作：「空村言無人。」

〔二四〕書，元本、古逸叢書本無。

〔二五〕「公豈」句下注，元本、古逸叢書本無。

〔二六〕張子儀應是郭子儀之訛。

〔二七〕「元帥」句下注，元本、古逸叢書本無。

〔二八〕「前軍」句下注，元本、古逸叢書本無。

〔二九〕「安邊」句下注，元本、古逸叢書本無。

〔三〇〕「莫作」句下注，元本作：「莫作，一云無使。時代宗爲元帥，期於收復，公勉郭令公立功名，無後衆人也。」古逸叢書本略同元本，「令公」作「英乂」。

送楊六判官使〔一〕西蕃○西蕃，乃吐蕃也。

送遠秋風落，○【趙次公曰：「此乃至德二年九月已前詩。」】是時當至德二年九月也。〔二〕西征海氣寒。○【趙次公曰】往吐蕃度青海而去。〔三〕帝京氛祲滿，○【趙次公曰：「祲，子鴆切。精氣感祥。」又，杜陵詩史、分門集注引作「鄭卬曰」。】祲，子鴆切，祅氛也。○【王洙曰：「氛祲，不祥之氣，言胡塵污染帝室。」】謂京師染胡塵而未復也。〔四〕人世別離難。○屈原九歌：悲莫悲兮生別離。〔五〕絶域遥懷怒，和親願結歡。○【趙次公曰】謂中國以吐蕃懷怒欲入寇，故遣使與之和親也。〔六〕敕書憐贊普，○【趙次公曰】唐吐蕃傳：吐蕃本西羌屬，散處河湟、江岷間，其吐蕃俗謂强雄曰贊，丈夫曰普，故號君長曰贊普。○今西域有籛即贊普之聲，訛而爲籛逋也。〔七〕兵甲望長安。○【馬曰】言欲入寇也。○漢舊儀曰：長安城經緯各長十五里，十二城門，九百七十三頃，城中皆屬長安令。〔八〕宣命前程急，惟良待士寬。○【趙次公曰】新唐書吐蕃傳：至德初，取巂州及威武等諸城，入屯石堡。其明年，使使來請討賊，且修好。肅宗遣給事中南巨川報聘。然歲内侵取廓、霸、岷等州，及河源、莫門，軍使數來請和。帝雖審其譎紿，務紓患，乃詔宰相郭子儀、蕭華等與盟。〔九〕子雲清自守，○【王洙曰】以子雲比楊判官也。○予謂雄昔先封於晉之揚而得姓，其地在河東揚縣。字乃從手之揚，甫誤以爲從木之楊矣。○【九家集注杜詩作「新添」。】揚雄傳：雄字子雲，哀帝時丁傅、董賢用事，諸附離之者或起家至二千石，時雄方草太玄，有以自守，泊如也。或嘲以玄尚白，雄解之曰：「爰清爰静，遊神之廷。惟寂惟寞，守德之宅。」〔一〇〕今日起爲官。○起，一作豈。東原録曰：諸本皆誤。予謂今當作金。按，前漢金日磾字翁叔，本匈奴休屠王太子，與母閼氏俱没入官，輸黄門養馬。武帝遊宴，見日磾容貌甚嚴，異而奇焉，即日賜湯沐衣冠，拜爲馬監，遷侍中駙馬都尉。在唐中興時，贊普必有以相類者，故子美用之以爲言也。〔一一〕垂淚方投筆，○【王洙曰：「言以戎事爲憂，故垂淚投筆，如班超投筆而起，志在功名。」】此以班超比楊判官也。後漢班超傳：超字仲升，有大志，家貧，常爲官傭書，久勞苦，投筆嘆曰：「大丈夫無他志略，猶當效傅介子、張騫立功異域，以取封侯，安能久事筆硯間乎！」〔一二〕傷時即據鞍。○此又以馬援比楊判官也。○【王洙曰】後漢馬援傳：援字文淵，武威將軍劉尚擊武陵溪蠻夷，深入軍没。援因復請行，時年六十三。帝愍其老，未許之。援自請曰：「臣尚能被甲上馬。」帝令試之，援據鞍顧眄，以示可用。帝笑曰：「矍鑠哉！是翁也。」〔一三〕儒衣山鳥怪，○禄山之亂，兵甲滿天下，今山鳥見儒衣猶且怪駭，蓋傷吾道之不行也。按，集有贈韋左丞云「儒冠多誤身」是也。〔一四〕漢節野童看。○【趙次公曰：「蘇武杖節牧羊。」】此以蘇武美楊判官也。武帝遣蘇武爲中郎將使匈奴，匈奴徙武北海上，使牧羝，羝乳乃得歸。武杖漢節牧羊，留匈奴十九歲始還。〔一五〕邊酒排金盞，○【王洙曰】盞，一作盌。夷歌捧玉盤。草肥蕃馬健，○【王洙曰】胡人秋高馬肥則入寇。〔一六〕雪重拂廬乾。○拂廬，所以御雨雪。○【趙次公曰】唐本傳：吐蕃聯毳帳以居，號大小拂廬也。〔一七〕慎爾參籌畫，從兹正羽翰。○【鄭卬曰】翰，何干切，羽也。〔一八〕歸來權可取，九萬一朝摶。○【黃曰】言整頓羽儀飛騰之兆，在此時也。○【趙次公曰】莊子逍遥篇：鵬之徙於南溟也，摶扶摇而上者九萬里。〔一九〕

【校記】

〔一〕使，古逸叢書本無。

〔二〕「送遠」句下注，元本、古逸叢書本無。

〔三〕「西征」句下注，元本、古逸叢書本無。

〔四〕「帝京」句下注，元本、古逸叢書本作：「氛祲不祥之氣。」

〔五〕「人世」句下注，元本、古逸叢書本作：「季珪：人世萬事，惟别離最難。」

〔六〕「和親」句下注，元本、古逸叢書本作：「中國以其懷怒侵叛而與之和親。」

〔七〕「敕書」句下注，元本、古逸叢書本作「贊普，吐蕃主名。」

〔八〕「兵甲」句下注，元本、古逸叢書本無。

〔九〕「惟良」句下注，元本、古逸叢書本無。

〔一〇〕「子雲」句下注，元本、古逸叢書本無。

〔一一〕「今日」句下注，元本、古逸叢書本作：「楊子雲仕宦不達，寂寞自守。」

〔一二〕「垂淚」句下注，元本、古逸叢書本作：「班超投筆而起，志在功名。」

〔一三〕「傷時」句下注，元本、古逸叢書本作：「馬援據鞍顧眄，以示可用。」

〔一四〕「儒衣」句下注，元本、古逸叢書本作：「桑聞再歸中條，時春鳥嘐戛，聞嘆曰：山鳥亦怪我儒衣冠。」

〔一五〕「漢節」句下注，元本、古逸叢書本作：「蘇武杖漢節牧羊。」

〔一六〕「草肥」句下注，元本、古逸叢書本作：「胡人至秋則草肥馬健，思入寇。」

〔一七〕「雪重」句下注，元本、古逸叢書本作：「拂廬，蕃帳名。」

〔一八〕「從兹」句下注，元本、古逸叢書本無。

〔一九〕「九萬」句下注，元本、古逸叢書本作：「莊子言，鵬之飛也，摶扶摇而上者九萬里。」

月

天上秋期近，人間月影清。入河蟾不没，搗藥兔長生。○【薛夢符曰】張衡靈憲：月者，陰精之宗，積而成獸象兔陰〔一〕之類，其數偶，其後有憑焉。羿請不死之藥於西王母，姮娥竊之以奔月，是爲蟾蜍。○傅玄歌詞：兔擣藥月間兮安足道，烏戲雲間兮安足道。○【王洙曰】又，玄擬天問曰：月中何有，白兔擣藥。只益丹心苦，能添白髮明。干戈知滿地〔二〕，休照國西營。○【王洙曰】時官軍營於國西。

【校記】

〔一〕獸象兔陰，古逸叢書本作「象兔獸陰」。

〔二〕地，元本、古逸叢書本作「道」。

哭長孫侍御

道爲詩書重，名因賦頌雄。禮闈曾擢桂，○【王洙曰】禮闈，禮部所設，以取士也。晉郄詵舉賢良對策上第，武帝於東堂會送，問詵曰：「卿自以爲如何？」詵對曰：「臣對策爲天下第一，猶桂林一枝。」帝笑。憲府舊乘驄。○舊，一作近。○【王洙曰】漢御史府謂之憲臺。唐龍朔中，爲東宫憲臺。後漢桓典拜侍御史，時宦官秉權，典執政無所回避，常乘驄馬，京師畏憚，爲之語曰：「行行且止，避驄馬御史。」流水生涯盡，〇【趙次公曰】論語：子在川上曰：「逝者如斯夫，不捨晝夜。」〇莊子養生篇：吾生也有涯。浮雲世事空。〇論語：不義而富且貴，於我如浮雲。唯餘舊臺柏，〇【趙次公曰】前漢朱博傳：博〔一〕字元吉，爲御史大夫，其府中列柏樹，常有野烏數千棲宿其上，晨去暮來，號朝夕烏。蕭瑟九原中。〇九原在京師。〇【王洙曰】檀弓篇：晉獻文子〔二〕曰：「武也得從先大夫於九原。」注：晉卿大夫之墓也。

【校記】

〔一〕博，元本、古逸叢書本無。

〔二〕文子，元本、古逸叢書本作「子常」。

得家書

去憑遊客寄，〇【趙次公曰：「言出遊彼處客寄之。」】謂寄書於遊彼處客而去也。來爲附家書。今日知消息，他鄉且舊居。〇【趙次公曰】指言鄜州，公寄居在鄜，已是他鄉，但恐亂離更有遷徙，故知消息而喜耳。熊兒幸無恙，〇【杜陵詩史、分門集注、補注杜詩引「師古曰」】：「熊兒，甫小女。」又，集千家注批點杜工部詩集引「師古曰」：「熊兒即宗文，驥子即宗武。」二說不同，此以前說爲主。】熊兒必公之幼女也。○恙，餘亮切。○【王洙曰：「爾雅曰：恙，憂也。」】說文：憂也。○一曰蟲入腹食人心。古者草居多被此毒，故相問：「無恙乎？」又神異經：北方大荒中有獸食人，吩〔一〕人則病，羅人則疾，名曰猺。猺者，恙也。黃帝上章奏，天從之，於是北方人得無憂無疾，謂之無恙。驥子最憐渠。○【革曰】驥子，公之子宗武也。臨老羈孤極，傷時會合疎。二毛趨帳殿，○【王洙曰】二毛，謂鬢髮班白也。帳殿，言天子行幸所在，以帳爲殿也。一命侍鑾輿。○【王洙曰】公至行在，肅宗授以左拾遺也。北闕妖氛滿，○【趙次公曰】謂安慶緒時寇帝京也。西郊白露初。○【趙次公曰】指言長安西郊也。以「白露初」言之，則在七月明矣。涼風新過雁，○孟秋之月，涼風至，白露降。秋雨欲生魚。○謂魚、雁皆能傳書故也。農事空山裏，○是月也，農乃登穀。眷言終荷鋤。○【趙次公曰】公遭亂傷時，乃欲歸耕而已。○【王洙曰】陶潛歸田園居詩：種豆南山下，草盛豆苗稀。侵晨理荒穢，帶月荷鋤歸。

【校記】

〔一〕吩，古逸叢書本作「咋」。

奉贈嚴八閣老

○鮑彪云：嚴武也。至德初，房琯薦武爲給事中，收長安，拜京兆尹。稱閣老，時爲給事中也。予按，李肇國史補：宰相相呼爲元老，兩省相呼爲閣老。公時左省伏蒲，武給事瑣闥，正聯兩省也。

扈聖登黄閣，○【王洙曰】扈聖，一作今日。○【趙次公曰】黄閣，三公之閣也。明公獨妙年。

蛟龍得雲雨，○此喻其會遇之榮也。○【王洙曰】吴志周瑜傳：孫權以劉備領荆州牧，瑜上疏曰：「劉備以梟雄之姿，而有關羽、張飛熊虎之將，猥割土地，以資業之，恐蛟龍得雲雨，終非池中物也。」○晉載記：孔恂謂劉元海：「蛟龍得雲雨，非復池中物也。」鵰鶚在秋天。○此喻其飛騰之快也。客禮

疎容放，官曹可接聯。○【王洙曰】可，一作許。○【趙次公曰】閣老尊矣，惟其以客禮待甫，而容其疎放，故雖爲官曹而卑，可接聯之也。新詩句句好，應任老夫傳。○【趙次公曰】欲廣傳嚴公之詩句，自非知音，何以至此！

留別賈嚴二閣老兩院補闕

○【九家集注杜詩、分門集注、補注杜詩作「王洙曰」。又，杜陵詩史作「王彦輔曰」。○】得雲〔一〕字。嚴武、賈至，按新唐書：公家寓鄜，彌年艱窶，詔許公自往視，留此詩別。

田園須暫往，○【師古曰：「甫家在鄜，詔許公視之，故云須暫往。」】謂往省其家也。○【王洙曰。又，杜陵詩史、分門集注、補注杜詩引作「魯曰」。】陶潛歸去來辭：田園將蕪胡不歸。戎馬惜離群。○【師古曰】謂惜別也。○【王洙曰】老子四十六章：戎馬生於郊。檀弓篇：子夏曰：「吾離群而索居久矣。」去遠留詩別，愁多任酒醺。一秋常苦雨，今日始無雲。○謂雨歇也。山路時吹角，○晉志：蚩尤帥魑魅與黄帝戰於涿鹿，帝乃吹角爲龍吟以禦之。那堪處處聞。

【校記】

〔一〕雲，九家集注杜詩、杜陵詩史、分門集注、補注杜詩、集千家注批點杜工部詩集皆作「聞」。

新定杜工部草堂詩箋斠證卷第十一

八月還鄜州及扈從還京所作

晚行口號

三川不可到，○【趙次公曰】三川，鄜州縣名。地理志注：華水、黑水、洛水所會，故謂之三川，非西周之三川也。○按公集至德二年夏有述懷詩云：「寄書問三川，不知家在否？」公今被墨制放移歸鄜州，而此詩乃云「三川不可到」，蓋言三川遠而難到，然不得不歸也。歸路晚山稠。○【師古曰】稠，謂重疊也。落雁浮寒水，飢烏集戍樓。○【趙次公曰】言地經喪亂，寂乎無人，而烏集乎防戍之樓也。市朝今日異，○【本中曰】言經亂而風物變也。喪亂幾時休。○公傷今思古也。遠愧梁江總，還家尚黑頭。○【王洙曰】江總在陳掌東宮書〔一〕記，與太子爲長夜之飲，後主即位，授尚書令。京城陷，入隋，爲上開府，復歸老江南。○按總有自京南還尋宅詩云：紅顏辭鞏洛，白首入轘轅。乘春行故里，徐步採芳蓀。此詩云「黑頭」，何耶？

【校記】

〔一〕書，原作「晉」，據古逸叢書本改。

獨酌成詩

燈花何太喜，○【王洙曰】西京雜記：樊噲問陸賈曰：「自古人君皆云受命于天有瑞應，豈有是乎？」賈應之曰：「有之。夫目瞤得酒食，燈花得錢財，乾鵲噪而行人至，蜘蛛集而百事喜。小既有徵，大亦宜然。」酒綠正相親。○【王洙曰】綠，一作色。○【趙次公曰】：「今公得酒獨酌，而用燈事，大抵取喜事而已。」【今將得酒對燈花，喜而獨酌也。醉裏從爲客，○【師古曰】爲客得醉，且以寬釋也。詩成覺有神。○【趙次公曰】孔融薦禰衡於武帝，曰：「衡性與道合，思若有神。」兵戈猶在眼，儒術豈謀身。○【師古曰】軍旅未息，武夫得志，吾儒之道非可以圖富貴也。○按集有上韋左丞詩云「儒冠多誤身」是也。苦被微官縛，○苦，一作共。公時爲左拾遺也。低頭愧野人。○蘇武答李陵詩：低頭還自憐，盛年還〔一〕已衰。

【校記】

〔一〕還，古逸叢書本作「倏」。

九成宮

○唐志：鳳翔府麟遊縣西五里有九成宮，本隋仁壽宮。貞觀五年修之以避暑，因更名焉。宮有醴泉出，命魏證〔一〕作九成宮醴泉銘。序云：九成宮，則隋仁壽宮也，冠山杭殿，絶壑爲池。跨水架楹，分巖竦闕。高閣周建，長廊四起。棟宇膠葛，臺榭參差。仰視則迢遰百尋，下臨則峥嶸千仞。珠璧交映，金翠相輝。照灼雲霞，蔽虧日月。觀其移山迴澗，窮泰極侈，以人從欲，良足深尤。永徽二年曰萬年宮，乾封二年復名。山有九重，故名九成。

蒼山入百里，崖斷如杵臼。曾宮憑風迴，○曾，與層同。○【王洙曰：「迴，一作廻。」】回，一作迴。〔二〕岌嶪土囊口。○【鄭卬曰】岌，逆及切。嶪，逆怯切。○岌嶪，山貌。土囊口，謂谷口也。○【王洙曰】張衡西京賦：狀巍峩〔三〕以岌嶪。宋玉風賦：夫風起於青蘋之末，盛怒於土囊之口。立神扶棟宇，○【九家集注杜詩作「王洙曰」。又，杜陵詩史、分門集注、補注杜詩引作「敏修曰」。】靈光殿賦：神明扶其棟宇。鑿翠開户牖。○謂鑿牖面林也。其陽産靈芝，○【趙次公曰：「以言其瑞物所生，如漢廟柱生芝。」】以言其薦瑞也。其陰宿北斗。〇【趙次公曰：「以言其高。」】以言其至高也。紛披長松側，揭嶭怪石走。〇【鄭卬曰】嶭，魚列切。〇【趙次公曰】靈光殿賦：飛陛揭嶭。哀猿啼一聲，客淚迸林藪。〇【王洙曰】宜都山川記：巴東三峽猿鳴悲，猿鳴三聲淚沾衣。荒哉隋家帝，製此今頹朽。〇【王洙曰】隋楊元素爲文帝建仁壽宮，規模鴻侈，帝入新宮，始怒曰：「素爲吾掊怨天下。」素對封倫曰：「毋恐。后至，當自免。」及獨孤后説帝，乃喜，謂素爲忠。向使國不亡，焉爲巨唐有。〇隋文帝勞民築仁壽宮，宮成而隋之天下已爲唐高祖所有。唐初興，改爲九成宮。玄宗常與貴妃遊幸焉。玄宗雖樂，一旦禄山變起，逡巡幸蜀之不暇，此亦安足保乎！雖無新增修，尚置官居守。〇謂玄宗之時雖不曾修，猶置官守，不無縻費也。巡非瑤水遠，〇【王洙曰】列子周穆王篇：穆王升崑崙之丘，觀黄帝之宫，遂賓于西王母，觴于瑤池之上。王元長曲水序：穆滿八駿，如舞瑤水之陰。跡是雕墻後。〇【王洙曰】五子之歌：峻宇雕墻。我行屬時危，〇行，陳作「來」。仰望嗟嘆久。天王守太白，〇守，晉、晁並作狩。天王，乃天子也。太白乃西方之星也。謂肅宗至德二年次于鳳翔時也。時肅宗未能會諸郡兵而討禄山，豈非猶守太白乎？天寶故事：上理兵朔方，賊黨張通儒、安守忠竊據西京，有自安之意。逆鋒雖盛，然南止于武關，北止于雲陽，西不敢出武功山下，幢幢〔四〕得以無虞。地理志：鳳翔郿縣有太白山。辛氏三秦記：太白山在武功縣，南去長安三百里，俗云「武功、太白，去天三百」。按，公集有送韋評事詩云：「受詞太白脚。」達鳳翔云：「猶瞻太白雪。」贈賈嚴云：「晴熏太白巔。」蓋公北征，駐馬望雲乎鳳翔時也。八哀有云：「至尊守梁、益。」贈閬鄉秦少府短歌行云：「去年行宮守太白。」此皆紀前事也。此謂「天王守太白」，與春秋「狩于河陽」之義同也。駐馬更搔首。○甫駐馬搔首，蓋傷兩京之未復，亦黍離詩彷徨不忍去之意也。

【校記】

〔一〕魏證，即「魏徵」，蓋避宋帝趙禎諱。

〔二〕元本、古逸叢書本此句作「迴一作回」。

〔三〕峩，元本、古逸叢書本作「巍」。

〔四〕幢幢，古逸叢書本作「憧憧」。

徒步歸行贈李特進自鳳翔赴鄜州途經邠州作

○【按，「贈李特進自鳳翔赴鄜州途經邠州作」，門類增廣十注杜詩依例爲「王洙曰」，杜陵詩史、分門集注、補注杜詩引作「王彦輔曰」。集千家注批點杜工部詩集引作「公自注」。】○趙傁云：公行邠州，贈節度使李特進。唐史云：特進邠寧節度李光進。魯訔云：特進，李嗣業也。時李特進守邠州，甫既自賊竄歸鳳翔，帝授以拾遺，又有墨制許往鄜迎家。甫遂自鳳翔趍三川，便道經邠州，以徒步困頓，不能前進，遂作此詩贈李特進，就借乘馬代勞往鄜州也。

明公壯年值時危，經濟實藉英雄姿。國之社稷今若是，武定禍亂非公誰。○明公，指李特進。時遭祿山之亂，經綸康濟天下，倘不藉李公英雄之姿，撥定禍亂，誰能膺是任乎？○【趙次公曰】魏賀拔稱宇文泰曰：「公文足經國，武能定亂。」**鳳翔千官且飽飯，衣馬不復能輕肥。**○【王洙曰：「言公私窘迫，且飽而已，未能輕肥。」】是時公私匱乏，群臣粗得飽飯，出入不能兼乘，其餘可知。○按，集有詩云「自從官馬送還官，行路難行澀如棘」是也。○【魯曰。又，門類增廣十注杜詩引作「新添」。】論語：乘肥馬，衣輕裘，與朋友共，弊之而無憾。**青袍朝士最困者，白頭拾遺徒步歸。**○甫貧甚，官卑，只衣綠袍。是時馬貴不能辦，是以徒步歸家也。**人生交契無老少，論交何必先同調。**○【王洙曰】交，一作心。○特進少年特達，甫自言老大，非其輩行。然古人交契有忘年者，不必論其老少也。人之相知，貴相知心，甫雖向日不與李特進相識，今一見傾蓋如舊，亦不必論先同調也。○【王洙曰】謝靈運詩：誰謂古今殊，異代可同調。○孫綽子：或問雅俗，曰：「判風流，正位分，涇渭殊流，雅鄭異調，此之謂雅俗矣。」**妻子山中哭向天，須公櫪上追風驃。**○【師古曰：「櫪，馬槽也。」】櫪，音歷，馬槽也。○【杜田補遺：「廣韻：馬黄白色曰驃。」又，杜陵詩史、分門集注、補注杜詩、集千家注批點杜工部詩集引作「修可曰」。】驃，毗召切，黄白色也。○【趙次公曰：「此借馬詩。或曰遂欲求之也。言妻子在鄜州之山中哭望公之歸，而今徒步爲遲，故須公櫪上之馬矣。」又，杜陵詩史、補注杜詩引「師古曰」：「言李公有驃騎，疾可追風逐電，甫欲就之一借。」】言李特進櫪上有驃騎，疾若追風，欲就假乘之，而得見妻子也。○【杜田補遺。又，門類增廣十注杜詩引作「杜云」，杜陵詩史、分門集注、補注杜詩、集千家注批點杜工部詩集引作「修可曰」。】崔豹古今注：秦始皇有七馬，一曰追風。

玉華宮

〇【趙次公曰：「此宮在防州宜君縣。貞觀二十年，太宗所造也。初，貞觀十三年，州廢，縣亦省，其後以宜君宮復置縣，隸雍州。次年，宮成。又常赦宜君，給復縣人之自玉華宮苑中遷者。後于高宗永徽二年廢之爲寺。」】貞觀二十一年，於宜君縣鳳皇谷置玉華宮。永徽二年，縣廢，宮亦廢爲佛寺。龍朔二年，復縣，隸坊州，今因之。〇有故址在縣西四十里。寰宇記：正殿覆瓦，餘皆葺茅，當時以爲清涼勝於九成宮也。

溪迴松風長，〇迴，晉作廻。〇【梅曰】謂溪之迴遠，松風不歇也。晉符堅墓近玉華宮，墓前有溪曰醽醁溪，蓋謂溪色如酒色之碧也。蒼鼠竄古瓦。〇郭璞曰：鼠狀如小狐、蝙蝠，肉翅大尾，頭脇毛紫，背上蒼文，腹下黄喙，頷雜白也。不知何王殿，遺構絶壁下。〇魯訔曰：此詩人之深意也。陰房鬼火青，〇鬼火，燐也。人血污地爲燐也。〇【王洙曰】淮南子：人血爲燐。許氏注：兵死之血爲鬼火。燐者，鬼火之名。壞道哀湍瀉。〇謂所築棧道爲洪流掃蕩也。萬籟真笙竽，〇籟，力帶切，簫也。〇【王洙曰】莊子齊物篇：汝聞人籟，而未聞地籟。汝聞地籟，而未聞天籟。子遊曰：「地籟則衆竅是已，人籟則比竹是已。敢問天籟？」子綦曰：「夫吹萬不同，而使其自已也。」秋色正瀟灑。

○【王洙曰】色，一作氣。○一作光。美人爲黃土，○美人，乃徇葬木偶，已朽爲黃土矣。○【梅曰】潘岳詩：美人歸重泉。況乃粉黛假。○【梅曰】列子周穆王篇：粉白黛黑，佩玉環，雜芷若。當時侍金輿，故物獨石馬。憂來藉草坐，○魏武短歌行：百憂從中來。浩歌淚盈把。冉冉征途間，誰是長年者。○冉冉，無氣貌。甫傷符堅安在，美人化爲黃土，宮亦頹廢若此，復自傷氣已冉冉，猶在征途間，豈能長久者乎？是以憂來，坐草浩歌，而揮淚盈把也。○【王洙曰】天台賦：嗟人生之短期，孰長年之能執？

北征

○歸至鳳翔，墨制放往鄜州作。鮑彪曰：至德二年〔一〕，公自賊中竄歸鳳翔，謁肅宗，授左拾遺。時公家在鄜州，所在寇多，彌年艱寠，孺弱至飢死者。有墨制許自省視。八月之吉，公始北征，徒步至三川迎妻子，故作是詩。蘇軾曰：北征詩識君臣之大體，忠義之氣與秋風爭高，可貴也。○【趙次公曰】黃庭堅曰：此書一代之事，與國風、雅、頌相爲表裏也。○【九家集注杜詩依例引「王洙曰」：「後漢班彪更始時避地涼州，發長安，作北征賦。」又引「趙次公曰」：「班彪自長安避地涼州，作北征賦。公亦因所往之方同，故借二字爲題耳。」又，杜陵詩史引作「王彥輔曰」。】夢弼按：後漢班彪更始時避地涼州，發長安，作北征賦。故公因之作北征詩。

皇帝二載秋，閏八月初吉。○題注。杜子將北征，○【王洙曰】今自鳳翔歸鄜州，此之謂北征，征行也。蒼茫問家室。〇茫，一作忙〔二〕。〇【趙次公曰】蒼茫，荒寂之貌。維是〔三〕遭艱虞，〇虞，一作危。朝野少暇日。〇謂軍興公私不遑安處也。顧暫〔四〕恩私被，〇恩私者，謂天子之恩及於甫之私門也。曹子建聖皇篇：迫有官典憲，不得顧私恩。詔許歸蓬蓽。〇蓬門蓽户，甫自言所居三川是也。〇【門類增廣十注杜詩引作「杜云」，杜陵詩史、分門集注、補注杜詩引作「修可曰」。】傅長虞贈何劭詩：歸身蓬蓽廬。拜辭詣闕下，〇【王洙曰】一作「奉辭詣閤下」。怵惕久未出。雖乏諫諍姿，恐君有遺失。〇【趙次公曰】甫不忍輕去其君，恐君又有過失，而欲諫諍之也。君誠中興主，〇中，于仲切。經緯固密勿。〇密勿，謂黽勉也。東胡反未已，〇【趙次公曰】言安慶緒也。至德二載正月乙卯，安慶緒已弑其父禄山而襲僞位矣。臣甫憤所切。〇憤疾安、史以臣叛君也。揮涕戀行在，〇【炎曰】天子行幸之所曰行在。〇時肅宗即位靈武，故以行在言之。道途猶恍惚。〇途，一作路。〇【九家集注杜詩依例爲「王洙曰」。杜陵詩史、分門集注、補注杜詩引作「魯曰」。】言心憂也。乾坤含瘡痍，〇謂戰傷之苦也。憂虞何時畢。靡靡踰阡陌，〇阡陌，田間道也。〇【王洙曰】詩黍離：行邁靡靡。毛萇傳：靡靡，猶遲遲也。〇玉篇：南北曰阡，東西曰陌。人煙眇蕭瑟。〇言人皆避亂無留居者。曹植送應氏詩：中野何蕭條，千里無人煙。所遇多被傷，呻吟更流血。回首鳳翔縣，〇【王洙曰】時肅宗在鳳翔。旌旗晚明滅。〇謂屯兵以扈駕也。周禮：司常析羽爲旌，熊虎爲旗。前登寒山重，〇謂重疊非一山也，其跋涉勞苦可知也。屢得飲馬窟。○謂賊兵所經，飲馬于此水也。○【王洙曰】古樂府有飲馬寒山窟行。邠郊入地底，○言陷于賊也。邠與豳同。○【王洙曰】昔公劉自邠出居，其封域在雍州岐山之北，原隰之野，於漢屬右扶風郇邑。唐開元十三年，改豳州爲邠州。涇水中蕩潏。○言兵戈未静也。周禮職方氏：雍州川曰涇汭。猛虎立我前，蒼崖吼時裂。○猛虎，喻盜賊，言邠、涇二州盜賊可畏也。菊垂今秋花，石戴古車轍。○【王洙曰】戴，一作帶。青雲動高興，幽事亦可悦。○事，一作士，非是。甫從行在來，邐迤經上洛，過商山，見菊花秋垂，石戴山巔如車轍然，遂感思四皓逃秦隱居於此，故可悦也。山果多瑣細，羅生雜橡栗。○【鄭卬曰】橡，徐兩切，櫟實也。○西京賦：珍物羅生。高唐賦：芳草羅生。後漢李恂徙居新安，拾橡實以自資。晉虞摯流離鄠、杜間，拾橡栗而食。或紅若丹砂，或黑如點漆。雨露之所濡，甘苦齊結實。○苦，一作酸。山果雜橡栗之類，或紅或黑，皆沾雨露之恩，或甘或苦，同時結實。微物尚得其所若此，可以人而不如之乎？緬思桃源内，○緬，彌兖切，遠也。桃源，昔秦人避亂之所。晉陶潛桃花源記：晉太康中，武陵人捕魚，緣溪行，忽逢桃花林，夾岸數百步，無雜木〔五〕，芳華〔六〕鮮美，落英繽紛。漁人異之，前行窮林，林盡得一山，山有小口，髣髴若有光，便捨船從口入。初極狹，行數十步，豁然開朗〔七〕，屋舍儼然，阡陌交通，雞犬相聞，男女怡然。見漁人，大驚，問所從來。具答之，便要還家，設酒食。自云先世避秦亂，率妻子邑人來此，遂與邑人間隔，不知有漢，無論魏、晉。數日，辭去。既出，詣太守説此。太守遣人隨往尋之，遂迷，不復得路。益歎身世拙。

○甫歎身居亂世，不能爲桃源之隱，足見其謀之拙也。坡陀望鄜畤，○鄜音孚。○【鄭卬曰】畤，諸市切，祭天所也。○【杜田補遺。又，門類增廣十注杜詩引作「杜云」，杜陵詩史、分門集注、補注杜詩引作「修可曰」。】前漢郊祀志：秦文公東獵汧、渭，夢黄蛇自天下屬地，其口止於鄜衍。文公問史敦，敦曰：「此上帝之徵，君其祠之。」於是作鄜畤，用三牲郊祭白帝焉。谷巖互出没。我行已水濱，我僕猶木末。○坡陀，高大貌。時甫家在鄜，故甫喜望鄜畤，而見其巖谷迭相出没，心欲速至，故先行已到水濱，而僕從遲，在木末也。○【王洙曰】鄜畤，乃漢武帝祀之田。○在鄜州，以祀太一。鴟鳥鳴黄桑，○【王洙曰】鴟，一作梟。野鼠拱亂穴。夜深經戰場，○【王洙曰】深，一作中。寒月照白骨。潼關百萬師，往者數〔八〕何卒。遂令半秦民，殘害爲異物。○潼關，哥舒翰所守處，爲賊所破，百萬之師，何其散敗若是倉卒乎！○【趙次公曰：「言民一半爲鬼也。」】異物，鬼也。秦地之民半爲鬼物。○言將非其人，禍延天下，人君選將，可不慎歟！潼關乃京師之喉咽，潼關謹守，雖有百祿山，其能破京城哉！甫深爲舒翰〔九〕嘆惜也。○【杜田補遺。又，門類增廣十注杜詩引作「杜云」，杜陵詩史、分門集注、補注杜詩引作「修可曰」。】魏文帝與吴質書曰：元瑜長逝，化爲異物。況我墮胡塵，及歸盡華髮。經年至茅屋，妻子衣百結。慟哭松聲迴〔一〇〕，○慟，徒送切，哀過也。迴〔一一〕，一作回，非也。悲泉共幽咽。○幽，一作嗚。平生所嬌兒，顔色白勝雪。見爺背面啼，垢膩脚不襪。○韈，與襪同。牀前兩小女，補綻纔過膝。海圖拆波濤，舊繡移曲折。天吴及紫鳳，○【杜田補遺。又，門類增廣十注杜詩引作「杜云」，杜陵詩史、分門集注、補注杜詩引作「修可曰」。】山海經：朝陽之谷有神曰天吴，是爲水伯。虎身人面，八手八足八尾，背青黄色。又云：丹穴山有鸑鷟，鳳之屬也。如鳳，五色而多紫。○三輔決録：凡鳳有五色，赤色者鳳，紫色者鸑鷟也。顛倒在短褐。○【杜田補遺：「當作裋，音豎，蓋傳寫之誤也。」又，門類增廣十注杜詩引作「杜云」，杜陵詩史、分門集注、補注杜詩引作「修可曰」。】短，一作裋，音豎，小襦也。○言妻子寒凍，以圖障舊繡補綻而爲小兒短衣，故波濤爲之拆，繡紋爲之移，天吴及紫鳳之類，或顛或倒，其貧困可知也。老夫情懷惡，○甫言不樂觀此也。嘔泄卧數日。○泄，一作吐。○【王洙曰：「一作『數日卧嘔泄。』」】或作「數日卧嘔泄」。那無囊中帛，○【王洙曰】那，一作能。救汝寒凜慄。粉黛亦解苞，衾裯稍羅列。瘦妻面復光，癡女頭自櫛。學母無不爲，曉粧隨手抹。移時施朱鉛，○鉛，謂粉也。狼藉畫眉闊。生還對童稚，似欲忘飢渴。○甫是以取帛爲衣，解粉黛，羅衾裯，妻面復光，女頭自櫛，以至抹粧畫眉，皆得其所，豈意生還，復見妻子，中心之喜，似忘飢渴然。問事競挽鬚，誰能即嗔喝。○兒女喜父歸，請問賊中之事，憂苦如何，復觀其鬚髮皆白，競來挽引，甫喜對童稚，雖彼驕騃，亦莫忍生嗔喝之怒，蓋念在賊苦，寧甘受此亂聒，復何嫌耶！新歸且慰意，生理焉得説。○説，魯作脱。至尊尚蒙塵，○至尊，謂肅宗也。蒙塵，謂暴露也。○【王洙曰】左氏僖公二十四年傳：天子蒙塵于外。幾日休練卒。仰看天色改，旁覺祆氣豁。○【王洙曰】氣，一作氛。○言祆氛漸息〔一二〕，天宇澄清也。陰風西北來，慘淡隨回紇。○【王洙曰】一作胡〔一三〕紇。○或作回鶻，非也。後方請易回鶻〔一四〕。其王願助順，其俗喜馳突。送兵五千人，驅馬一萬匹。○【王洙曰】時回紇以兵助順。○兵五千而馬萬匹者，蓋良將之用兵，馬必有副也。唐史不言其數，今見于詩。此輩少爲貴，四方服勇決。所用皆鷹騰，破敵過箭疾。○【王洙曰】過，一作如。聖心頗虛佇，時議氣欲奪。○時回紇以五千兵、萬匹馬來助天子討賊，肅宗虛心以待之，時議者以賊鋭氣由此而奪，蓋氣索必敗也。○【趙次公曰】或者又曰：時議恐畢竟〔一五〕爲害，所以氣欲奪也。伊洛指掌收，○伊、洛二水，指東都也。西京不足拔。官軍請深入，蓄鋭何〔一六〕俱發。○何〔一七〕，一作可。○【趙次公曰】此正時議以爲國家自有恢復中原之理，官軍深入，自足破賊，不必專用回紇兵也。此舉開青徐，旋瞻略恒碣。○青、徐、恒、碣，皆東北之地，自此可以略取矣。昊天積霜露，○元氣廣大，謂之昊天，喻肅宗有威斷也。正氣有肅殺。○肅殺，陰氣之正也。天子自有真，禄山其竊僞者乎？故云。禍轉亡胡歲，勢成擒胡月。○謂肅宗獲回紇之助，蓋天人之理相應，禄山決可滅也。○【王洙曰】隋長孫晟傳：晟表奏：臣夜登城樓，望見磧北有赤氣百餘里如雨足下垂被地，謹驗兵書，此名灑地〔一八〕血，其下之國必且滅亡。欲滅匈奴，其在今日。胡命其能久，○【王洙曰：「史思明傳：優相謂曰：『胡命盡矣。』」】史思明傳：思明夜驚，據胡床叱唾，優問故，答曰：「我夢群鹿度水，鹿死而水乾，云何俄如匽？」優相謂曰：「胡命盡乎。」皇綱未宜絶。憶非〔一九〕狼狽初，○狼狽，喻國家多難失勢之時也。○【杜田補遺】又，門類增廣十注杜詩引作「杜云」，杜陵詩史、分門集注、補注杜詩、集千家注批點杜工部詩集引作「杜定功曰」。】酉陽雜俎：狼、狽是兩物，狽前足絶短，每行常駕兩狼，失狼則不能動，故世言事乖者稱狼狽。事與古先別。姦臣竟葅醢，同惡隨蕩析。不聞夏殷衰，中自誅褒妲。○【鄭卬曰】妲，當葛切。○【趙次公曰：「蓋謂古先亦有衰亂，而今日與之殊別焉。其殊別者何也？姦臣如楊國忠既誅，其黨又失勢而蕩析矣，此與古先別之一也。夏、殷亦衰矣，而褒妲不誅，上皇乃能割恩舍愛而誅貴妃，此與古先別之二也。惟其如此，故能如周之再興而有宣王，如漢之再興而有光武，以言肅宗之能中興也。」】古初謂紂之寵妲己，幽之寵褒姒，桀之信任姦邪，皆自取滅亡，不能聞悔過而誅奸惡、去淫寵也。惟肅宗知先朝所用多姦佞，如任國忠、寵貴妃，致有禄山之禍。中興之初，首誅國忠之姦惡，戮貴妃之寵淫，與夫夏、商不能自去褒、妲，相去遠矣。周漢獲再興，宣光果明哲。○【魯曰：「周宣王、漢光武也。」】謂周宣王、漢光武皆中興之主。○以喻肅宗明斷，再造唐室也。桓桓陳將軍，仗鉞奮忠烈。○桓桓，威武之顯。○【王洙曰：「陳將軍玄禮也，首謀誅貴妃、國忠者。」】謂龍武統軍陳元禮，扈從肅宗，首建策，誅楊國忠，殺貴妃也。微爾人盡非，於今國猶活。○爾，指元禮也。謂無元禮之言，則唐之天下無復爲唐有矣。凄涼大同殿，○【趙次公曰】興慶宮勤政門之北曰大同門，其内大同殿。寂寞白獸闥。○【趙次公曰】考之唐志，無「白獸闥」之名，豈假漢白虎門而言之乎？○意謂胡寇陷京師，故宮失守，皆凄凉寂寞，而可傷之也。都人望翠華，〇翠華，謂以翠羽爲葆。都人望乎肅宗之收復京師也。佳氣向金闕。〇金闕，謂以金飾闕門，妖氛蕩滌，有欝葱之佳氣也。園陵固有神，掃洒數不缺。〇數，色角切，頻也。煌煌太宗業，樹立甚宏達。〇謂先帝山陵皆蓄神靈，可以陰騭子孫，而中興之君復盡孝道，掃洒之禮未嘗少缺，自兹已往，必能紹復太宗之業，禄山蕞爾之寇，何足慮乎！

【校記】

〔一〕年，古逸叢書本作「載」。

〔二〕忙，古逸叢書本作「芒」。

〔三〕是，古逸叢書本作「時」。

〔四〕暫，古逸叢書本作「慙」。

〔五〕木，古逸叢書本作「樹」。

〔六〕華，古逸叢書本作「草」。

〔七〕朗，元本、古逸叢書本作「明」。

〔八〕數，古逸叢書本作「散」。

〔九〕舒翰，古逸叢書本作「哥舒」。

〔一〇〕迴，古逸叢書本作「逥」。
〔一一〕迴，古逸叢書本作「逥」。
〔一二〕息，原作「見」，據古逸叢書本改。
〔一三〕胡，元本、古逸叢書本作「相」。
〔一四〕鶻，元本、古逸叢書本作「紇」。
〔一五〕畢竟，元本、古逸叢書本作「竟畢」。
〔一六〕何，古逸叢書本作「伺」。
〔一七〕何，古逸叢書本作「伺」。
〔一八〕地，原作「也」，據元本、古逸叢書本改。
〔一九〕非，古逸叢書本作「昨」。

行次昭陵

○【王彥輔曰：「唐太宗文皇帝之陵也。」】太宗陵。○在醴泉縣西。

舊俗疲庸主，○【王洙曰】庸主，指隋煬帝。○開汴河，龍舟錦帆，勞動生民，是以民俗困疲也。

群雄問獨夫。○【王洙曰：「獨夫以失道而無助也。書：獨夫紂。群雄，如李密之流也。」】群雄乘隙而起，舉問罪之師，如李密之流，驅馳中原，與高祖爭。獨夫，如紂失道而無助也。讖歸龍鳳質，○天下卒歸唐者，以天命所在也。○【王洙曰】太宗方四歲，有書生見之，曰：「龍鳳之姿，天日之表。」威定虎狼都。○虎狼都，關中也。○【王洙曰】謂太宗之取天下，先以神武定關中。蘇秦傳：秦，虎狼之國也。天屬尊堯典，○【王洙曰】父子，天屬也。○【師古曰】謂高祖禪位于太宗，猶堯之授舜也。神功協禹謨。○【趙次公曰】謂禹成厥功，而書有大禹謨。○太宗佐高祖定天下，亦以大功嗣位，故云「協」也。風雲隨絶足，○雲從龍，風從虎。○【師古曰】時李靖之徒皆以風雲並會，隨馬足而奮也。日月繼高衢。○【王洙曰：「日月謂相繼而明也，謂高祖禪位。」】喻太宗繼高祖之明也。文物多師古，朝廷半老儒。○【趙次公曰】老儒，謂房、杜之屬也。直詞寧戮辱，○【王洙曰：「太宗納諫容直言，如魏徵之切直，無所不至，而能容之，孫伏伽諫論元律罪不當賜死，以蘭陵公主園直百萬，其用人如馬周，咸能盡其才。」】直詞，如魏鄭公、孫伏〔一〕、王珪、馬周之徒也。賢路不崎嶇。○言求言之路開廣而無壅也。往者災猶降，蒼生喘未蘇。○謂隋之亂，蒼生僅存殘喘也。指麾安率土，蕩滌撫洪爐。○【歐陽曰：「謂陶成天下如洪爐爾。」】謂太宗陶成率土，和氣薰爲太平也。○【趙次公曰】或曰天變未弭，猶欲勤兵於遠，而遽爾升遐，欲繼以陵邑之悲。壯士悲陵邑，○顏延年拜陵廟詩：衣冠終冥寞，陵邑轉青蕪〔二〕。幽人拜鼎湖。○幽人，甫自謂。得拜昭陵，猶拜鼎湖也。○【王洙曰】史記封禪書：黄帝采首山銅，鑄鼎於荆山下。鼎既成，有龍垂胡髯，下迎黄帝。黄帝上騎而去，百姓仰望而號。後世因名其處曰鼎湖。玉衣晨自舉，○玉衣謂典衣，逐時整頓帝服也。漢武故事：高皇廟中御衣自篋中出舞於殿上。冬衣自下在席上。平帝時，哀帝廟衣自在柙〔三〕外。鐵馬汗常趨。○言神無所不遊也。天寶故事：安禄山反，昭陵奏：石人馬皆有流汗。松柏瞻虚殿，○【王洙曰】虚，一作靈。塵沙立暝途。○暝，樊作暗。寂寥開國日，流恨滿山隅。○鮑照行路難：君不見柏梁臺，今日丘虚生草萊。君不見阿房宫，寒雲澤雉棲其中。歌妓舞女今誰在，高墳纍纍滿山隅。

【校記】

〔一〕元本、古逸叢書本「伏」下有「伽」字。

〔二〕青蕪，古逸叢書本作「葱青」。

〔三〕柙，元本、古逸叢書本作「押」。

重經昭陵

○魯訔曰：不知往來之因，姑從舊次。

草昧英雄起，謳歌曆數歸。○【師古曰】草而不齊，昧而不明，謂隋末之亂。○太宗輔高祖以起，掃隋之暴，故民之謳歌、天之曆數皆歸於太宗也。○【王洙曰】孟子：謳歌歸舜、啓。論語：天之曆數在汝躬。風塵三尺劍，○【王洙曰】漢高帝曰：吾以布衣提三尺取天下。社稷一戎衣。○言太宗以威武定社稷也。○【王洙曰】書武成：一戎衣，天下大定。翼亮貞文德，丕承戢武威。○【趙次公曰】：「此言太宗偃武用文也。」【】言太宗能以文德繼承高祖，偃武修文也。○【王洙曰】君牙篇：丕顯哉文王謨，丕承哉武王烈。聖圖天廣大，○言規模宏遠也。宗祀日光輝。○【王洙曰：「奕葉隆盛也。」】言枝葉茂盛也。陵寢盤空曲，熊羆守翠微。○翠微，山杪也。○【趙次公曰：「言兵衛之人，如熊如羆，屯守於翠微之際。」】謂以熊羆之士守山杪之陵寢也。再窺松柏路，還有五雲飛。○【趙次公曰】孝經援神契：王者德至，山陵則慶雲出、符瑞圖。○京房易飛候云：太始四年，寧陵言自大明八年至今，宣太后陵前後數有光及五色雲，又有五綵雲在松下，如車蓋焉。

羌村三首

○鄜州圖經：州治洛交縣。羌村，洛交村墟。按，集公有憶驥子詩曰「凋水空山道」，又有竄歸鳳翔詩曰「山中漏茅〔一〕屋」，皆謂羌村寓居也。

峥嶸赤雲西，○【馬曰】謂返照雲漢皆赤也。日脚下平地。柴門鳥雀噪，歸客千里至。○【王洙曰：「歸客，一云客子。」】歸客，一作妻子。○謂日暮時甫歸抵家，鳥雀際晚歸巢，皆相呼求其類，況甫不求其妻子乎？妻孥怪我在，驚走〔二〕還拭淚。世亂遭飄蕩，生還偶然遂。隣人滿墻頭，感歎亦歔欷。夜闌更秉燭，○更，音平聲，互也。○【趙次公曰】古樂府詩：人生不滿百，常懷千歲憂。晝短苦夜長，何不秉燭遊。相對如夢寐。○【師古曰：「相聚與夢想，不知其所以。此語乃天然混成，了無斧鑿痕耳。」】甫乍歸家，妻子相對喜甚，故雖更闌，猶秉燭未睡，翻思前日彼此各聞死音，今宵相對，恍然如夢寐中，爲真相聚耶，爲只是夢寐如此。或真或否，蓋不知其所以。此語乃天然混成，了無斧鑿痕耳〔三〕。

【校記】

〔一〕茅，元本、古逸叢書本作「村」。

〔二〕走，古逸叢書本作「定」。

〔三〕耳，古逸叢書本無。

晚歲迫偷生，○【晁曰：「晚歲謂暮年也。」】謂暮年自賊中竄歸也。還家少懽趣。○謂今還家，猶爲朝假所拘，須當還朝也。嬌兒不離膝，畏我復却去。○謂以拾遺之職所繫也。憶昔好追涼，故繞池邊樹。蕭蕭北風勁，撫事煎百慮。○昔閑居之時，常遶池邊樹以追涼，今歸來風剪樹葉零落，殆非昔日所覩之姿，是以撫循往事，不若今日百慮憂煎人也。玄宗初年，風物如彼，罹亂以來，世態如此，令人追思，得無傷感乎！賴知黍稌收，○稌，他魯切，稻也。○【王洙曰】黍稌，一作黍秫。○一作禾黍。已覺糟床注。○【魯曰】糟床，即酒醡〔一〕也。如今足斟酌，且用慰遲暮。

【校記】

〔一〕醉，元本、古逸叢書本作「釀」。杜陵詩史、分門集注、補注杜詩、集千家注批點杜工部詩集皆作「醉」。

群雞正亂叫，○【王洙曰】正，一作忽。客至雞鬬爭。驅雞上樹木，始聞扣柴荆。○古者食冰之家，不利雞豚之息，所以養其廉也。甫雖授拾遺，薄禄不給妻子，况兵革以來，世稍艱難，不免隨農民畜養雞豚以自存，所以救其死也，故有「驅雞」之句也。父老四五人，問我久遠行。手中各有携，傾榼濁復清。○酒之或清或濁，各隨所携，足見其村民之淳朴也。苦辭酒味薄，黍地無人耕。兵革既未息，兒童盡東征。○童，一作郎。請爲父老歌，艱難媿深情。○深，一作餘。歌罷仰天歎，四座淚縱横。○從「苦辭酒味薄」以下，乃甫寓意以諷徭役之苦民若此。東征，謂東討禄山。當艱難之際，酒味雖薄，荷人情相愛之厚，隣曲之情尚且如此，况父子之恩爲如之何！甫集有詩云「清渭東流劍閣深，去住彼此無消息」。○【師古曰】時玄宗幸蜀，肅宗撫慰之道有所未盡，是何父子之恩反不若隣里之深情乎？四座淚下而仰〔一〕嘆，深爲朝廷歎息此爾。

【校記】

〔一〕仰，元本、古逸叢書本作「嗟」。

喜聞官軍已臨賊境二十韻

○卞圜曰：至德二年，禄山誅，慶緒未殄。秋九月，賊猶屯京邑。癸卯，定京師。公謁〔一〕急鳳翔，北首鄜路，尚在兵戈中也。

胡虜潛京縣，○【王洙曰】虜，一作騎。○【趙次公曰】至德二載，郭子儀以朔方兵敗安慶緒于澧水，復京師。慶緒奔于郟鄏，此之謂「潛京縣」。京縣者，謂京師之縣也。官軍擁賊壕。○【鄭卬曰】壕，胡刀切。○【王洙曰】城壕也。○言王師已臨賊境也。鼎魚猶假息，○喻賊勢之必敗也。○【九家集注杜詩作「杜田補遺」。又，杜陵詩史、分門集注、杜陵詩史、集千家注批點杜工部詩集引作「趙次公曰」。】南史：丘遲與陳伯之書云：首豪猜貳，部落携離。方當繫頸蠻邸，縣首藁街，而將軍魚遊於鼎沸之中，燕巢於飛幕之上，不亦危乎！○後漢來歙傳：公孫述以隴西天水爲藩蔽，故得延命假息。穴蟻欲何逃。○喻賊勢之必敗也。○【趙次公曰】異苑：桓謙，太元中忽有人皆長寸餘，悉被鎧持槊，乘具裝馬，從埳中出，緣機歷竈。蔣山道士令以沸湯澆所入處，寂不復出，因掘之，有斛許大蟻死在穴中。帳殿羅玄冕，○【王洙曰】以帳爲殿，而羅玄冕，言君臣聚謀也。轅門照白袍。○言將士之勇鋭也。凡軍行，以車爲陳，轅相向〔二〕爲門，謂之轅門。周禮：掌舍，王行則設車宮轅門。○【趙次公曰】洛中謠曰：各軍天將莫自牢，千兵萬馬避白袍。○【趙次公曰。又，杜陵詩史、分門集注、補注杜詩、集千家注批點杜工部詩集引作「沈曰」。】梁陳慶之所統之兵悉著白袍，所向披靡。○又，薛仁貴推鋒破敵，著白袍以自表暴。秦山當警蹕，○【趙次公曰】謂肅宗在鳳翔也。○【趙次公曰：「出稱警，入稱蹕，止行人也。」又，杜陵詩史、分門集注、補注杜詩引作「沈曰」。】崔豹古今注：警蹕，所以戒行徒也。秦制：出軍者皆警戒，入國者皆蹕止也。故云出警入蹕。漢苑入旌旄。○【趙次公曰】謂衛兵往長安也。○漢儀注：凡養鳥獸者，通名爲苑。路失羊腸險，○【王洙曰：「路濕，一云路失。」】失，一作濕。○言賊不能守其險阻也。○【趙次公曰】至德二載二月，李光弼敗安慶緒于太原。○【沈曰】皇甫謐地書：太原北九十里有羊腸。雲横雉尾高。○雉尾，扇也。言天子儀仗之盛也。○【王洙曰】崔豹古今注：殷宗有雊雉之祥，服章多用雉羽。○周制以爲王后、夫人之車服輿輦，即緝雉羽爲扇翣以障翳風塵也。五原空壁壘，○【趙次公曰】謂長安賊退壘空也。○後漢志：五原郡，本秦九原郡，武帝更名五原。○【趙次公曰】【王洙曰】長安志：長安、萬年二縣之外有畢原、白鹿原、少陵原、高陽原、細柳原，謂之五原。八水散風濤。○【王洙曰】謂關中寇亂漸平也。關中記：涇、渭、滻、灞、澇、滈、澧、潏爲關内八水。○戴延之西征記：關中八水脉絡，秦川襟帶京邑。按，公集有曰「王師下八川」，謂此也。今日看天意，遊魂貸爾曹。○遊魂，言賊雖生而魂已徂矣。知爾輩必滅，姑少寬貸之也。魏明帝善哉行：假氣遊魂，魚鳥爲伍。乞降那更得，尚詐莫徒勞。○【趙次公曰】賊窘則乞降，黠則尚詐，今安賊既爲官軍所臨，欲望如是，不可得也。元帥歸龍種，○【趙次公曰】至德二載閏八月，以廣平王俶爲天下兵馬元帥，往收長安，是爲代宗也，故曰龍種。司空握豹韜。○【趙次公曰】謂郭子儀以司空爲副帥。按，太公六韜書有豹韜篇。○或曰司空，指王司理也。前軍蘇武節，○【王洙曰】軍，一作旌。○前軍指李嗣業，以比蘇武也。按，前漢蘇武爲中郎將，使匈奴。單于欲降之，使牧羝北海上，羝乳乃得歸。武乃仗漢節牧羊，卧起操持，節旄盡落。武留匈奴凡十九歲，始還。左將呂虔刀。○【趙次公曰】或謂李嗣業嘗爲左陌刀將。○【王洙曰】按，晉中興書：魏徐州刺史任城呂虔有佩刀，相者曰：「必三公可服。」虔乃贈别駕王祥，曰：「苟非其人，刀或爲害。卿有公輔之量，故相與也。」兵馬回飛鳥，○【趙次公曰】言兵氣之凌奮，可〔三〕以衝激飛鳥而回也。威聲没巨鼇。○【趙次公曰】巨鼇，屓贔之物。威聲之所加，乃至没之。此言賊攝服之意也。戈鋋開雪色，○【鄭卬曰】鋋，時連切。説文：小矛也。弓矢向秋毫。○向，晉作尚。天步艱方盡，○【王洙曰】詩小雅：天步艱難。時和運更遭。○言時和繼之，乃否極即泰也。誰云遺毒螫，○【王洙曰】遺，一作貴。螫，音釋，行〔四〕毒也。○言賊必掃盡無留其餘穉也。已是沃腥臊。睿想丹墀近，○【王洙曰】想，一作思。○【趙次公曰】言車駕有可還京之勢也。神行羽衛牢。○【趙次公曰】神行，謂天子之行，葆羽之衛，安而無警矣。花門騰絶漠，○花門，乃回紇也。按唐地理志：甘州删丹縣北三百里有花門山堡，又東北十〔五〕里至回紇衙帳。拓羯渡臨洮。○拓羯，謂安西也。按，唐西域傳：安西者，即康居小君長罽王故地。募勇健者爲拓羯，猶戰士也。漢志：臨洮縣屬隴西郡。○【鄭卬曰】十道志：臨洮郡，皆〔六〕吐谷渾所處。○唐隴右道洮州也。此輩感恩至，羸俘何足操。○【師古曰】時用朔方等兵，故回紇、安西感唐恩德，騰渡而來助唐討賊，然係羸之俘何足執也。鋒先衣染血，騎突劍吹毛。喜覺都城動，悲連子女號。家家賣釵釧，祇待獻春醪。○此與吕布殺董卓時事略相似也。○【王洙曰】按，後漢董卓傳：魏王允令吕布殺董卓，百姓歌舞於道，長安士女賣其珠玉衣裝、市酒肉相慶者，填滿街肆。

【校記】

〔一〕謁，元本、古逸叢書本作「謂」。

〔二〕向，古逸叢書本作「面」。

〔三〕可，元本、古逸叢書本作「馬」。

〔四〕古逸叢書本「行」上有「蟲」字。

〔五〕十，原作「千」，據古逸叢書本改。

〔六〕皆，古逸叢書本無。

收京三首○九月。

仙仗離丹極，○【王洙曰】謂大駕幸蜀也。妖星帶玉除，○【師古曰】謂禄山陷京闕也。

○【王洙曰】晉天文志：妖星二十有一。説文：除，殿階也。須爲下殿走，○【王洙曰】謂避亂也。世説：營惑入南斗，天子下殿走。不可好樓居。○【鄭卬曰】好，虚到切〔一〕。○一作得。○【王洙曰】非群盗起難〔二〕，作九重居，○【師古曰】譏玄宗好神仙也。○【王洙曰】按封禪書：齊人公孫卿曰：「仙人好樓居。」於是武帝令長安作蜚廉桂觀，甘泉作益延壽觀。暫屈汾陽駕，○言肅宗親征也。○【王洙曰】莊子逍遥遊篇：堯治天下之民，平海内之政，往見四子藐姑射之山、汾水之陽，窅然喪其天下。聊飛燕將書。○言以詔命陳逆順以諭賊將，可使之舉城降也。○【王洙曰】史記魯仲連傳：燕將攻下聊城，聊城人或讒之燕，燕將懼誅，因保守聊城，不敢歸。齊田單攻聊城，歲餘不下，魯仲連乃爲書，約之矢以射城中遺燕將。燕將見書，泣而自殺，聊城亂。田單遂屠聊城。○【趙次公曰】余謂此以言京師不勞兵戰而車駕可復有，若魯仲連之飛書於燕將而聊城自下也。依然七廟略，○【師古曰】謂復謀建宗廟也。○【王洙曰】王制：天子七廟。更與萬方初。○【趙次公曰】更讀平聲，與民更始之義也。

【校記】

〔一〕切，元本、古逸叢書本作「反」。

〔二〕起難，元本、古逸叢書本作「殺之」。

生意甘衰白，天涯正寂寥。忽聞哀痛詔，又下聖明朝。○【王洙曰】西域傳：漢武下哀痛之詔。羽翼懷商老，〇【鮑曰】此謂裴冕、杜鴻漸等輔相肅宗，如商山四皓輔漢太子也。〇【王洙曰】四皓謂園公、綺里季、夏黄公、甪里先生，當秦之末，俱入商洛，隱地肺山。秦滅，漢高帝徵之不至，深入終南山，不能屈也。張良傳：高祖欲廢太子，立戚夫人子。吕后用張良計，使人奉太子書，欲〔一〕迎四皓至，從侍太子入朝。高祖見之，驚曰：「煩公調護太子。」召戚夫人，指視曰：「我欲爲之，彼爲之輔，羽翼已成，難動摇矣。」文思憶帝堯。〇【鮑曰】乾元元年正月戊寅，上皇御宣政殿，授皇帝傳國授命寶符，此謂玄宗傳授，猶堯授舜也。〇【王洙曰】按，堯典：昔在帝堯，聰明文思，光宅天下，將遜于位。叨逢罪己日，〇【王洙曰】左氏莊公十一年傳：臧文仲曰：「禹、湯罪己，其興也勃焉。」霑灑望青霄。〇【王洙曰】霑灑，一作灑涕。〇【師古曰】甫初廿衰老，今覩肅宗能刻責奮勵，猶有所仰望故也。

【校記】

〔一〕欲，古逸叢書本作「詞」。

汗馬收宫闕，春城鏟賊壕。〇【鄭卬曰：「鏟，楚醆切，平也。」】鏟，楚醆切。〇【趙次公曰：「鏟則盡削平其迹之義也。」】言削平賊城也。賞應歌杕杜，〇【王洙曰】詩杕杜：勞還役也。歸及薦櫻桃。〇【王洙曰】歸，一作福。禮月令：仲夏之月，天子乃羞以含桃，先薦寢廟。注：含桃，櫻桃也。〇唐李綽歲時記：四月一日，内園進櫻桃，先薦寢廟。雜虜横戈數，〇數，魯作槊。雜虜，言結吐蕃也。功臣甲第高。○謂武人立功，取富貴也。○【王洙曰】漢田蚡傳：蚡治宅甲諸第。顏師古曰：言爲諸第之最也以甲乙之次。言甲，則爲上矣。萬方頻送喜，○言獻捷也。○【王洙曰】後漢班超傳：西域平定，陛下舉萬年之觴，薦勳祖廟，布大喜於天下。無乃聖躬勞。○【師古曰】此譏人臣貪大功以爲己有者也。

洗兵馬○【九家集注杜詩依體例當爲「王洙曰」，分門集注、補注杜詩引作「王洙曰」。又，集千家注批點杜工部詩集引作「公自注」。按，宋本杜工部集題下有此四字，可知四字爲「杜甫自注」或真「王洙注」，皆有可能，絶非九家集注杜詩、分門集注、補注杜詩所謂僞「王洙注」（鄧忠臣注）也。】收京後作。

中興諸將收山東，○禄山爲范陽節度，所總皆漁陽突騎。按，地理志：幽州，秦滅燕，以其地爲漁陽、上谷等郡。後周置燕、范陽二郡。唐爲幽州。天寶元年，更郡名曰范陽。范陽在山東。○【趙次公曰：「山東，河北也。安禄山反，先陷河北諸郡。至二京已復，慶緒奔于河北之後，史思明等降，而諸郡漸復矣。故公今詩云『中興』也。」】山東，今之河北也。禄山反，先陷河北諸郡。至肅宗乾元元年，收復兩京，進收山東，以建中興之業。○卞圜謂：唐都長安，自太行以東皆山東也。捷書夕奏清晝同。○夕奏，王荆公作夜報。河廣傳聞一葦過，○【王洙曰】詩衛風：誰謂河廣，一葦航之。胡危命在破竹中。○【王洙曰】晉杜預傳：兵威已振，譬如破竹，數節之後，迎刃而解。秖殘鄴城不日得，獨任朔方無限功。○陳濤斜敗，帝唯倚朔方軍爲根本。○【趙次公曰：「指言郭子儀也，素爲朔方節度使。時專任子儀，故云。」】時朔方節度使乃郭子儀也。京師皆騎汗血馬，○賊既收穫〔一〕，故諸將皆騎胡馬於京師，以獻其功也。神異經：西域大宛有良馬，日行千里，至〔二〕日中而汗血。回紇餧肉蒲萄宮。○時回紇送兵五千助帝討賊，及師還，帝就蒲萄宮宴勞之。前漢匈奴傳：元帝元壽三年，單于來朝，舍之于上林蒲萄宮。○【趙次公曰】長安志：有東、西蒲萄園。已喜皇威清海岱，○乾元元年二月，安慶緒將以淄青降。○【王洙曰】禹貢：海岱惟青州。常思仙仗過崆峒。○海謂山東，岱謂河北，崆峒山在西。肅宗雖靖平海、岱，已云〔三〕喜矣，然孝思不忘上皇。當時玄〔四〕宗聞亂，西走幸蜀，肅宗眷眷之誠，朝夕當思之也。仙仗，謂玄宗儀仗也。三年笛裏關山月，○周王褒關山月詩：關山夜月明。萬國兵前草木風。○自天寶十四年至收復兩京，凡三年矣。笛，謂胡笳也。萬國諸侯各以兵會討賊，是時城郭宮室爲賊焚蕩，觸目惟草木而已。肅宗三年暴露于外，每听胡笳之音，臨風對月，痛念阻隔關山，寧不思上皇遠竄西蜀，不獲侍甘旨之奉耶？○【趙次公曰。又，杜陵詩史、分門集注、補注杜詩引作「修可曰」。】按，周王褒燕歌行：無使漢地關山月，惟有漠北薊城雪。成王功大心轉小，○是時，九節度兵圍安慶緒于相州，帝命成王爲元帥，總九節度之兵。成王收復之功雖大，愈能小心翼翼，不以功高自矜，爲可美也。○【鮑曰：「乾元元年，徙封俶爲成王。」】按代宗實録：至德二年九月，以廣平王俶爲元帥，東伐。十二月，封楚王。乾元元年十二月，徙封成王。○【王洙曰】詩大明：小心翼翼。郭相謀深古來少。○深，一作猷。郭相，指郭子儀也。子儀以至德元年十一月率回紇敗禄山於河上。唐官儀：侍中、中書令、三省長官，位一品，真宰相。子儀時爲中書令也。司徒清鑒懸明鏡，○【王洙曰】司徒，指李光弼也。尚書氣與秋天杳。○【趙次公曰】尚書，指王思禮也。思禮本傳：長安平，思禮先入清宫。收東京，戰數有功，遷兵部尚書。○按集，公有八哀詩，哀思禮曰：「爽氣春淅瀝。」與此「氣與秋天杳」其意同也。○【王洙曰】或曰：尚書謂僕固懷恩。二三豪俊爲時出，○鶡冠子：德萬人者謂之俊，德千人者謂之豪。整頓乾坤濟時了。○謂天下清平，道路無壅，皆二三子之力也。東走無復憶鱸魚，○謂東通吴越，而民得以足食矣。○【王彦輔曰】晉張翰傳：翰字季鷹〔五〕，吴人，入洛，齊王冏辟爲大司馬東曹掾。翰因見秋風起，乃思吴中菰菜蓴羹鱸魚，曰：「人生貴得適意，何求羈宦數千里以要君爵乎？」遂命駕東歸。時人號爲「江東步兵」矣。○按集公有詩曰「蹔憶江東鱠」是也。南飛覺有安巢鳥。○謂南達荆、湖，而民得以安居也。○【王洙曰】古詩：越鳥巢南枝。曹植詩：願隨越鳥，飜飛南翔。○【趙次公曰】曹孟德詩：月明星稀，烏鵲南飛。言不安也。青春復隨冠冕入，○言隨還京師也。○【趙次公曰】乾元元年正月，上皇帝授皇帝以傳國寶璽。此時衣冠併入而定矣。紫禁正耐煙花繞。○耐，與奈同。○【王洙曰：「謝希逸：收華紫禁。」】謝希逸宣貴妃誄：收華紫禁。李善注：王者之宫象紫微，故謂宫中爲紫禁。鶴駕通宵鳳輦備，○備〔六〕，或作過，或作來。言侍天子之宴也。○【九家集注杜詩引作「薛夢符曰」。又，杜陵詩史、分門集注、補注杜詩引作「薛蒼舒曰」。】漢宮闕疏：白鶴宮，太子之所居。○唐垂拱中，改太子左右崇掖衛爲鶴禁衛。○【杜田補遺。又，杜陵詩史、分門集注、補注杜詩、集千家注批點杜工部詩集引作「魯曰」。】按劉向列仙傳：王子喬者，周靈王太子晉也。好吹笙，作鳳鳴，遊伊、洛之間。道士浮丘公接上嵩山三十餘年，後求之於山上，見桓良曰：「告我家，七月七夕待我於緱氏山頭。」果乘白鶴駐山巔，望之不得到，舉手謝時人而去，故後世稱太子之駕曰鶴駕，宮曰鶴宮，禁曰鶴禁。雞鳴問寢龍樓曉。○【王洙曰】龍，或作虬。○又言成王講晨省之禮也。○【九家集注杜詩引作「杜田補遺」。又，杜陵詩史引作「王洙曰」及「趙次公曰」。】禮文王世子篇：文王之爲世子，朝於王季。雞初鳴，至於寢門外，問內豎之御者曰：「今日安否，如何？」○【趙次公曰】前漢成帝紀：帝爲太子，初居桂宮。上嘗急召太子，出龍樓內，不敢絶馳道，西至直城內得絶，乃度。張晏曰：門樓上有銅龍，若白鶴、飛廉之爲名也。○【杜田補遺。又，杜陵詩史、分門集注、補注杜詩引作「無己曰」。又，集千家注批點杜工部詩集引作「陳後山曰」。】文選王元長曲水詩序：儲后睿哲在躬，出龍樓而問豎。注：龍樓，漢太子門名也。攀龍附鳳勢莫當，○一作攀鱗附翼。勢，一作世。喻群臣依附天子也。○【王洙曰】揚子淵騫篇：攀龍鱗、附鳳翼以揚之，勃勃乎其不可及乎。天下盡化爲侯王。○謂賊平還京，論功行賞，盡封爲侯王也。汝等豈知蒙帝力，時來不得誇身强。○當安、史之亂，武夫悍卒以平賊之功取富貴，此特一時之際會也，實出於天子聖明之力，豈可誇其身之强勇，貪天功以爲己力乎！此諷以軍功自負〔七〕者也。關中既留蕭丞相，〇賊平，帝以蕭華留守，故比之蕭何也。按，唐書裴冕傳：從太子至靈武，與杜鴻漸、崔漪同辭勸進。太子喜曰：「靈武，我之關中。卿乃吾蕭何也。」前漢高祖紀：上曰：「鎮國家，撫百姓，吾不如蕭何。」幕下復用張子房。〇復以張鎬爲幕府參謀，故比之子房也。〇【王洙曰】高帝紀：上曰：「運籌帷幄之中，吾不如子房。」張公一生江海客，身長九尺鬚眉蒼。〇【杜田補遺：「唐舊史云：蕭昕與鎬友善，表薦之曰：『如鎬者，用之則爲王者師，不用則幽谷之叟爾。』明皇擢鎬爲拾遺。不數年，出入將相。」又，杜陵詩史、分門集注引作「沈曰」。又，杜陵詩史、補注杜詩、集千家注批點杜工部詩集引作「蘇曰」：「謂張鎬也。蕭嵩薦之曰：『用則帝王師，不用則窮谷一叟耳。』」唐舊書：蕭昕與張鎬友善，嘗表薦之，曰：「如鎬者，用之則爲王者師，不用則幽谷之叟爾。」玄宗擢鎬爲拾遺。至德二年五月丁卯，房琯罷，鎬相。明年五月戊午，罷。張鎬之儀狀瓌偉，好王霸大略，善待士，性簡重，議論有體，天下推服焉。徵起適遇風雲會，〇【王洙曰】光武二十八將論：咸能感會風雲。扶顛始知籌策良。〇蔡寬夫詩話曰：鎬雖史氏稱〔八〕有王霸大略，然當時爲相，收復京師，不聞別有奇功，但有策史思明欲以范陽歸順爲僞，知許叔冀臨難必變二〔九〕事耳。然當時亦不果用，豈史氏或有遺耶？此公所取，豈謂是耶？青袍白馬更何有，〇喻祿山之亂已平矣。南史侯景傳：先是，大同中童謡曰：「青絲白馬壽陽來。」景渦陽之敗，乘白馬，青絲爲轡〔一〇〕，欲以應讖。〇【杜定功曰】庾信哀江南賦：青袍如草，白馬如練。後漢今周喜再昌。〇謂肅宗如漢光武、周宣王之中興也。寸地赤〔一一〕天皆入貢，○【王洙曰】顏延年歌：亘地稱皇，罄天作主。月竁來賓，日際奉土。奇祥異端争來送。不知何國致白環，○【王洙曰】帝王世紀：西王母慕舜之德，來獻白環。復道諸山得銀甕。○【王洙曰】禮運篇：山出器車。鄭氏注：器謂若銀甕丹甑。○顧野王瑞應圖：王者宴不及醉，刑罰中人不爲非，則銀甕出。隱士休歌紫芝曲，○【九家集注杜詩引作「集注」。又，杜陵詩史、分門集注、補注杜詩引作「安石曰」。】皇甫謐高士傳：秦世道滅德消，坑黜儒術。四皓退而作歌，曰：「莫莫高山，深谷逶迤。曄曄紫芝，可以療飢。唐虞世遠，吾將何歸？駟馬高蓋，其憂甚大。富貴之畏人兮，不如貧賤之肆志。」乃共入商洛，隱地肺山。秦滅，漢高帝徵之不至，深入終南山，不能屈也。詞人解撰清河頌。○【趙次公曰】紀實事也。至德二年既收京，而於七月嵐州合河關〔一二〕黃河三十里，清如井水，四日而變，蓋收京之祥也。○【歐陽曰】：「鮑照字明遠。元嘉中，河、濟俱清，當時以爲美瑞。昭爲河清頌。」宋文帝元嘉中，河、濟俱清，當時以爲瑞。鮑照作清河頌，張暢作河清頌。田家望望惜雨乾，○【鄭卬曰】：「居乾切。」乾，居寒切，燥也。布穀處處催春種。○布穀，乃鳴鳩催耕之鳥也。淇上健兒歸莫懶，○淇上，謂衛州健兒軍之總稱。○【晁曰】時史思明餘黨未殄，故衛、相之兵未歸故也。城南思婦愁多夢。○城南，謂長安之城南。○【王洙曰】詩東山三章：言室家之望女也。○曹植美女篇：借問女定〔一三〕居，乃在城南路〔一四〕。陸士衡爲顧彥先贈婦詩：東南有思婦，長嘆充幽闥。安得壯士挽天河，○【王洙曰】後漢李尤歌：安得壯士翻日車。又，梁沈約詩：安得壯士馳奔浪。淨洗甲兵長不用。〇昔文帝當平治之日，却千里馬，不寶遠物。賈誼猶陳治安之策，以爲可太息慟哭，誠以安不忘危、治宜念亂。明皇惟恃治，故至於亂。今肅宗即位未久，雖號中興，正宜刻勵，以父爲鑒，而乃以祥瑞自多，貪得遠物，此賢人君子所爲寒心者也。昔四皓逃秦，隱居商〔一五〕山，歌曲曰紫芝。宋鮑照、張暢皆作清河頌。河一千年一度清，當是時，皆指河清爲昇平之運，獻頌以媚〔一六〕肅宗者，比比皆是，復以爲山林無逸士，如四皓之逃秦者盡蒙搜舉，甫獨以爲未也。甫意謂和氣未薰，陰陽尚多錯忤，當春種之月，猶有雨乾之歎，城南猶有愁思之夢，天子未可高枕而無憂，故云安得壯士洗甲兵而長不用矣。〇【王洙曰：「武王伐紂，大雨洗兵。」】劉向説苑：武王伐紂，風霽而乘以大雨。散宜生又諫曰：「此非妖歟？」王曰：「非也，天洗兵也。」

【校記】

〔一〕穫，元本、古逸叢書本作「復」。

〔二〕至，元本、古逸叢書本作「者」。

〔三〕云，元本、古逸叢書本作「足」。

〔四〕玄，元本、古逸叢書本作「文」。

〔五〕鷹，原作「英」，據古逸叢書本改。

〔六〕備，元本、古逸叢書本作「駕」。

〔七〕負，古逸叢書本作「有」。

〔八〕稱，元本、古逸叢書本作「黨」。

〔九〕二，元本、古逸叢書本作「一」。

〔一〇〕轡，元本、古逸叢書本作「别」。

〔一一〕赤，元本、古逸叢書本作「尺」。

〔一二〕闢，元本、古逸叢書本作「開」。

〔一三〕定，古逸叢書本作「安」。

〔一四〕路，古逸叢書本作「端」。

〔一五〕商，元本、古逸叢書本作「南」。

〔一六〕媚，元本、古逸叢書本作「諛」。

臘日

臘日常年暖尚遥，今年臘日凍全消。○按，譜〔一〕：至德二年之臘日也。侵陵雪色還萱草，○【王洙曰。又，杜陵詩史引作「沈曰」。】毛萇詩傳：萱草令人忘憂。漏洩春光有柳條。○【王洙曰】有，一作是。縱酒欲謀良夜醉，○【王洙曰】良，一作長。還家初散紫宸朝。○【鄭卬曰】長安志：宣政殿北曰紫宸門，其内有紫宸殿，即内衙之正殿。口脂面藥隨恩澤，翠管銀罂下九霄。○【趙次公曰】唐制：臘日賜脂面藥，翠管、銀罌，所以盛之也。○按景龍文館記：三年臘日，帝於苑中召近臣賜臘，晚自北〔二〕門入於内殿，賜食，加口〔三〕脂、紅雪、澡豆等。又曰：賜口脂、臘脂，盛以紅碧緑牙筩。

【校記】

〔一〕譜，元本、古逸叢書本作「謂」。

〔二〕北，元本、古逸叢書本作「此」。

〔三〕口，元本作「曰」，古逸叢書本作「白」。

新定杜工部草堂詩箋斠證卷第十二

乾元元年春至夏五月在諫省作

宣政殿退朝晚出左掖

〇宣政殿在東内大明宫之中，紫宸門之南。長安志：唐東内大明宫，正殿曰含元，元日、冬至受華、夷萬國大朝會。宣政朔、望，紫宸日御。蓬萊，蓬萊横紫微殿北〔一〕。〇【鄭卬曰】又，宣政門内有宣政殿，殿東有東上閤門，西有西上閤門，故以左掖稱也。

天門日射黄金牓，〇【趙次公曰：「神異經云：西方有宫，金牓而銀鏤，題曰『天地少女之宫』。」】神異經：西方有西明山，有宫焉。白石爲墻，五色玄黄，門有金牓。〇【王洙曰】崔融詩：金牓照晨光，銅鈎起夕凉。春殿晴曛赤羽旗。宫草微微承委珮，〇【王洙曰】微微，一作霏霏。曲禮：

主珮垂，則臣〔二〕珮委。爐煙細細駐遊絲。雲近蓬萊常五色，○唐志：大明宫，龍朔二年始大葺，曰蓬萊宫。雪殘鳷鵲亦多時。○【趙次公曰：「鳷鵲，漢觀名，在甘泉宫。謝玄暉詩云：『金波麗鳷鵲，王繩低建章。』則借漢觀名以比當時之禁掖。」】鳷鵲乃漢之觀名，今公借言唐之禁掖。三輔黄圖：鳷鵲觀在甘泉宫。侍臣緩步歸青瑣，○漢舊儀曰：宫閣簿：青瑣門在南宫。西漢故事：黄門郎夕拜青瑣閣。○【王洙曰】青瑣，門也。以青畫户邊，鏤中，天子制也。退食從容出每遲。○時公爲左拾遺故也。

【校記】

〔一〕北，元本、古逸叢書本作「此」。

〔二〕臣，元本、古逸叢書本作「目」。

晚出左掖

晝刻傳呼淺，春旗簇仗齊。退朝花底散，歸院柳邊迷。樓雪融城濕，宫雲去殿低。避人焚諫草，○晉羊祜傳：嘉言讜議，皆焚其草，故世莫聞。騎馬欲雞栖。○【師古曰】騎馬出左掖，雞欲栖于時，謂日之夕矣。

紫宸殿退朝口號

〇【鄭卬曰】長安志：宣政殿北曰紫宸門，内有紫宸殿，即内衙之正殿。

户外昭容舞袖垂，雙瞻御座引朝儀。〇【趙次公曰】時用昭容二人以引朝也。〇【王洙曰】唐制：昭容正二品，位九嬪。〇【九家集注杜詩引作「杜田補遺」。又，杜陵詩史、分門集注引作「田曰」，又作「薛蒼舒曰」。】天子坐朝，宫人引至殿上。〇【九家集注杜詩引「師尹曰」】西陽雜俎曰：今閤門有宫人垂帛立殿上，以引百寮。或云自則天，或云因後魏。據開元禮疏：晉康獻褚后臨朝不坐，則宫人傳百寮。周、隋相因，國家承之不改。〇唐六典曰：宫嬪司贊掌朝會贊相之事。凡朝引客立於殿庭。〇【九家集注杜詩引作「杜田補遺」。杜陵詩史、分門集注引作「田曰」，又作「薛蒼舒曰」。補注杜詩引作「薛蒼舒曰」。】天祐二年冬，詔曰：「宫嬪女職，本備内任。今後每遇延英坐日，只令小黄門祗候引從，宫人不得出内。〇按集，公又有贈獻納使起居田舍人曰「舍人退食收封事，宫女開函近御筵」是也。香飄合殿春風轉，花覆千官淑景移。〇【王洙曰】景，一作日。〇覆，芳遇切。謂唐宫苑庭列芳蕤春色之盛也。按集，公有晚出左掖詩「退朝花底散」是也。晝漏稀聞高閣報，〇【趙次公曰】以閣之高而傳之遠也。天顔有喜近臣知。宫中每出歸東省，〇【趙次公曰】唐制：左拾遺隸門下，而門下省在東，謂之東省。〇公時爲左拾遺故也。〇【九家集注杜詩引「師尹曰」：「按唐六典：左拾遺，門下。右拾遺，中書。此言東省，蓋門下也。傳言子美拜右拾遺，史氏之誤。」】按唐六典：拾遺、補闕八人。

左拾遺，門下。右拾遺，中書。掌供奉諷諫，扈從乘輿。大則廷議，小則上封也。會送夔龍集鳳池。〇【王洙曰】集，一作到。夔龍，舜之臣也，今取以爲喻。按晉中興書：荀勗自中監徙尚書令，人賀之，乃恚云：「奪我鳳凰池，卿諸人何賀我耶！」〇今謂中書凝邃，基命巖廊，晉人華侈，比之天上鳳凰池。東方朔十洲記：鳳麟洲在西海中，四面皆弱水遶之，鴻毛不可越其上，鳳麟數萬成群。鳳麟蓋非人間物，甫詩言兩省供奉退班紫宸殿，丞相出送，槐鼎論道于中書政事堂也。晉謝玄暉直中書省詩曰：風動萬年枝，日華承露掌。玲瓏結綺錢，深沉映朱網。紅藥當階翻，蒼苔依砌上。兹言翔鳳池，鳴佩多清響。卞伯玉赴中書省詩：躍麟池中，揮翰紫宸裏。西王母大有妙經：汩海豢龍，丹池浴鳳。

李〔一〕校書二十六韻〇按，唐書：李舟，字公度。舟迎太夫人，時公在右掖。柳宗元先友記：李舟，隴西人，有文學俊辯，高志氣，以尚書郎使危疑反側者再，不辱命，其道大顯。被讒妬，出爲刺史，廢痼，卒。〇【鮑欽止曰】李肇國史〔二〕：李舟好事〔三〕，與妹書曰：「釋迦生中國，設教如周、孔。周、孔生西方，設教如釋迦。天堂無則已，有則君子生。地獄無則已，有則小人入。」則其人可知。故甫稱之。

代北有豪鷹，〇代，山名。〇【師古曰：「大鷹也。」】豪，大也。生子毛盡赤。渥洼騏驥兒，〇【鄭卬曰】渥，於角切。洼，烏〔四〕瓜切。水名。〇兒，一作種。尤異是龍脊。〇【王洙曰】龍，一作虎。○【趙次公曰：「譬李舟也。」】豪鷹、騏驥，皆喻李校書也。李舟名父子，○按唐書：舟父岑爲水部郎官。清峻流輩伯。人間好妙年，○妙，一作少。不必須白皙。十五富文史，十八足賓客。○謂賢士皆與之從遊也。十九授校書，二十聲輝赫。○【王洙曰】輝，一作煇。衆中每一見，使我潛動魄。○謂驚服也。江淹雜體詩序：娥眉詎同貌，而俱動於魄。芳草寧共氣，而俱悦於魂。自恐二男兒，○【秦曰】二兒，謂〔五〕宗文、宗武也。辛勤養無益。○【秦曰】甫自愧二子不若之也。乾元元年春，○【王洙曰】肅宗乾元元年戊戌，始收復京師。萬姓始安宅。舟也衣綵衣，○以李舟比萊子也。○【九家集注杜詩依例爲「王洙曰」。又，杜陵詩史、分門集注、補注杜詩、集千家注批點杜工部詩集引作「趙次公曰」。】高士傳：老萊子，楚人，少以孝行養親，年七十一，父母猶存，萊子服荆蘭之衣，爲嬰兒戲於親前。告我欲遠適。倚門〔六〕固有望，○【趙次公曰】戰國策：齊王孫賈之母謂賈曰：「汝朝出而晚來，則吾倚門而望。汝暮出而不還，則吾倚閭而望。」斂衽就行役。南登吟白華，○舟乃漢中人，南登高山而歸漢中也。白華，喻其行之潔也。○【王洙曰】詩白華，孝子之潔白也。○束晳補曰：白華朱萼，被于幽薄。已見楚山碧。藹藹咸陽都，○咸陽，西京也。冠蓋已如〔七〕積。○舟離京城，冠蓋之士餞〔八〕行，藹然如雲之盛也。○【王洙曰】西都賦：冠蓋如雲。何時太夫人，堂上會親戚。○太夫人乃舟之母，不知何日抵家，燕會諸親，喜其歸也。汝翁早〔九〕明光，○汝翁乃舟之父岑，嘗爲水部郎官。○【趙次公曰】漢官儀：中臺〔一〇〕郎起草奏事明光殿省中。在唐，掌制誥則中書舍人也。天子正前席。○言帝眷之厚也。昔漢文帝前席賈生。歸旗豈爛熳，○言歸旗不侈也。別意終感激。○言以忠孝自激昂也。顧我蓬屋姿，謬通金閨籍。○閨，陳〔一一〕作門。○【師古曰】甫時爲左拾遺，得通籍禁省。○漢書音義：籍者，爲二尺竹牒，記其年紀名字物色，縣之宮門。省禁相〔一二〕應，乃得入也。○【王洙曰】謝玄暉出尚書省詩：既通金閨籍。小來習性懶，晚節慵轉劇。○【王洙曰】節，一作歲。每愁悔吝作，○易繫辭：吉凶悔吝生乎動。如覺天地窄。○甫恐以慵懶見譏於禮法之士而得罪也。羨君齒髮新，行己能夕惕。○【王洙曰】乾卦：夕惕若，厲無咎。臨歧意頗切，對酒不能喫。○【趙次公曰】又，門類增廣十注杜詩、門類增廣集注杜詩引作「杜云」。杜陵詩史、分門集注、補注杜詩引作「修可曰」。】李陵詩：對酒不能酬。迴身視綠野，慘淡如荒澤。○言臨別之際，顏色慘澹，有如荒澤也。老雁春忍飢，哀號待枯麥。○【王洙曰】飢雁，甫自喻也。○貧且老，有資於薄祿也。然甫與舟別，正當春月，自傷雁，非其時，喻年老日月已邁也。時哉高飛燕，絢練新羽翮。○【王洙曰：「時燕，喻李校書。」】喻李舟妙年得志遇時也。○燕於斯時新來，方得其意，故以況李舟。絢練，文練也〔一三〕。羽翮之新，如剪文練〔一四〕也。長雲濕褒斜，○【九家集注杜詩引作「杜田補遺」。又，門類增廣十注杜詩引作「杜云」。杜陵詩史、補注杜詩、集千家注批點杜工部詩集引作「修可曰」。】斜，徐遮切。○後漢志：右扶風武功有斜谷。○【九家集注杜詩引作「杜田補遺」。門類增廣十注杜詩、門類增廣集注杜詩引作「杜云」。杜陵詩史、分門集注、補注杜詩、集千家注批點杜工部詩集引作「修可曰」。】又，順帝紀：詔罷子午道，通褒斜路。褒斜，漢中谷名。南谷名褒，北谷名斜，首尾七百里。○梁州記：萬石城泝漢上七里有褒谷，其南口曰褒，北口曰斜，長四百七十里，在劍閣之南。○【九家集注杜詩引作「杜田補遺」。杜陵詩史、分門集注、補注杜詩、集千家注批點杜工部詩集引作「修可曰」。】鄭子真所耕在此谷口。漢水饒巨石。○【趙次公曰】江文通詩：海濱饒奇石。無令軒車遲，○【王洙曰】古詩：思君令人老，軒車來何遲。哀疾悲宿昔。○【師古曰】甫與舟有宿昔之懽，況當老而有此別，儻或來遲，無以慰衰疾，寧免悲思之〔一五〕乎？乃戒之之辭也。

【校記】

〔一〕李，古逸叢書本作「送」，宋本杜工部集、九家集注杜詩、杜陵詩史、分門集注、補注杜詩、集千家注批點杜工部詩集皆作「送李」。

〔二〕九家集注杜詩、杜陵詩史、分門集注、補注杜詩「史」下有「補」字。

〔三〕事，疑當作「釋」。

〔四〕烏，元本、古逸叢書本作「於」。

〔五〕謂，原作「詩」，據古逸叢書本改。

〔六〕門，古逸叢書本作「間」。

〔七〕已如，古逸叢書本作「日雲」。
〔八〕餞，原作「饒」，據元本、古逸叢書本改。
〔九〕早，元本、古逸叢書本作「草」。
〔一〇〕臺，元本作「嘉」，古逸叢書本作「書」。
〔一一〕陳，元本、古逸叢書本作「一」。
〔一二〕相，元本作「宫」，古逸叢書本作「官」。
〔一三〕練也，古逸叢書本作「綵言」。
〔一四〕練，古逸叢書本作「綵」。
〔一五〕悲思之，杜陵詩史、分門集注、補注杜詩同。古逸叢書本作「悲愁之思」。

曲江二首

一片花飛減却春，風飄萬點正愁人。且看欲盡花經眼，莫厭傷多酒入脣。江上小棠〔一〕巢翡翠，○鮑氏曰：棠或作堂。〔二〕翡，赤羽雀。翠，青羽雀。異物志：赤而雄曰翡，青而雌曰翠。顔師古曰：鳥名別異，非雌雄異名也。苑邊高冢卧麒麟。○【王洙曰：「花，一作苑。」】苑，一作花。○【王洙曰】西京雜記：五柞宫西柏樹下有石麒麟二枚，各刊其文，是始皇驪山墓上物也。

細推物理須行樂，何用浮名絆此身。○【王洙曰】浮，一作榮。○【余曰】絆音半，繫也。○【師古曰】曲江舊時風景頗佳，爲都城勝景。自禄山焚蕩之後，無復向時奢華，是以堂巢翡翠、冢卧麒麟，一盛一衰，其理不常。觀此理，則人生不可不行樂也。

【校記】

〔一〕棠，元本、古逸叢書本作「堂」。

〔二〕棠或作堂，元本、古逸叢書本作「堂或作棠」。

朝回日日典春衣，每日江頭盡醉歸。酒債尋常行處有，○【趙次公曰】八尺曰尋，倍尋曰常。人生七十古來稀。○尋對常，七對十，謂之句對也。穿花蛺蝶深深見，○【王洙曰】見，一作舞。點水蜻蜓款款飛。○【王洙曰】款款，一作緩緩。傳語風光共流轉，○隋煬帝詩：傳語風光道，先歸何處邊。暫時相賞莫相違。○【九家集注杜詩、分門集注皆作「趙次公曰」。又，杜陵詩史、補注杜詩作「王洙曰」。】謂相與賞翫，莫相違戾，此豈言同舍郎乎？

曲江值雨

○值，一作對。公時在左掖。

苑外江頭坐不歸，○【趙次公曰】苑外者，芙蓉苑之外也。曲江在苑之北。水精春殿轉霏微。○【王洙曰】春，一作宫。桃花細逐楊花落，○【王洙曰】一作「桃花欲共梨花語」。黄鳥時兼白鳥飛。○【王洙曰】時，一作仍。○此一聯楊自對桃，白自對黄，謂之句對格也。縱飲久判人共棄，○【鄭卬曰】判協普官切，字正作拚，棄也。懶朝真與世相違。吏情更覺滄洲遠，老大徒悲未拂衣。○【王洙曰】吏，一作含。○【師古曰】甫性放誕，與世相忤，爲人所棄，故縱飲懶朝，無復顧惜，蓋任真如此。然爲薄宦所繫，不遂滄洲神仙之期，至於老大悲傷，不能拂衣而去也。○【王洙曰】古樂府詩：老大徒悲傷。○左氏傳：叔向拂衣從之。世説：王子敬曰：「遠慚荀奉倩，近愧劉真長。」遂拂衣而去。

曲江對酒 ○公時在左掖。

城上春雲覆苑墻，○【趙次公曰】謂芙蓉苑之墻也。江亭晚色静年芳。林花著雨燕脂落，○【王洙曰】脂，一作支。○崔豹古今注：燕支，紅藍也。水荇牽風翠帶長。○荇，行猛〔一〕切，接餘也。龍武新軍深駐輦，○【師古曰】時新收京，宫殿爲禄山焚蕩，故肅宗唯深駐輦于曲江也。○【師尹曰】按，唐舊書百官志：左右龍武軍。注：太宗選飛騎之尤驍健者，別署百騎以爲翊衛。武后加置千騎，中宗加置萬騎，分爲左右營。自開元以來，與左、右羽林軍名曰北門四軍。開元二十七年，改爲左、右龍武軍。○【趙次公曰】唐新制〔二〕：初，明皇以萬騎軍從韋氏改爲左、右龍武軍，皆用唐之功臣子弟。制若宿衛兵。○【師尹曰】據,「龍武」本「龍虎」,唐始祖諱虎,故改稱「武」也。芙蓉別殿謾焚香。○【王洙曰】:「芙蓉城連曲江。」[一]芙蓉苑在曲江之南。○【師古曰】肅宗駐輦曲江,回想舊時焚香於芙蓉殿,不可得也,故繼以何時醉會爲言。○【趙次公曰】或曰:輦駐曲江,不復幸芙蓉苑,則別殿焚香爲謾矣。何時詔此金錢會,○金錢會,謂博飲也。○【九家集注杜詩引作「杜田補遺」】。又,杜陵詩史、分門集注、補注杜詩引作「師古曰」。】開元天寶遺事:内庭嬪妃,每至春時,各於禁中結伴,擲金錢爲戲。○【蘇曰】開元別記:明皇與妃子在花萼樓下,以金錢遠近爲限賽,其元擲于地者以金觥爲賞。今里巷皆效之。○【趙次公曰】余按唐劇談録:開元中,都人遊賞曲江,盛于中和、上巳節。即錫宴臣僚,會于山亭,賜太常教坊樂。推此則「金錢會」者,賜金錢爲宴也。暫醉佳人錦瑟傍。○【王洙曰】暫,一作爛。○【趙次公曰】:「若言教坊樂器,則自有錦瑟矣。」[二]詔賜太常教坊樂也,樂器自有錦瑟。○【師古曰】謂瑟繪紋如錦也。

【校記】

〔一〕猛,元本、古逸叢書本作「孟」。

〔二〕制,原作「志」,據元本、古逸叢書本改。

早朝大明宮呈兩省寮友

○【鄭卬曰】長安志:東内大明宮。

賈至

銀燭朝天紫陌長,禁城春色曉蒼蒼。千條弱柳垂青瑣,○宮殿簿:青瑣門在〔一〕南宮。餘見前。百囀流鶯滿建章。○李吉甫郡縣圖：建章宮在長安縣西二十里。劍佩聲隨玉墀步，衣冠身染御爐香。共沐恩波鳳池裏，○鳳池，前注。朝朝染翰侍君王。

【校記】

〔一〕在，古逸叢書本作「往」。

奉和賈至舍人早朝大明宮舍人先世掌絲綸

○【趙次公曰】考諸史氏，賈至，曾之子。曾，鳳閣舍人，於睿宗末年及開元初再爲中書舍人，後與蘇晉同掌制誥。玄宗傳位，時至中書舍人，撰册進藁，帝曰：「先天誥命，乃父爲之，今兹命册，又爾爲之。兩朝盛典出卿家父子，可謂繼美矣。」至頓首嗚咽流涕。

五夜漏聲催曉箭，○【王洙曰。杜陵詩史、分門集注又引作「趙次公曰」。】漢、魏以來，名夜有五，起於甲，盡於戊，故曰五夜。○【師古曰】箭乃漏箭也。軍中傳箭以直更，曉箭謂五更初也。九重春色醉仙桃。○【王洙曰】重，一作天。○宋玉九辯：君之門以九重。○【師古曰】春，喻言酒也。謂入朝飲酒，其色如仙桃也。按集，公有八仙歌曰「汝陽三斗始朝天」是也。○【王洙曰】漢武故事：上於承華殿，忽見青鳥集殿前，以問東方朔，朔曰：「西王母必降。」是夕，王母至以桃七枚。母自噉二枚，以五枚與帝。帝食，留核欲種之，母笑曰：「此桃三千年一著子，非下土所種也。」又，東郡獻短人，指東方朔曰：「王母種桃，三千年一子。此子不良，已三偷矣。」旌旗日暖龍蛇動，宮殿風微燕雀高。朝罷香煙攜滿袖，詩成珠玉在揮毫。欲知世掌絲綸美，○【九家集注杜詩依例爲「王洙曰」：「禮記：王言如絲，其出如綸。」又，杜陵詩史、分門集注、補注杜詩、集千家注批點杜工部詩集引作「昱曰」。】禮緇衣篇：王言如絲，其出如綸。王言如綸，其出如綍。注：言言出彌大也。綸，今有秩嗇夫所佩也。餘見題注。池上于今有鳳毛。○【王洙曰】于，一作如。有，一作得。○池謂鳳凰池。此美其父子爲中書也。○【杜田補遺】世説：王敬倫風姿似父，作侍中，加授。桓公令服從大門入，桓公望之，曰：「大奴固自有鳳毛。」注：大奴，王劭也。○【趙次公曰。又，杜陵詩史、分門集注、補注杜詩、集千家注批點杜工部詩集引作「時可曰」。】宋書：謝鳳子超宗有文辭，補新安王常侍。王母殷淑儀卒，超宗作誄奏之，帝大嗟賞〔一〕，謂謝莊曰：「超宗殊有鳳毛。」

【校記】

〔一〕賞，元本、古逸叢書本作「嘗」。

題省中院壁

掖垣竹埤梧十尋，○埤，避移切。○【趙次公曰】又皮靡切。○掖乃省中左右掖也。垣埤皆墻也，高曰垣，低曰埤。垣竹埤梧皆長十尋〔一〕也。洞門對雪常陰陰。○【杜田正謬。又，杜陵詩史、分門集注、補注杜詩引作「杜定功曰」。】雪，當作霤。以洞門對梧竹，故常陰潤也。蓋繼有「落花」、「鳴鳩」之句，乃春深〔二〕時，不應言雪，但傳寫之誤。○【杜田正謬。又，杜陵詩史、分門集注、補注杜詩、集千家注批點杜工部詩集引作「師古曰」。】董賢傳：重殿洞門。○【杜田正謬。又，杜陵詩史、分門集注、補注杜詩引作「杜定功曰」。】左思吴都賦：玉堂對霤。落花遊絲白日静，○陰鏗百花亭詩：落花輕未下，飛絲斷易飄。○【王洙曰】梁簡文帝春日詩：落花隨燕入，飛絲帶蝶驚。鳴鳩乳燕青春深。腐儒衰晚謬通籍，○腐儒，甫謙辭。○【師古曰】歎其晚年自賊中歸謁肅宗，通籍禁省。○【王洙曰】漢書音義〔三〕：腐者爛敗，言無所堪任〔四〕也。退食遲回違寸心。○【師古曰】謂仕宦非其本心也。○【趙次公曰】詩羔羊篇：退食自公，自公退食。衮職曾無一字補，○【師古曰】謂愧無忠言以補天子之過也。○【王洙曰】詩烝民篇：衮職有闕，維仲山甫補之。許身愧比雙南金。○【師古曰】謂無以報國恩之重也。○【王洙曰】古詩：美人贈〔五〕我緑綺琴，何以報之雙南金。

【校記】

〔一〕皆長十尋，原作「凡長寸尋」，據元本、古逸叢書本改。

〔二〕春深，元本、古逸叢書本作「深春」。九家集注杜詩作「春深」。

〔三〕漢書音義，原作「漢音言義」，據元本、古逸叢書本改。

〔四〕任，元本、古逸叢書本作「托」。

〔五〕贈，元本、古逸叢書本作「遺」。

春宿左省 ○門下省也。

花隱掖垣暮，啾啾棲鳥過。星臨萬户動，○【師古曰：「漢武帝爲千門萬户之遊。萬户，指宫中之門也」】漢武帝起建章宫，有千門萬户之遊。萬户，指宫中之門，引列星之光而動揺也。月傍九霄多。○【師古曰：「月傍九霄，言親近天子也。」】謂月色之明，傍於九霄，喻親近天子之清光也。不寢聽金鑰，○聽，音平聲，聆也。因風想玉珂。○【鄭卬曰】珂，丘何切，馬珮寶也。○【薛蒼舒曰：「按通典：老鵰入海爲珬，可截作馬勒，謂之珂。」】司馬光類編曰：雀入大水爲蛤〔一〕，鵰入海爲珂。○顧野王曰：珂，螺屬，出於海，潔白如雪色。本草：珂，貝類，可以爲馬飾。○唐車服志：天寶中，京朝官朝望，朱衣袴褶，五品以上有珂傘。凡車之制，三品以上珂九子，四品七子，五品五子，四品已下去通幰〔二〕及珂。通俗文曰：馬勒飾曰珂。明朝有封事，數問夜如何。○【鄭卬曰】數，色角切，頻也。○四句意貫。○【師古曰：「聽金鑰，恐天子門開，群臣入朝，風傳玉珂之聲，故數問夜如何。」】聽金鑰，謂恐天子門開，群臣謁朝。甫以封事欲來奏，因風傳想朝馬寶佩之鳴，故頻數問夜如何也。○【趙次公曰】詩庭燎：夜如何其。

【校記】

〔一〕蛤，元本、古逸叢書本作「鴿」。

〔二〕幰，元本、古逸叢書本作「袴」。

送翰林張司馬南海勒碑相國製文

冠冕通南極，○【趙次公曰】冠冕，指言張司馬也。南極，指言南海之地。文章落上台。○【王洙曰】謂相國製文也。詔從三殿去，○【趙次公曰】謂詔自翰林院經三殿而去也。南部新書：大明宮中有麟德殿，在仙居殿之西北。此殿三面，亦以三殿爲名。李肇翰林志：翰林院在麟德殿西廂重廊之後，門東向。○白樂天爲翰林學士，有詩云「三殿角頭宵直人」是也。○【師古曰】或曰：三殿謂蓬萊、拾翠、翠微是也。學士直殿，故詔從三殿去也。碑到百蠻開。○百蠻，夷狄之總稱也。野館濃花發，春帆細雨來。○【王洙曰：「三句皆言春時之別。」又，補注杜詩引「師古曰」：「此言春時之別。」】言別之時在春也。不知滄海上，天遣幾時迴。

曲江陪鄭八丈南史飲

雀啄江頭黄柳花，鵁鶄鸂鶒滿晴沙。○鵁，古肴切。鶄，子盈切。鸂，苦奚切。鶒，耻〔一〕

力切，字正作鷁，皆水鳥也。爾雅：鳽，鵁鶄。注：似鳧，脚高，毛冠，江東人家養之以厭火災。本草：鵁鶄，似鴨，緑衣，馴擾不去，出南方池澤。自知白髮非春事，○【趙次公曰】春事，嬉遊賞翫，皆年少之所宜，故白髮則非春事也。且盡芳樽戀物華。近侍即今難浪迹，○【魯曰】近侍，謂爲左拾遺也。○【趙次公曰】公平生放浪，今爲近侍，故難浪迹也。此身那得更無家。○【趙次公曰】謂前此一身轉從賊中歸家鄜州，常有詩云「無家對寒食」，今既還家，故喜而言也。丈人文力猶强健，○丈人，謂鄭八丈也。文，卞圜刊作才。豈傍青門學種瓜。○【師古曰：「末章勉鄭八出仕，未可遽隱。〔一〕】此勉鄭丈出仕，未可學種瓜而隱也。○水經注：咸陽第三門本灞門，民見其門色青，又名青城門，或曰青綺門，亦曰青門。外〔二〕舊出好瓜。○【王洙曰】昔廣陵人邵平，秦東陵侯。秦破，爲布衣，種瓜於此，故世謂之東陵瓜，又曰青門瓜。○十道志：長安故城東有青綺門，門外即邵平瓜田也。○【趙次公曰】阮籍詩：昔聞東陵瓜，近在青門外。

【校記】

〔一〕恥，元本、古逸叢書本作「心」。

〔二〕外，古逸叢書本作「門外」。

鄭駙馬池臺喜遇鄭廣文同飲○鄭駙馬潛曜，尚臨晉公主。鄭廣文虔乃叔姪也。至德二載秋，駕還京。除日流汚僞官虔流台州。公此詩作於乾元元年春時，虔已流而未行。按，集又有春晚送虔詩在後。〔一〕

不謂生戎馬，○【王洙曰】老子四十六章：天下無道，戎馬生於郊。〔二〕何知〔三〕共酒盃。○不意兵戈之後，猶得同飲也。〔四〕燃臍郿塢敗，○郿，音眉。岐州，縣名。○【師古曰】：「此句言祿山伏誅也。」】此言安祿山、慶緒之誅如董卓也。○按，後漢董卓傳：卓爲太師，築塢於郿，高厚七丈，號萬歲城。嘗至郿行塢，公卿已下祖道於橫門外。○【王洙曰】及王允殺卓，乃尸卓於市。天時始熱，卓素充肥，脂流於地，守尸吏燃火置卓臍中，光明達晝。〔五〕握節漢臣回。○握，宋景文作禿。○【師古曰】：「此句言鄭自賊歸也。」】此言鄭廣文自賊中歸，如漢臣也。○按，左氏傳：宋襄公夫人因戴氏之族以殺昭公之黨。司馬握節以死。前漢張騫傳：騫使月氏，匈奴得之，留十餘歲，予妻，有子。然騫持漢節不失，歲餘而歸。○【王洙曰】又，蘇武傳：武爲中郎將，使匈奴，單于使武牧羝北海上。武杖漢節牧羊卧起，操節盡落，留十九歲而還。〔六〕白髮千莖雪，丹心一寸灰。○【王洙曰】：「言爲憂患所困，而心已無物矣，故云一寸灰。莊子：心若死灰。」】言爲憂患所困，而心已無物如死灰矣。莊子齊物篇：心固可使爲死灰。〔七〕別離經死地，披寫忽登臺。○【師古曰】似寫言剖懷也。〔八〕重對秦簫發，○秦簫，以美鄭駙馬也。○【王洙曰：「見秦女善吹簫注。」】按，劉向列仙傳：蕭史者，秦繆公時人也，善吹簫。秦繆公以女弄玉妻焉。日教弄玉作鳳鳴。居數年，吹似鳳凰聲，鳳凰止其屋。公爲作鳳臺，夫妻止其上。一旦，隨鳳凰飛去。〔九〕俱過阮宅來。○【師古曰：「以虔之疏放比之阮籍也。」】此以駙馬、廣文叔姪比二阮也，謂虔之疏放如阮也。○【趙次公曰】按，晉阮咸與叔父籍爲竹林之遊，居道之北。〔一〇〕醉留〔一一〕春夜舞，○【王洙曰：「醉連，一作醉留。」】醉留，一作留連。○晉祖逖中夜聞雞起舞。〔一二〕淚落强徘徊。○【王洙曰】一作「醉留春苑夜，舞淚落徘徊」。〔一三〕

【校記】

〔一〕「按集」至「在後」，元本、古逸叢書本無。

〔二〕「不謂」句，元本、古逸叢書本作：「老子：戎馬生於郊。」

〔三〕知，元本、古逸叢書本作「如」。

〔四〕「何知」句下注，元本、古逸叢書本無。

〔五〕「燃臍」句下注，元本、古逸叢書本無。

〔六〕「握節」句下注，元本、古逸叢書本作：「蘇武仗漢節牧羊，積十九年方歸。」

〔七〕「丹心」句下注，元本、古逸叢書本無。

〔八〕「披寫」句下注，元本、古逸叢書本無。

〔九〕「重對」句下注，元本、古逸叢書本作：「見『秦女善吹簫』注。」
〔一〇〕「俱過」句下注，元本、古逸叢書本無。
〔一一〕醉留，元本、古逸叢書本作「留連」。
〔一二〕「醉留」句下注，元本、古逸叢書本無。
〔一三〕「淚落」句下注，元本、古逸叢書本無。

送賈閣老出汝州

○【鮑彪曰】按，唐肅宗紀：乾元二年，九節度師潰，汝州刺史賈至奔於襄、鄧，而至傳不書，隱之也。紀與詩合。○李肇國史補：宰相相呼曰堂老，兩省曰閣老，尚書曰院長，惟御史相呼端公。〔一〕

西掖梧桐樹，空留一院陰。○【趙次公曰】賈至先於至德中歷中書舍人，而中書省在日華門西，故曰西掖。〔二〕艱難歸故里，去住損春心。○【師古曰】言奔走之勞而減少年之心也。〔三〕宮殿青門隔，○【王洙曰】青門，長安東城門也。餘見前。〔四〕雲山紫邏深。○【鄭卬曰】邏，郎佐切。○【趙次公曰】九域志：汝州梁縣有紫邏山。〔五〕人生五馬貴，○【趙次公曰】：「五馬太守，事本出漢官儀『太守五馬』，蓋天子六馬，而諸侯則五馬故也。漫叟詩話云：古樂府陌上桑云『五馬立踟蹰』，用五馬作太守事，自西漢時始然。古乘駟馬車，至漢時，太守出則增一馬，事見漢官儀。潘子真詩話云：

禮：天子六馬，左右驂，三公九卿駟馬，右騑。漢制：九卿則中二千石亦右驂，太守則駟馬而已。其有功德，加秩中二千石，如王成者，乃有右騑。故以五馬爲太守美稱。」】五馬，軍禮也。按禮：天子六馬，左右驂，三公九卿駟馬而已，其有功德則加秩中二千石，如王成者乃有右騑，故以五馬爲太守美稱。東方外傳：郡守駟馬駕車，一馬行春。衛宏輿服志：諸侯四馬，附以一馬。漢官儀：太守五馬。蓋天子六馬，而諸侯五馬也。古樂府有羅敷行「使君從南來，五馬立踟躕」是也。〔六〕莫受二毛侵。○【王彦輔曰】二毛謂班白也。○言賈至以暮年而赴汝州，不如少之時也。〔七〕

【校記】

〔一〕元本、古逸叢書本題下注作：「按，紀：二年，九節度師潰，汝州刺史賈至奔于襄鄧。」

〔二〕「空留」句下注，元本、古逸叢書本作：「中書省在月華門西，故曰西掖。」

〔三〕「去住」句下注，元本、古逸叢書本無。

〔四〕「宮殿」句下注，元本、古逸叢書本無。

〔五〕「雲山」句下注，元本、古逸叢書本無。

〔六〕「人生」句下注，元本、古逸叢書本無。

〔七〕「莫受」句下注，元本、古逸叢書本作：「潘岳秋興賦云云。」

送鄭十八虔貶台州司户傷其臨老陷賊之故闕爲面別情見於詩〔一〕

○至德二載秋，駕還京。除日，流污僞官。鄭虔流台州。按集，乾元元年春晚，公又有詩懷鄭。○【趙次公曰】唐新書：虔遷著作郎，禄山反，遣張通儒劫百官，置東都，僞授虔水部郎中，因稱風緩，求攝市令，潛以密章達靈武。賊平，與張通儒、王維並囚宣陽里。然皆善畫，崔圓使繪齋壁。虔既祈解於圓，卒免死，貶台州司户參軍。〔二〕

鄭公樗散鬢〔三〕如絲，○樗，勑魚切，木名。○【王洙曰】莊子逍遥遊篇：惠子曰：「吾有大木，人謂之樗，不中繩墨規矩。」〔四〕酒後常稱老畫師。○【王洙曰】鄭虔傳：虔善圖山水，好書，嘗自寫其詩並畫以獻，元宗書其尾曰：「鄭虔三絕。」〔五〕萬里傷心嚴譴日，百年垂死中興時。○中，竹仲切。○【王洙曰】時肅宗初復兩京。〔六〕蒼惶已就長途往，邂逅無端出餞遲。○餞謂祖席也。顔師古漢書音義：祖者，送行之祭，因饗飲焉。昔黄帝之子纍祖好遠遊，而死於道，故後人以爲行神也。又，風俗通：按，禮傳：共工氏之子曰修，好遠遊，舟車所至，足迹所逮，靡不窮覽，故祀以爲祖神。〔七〕便與先生應永訣，九重泉路盡交期。○後漢范式傳：少與張元伯爲友，而別後元伯寢疾，臨盡歎曰：「恨不見吾死友。」尋而卒。式忽夢見元伯，呼曰：「吾已死，當永歸黄泉。子未我忘，豈能相及？」式覺，往叩喪而哭曰：「死生異路，永從此辭。」〔八〕

【校記】

〔一〕題，元本、古逸叢書本作「送鄭十八虔貶台州司户」。

〔二〕題下元本無注，古逸叢書本作：「按，唐史：虔以禄山反，陷賊，僞授水部郎中云云。卒免死，貶台州。」

〔三〕鬢，元本、古逸叢書本作「髮」。

〔四〕「鄭公」句下注，元本、古逸叢書本作：「莊子：有樗散之材，言不合世用。」

〔五〕「酒後」句下注，元本、古逸叢書本作：「虔善畫，常獻詩畫。又書于明皇御批，號爲三絶。」

〔六〕「百年」句下注，元本、古逸叢書本作：「時，初復京師，虔以污賊貶。」

〔七〕「邂逅」句下注，元本、古逸叢書本無。

〔八〕「九重」句下注，元本、古逸叢書本無。

題鄭十八著作主人〔一〕

〇此詩乾元元年春晚作。按集，公又有鄭駙馬池臺遇虔同飲詩，見前。〔二〕

台州地闊海冥冥，〇【王洙曰】闊，一作僻。〇【王洙曰：「台州，鄭貶所。」】台乃瀕海之郡，鄭之貶所，斸言遠朝廷也。〔三〕雲水長和島嶼青。亂後故人雙别淚，春深逐客一浮萍。酒酣懶舞誰相拽，詩罷能吟不復聽。○聽，他經切，傷離别而無緒也。〔四〕第五橋東流恨水，皇陂岸北結愁亭。○翠微寺在長安縣之南。○【趙次公曰】按集，公遊何將軍山林有曰「不識南塘路，今知第五橋」是也。〔五〕○【趙次公曰】皇子陂在萬年縣西南。按集，公重過何氏有曰「雲薄翠微寺，天清皇子陂」。○【王洙曰】橋、陂皆長安城外會别之地也。〔六〕賈生對鵩傷王傅，○【趙次公曰】以賈生比虔遷謫也。○前漢賈誼，文帝召爲博士，絳、灌之屬盡害之。天子以誼爲長沙王太傅，有鵩飛入誼舍，自傷以爲壽不得長，乃爲賦以自廣。〔七〕蘇武看羊陷賊庭。○【趙次公曰】以蘇武比虔爲賊臣所劫而不附賊也。○前漢蘇武傳：武爲中郎將，使匈奴，單于使武牧羝北海上，武仗漢節牧羊，留十九歲而還。〔八〕可念此公懷直道，○【王洙曰】懷，一作常。○陳張正見詩：平生懷直道。〔九〕也霑新國用輕刑。○也，下圛音夜。○【王洙曰】周禮秋官：大司徒之職，一曰刑。新國用輕典。〔一〇〕禰衡實恐遭江夏，○【趙次公曰】言虔之貶以爲憂也。初，有告虔私撰國史，坐謫十年。其於賊平被囚也，幾死而貶，則虔常以死爲憂。○恐如禰衡爲江夏太守黄祖所殺也。〔一一〕方朔虛傳是歲星。○言虔負才不見用也。劉向列仙傳：東方朔，楚人，昭帝時棄郎官，置幘官舍，風飄之去，後見買藥會稽五湖，知者疑其歲星精也。武帝内傳：西王母使者至，朔死，上問使者，對曰：「朔是木帝精，爲歲星，下遊以觀天下，非陛下臣也。」○【趙次公曰】張華博物志載，神仙傳曰：傅説上據箕尾爲宿，歲星降爲東方朔。傅説死後有此宿，東方生無歲星。〔一二〕窮巷悄然車馬絶，案頭乾死讀書螢。○【王洙曰】晉車胤貧

不得油，夏月則囊螢火以照書。〔一三〕

【校記】

〔一〕題，元本、古逸叢書本作「題鄭十八著作虔」，杜陵詩史亦然。

〔二〕題下注，元本、古逸叢書本無。

〔三〕「台州」句下注，元本、古逸叢書本無。

〔四〕「詩罷」句下注，元本、古逸叢書本無。

〔五〕「第五」句下注，元本、古逸叢書本無。

〔六〕「皇陂」句下注，元本、古逸叢書本無。

〔七〕「賈生」句下注，元本、古逸叢書本無。

〔八〕「蘇武」句下注，元本、古逸叢書本無。

〔九〕「可念」句下注，元本、古逸叢書本無。

〔一〇〕「也霑」句下注，元本、古逸叢書本無。

〔一一〕「禰衡」句下注，元本、古逸叢書本無。

〔一二〕「方朔」句下注，元本、古逸叢書本作：「東方朔畫贊云云，俗謂方朔爲太白星精。」

〔一三〕「案頭」句下注，元本、古逸叢書本作：「坡云：當年讀書螢，想乾死几案間。」

偪側〔一〕行贈畢曜〔二〕

○玄宗時牛、李以朋黨亂天下。肅宗即位，欲懲是弊，百官不敢相問遺，金吾刺舉之，由是飛謗囂然，士大夫至有杜門却掃者。甫時爲拾遺，以臺諫自任，尤不獲與親知盃飲聚話，遂有「偪側」之句。古者諸侯尤有講信修睦之禮，况公卿士大夫同朝共事，其不可以恩禮相問勞乎？畢曜與甫相善，有文集行於世，乃詩酒之交也。故甫恨不得與之周旋，而有偪側之歎也。上林賦：偪側泌瀄。注：相迫也。〔三〕

偪側何偪側〔四〕，我居巷南子巷北。○【趙次公曰。又，杜陵詩史、分門集注作「修可曰」。】巷之隘陋也。○庾肩吾謝宅詩：居異道南，才非巷北。〔五〕可恨鄰里間，十日不見一顏色。○【王洙曰】江淹別離詩：願一見顏色，不異瓊樹枝。〔六〕自從官馬送還官，○甫貧無馬，常借官馬乘之。昔張萬歲爲監牧，馬四十萬匹。玄宗窮兵於四夷，末年馬政漸衰。祿山陷二京，諸群牧馬皆爲賊虜刼殆盡，朝臣至有二三人共一匹，乘輿供調不能兼備，無復公馬爲私家之用矣。當時馬貴，一匹直千五百千，故甫有是句。按唐書：兩京平，肅宗始詔收群臣馬助戰。漢中王瑀持不可，出刺篷州。故馬送還官也。〔七〕行路難行澀如棘。○【王洙曰】古樂府有行路難篇。〔八〕我貧無乘非無足，○乘，石證切，車也。〔九〕昔者相過〔一〇〕今不得。○過，一作遇，非也。指肅宗之時，禁郡相通也。〔一一〕實不敢〔一二〕愛微軀，○【王洙曰】一作「寔不是慵相訪」。〔一三〕又非關足無力。徒步翻愁官長怒，此心炯炯君應識。○【鄭卬曰】炯，戶頂切。○甫與畢曜乃鄰里之故，不獲會面，既非謹護出入，亦非衰老無力，設或徒步，必遭官譴怒叱，君之所知也。〔一四〕曉來急雨春風顛，○顛謂狂也。〔一五〕睡美不聞鍾鼓傳。東家蹇驢許借我，泥滑不敢騎朝天。○今日風雨並作，雖就鄰舍借得蹇驢，奈泥濘尚不敢入朝天子，況得與朋友宴集乎？唐官儀：騎驢入朝。〔一六〕已令請急會通籍，○【王洙曰】一作「已令把牒還請假」。○【趙次公曰】請急，謂請假也。○【王洙曰】：「元帝紀：通籍，注籍者爲二尺竹牒，記其年紀、名字、物色，縣之宮門省禁，相應乃得入也。武后時太學生請急，后亦省視之。」】朝省官出入禁門，首有姓名載於簿籍。掌門者會驗名籍，得以通出入也。〔一七〕男兒性命絶可憐。焉能終日心拳拳，憶君誦詩神凛然。○當是時，雖問遺有禁，然男兒倜儻，不能動循禮法，舉錯之間，止信運命而已。安能終日拳拳懷思於畢公，而不得誦詩也哉！〔一八〕辛夷始花亦已落，○【王洙曰】亦，一作又。○辛夷，木名。叢生，葉細而澀，花如絲而絜白可愛。〔一九〕況我與子非壯年。街頭酒價常苦貴，○玄宗承太宗米斗三錢之後，開元初，民物豐富，物價必賤。○【師古曰】禄山之亂，京城蕭索，百物踊貴，何獨於酒乎？甫以酒貴爲苦，傷時之意，於此可見也。〔二〇〕方外酒徒稀醉眠。○莊子大宗師篇：孔子曰：彼遊方之外者也，而丘遊方之内者也。〔二一〕速宜相就飲一斗，○速宜，一作徑須。況甫始見辛夷花開，今又花落，青春之往，年不待人。不於此時相就飲酒，亦可惜也。重獲譴於朝廷，亦所甘心。方外，乃遊方之外者，甫不顧法禁，欲與畢公就街共飲，豈非方外之士故歟？○【王洙曰】世説：

阮籍謂王戎曰：偶得一斗美酒，當與君共飲也。〔二〕恰有三百青銅錢。○一本或作「但願樽中九醞滿，莫惜床頭百箇錢」。此斗酒豈承平時酒價乎？○【王洙曰】宋鮑照行路難：且願得志數相就，牀頭常有沽酒錢。○楊松玠談藪：盧思道常曰：「長安酒賤，斗價三百。能可令嵬峨我，不可令嵬峨爾也。」○【趙次公曰】古今詩話：章聖問侍臣曰：「唐時酒每斗價幾何？」丁晉公奏曰：「唐時酒每斗三百文。」舉公此詩以證。章聖大喜，曰：「杜甫詩自可爲一代之史也。」〔三〕

【校記】

〔一〕側，元本、古逸叢書本作「仄」。

〔二〕元本、古逸叢書本「贈畢曜」三字爲題下注，杜陵詩史引作「王彦輔曰」，集千家注批點杜工部詩集引作「公自注」。

〔三〕題下注，元本、古逸叢書本作：「一云偲偲行。篇中字亦作偲偲。西征賦：駢闐偪側。」

〔四〕偪側，元本、古逸叢書本皆作「偪仄」。

〔五〕「我居」句下注，元本、古逸叢書本無。

〔六〕「十日」句下注，元本、古逸叢書本無。

〔七〕「自從」句下注，元本、古逸叢書本無。

〔八〕「行路」句下注，元本、古逸叢書本無。

〔九〕「我貧」句下注，元本、古逸叢書本無。

〔一〇〕昔者相過，元本、古逸叢書本作「昔日相遇」。

〔一一〕「昔者」句下注，元本、古逸叢書本無。

〔一二〕敢，元本、古逸叢書本作「是」。

〔一三〕「實不」句下注，元本、古逸叢書本無。

〔一四〕「此心」句下注，元本、古逸叢書本無。

〔一五〕「曉來」句下注，元本、古逸叢書本無。

〔一六〕「泥滑」句下注，元本、古逸叢書本無。

〔一七〕「已令」句下注，元本、古逸叢書本無。

〔一八〕「憶君」句下注，元本、古逸叢書本無。

〔一九〕「辛夷」句下注，元本、古逸叢書本無。

〔二〇〕「街頭」句下注，元本、古逸叢書本無。

〔二一〕「方外」句下注，元本、古逸叢書本無。

〔二二〕「速宜」句下注，元本、古逸叢書本無。

〔二三〕「恰有」句下注，元本、古逸叢書本無。

留花門〇按唐地理志：甘州領縣二，張掖、删丹。𨿽删丹東北行千里，有寧寇軍，故國城守捉也。軍之東北有居延宅，又北三百里有花門山堡，又東北千里至回鶻衙帳。蓋花門在回鶻西南置堡，所以爲控厄也。公詩所指正謂回鶻。鮑欽止云：唐志：甘州有花門山堡，東北千里至回鶻衙帳。是年八月，用廣平王爲元帥，以朔方、吐蕃、回紇諸兵以討賊。公逆知其害，故言「麥倒桑枝折」，卒章曰「花門既須留，原野轉蕭瑟」，言其爲農桑害也。趙傁云：花門，回紇種落。昨秋閏八月丁卯，廣平王元帥，朔方節度郭子儀副元帥，朔方等兵以回紇助伐。兩京平，賊卷囊北渡河，回紇大掠洛陽，府庫空。三川耆老以萬繒錦賂之，迺止。公意汾陽得朔騎足平中原，奚使花門恃功，千騎𢿱烈，病中夏哉！〔一〕

北門天驕子，〇【王洙曰】北門，一作北方。〇一作花門。〇【王洙曰】前漢匈奴傳：單于遺使遺漢書曰：「南有大漢，北有强胡。胡者，天之驕子也。不爲小禮以自煩。今欲與漢闓大關，取漢女爲妻。」〔二〕**飽肉氣勇決。**〇【王洙曰】匈奴傳：匈奴居北邊，君王以下咸食畜肉，衣其皮革。〔三〕**高秋馬肥健，**〇【王洙曰】匈奴傳：秋馬肥，大會蹛林，課校人畜計。趙充國曰：「秋馬肥，變必起矣。」李廣以臨右北平盛秋。師古曰：盛秋馬肥健，恐虜爲寇也。〔四〕**挾矢射漢月。**〇匈奴舉事，常隨月盛壯以攻戰，月虧則退兵。〔五〕**自古以爲患，**〇【王洙曰】匈奴贊：「書戒『蠻夷猾夏』，夏『戎狄是膺』，春秋『有道守在四夷』。久矣，夷狄之爲患也。」四子講德論：「夫匈奴者，百蠻之最强者也。詩人所歌，自古患之。」〔六〕詩人厭薄伐。○【王洙曰】贊曰：周懿王時，戎狄交侵，暴虐中國。詩人所作疾而歌之。至懿王曾孫宣王興師命將，以征伐之。詩人美大其功，曰：「薄伐獫狁，至於太原。」遂出之也。〔七〕修德使其來，○【王洙曰】論語：遠人不服，修文德以來之。〔八〕羈縻固不絶。○【王洙曰】贊曰：其慕義而貢獻，則接之禮讓，羈縻不絶。○班固議曰：上可繼五鳳、甘露之會，下不失建武、永平羈縻之義。○【王洙曰】應劭漢官儀曰：馬曰羈，牛曰縻，言四夷如牛馬之受羈縻也。〔九〕胡爲傾國至，○言回紇之兵舉國皆來助順也。〔一〇〕出入暗金闕。○言回紇屯兵於京闕至多也。〔一一〕中原有驅除，隱忍用此物。○時肅宗欲驅除禄山之亂，含垢忍耻，借兵於回紇，雖用此物以除害，終亦爲彼所擾。贈以金繒，嫁以公主，豈不爲中國之羞辱乎？〔一二〕公主歌黄鵠，○【趙次公曰】乾元元年，肅宗以幼女寧國公主嫁回紇可汗，故云「歌黄鵠」也。〔一三〕○【王洙曰】按，前漢西域傳：漢元封中〔一四〕，遣江都王建女細君爲公主，以妻烏孫昆莫爲夫人。昆莫年老，公主悲愁，作歌曰：「吾家嫁我兮天一方，遠托異國兮烏孫王。穹廬爲室兮旃爲牆，以肉爲食兮酪不漿。居常土思兮心内傷，願爲黄鵠兮歸故鄉。」天子聞而憐之。君王指白日。○【王洙曰】謂指白日以爲盟誓也。詩王風：謂言不信，有如皦日。連雲屯左輔，○【趙次公曰】指言回紇留左輔之爲害也。○【王洙曰】三輔故事：左輔，左〔一五〕馮翊也。馮，輔也。翊，佐也。百里見積雪。○酈元水經：太白山在武功之南，夏宿雪其上。今花門屯〔一六〕左輔，近于太白山矣。或謂回紇兵被白練，猶積雪然也。長戟鳥休飛，哀笳曉幽咽。田家最恐懼，麥倒桑枝折。○【趙次公曰】時殘害桑與麥，故田夫懼也。沙苑臨清渭，○【王洙曰】：「沙苑，馮翊郡界。」沙苑乃唐馬監也。郡縣圖：沙苑在馮翊縣南，東西八十里，南北三十里。泉香草豐潔。渡河不用船，千騎常撇烈。○【王洙曰】一作滅没。○正異作撇捩。撇，匹蔑切，擊也。捩，練結切，拗也。上林賦：奔騰撇烈。胡塵踰太行，○行，户〔一七〕郎切。○【王洙曰】太行，山名。雜種底〔一八〕京室。花門既須留，原野轉蕭瑟。○自太行山迤邐至京室，胡兵雜居其內，供給浩瀚，賦斂愈急，然天子不即遣之歸國，使之淹留于此，原野轉加蕭索，恐變生非常，此所謂導虎而入其閨室，自貽厥咎者也。西都賦：原野蕭瑟。

【校記】

〔一〕元本、古逸叢書本題下無注。

〔二〕「北門」句下注，元本、古逸叢書本無。

〔三〕「飽肉」句下注，元本、古逸叢書本無。

〔四〕「高秋」句下注，元本、古逸叢書本無。

〔五〕「挾矢」句下注，元本、古逸叢書本無。

〔六〕「自古」句下注，元本、古逸叢書本無。

〔七〕「詩人」句下注，元本、古逸叢書本無。
〔八〕「修德」句下注，元本、古逸叢書本無。
〔九〕「羈縻」句下注，元本、古逸叢書本無。
〔一〇〕「胡爲」句下注，元本、古逸叢書本無。
〔一一〕「出入」句下注，元本、古逸叢書本無。
〔一二〕「隱忍」句下注，元本、古逸叢書本無。
〔一三〕「乾元」至「鵠也」，元本、古逸叢書本無。
〔一四〕「按前」至「封中」，元本、古逸叢書本作：「西域傳：烏孫使使獻馬，願得漢公主云云。」
〔一五〕左，原作「右」，據元本、古逸叢書本改。
〔一六〕屯，元本、古逸叢書本作「出」。
〔一七〕户，古逸叢書本作「立」。
〔一八〕底，古逸叢書本作「扺」。

贈畢四曜

才大今詩伯，○【九家集注杜詩依例爲「王洙曰」，杜陵詩史、分門集注、補注杜詩皆未注明。】

按，玉臺後集有曜詩二首。家貧苦官卑。飢寒奴僕賤，顏狀老翁爲。同調嗟誰惜，○調，徒弔切，才調也。○【王洙曰】謝靈運詩：誰謂古今殊，異世可同調。論文笑自知。流傳江鮑體，○【王洙曰：「江文通、鮑明遠。」】江淹字文通，鮑照字明遠，皆有詩名。相顧免無兒。○【趙次公曰：「免無兒，言各有子以傳世業，即非伯道無兒事。」】公謂與曜皆有其子，以傳其家學，非所謂無子也。

酬孟雲卿

○袁郊甘澤謠：陶峴，彭城子孫也。開元宅崑山，豐田疇，遊江湖，製三舟，一自載，二賓客，三飲饌，與進士孟彥深、樊口進士孟雲卿、布衣焦遂，人置僕妾女樂一部，奏清商曲，江湖中號水仙。按集，公有解悶詩曰：孟子論文更不疑。自注云：校書郎孟雲卿是也。又有湖城遇孟雲卿詩。

樂極傷頭白，更長愛燭紅。相逢雖衮衮，告別莫匆匆。但恐天河落，○【劉曰】寓意禄山之亂，恐朝廷傾覆也。寧辭酒盞空。明朝牽世務，揮淚各西東。

奉贈王中允維

○【鮑彪曰】王維，字摩詰，累遷給事中。祿山反，陷長安，迎置洛陽，迫爲給事中。祿山大宴凝碧池，悉召黎〔一〕園諸工合樂，工皆泣，維聞甚悲，作詩悼痛。賊平，下獄，以詩聞行在，肅宗憐之，下遷太子中允。○自中允三遷尚書右丞。弟縉佐李光弼秋官侍郎，維爲右丞。縉刺蜀，維有別業輞川，裴迪從之遊。輞川荊棘，迪從縉劍外。按集，公有和裴迪登新津寺寄王侍郎詩曰：登臨懷侍郎。侍郎謂縉也。

中允聲名久，如今契闊深。共傳收庾信，○【趙次公曰】侯景之亂，梁簡文帝使庾信率宮中文武千餘人營於朱雀航。及景至，信以衆奔江陵。梁元帝承制除信御史中丞。以言如王維初以祿山之脅授僞命，肅宗憐維，釋其死，下遷爲中允也。不比得陳琳。○【趙次公曰】陳琳爲袁紹作檄謗罵曹公，及〔二〕曹公得之，愛之而不之咎。王維在賊中，祿山大宴黎〔三〕園，樂工皆泣，維賦詩痛悼，則異乎曹公之得陳琳矣。一病緣明主，○魯訔云：維在賊時，以藥下痢，陽瘖。○【師古曰：「甫自言得肺疾只緣思君也。」】予謂非也，蓋甫自言其因思君之故而得肺渴之疾也。三年獨此心。○【黃鶴補注曰：「豈公自謂自天寶十五載至乾元元年爲三年。」】此詩作於乾元元年也，自元年逆數至天寶十五年，爲三年矣。○【師古曰】甫自言身雖窮困，心未嘗忘君也。窮愁應有作，試誦白頭吟。○【趙次公曰：「白頭吟，文君所賦。」】樂府有古辭白頭吟云：皚如山上雪，皎若雲間月。

【校記】

〔一〕黎，古逸叢書本作「梨」。

〔二〕及，元本、古逸叢書本作「以」。

〔三〕黎，古逸叢書本作「梨」。

奉陪鄭駙馬韋曲二首

○【黄鶴補注曰：「鄭駙馬，即潛曜。〔一〕】鄭駙馬，潛曜也。

韋曲花無賴，家家惱殺人。○【趙次公曰】古詩：白楊多悲風，蕭蕭愁殺人。淥樽須盡日，○【鄭卬曰】淥，龍玉切，本作醁，美酒也。○【趙次公曰】沈休文詩：憂來命淥樽。白髮好禁春。○【王洙曰】禁，或作傷。○【鄭卬曰】禁，居吟切，勝也。石角鈎衣破，○【沈曰】石菱角也。藤枝刺眼新。○【鄭卬曰：「刺，七亦切。〔二〕】刺，七亦切，穿也。何時占叢竹，頭戴小烏巾。○昔王猷〔一〕好竹，滿宅皆種竹。古詩：寧可食無肉，不可居無竹。○【師古曰】故甫意乃欲卜居植竹以怡情也。

【校記】

〔一〕王猷，古逸叢書本作「王子猷」。

野寺垂楊裏，春畦亂水間。〇畦，奚圭切，菜圃。美花多映竹，好鳥不歸山。〇【師古曰】託言猶在仕途，未能拂衣林下也。城郭終何事，風塵豈駐顏。〇然閑居適性，不必村郭之異。儻奔走風塵，不能自已，豈足以駐衰顏乎？誰能共公子，薄暮欲俱還。〇薄暮，言衰老〔一〕之年。〇【師古曰】公意欲與駙馬於暮年俱還政以自養也。

【校記】

〔一〕老，古逸叢書本作「者」。

寄左省杜拾遺　岑參

聯步趨丹陛，分曹限紫微。〇長安志：紫微殿在蓬萊殿南。曉隨天仗入，〇隨，一作過。暮惹御香歸。白髮悲花落，青雲羨鳥飛。聖朝無闕事，自覺諫書稀。

奉答岑參補闕見贈

窈窕清禁闥，罷朝歸不同。〇【師古曰】參爲補闕，屬中書，居右署。甫爲拾遺，屬門下，居左署。左爲東，而右爲西，故云歸不同也。君隨丞相後，〇趙傁云：唐政事堂初建黄門省，裴炎中書令，徙政事堂中書。參時補闕，在右掖，故云隨丞相後。〔一〕我往〔二〕日華東。○趙傁云：唐宫殿，含元東廊由日華門，其東門下省。甫拾遺在左闥，故曰往日華殿東。長安志：含元殿前有日華門，東有門下省。〔三〕冉冉柳枝碧，娟娟花蘂紅。故人得佳句，獨贈白頭翁。○獨，一作猶，一作留。〔四〕

【校記】

〔一〕故云隨丞相後，元本、古逸叢書本無。

〔二〕往，原作「住」，據元本、古逸叢書本改。

〔三〕「我往」句下注，元本、古逸叢書本作：「郭偲家住日華門東畔。」杜陵詩史等引作「蘇曰」。

〔四〕「獨贈」句下注，元本、古逸叢書本無。

端午日賜衣

○公時在左掖。周處風土記：仲夏端午。注：端，始也。謂五月五日。〔一〕

宫衣亦有名，端午被恩榮。○【師古曰】受之當有名也，則賜之也豈可無名乎？賜之無名，是濫賞也。〔二〕細葛含風軟，○説文：絺，麄葛也。綌，細葛也。〔三〕香羅疊雪輕。○釋名：羅，文羅疏也。〔四〕自天題處濕，○【師古曰】自天，謂賜從天子也。〔五〕當暑著來清。意内稱長短，

○【王洙曰】一作〔六〕「恰稱身長短」。終身荷聖情。○【王洙曰】隨，一作明。○【趙次公曰：「末句語法稍深，蓋言天子之意内，又稱量群臣身材長短而賜之，使有實用而非止虚賜，此所以終身荷聖情也。」】蓋言天子之意内，又稱量群臣身材長短而賜之，此所以荷聖情之重也。〔七〕

【校記】

〔一〕元本、古逸叢書本題下無注。

〔二〕「端午」句下注，元本、古逸叢書本無。

〔三〕「細葛」句下注，元本、古逸叢書本無。

〔四〕「香羅」句下注，元本、古逸叢書本無。

〔五〕「自天」句下注，元本、古逸叢書本無。

〔六〕作，元本、古逸叢書本作「云」。

〔七〕「終身荷聖情」句下注，元本、古逸叢書本作「一作明」。

送許八拾遺歸江寧覲省甫昔時嘗客遊此縣於許生處乞瓦棺寺維摩圖樣志諸篇末〔一〕

○瓦棺寺，乃薦福寺也。晉時有僧嗜誦法華經，及終，以瓦棺葬之，後生蓮華二朵於墓，其根自舌頭而出，因號瓦棺寺。〔二〕

詔許辭中禁，○【王洙曰】詔許，一作天語。〔三〕慈顔赴北堂。○【王洙曰】慈顔，一作家榮。○赴，樊作拜。○【王洙曰】北堂，謂母氏也。詩衛風：焉得諼草，言植之背。傳：背，北堂也。○正義曰：背者，向北之義。婦人所常處者，堂也。〔四〕聖朝新孝理，○謂肅宗即位也。〔五〕祖席倍輝光。○【王洙曰】一作「行子倍榮光」。祖席，謂餞行也。○漢書音義：祖者，送行之祭回饗飲焉。昔黄帝之子纍祖好遠遊，而死於道，故後人以爲行神。又風俗通：昔共工氏子曰修，好遠遊，舟車所至，足跡所逮，靡不窮覽，故祀以爲祖神。祖，徂也。〔六〕内帛擎偏重，○【王洙曰】一作贈。宮衣著更香。○皆宣賜之物也。〔七〕淮陰清夜驛，○【趙次公曰。又，杜陵詩史引作「蘇曰」，分門集注、補注杜詩、集千家注批點杜工部詩集引作「鄭曰」。】淮陰，楚州也。京口渡江航。○【趙次公曰。又，杜陵詩史引作「蘇曰」，分門集注、補注杜詩、集千家注批點杜工部詩集引作「鄭曰」。】京口，潤州也。〔八〕春隔雞人晝，○【王洙曰】雞人，宮中司曉者。○【王洙曰】言許既歸寧，故隔聞乎雞人爾。〔九〕秋期燕子凉。

〇【趙次公曰】今期許秋凉而還也。〇【王洙曰】一作「竹引趙庭曙，山添扇枕凉」。〇【趙次公曰：「趙庭，則論語：孔子嘗獨立，鯉趨而過庭。扇枕，則黄香事也。」】用伯魚、黄香事也。〔一〇〕賜書誇父老，〇言天子賜詔，足以詫其榮也。〔一一〕壽酒樂城隍。〇謂滿城獻花酒也。〇【王洙曰】一作「十年過父老，幾日賽城隍」。〇謂賽祭於廟也。〔一二〕看畫曾飢渴，〇題注。〔一三〕追蹤恨〔一四〕淼茫。〇【王洙曰：「一作恨。」】恨，一作限。〇【鄭卬曰】淼，弭沼切，大水貌。〔一五〕虎頭金粟影，神妙獨難忘。〇【杜田正謬】金粟影，即維摩圖也。〇【杜田正謬。又，杜陵詩史、分門集注、補注杜詩引作「修可曰」。】張彦遠歷代名畫記：顧愷之，字長康，小字虎頭，晉陵無錫人。多才氣，尤工丹青。傳寫形勢，莫不妙絶。曾於瓦棺寺北殿畫維摩詰，畫訖，光耀月餘。〇京師寺記：興寧中，瓦棺寺初置，僧衆設齋，請朝臣列注，長康注百萬。及請勾疏，長康曰：「宜備一壁。」遂閉户，往來月餘，畫維摩詰一軀。工畢，將欲點眸子，乃謂寺僧曰：「第一日者請施十萬，二日可五萬，三日可任例責施。」及開户，光照一寺。施者填噎，俄得百萬。〇【杜田正謬。又，杜陵詩史、分門集注、補注杜詩引作「薛曰」。】發迹經曰：浄名大士是古金粟如來。〇阿含經曰：金沙地下，便是金粟如來。或曰：顧愷之嘗爲虎頭將軍。余謂虎頭乃愷之癡絶之號也。維摩居士乃是過去金粟如來，蓋虎頭所畫維摩圖即金粟之影也。按，南史夷貊傳：瓦棺寺，先有師子國獻玉像、戴安道手製佛像及顧長康維摩圖，世人號云三絶。〔一六〕

【校記】

〔一〕題，古逸叢書本作「送許八拾遺歸江寧」。

〔二〕題下注，元本、古逸叢書本無。

〔三〕「詔許」句下注，元本、古逸叢書本無。

〔四〕「慈顏」句下注，元本、古逸叢書本作：「詩：焉得萱草，言樹之背。注：背，北堂母氏也。一云『天語辭中禁，家榮赴北堂』。」

〔五〕「聖朝」句下注，元本、古逸叢書本無。

〔六〕「祖席」句下注，元本、古逸叢書本作：「祖席，飲餞也。」

〔七〕「宮衣」句下注，元本、古逸叢書本無。

〔八〕「京口」句下注，元本作：「淮陰、京口，皆江南然面。」古逸叢書本作：「淮陰、京口皆江南地名。」

〔九〕「春隔」句下注，元本、古逸叢書本無。

〔一〇〕「秋期」句下注，元本、古逸叢書本作「秋期還也」。

〔一一〕「賜書」句下注，元本、古逸叢書本無。

〔一二〕「壽酒」句下注，元本、古逸叢書本無。

〔一三〕「題注」二字，元本、古逸叢書本無。

〔一四〕恨，元本、古逸叢書本作「限」。

〔一五〕「追蹤」句下注，元本、古逸叢書本作「限一云恨」。

〔一六〕「神妙」句下注，元本、古逸叢書本作：「虎頭，維摩相也。金粟，釋有金粟也。顧愷之字長康，小字虎頭。晉陵無錫人。」

因許八奉寄江寧旻上人

不見旻公三十年，封書寄與淚潺湲。舊來好事今能否，老去新詩誰與傳。○【王洙曰】與，一作爲。棊局動隨幽〔一〕澗竹，○【王洙曰：「尋，一作幽。」】幽，一作尋。○邯鄲淳藝經：棊局縱横，各七十道，合二百八十九道，白黑子百五十枚。彈棋兩人對局，白黑棋各六枚。先列棋相當，更相彈也。〔二〕袈裟憶上泛湖船。○【杜田補遺】釋氏要覽：袈裟者，從色彰施也。梵言迦羅沙曳，華言不正正色。四分律云：一切上色衣不得蓄。當壞作伽沙。葛洪撰字苑，始添「衣」字，言道服也。〔三〕聞君話我爲官在，頭白昏昏只醉眠。

【校記】

〔一〕幽，元本、古逸叢書本作「尋」。

〔二〕「棊局」句下注，元本、古逸叢書本作「一作幽」。

〔三〕「袈裟」句下注，元本、古逸叢書本無。

夏日歎

夏日出東北，○夏日出艮地，正東北也。○【王洙曰】晉天文志：夏至極起，而天運近地，而斗去人遠，日去人近，南天氣至，故烝熱也。〔一〕陵天經中街。○【趙次公曰】：「中街，意言亭午也。」謂日之亭午也。○日月之行，有黄道，有赤道。天之中街者，黄道之所經也。夏至日行北陸中天，上經中街而行，故夏至日爲長也。〔二〕朱光徹厚地，○爾雅釋天：夏爲朱明。注：氣赤而光明也。○【王洙曰】張孟詩：朱光馳北陸。〔三〕鬱蒸何由開。上天久無雷，無乃號令乖。〔四〕雨降不濡物，良田起黄埃。飛鳥苦熱死，池魚涸其涯〔五〕。○涯，宜皆切，水際也。大軍之後，殺氣充塞，天地爲之不和，是以雨暘失節。雷者，天之號令。雨者，天之恩澤。號令乖繆，則恩澤不下，浹而旱乾枯涸，魚鳥猶蒙其禍，况生民乎？○【趙次公曰】或曰：號令之乖，譏君令之不行也。雨不濡物，譏彼相無澤以及民也。○【王洙曰】郎顗傳：雷者號令，其德生養。號令殆廢，當生而殺，則雷反作。〔六〕萬人尚流冗，○冗，人勇切，冗散也。光武建武元年詔曰：流冗道路，朕甚愍之。和帝永平五年遣使分行貧民，舉實流冗。舉目惟蒿萊。〔七〕至今大河北，化〔八〕作虎與豺。○化，一作盡。○【王洙曰】河北之民皆餓飢相吞，如豺虎也。〔九〕浩蕩想幽薊，○【王洙曰】薊，居例切。幽州、薊門，皆禄山所節制之地也。〔一〇〕王師安在哉。○譏諸將養寇要功，不即殄滅也。〔一一〕對食不能餐，○【趙次公曰】蔡琰詩：飢當食兮，不能餐其餘。〔一二〕我心殊未諧。眇然貞〔一三〕觀初，難與數子偕。○【師古曰】太宗貞觀初，米斗三錢，行旅不齎糧。房、杜、王、魏之徒，皆當時名臣。君臣之間，諫行言聽，遂使膏澤下於民，號令一無乖謬，故甫傷今思古，而欲與數子偕，不可得矣。〔一四〕

【校記】

〔一〕「夏日」句下注，元本、古逸叢書本無。

〔二〕「陵天」句下注，元本、古逸叢書本作：「中街，黄道之所經也。」

〔三〕「朱光」句下注，元本、古逸叢書本無。

〔四〕「無乃」句下注，元本、古逸叢書本作：「易傳：當雷不雷，陽德弱也。」

〔五〕涯，元本、古逸叢書本作「泥」。

〔六〕「池魚」句下注，元本、古逸叢書本無。

〔七〕元本無「萬人尚流冗，舉目唯蒿萊」二句，古逸叢書本二句在「良田起黄埃」後。

〔八〕化，元本、古逸叢書本作「盡」。

〔九〕「化作」句下注，元本、古逸叢書本無。

〔一〇〕「浩蕩」句下注，元本、古逸叢書本無。

〔一一〕「王師」句下注，元本、古逸叢書本無。

〔一二〕「對食」句下注，古逸叢書本作：「古詩：飢當食兮不能飡。」元本略同，然無「古」字。

〔一三〕貞，原作「正」，據元本、古逸叢書本改。

〔一四〕「我心」句下注，元本、古逸叢書本無。

夏夜歎

永日不可暮，○堯典：日永星火。炎蒸毒我腸。○【王洙曰】我，一作中。安得萬里風，飄飄吹我裳。昊天出華月，○爾雅：夏爲昊天。○【趙次公曰】江文通雜詩：華月照方池。茂林延疏光。○【趙次公曰】蘭亭記：茂林修竹。仲夏苦夜短，○【王洙曰】謝靈運詩：惟苦夏夜短。開軒納微涼。虛明見纖毫，○【王洙曰】陶潛詩：夜景湛虛明。羽蟲亦飛揚。物情無巨細，自適固其常。念彼荷戈士，○【王洙曰】荷，下可切，揭也。詩曹風：荷戈與祋。窮年守邊疆。何由一洗濯，執熱互相望。○望，協無方切。勞逸之情，人所同好惡也。○【師古曰】兵革以來，雨暘失序，甫苦於旱熱，因覩羽蟲夏夜飛揚而適其性，乃念彼荷戈之士執熱而不得一濯，君天下者不能推好逸惡勞之心，與衆共之，豈所謂爲民父母也哉！○詩小雅：誰能執熱，逝不以濯。竟夕擊刁斗，○【鄭卬曰】刁，音雕。○【王洙曰】李廣傳：程不識正部曲行伍，營陣擊刁斗，至明軍自便〔一〕。孟康曰：刁斗以銅作，鐎受一斗，晝炊飯食，夜擊持行，名曰刁斗。西域傳：斥候七百餘人，五分夜〔二〕，擊刁斗自守。喧聲連萬方。青紫雖被體，○甫雖受拾遺，青紫被體，亦云貴矣，然在於亂世，逼側煩促，不獲舒其志意，不若還鄉，啜菽飲水而安於無事之爲樂也。不如早還鄉。○古詩：客行雖云樂，不如早旋鄉。北城悲笳發，鸛鶴號且翔。○【鄭卬曰】號，胡刀切。○述士卒之勞苦也。○【王洙曰】詩東山：鸛鳴于垤。况復煩促倦，○【王洙曰】復，一作懷。○【魯曰】張茂先詩：煩促每有餘。○陶潛誄：簡棄煩促。激烈思時康。○思願天下平治，征夫安居，無復荷戈鳴笳之困悴也。○【魯曰】蘇武詩：長歌正激烈。

【校記】

〔一〕自便，古逸叢書本作「不息」。

〔二〕分夜，古逸叢書本作「夜分」。

新定杜工部草堂詩箋斠證卷第十三

乾元元年夏六月出爲華州司功冬末以事之東都至乾元二年七月立秋後欲棄官以來所作

至德二載甫自京金光門出問〔一〕道歸鳳翔問一作間乾元初從左拾遺移華州掾與親故别因出此門有悲往事

〇卞圜曰：韋述兩京記：長安西城有門三，中曰金光門。公背長安，出金光門，賊中竄歸鳳翔，步謁肅宗行在，拜左拾遺。史氏云：〔二〕房琯布衣交。琯時敗陳濤斜，坐客董庭蘭罷相。公上疏諫，帝怒，詔三司雜問。元稹志公墓曰：左拾遺歲餘，以直言出華州司功。史氏云：琯廢，乾元元年出刺邠州。公坐琯移掾三峰。當乾元元年春，公步出金光門。魯訔云：外郭城西南三門，中曰金光門。西趣昆明池也。

此道昔歸順，西郊胡正煩。〇【師古曰。又，趙次公曰：「言其逃賊欲之行在，是爲歸順。」】甫陷祿山軍中，竄歸鳳翔，謁肅宗，是爲歸順。〇【趙次公曰：「在金光門道出，故曰『昔歸順』也。言當歸順時，正值胡在西郊爾。」】以其自金光門出，丈〔三〕曰此道，言當歸順時正值胡寇在西郊也。至今殘破膽，〇殘，陳作猶。猶有未招魂。〇【王洙曰】言履〔四〕艱危，膽破魂飛也。宋玉有招魂篇。近侍歸京邑，〇【王洙曰：「得，一作侍。」】侍，一作得。移官豈至尊。〇【王洙曰】豈，一作遠。〇【師古曰。又，趙次公曰：「言得返長安爲拾遺，而遽移華州，本非至尊之意，特以自貽伊戚耳。蓋公以論房琯有才，不宜廢免，坐此而貶也。」】言歸長安爲拾遺，而遽移華州，非出天子之意，乃讒邪毀傷之也。無才日衰老，駐馬望千門。〇【師古曰。又，趙次公曰：「使千門萬户之語也。凝望於宮禁，傍徨不忍去也。」】公駐馬而望千門，蓋戀君彷徨不忍去也。昔漢武宮中爲千門萬户之遊。

【校記】

〔一〕問，古逸叢書本作「開」。

〔二〕古逸叢書本「房琯」前有「公與」二字。

〔三〕丈，元本、古逸叢書本作「故」。

〔四〕履，元本、古逸叢書本作「復」。

奉同郭給事湯東靈湫

○漢武故事：驪山湯，初秦皇砌石起宇。至漢，甚加修飾焉。唐玄宗改爲温泉宫。

東山氣濛鴻〔一〕，○【趙次公曰】東山，驪山也。○在長安之東北。濛鴻〔二〕乃湯泉之氣也。宫殿居上頭。○長安志：驪山上有石甕寺、朝元閣等。君來必十月，○【九家集注杜詩依例爲「王洙曰」。杜陵詩史、分門集注、補注杜詩、集千家注批點杜工部詩集引作「趙次公曰」。】湯泉，温湯泉也。長安志：開元後〔三〕，玄宗嘗以十月幸温泉，歲盡而歸。樹羽臨九州。○【王洙曰：「樹羽，立羽葆蓋也。」】樹羽，植羽葆蓋，以朝諸侯也。○【趙次公曰】詩周頌：崇牙樹羽。陰火煮玉泉，○陰火，即陰陽吹噓之氣。水屬陰，而水有温者，陰中之陽也。王子年拾遺記：西海之西有浮玉山，下有穴，穴中有水，其色若火，波濤灌蕩，其火不滅，名陰火。○【王洙曰】海賦：陽冰不冶〔四〕，陰火潛然。○【杜田補遺】本草：玉泉生藍田。陶隱居注：是玉之精華。又注：玉泉，玉之泉液也。今仙經「三十六水法」中化玉爲玉漿，亦稱爲玉泉。今公詩蓋言湯泉之色爲玉也。噴薄漲巖幽。有時浴赤日，○【王洙曰】山海經：東南海外有羲和之國，有女子名羲和，是生十日。常浴日於甘泉。光抱空中樓。○言泉氣光涵日影，隱映温宫樓臺之高也。閬風入轍跡，廣原延冥搜。○【王洙曰】原，一作野。○【趙次公曰】：「其義則周穆王欲車轍馬迹遍天下之意，謂之『欲冥搜』，蓋言乘輿自驪山而出，若將訪崑崙而遊廣原也。」】此言玄宗乘輿幸驪山湯泉而出，若將深入于崑崙之閬風，而遠訪于廣原之野，如昔周穆王駕八駿之乘驅馳而升崑崙之上也。○【杜田補遺：「神異經曰：崑崙三角，其一角正北，干星辰，名曰閬風巔；其一角正西，曰玄圃臺；其一角正東，曰崑崙宮。」又，杜陵詩史、分門集注引作「洪覺範曰」：「神異經：崑崙三角，北曰閬風巔，西曰玄圃臺，北曰崑崙宮。」】或謂：廣原，崑崙東北脚〔五〕名也。按東方朔十洲記：崑崙三角，一角曰閬風巔。神異經：崑崙三角，其一角正北干〔六〕星辰，名曰閬風巔。○【趙次公曰】孫綽天台賦：非夫遠寄冥搜，篤神適性者，何肯遠想而存之。**沸天萬乘動，**○【王洙曰】沸，一作拂。○言玄宗臨幸，騷動萬民也。○【趙次公曰】鮑照蕪城賦：歌吹沸天。**觀水百丈湫。**○湫，子由切，龍潭也。○【九家集注杜詩郭知達補注】長安志：冷〔七〕水在臨潼縣三十里，亦曰百丈水。○【王洙曰】漢郊祀志：湫淵，祀朝那。**幽靈斯可怪，**○【王洙曰】幽靈，一作靈湫。○長安志：開元八年冬，乘輿自南入，行至半城，黑氣自東北角起，倏忽滿城。王命官屬休。○穆天子傳：天子北至犬戎，北風雨雪，天子以寒之故，命王〔八〕屬休。**初聞龍用壯，擘石摧林丘。**○【王洙曰】郭延生述征記：巨靈擘開華山。**中夜窟宅改，移因風雨秋。**○謂窟宅因夜雨改而移也。○【趙次公曰】天台賦序：靈山之所窟宅。**倒懸瑤池影，**○言日照驪山，影蘸靈湫也。列子：穆天子升崑崙之丘，賓于西王母，觴于瑤池之上。**屈注蒼江流。**○蒼，當作滄。○【趙次公曰】謝朓詩：回〔九〕瞰滄江流。**味如甘露漿，**○晉謠言：女非皇太子，安得甘露漿。**揮弄滑且柔。**○此皆述〔一〇〕靈湫之勝概也。翠旗淡偃蹇，○言旗影與水光相奪也。○【王洙曰】枚乘七發：旌旗偃蹇。雲車紛少留。○言天子駐軍以祭龍也。九歌：乘回風兮戴雲旗。蕭鼓蕩四溟，○【王洙曰】漢武帝詞：蕭鼓鳴兮發棹謳。顏延年詩：笳鼓震溟洲。異香泱漭浮。○【趙次公曰】又，分門集注、補注杜詩引作「鄭卬曰」。】泱，烏朗切。漭，模朗切。○廣大貌。○【王洙曰】海賦：泱漭澹浮。謝玄暉詩：晨光復泱漭。鮫人獻微綃，○鮫人獻綃以爲幣也。○【趙次公曰】：「蛟人水居，南海之外有之，善織綃。見海賦。」】南海外有鮫室，水居如魚，善織綃，見木玄虚海賦。○餘見前注。曾祝沉豪牛。○曾祝沉牛以爲牲也。曾，重也。祝，史也。○【趙次公曰】詩：曾祝致告。○【魯曰】：「穆天子傳：賜文山之民豪牛豪馬。」】穆天子傳：天子至河宗，奉璧南面，曾祝佐之。天子授河〔一一〕宗璧，河宗西向，沉璧于河，祝沉牛馬羊豕。又，天子遊于文山，文山之人獻犻〔一二〕牛，天子與之豪馬。豪牛注云：似犛牛也。百祥奔盛明，古先莫能儔。坡陁金蝦蟆，出見蓋有由。至尊顧之笑，王母不遺收。○遺，一作肯。復歸虚無底，化作長黄虬。○一作龍與〔一三〕虬。虬，音求，龍之無角者。○【九家集注杜詩引「王洙曰」：「禄山濁亂宫闈，故有此應。」又引「趙次公曰」：「按，禄山事跡：帝嘗夜宴，禄山醉卧，化爲一猪而龍頭，左右遽言之，帝曰：『渠猪龍耳，無能爲也。』詩蓋暗指此事。」】當盛明之世，天子在上，百妖爲之奔遁，何以蝦蟆得爲之殃也。甫既述温泉之幸，次叙遊潭祭龍，終寓意於禄山之亂。蓋傷楊貴妃養禄山爲義子私通之，每年幸湯泉，爲禄山作生日，以金盆盛湯，禄山裸浴其中，貴妃佯爲慶誕之辰，百端取樂，明皇全不悟。按唐史：禄山爲范陽府節度，與楊國忠争權，國忠表禄山必亂〔一四〕，玄宗不信，國忠謂帝：幸温泉，遣人召禄山，禄山必不來。以此驗之。帝如其言，使者至范陽，禄山曰：「此必國忠爲帝謀召我，疑我不赴。今奔天子命，則國忠之謀不攻自破。」後禄山至温泉，玄宗視禄山面，大喜。國忠諫帝命壯士縛之，不然必反。帝既不疑禄山，貴妃復寵愛之，豈肯從其言而收縛之。謁帝罷，辭歸范陽。帝贈勞愈厚，遣歸鎮。禄山既脱禍，騎駿馬一日一夜揮鞭疾驅行七百里，至范陽，遂反。坡陁，高大之貌。禄山腹大而漲，每行，使人挽之乃動。及作胡旋舞，其疾如風，故譬之金蝦蟆。金乃西方，禄山胡人，故云金蝦蟆。至尊，指玄宗也。王母，指貴妃也。明皇爲貴妃製羽衣霓裳，以象西王母之會。肅宗爲太子時，嘗諫玄宗云：「禄山有龍相，必反，宜早除之。」玄宗曰：「乃猪龍也。」虚無底，謂范陽也。禄山反，僞即帝位，妄自尊大，故云金蝦蟆。然謁見温泉者，蓋亦有由，謂帝驗國忠之言以卜其來與不來，故曰「出見蓋有由」。及禄山至，玄宗乃歡喜而大笑，雖國忠諫命壯士收縛之，貴妃決不肯也。續遺歸范陽，禄山遂反，豈非「復歸虚無底」而「化作長黄虬」乎？甫恨不從國忠之言，是使禄山得以化龍而符太子之諍也。飄飄青鎖〔一五〕郎，◯飄飄，一作飄颻。青鎖〔一六〕郎，指郭給事也。◯【王洙曰】漢制有給事黄門侍郎，掌從左右給事中，使開通中外及諸王朝見，於殿上引王就坐。日暮入對青瑣内，謂之夕郎。◯宫闕薄：青瑣門在南宫。文彩珊瑚鉤。◯【師古曰】謂郭給事之能爲文章，如珊瑚鉤之可貴也。◯孝經援〔一七〕神契：珊瑚鉤者，要誓則出。士孫〔一八〕瑞應圖：珊瑚鉤者，恭信則見。一日不珍，玩弄則出。◯【趙次公曰】纂異記：周穆王把酒請王母歌，以珊瑚鉤擊盆而歌。浩歌渌水曲，清絶聽者愁。◯【師古曰】渌水，即伯牙高山流水之音，後人製爲琴曲，名曰渌水。言給事歌詩清雅絶倫，聽者愁莫能及也。

【校記】

〔一〕濛鴻，元本、古逸叢書本作「鴻濛」。

〔二〕濛鴻，元本、古逸叢書本作「鴻濛」。

〔三〕後，古逸叢書本作「中」。

〔四〕治，原作「治」，據古逸叢書本改。

〔五〕脚，古逸叢書本作「角」。

〔六〕正北干，元本作「上北干」，古逸叢書本作「上比于」。

〔七〕冷，古逸叢書本作「湫」。

〔八〕王，元本、古逸叢書本作「官」。

〔九〕回，元本、古逸叢書本作「日」。

〔一〇〕述，元本、古逸叢書本作「言」。

〔一一〕河，原作「何」，據古逸叢書本改。

〔一二〕牣，古逸叢書本作「豪」。

〔一三〕與，元本、古逸叢書本作「似」。

〔一四〕亂，元本、古逸叢書本作「叛」。

〔五〕鎖，元本、古逸叢書本作「瑣」。

〔六〕鎖，元本、古逸叢書本作「瑣」。

〔七〕援，原作「授」，據古逸叢書本改。

〔八〕士孫，元本、古逸叢書本作「公孫」。

題鄭縣亭子

〇地志：華州治鄭縣。長春宮馮翊亭子，蓋望長春宮〔一〕舍外。

鄭縣亭子澗之濱，户牖亭〔二〕高發興新。雲斷嶽蓮臨大路，〇【趙次公曰】指言蓮花峰也。〇華山記：山頂有池，生千葉蓮花，服之羽化，因曰華山。〇【趙次公注引「蔡興宗曰」】大路，陝、華間地名。晉書：「檀道濟從劉裕伐姚泓，至潼關，姚鸞屯大路以絶道濟糧道。」是也。天晴宫柳暗長春。〇【王洙曰】晴，一作清。〇【趙次公曰】指言長春宫也，在同州朝邑縣，皆華山所臨。〇十道志：長春宫，周武帝保定五年，大冢宰晉公宇文護所築。巢邊野雀群欺燕，〇雀，一作鵲，或作鶴。喻小人欺君子也。花底山蜂遠趁人。〇喻群小趨權勢也。更欲題詩滿青竹，晚來幽獨恐傷神。〇【王洙曰】：「野雀欺燕，山蜂趁人，皆感時而作，故末有幽獨傷神。」】此感物而傷時也。

【校記】

〔一〕一，古逸叢書本無。

〔二〕亭，古逸叢書本作「馮」。

望嶽

○張説泰華碑：華山，少陰用事，萬物生華，曰華山。前對華陽，後厭華陰，左抱桃林塞，右産藍田玉。少昊下都，蓐收别館。

西嶽崚嶒竦處尊，○崚，力〔一〕膺切。嶒，才登切。山貌。諸峰羅立如兒孫。安得仙人九節杖，○劉根别傳：孝武帝登少室，見一女以九節杖仰指日，閉左目，開右目，氣且絶又蘇息。武帝使問之所行何等？女子不答。東方朔曰：「婦食日精者。」神仙傳：王遥，天大雨，使弟子以九節杖負竹篋長數寸出行，衣皆不濕。列仙傳：王烈，曾授赤城老人九節蒼藤竹杖杖行地，馬不能追。拄到玉女洗頭盆。○拄，家庾切，撑也。郭璞贊：華嶽靈峻，削成四方。爰有神女，是挹玉漿。○【杜田正謬。又，補注杜詩引作「修可曰」。】詩含神霧篇：明皇玉女者，居華山，服玉漿，白日上昇，中頂石龜，其廣數畝，且高三仞，其側有梯磴達龜背，見〔二〕玉女祠，祠前有五石，曰號〔三〕玉女洗頭盆。其中水色碧緑澄澈，雨不加益，旱不加耗。○【王洙曰】三峰記：華山雲臺上有石盆，可容水數斛，明瑩如玉。山有古篆，人莫識，俗呼爲玉女洗頭盆。車箱入谷無歸路，○【王洙曰】歸，一作回。○【師尹曰】寰宇記：華陰縣車箱谷在縣西南二十五里，深不可測。祈雨者以石投之，中有一鳥飛出，應時獲雨。○華山記：山下有華嶽廟，列宿南行十一里，又東迴南三里，至中祠。又西南出五里，至南祠，南入谷口七里，又至一祠，又南一里，至天井。天井纔容人上，可長六丈餘。出井，如望空視明，如在室窺牖。箭栝通天有一門。○栝，古活切。栝，一作闕。趙傁云：華山記：箭筈峰上有穴，纔見天，攀緣自穴中而上，有至絶頂者。或云：韓子曰：秦昭王令工施鈎梯上華山上，以松柏之心爲箭而勒之，曰：「昭王常與天神博於此矣。」稍待秋風涼冷後，高尋白帝問真源。○【王洙曰：「白帝，西方之帝。」】五經通義曰：東方青帝，靈威御。南方赤帝，赤熛怒。西方白帝，白招拒。北方黑帝，叶光〔四〕紀。中央黄帝，含樞〔五〕紐。

【校記】

〔一〕力，古逸叢書本作「萬」。

〔二〕見，元本作「皆」，古逸叢書本作「背有」，九家集注杜詩作「建」。

〔三〕曰號，古逸叢書本作「號曰」。

〔四〕光，元本、古逸叢書本作「走」。

〔五〕樞，元本、古逸叢書本作「驅」。

至日遣興奉寄兩院遺補二首〇一作「奉寄北省兩院故人」。

去歲茲辰捧御床，五更三點入鵷行。〇【師古曰】鵷行，言縉紳之列也。欲知趨走傷心處，〇【王洙曰】言爲華州掾，趨走參謁郡將也。正想氤氳滿眼香。〇【王洙曰】懷想御爐之香煙也。無路從容陪笑語，有時顛倒著衣裳。〇【師古曰】言行役之遽也。〇【趙次公曰】詩：東方未明，顛倒衣裳。何人錯認窮愁日，愁日愁隨一綫長。〇【王洙曰：一云「日日愁隨一綫長」。】一作「日月愁隨一綫長」。〇【九家集注杜詩依例爲「王洙曰」。又，杜陵詩史、分門集注、補注杜詩引作「蘇曰」。】唐雜録：宮中以女工揆日之長短。冬至後，日晷漸長，比常日增一綫之功。〇【師尹曰：「今考輦下歲時記、荆楚歲時記及徐諧歲時廣記並不載此説。子美小至詩『刺繡五文添弱綫』，即非以綫量日影也。蓋以刺繡之工添綫爲日晷之準則耳。」】按集公有小至詩曰「刺繡五紋添一綫」是也。

憶昨逍遥供奉班，〇【趙次公曰】唐拾遺掌内供奉諫諍也。去年今日侍龍顏。〇【王洙曰】漢高帝隆準而龍顏。麒麟不動爐煙上，〇晉禮儀：故事，大朝會即鎮官〔一〕，皆〔二〕以金渡九尺麒麟大爐。孔雀徐開扇影還。〇【趙次公曰】孔雀者，扇中之所畫。〇以言至日受朝賀之儀也。李尤賦：扇開孔雀尾。玉几由來天極北〔三〕，〇言瞻御榻之高也。〇【王洙曰】几，一作坐。周禮司几筵：掌王左右玉几。朱衣只在殿中間。○【趙次公曰】言居螭頭之任也。孤城此日堪腸斷，○【趙次公曰】公在外，不得預朝賀而懷之耳，故有腸斷之歎。愁對寒雲雪滿山。

【校記】

〔一〕鎮官，元本作「鎖宮」，古逸叢書本作「鏁宮」。

〔二〕皆，元本、古逸叢書本作「階」。

〔三〕極北，元本、古逸叢書本作「北極」。

冬末以事之東都湖城遇孟雲卿復歸劉顥〔一〕宅宿燕飲散因爲醉歌

○按地理志：陝州有湖城縣，去州西南一百一里，本隸虢州。太平興國三年屬陝。漢志有鼎湖，即黄帝鑄鼎于此也。趙傁云：閿鄉，度湖城兩舍。經閿鄉、湖城，公日南邁也。

疾風吹塵暗河縣，行子隔手不相見。○河縣乃河陽也。集有石濠吏詩「急應河陽役，猶得備晨炊」，謂郭子儀、李光弼與賊相抗於河陽。疾風吹塵，言屯兵所在，風揚塵土，河縣爲之暗而不見人也。湖城城北一開顔，駐馬偶識雲卿面。況非劉顥爲地主，○【趙次公曰】左氏傳：地主致饋。懶迴鞭轡成高宴。○成高，一作城南。劉侯歡我携客來，○歡，舊作歎，非是。置酒張燈促華饌。且將款曲經今冬〔二〕，休語艱難尚酣戰。○是年九月庚寅，九節度兵伐賊安慶緒于鄴，故云。○【趙次公曰】淮南子冥覽訓：魯陽公與韓戰，戰酣日暮，援戈而麾之，日爲之反三舍。照室紅爐促曙光，縈窗素月垂文練。天開地裂長安陌，○長安乃西京，言土地開拓也。江賦：嗷〔三〕則地裂，豁若天開。三輔黄圖：長安九衢三陌。寒盡春生洛陽殿。○洛陽乃東都，言殺氣盡而和氣生也。豈知驅車復同軌，○謂收復兩京而車書混同也。○【王洙曰】禮：書同文，車同軌。可惜刻漏隨更箭。○甫喜飲，歎惜夜短，明日分飛也。○【王洙曰】陸佐公新刻漏銘：銅史司〔四〕刻，金徒抱箭。人生會合不可常，庭樹雞鳴淚如綫。○綫，一作霰。○【王洙曰】古别離曲：維鳴庭樹枝，客子振衣起。别淚落如綫，相顧不能止。

【校記】

〔一〕顥，原作「灝」，據元本、古逸叢書本改。

〔二〕冬，古逸叢書本作「夕」。

〔三〕嗷，古逸叢書本作「黴」。

〔四〕司，古逸叢書本作「同」。

閿鄉姜七少府設鱠戲贈長歌

○【鄭印曰：「閿，音聞。〔一〕】閿，音文。○又音民，字正作〔二〕「閺」。後漢建安中，改作閿。後漢志：弘農郡有閿鄉。唐志：閿鄉屬陝郡。地理志：陝州閿鄉縣，去州西一百七十里。趙傁云：公皆冬涉春行，度潼關，東征洛陽道。史筆不書，豈公以公事行邪？閿鄉，初出潼關。姜少府設鱠，乃公〔二〕深冬〔三〕行嵩、華道中所作也。

姜侯設鱠當嚴冬，昨日今日皆天風。河凍未漁不易得，○一作「河冰求〔四〕魚」。○【王洙曰】一作「黄河冰魚」。○一作「黄河味魚」。○【王洙曰】一作「黄河美魚」。鑿冰恐侵河伯宫。○言深入求魚也。博雅：河伯謂之馮夷，華陰潼鄉隄首人也。服八石得水仙，是爲河伯。抱朴子：馮夷，華陰人，以八月上庚日渡河溺死。天帝署爲河伯。饔人受魚鮫人手，○【王洙曰】周禮天官：有内饔、外饔，掌割烹。○【趙次公曰】述異記：南海中有鮫人室，水居如魚，善織綃。洗魚磨刀魚眼紅。無聲細下飛碎雪，○【王洙曰】碎，一作素。有骨已剁觜青〔五〕葱。○剁，都唾切，斫剉〔六〕也。杜田云：觜，平聲。又遵誅切。偏勸腹腴愧年少，○少府重甫，故獨以腹腴爲勸，甫食腹腴，愧不及於年少也。説文：腹腴，中肥者。齊民要術：作鮓法，腹腴居上，肥則不能久，須先食也。軟炊香飯緣老翁。○【王洙曰】飯，一作粳。○【杜田補遺】維摩經：滿鉢香飯。落碪何曾白紙濕，○【鄭印曰：「碪音砧。〔二〕】碪與砧同。○齊民要術：切膾不得洗，洗則膾濕。放筯未覺金盤空。

○言飣餖放，而金盤又簇飣〔七〕已盈矣。新懽便飽姜侯德，○【王洙曰】詩小雅：既飽以德。清觴異味情屢極。東歸貪路自覺難，欲別上馬身無力。○言東〔八〕之三川尋妻子，奔程欲進也。可憐爲人好心事，○【趙次公曰：「好心事，如言好心腸也。」】姜侯之心，處事種種好也。於我見子真顔色。○【師古曰】言姜侯禮貌非僞爲也。不恨我衰子貴時，悵望且爲今相憶。

【校記】

〔一〕作，原作「字」，據古逸叢書本改。

〔二〕公，元本、古逸叢書本作「冬」。

〔三〕冬，古逸叢書本作「經」。

〔四〕求，古逸叢書本作「未」。

〔五〕青，古逸叢書本作「春」。

〔六〕剉，元本、古逸叢書本作「判」。

〔七〕飣，古逸叢書本作「飾」。

〔八〕東，元本、古逸叢書本作「甫」。

戲贈閿鄉秦少府短歌

〇天寶十五載七月，肅宗即位靈武，改元至德。至德二載，甫自賊中竄歸鳳翔，拜左拾遺。是詩之作，乃乾元元年也。

去年行宮當太白，〇當，一作守。〇【鮑欽止曰】謂至德二載肅宗駐驆鳳翔也。唐地理志：鳳翔郿縣有太白山。朝迴君是同舍客。同心不減骨肉親，〇言朝罷與秦少府同館，如骨肉之親也。吕氏春秋：父母之於子，此謂骨肉之親也。每語見許文章伯。〇伯，長也。秦生常以文章推長於甫也。今日時清兩京道，〇【杜陵詩史、分門集注引作「耒曰」。又，補注杜詩引作「王洙曰」，集千家注批點杜工部詩集引作「秦曰」。】乾元元年，肅宗收復兩京。相逢苦覺人情好。昨夜邀懽樂更無，多才依舊能潦倒。〇多才，美秦生。〇【晏曰：「潦倒，衰老之貌。」】潦倒，甫自喻衰老也。〇甫意若曰，今日相逢人情好，奈何昨夜殊無懽笑。甫自傷潦倒衰老，不若從前，而秦生多才年少，只依舊也。〇【趙次公曰】北史崔瞻傳：自天保以後重吏事，謂容止醖藉者爲潦倒。

李鄠縣丈人胡馬行

〇【鄭卬曰】鄠，扶古切，古扶風縣名。

丈人駿馬名胡騮，前年避胡過金牛。〇金牛，漢中縣。〇【余曰】昔秦欲伐蜀，無路通，遣人告蜀王曰：「秦有金牛，其糞成金，使蜀迎，與之。」蜀王命五丁力士開山取金牛，路纔通，秦伐蜀取其國，因號所開之山曰金牛也。迴鞭却走見天子，朝飲漢水暮靈州。○【趙次公曰】時聞肅宗即位靈武，故迴鞭見天子也。○【趙次公曰：「則自漢水而來靈州。」】漢水在西南，靈州在西北，朝飲馬於漢水，暮抵靈州，甚言此馬之疾速也。自矜胡騮奇絶代，○謂世代絶無此馬也。乘出千人萬人愛。一聞説盡急難材，○謂避亂急難之際，賴此馬獲脱於禍也。○【趙次公曰】有如劉備之的盧，一躍三丈過檀溪，以免劉表〔一〕之追。劉牢之馬跳五丈澗，以脱慕容垂之逼也。轉益愁向駑駘輩。○向使駑駘遲鈍，必不免矣。廣雅：駑駘，今謂馬之下者也。伯樂相馬經曰：凡相馬之法，先除三羸五駑。其五駑者：大頭緩耳，一駑也；馬頸不析〔二〕，二駑也；短上長下，三駑也；大髂短脅，四駑也；淺寛薄髀，五駑也。頭上鋭耳批秋竹，○言兩耳竪立也。○【梅曰】黄伯仁龍馬頌：耳如箾筩。脚下高蹄削寒玉。○馬援銅馬相法：膝欲方，蹄欲厚，三寸堅如石。始知神龍別有種，○西京雜記：文帝九駿，其一名龍子。春秋元命苞〔三〕：伊尹曰：青龍之匹，遺風之乘。高誘注：皆馬名。周書異域傳：青海有小山，以良牝馬置此山，所生得駒，號曰龍種。不比俗馬空多肉。○俗，一作凡。良馬貴骨不貴肉，馬欲有骨氣，不在肥大也。洛陽大道時再清，○【趙次公曰】謂已復東京矣。○梁簡文帝洛陽道詩：洛陽佳麗所，大道滿春光。吴越春秋：夫差赦越歸國，至浙江之上，望見吴越，山川重秀，天地再清。累日喜得俱東行。鳳臆龍鬐〔四〕未易識，○【王洙曰】龍，一作麟。○【鄭卬曰】髫，梁伊切，馬鬣也。○【沈曰】伯樂相馬經：鳳臆龍髫，言馬胸如鳳，馬鬣如龍。真良馬也。側身注目長風生。○【師尹曰】言有精神也。

【校記】

〔一〕劉表，古逸叢書本作「曹操」。

〔二〕馬頸不析，元本作「馬頸不折」，古逸叢書本作「長頸不折」。

〔三〕春秋元命苞，古逸叢書本作「呂氏春秋」。

〔四〕鳳臆龍髫，元本、古逸叢書本作「龍臆鳳髫」。

路逢襄陽楊少府入城戲呈楊四員外琯甫赴華州日許寄員外茯苓

○【按，「甫赴華州日許寄員外茯苓」，九家集注杜詩依例爲「王洙曰」，杜陵詩史、分門集注、補注杜詩作「王彥輔曰」，集千家注批點杜工部詩集作「公自注」。】○琯門籍華山下，震之後裔。肅宗即位靈武，拜琯司勳員外郎、知制誥。

寄語楊員外，山寒少茯苓。○淮南子説山訓云：千年之松，下有茯苓。歸來稍暄暖，〇本草：茯苓，二月採也。當爲斸青冥。〇【鄭卬曰：「斸，株玉切，斫也。」】斸，株玉切。〇【師古曰】以錐刺地也。〇【杜田補遺。又，杜陵詩史、分門集注、補注杜詩作「師古曰」。】史記龜策傳：下有茯苓，上有兔絲。伏苓在兔絲之下，狀如飛鳥之形。新雨已，天清淨無風，以夜悄〔一〕兔絲去之，即篝燭此地，火滅，記其處，明日乃掘之，入四尺至七尺，得矣。飜動神仙窟，〇龜策傳：茯苓者，千歲松根也。食之不死。陶隱居本草云：茯苓，仙經：服食通神而至靈。封題鳥獸形。〇陶隱居本草云：茯苓形如鳥獸，龜鱉者良。兼將老藤杖，扶汝醉初醒。

【校記】

〔一〕悄，古逸叢書本作「燒」，九家集注杜詩作「捎」，杜陵詩史、補注杜詩作「晴」，集千家注批點杜工部詩集作「悄」。

潼關吏

〇潼，徒紅切，水名。史記：魏文侯三十六年，齊侵陰晉。前漢地理志曰：高帝改曰華陰。呂氏春秋：九藪云秦之陽華。高誘曰：或在華陰西。誘又曰：桃林縣西長城是也。後漢志：弘農郡潼關，故屬京兆。晉地迹〔一〕記：潼關是也。柳宗元曰：自萬年至于渭南，其驛六，其蔽曰華川，其關曰潼關。〇【王深父曰：「安禄山反，哥舒翰以潼關擊賊。翰敗，禄山遂陷長安。其後收復長安，頗增飾餘險。此詩蓋刺非其人則舉關以棄之，得其人雖舊險亦足以恃，不必衆而恃無益也。孟子所謂『地利不如人和』也。」】安禄山反時，哥舒翰守潼關，爲火拔歸仁執以降賊，由是賊陷長安。後肅宗收復京城，又增修阨險處，以爲守禦之備〔二〕。甫意謂天時不如地利，地利不如人和。將得其人，加以士卒將校豫附，雖無形勝之地，守則人自爲營，豈可得而破哉！哥舒不才，舉二十萬之師，不戰而潰。使將帥得人如斯輩，雖增修城壘何益，祇以勞民斂怨耳。

士卒何草草，○草草，勞苦貌。詩：勞人草草。築城潼關道。大城鐵不如，○【薛蒼舒曰】潤州圖經：城號鐵甕，吴孫權所築。杜牧潤州詩：城高鐵甕横强弩。小城萬丈餘。借問潼關吏，修關還備胡。○【王洙曰：「修關，一作築城。」】修關，一作築關。要我下馬行，○【鄭卬曰】要，於宵切，約也。爲我指山隅。連雲列戰格，○戰格，即列栅也。飛鳥不能踰。胡來但自守，豈復憂西都。丈人視要處〔三〕，○丈人，或作大人。後漢蘇章父純，三輔號爲大人。窮狹容單車。○窮，今作窄。永和山川古今記：澠池有三崤，東爲土〔四〕崤，西爲石〔五〕崤，悉長坂〔六〕數十里，路阻深澗，屈曲盤紆，車不得方軌也。艱難奮長戟，千〔七〕古用一夫。○【王洙曰】淮南子：一人守隘，千夫莫向。蜀都賦：一夫守隘，萬夫莫向。劍閣銘：一人荷戟，萬夫趑趄。哀哉桃林戰，○哥舒翰與賊戰於桃林，官軍恃險固，不力戰，因爲賊所乘，自相踐蹂，是以敗績。故甫哀之。

○【王洙曰】書武成注：桃林在華山東。○左氏傳：晉使詹嘉守桃林之塞。注：今潼關是也。○【王洙曰】張衡西都賦：左右崤、函，重險桃林之塞。○李善注：桃林，弘農，在閿鄉南谷中。○【趙次公曰：「蓋潼關於唐在華州之華陰，桃林於唐乃陜州之靈寶。」】唐天寶元年，得元元靈符于桃林函谷，乃改桃林縣爲靈寶縣。○杜田云：桃林，哥舒翰敗處。今洪溜澗是也。百萬化爲魚。○【王洙曰】光武紀：決水灌之，百萬之衆，可使爲魚。○陸機〔八〕詩：眷言懷桑梓，無乃化爲魚。請囑防關〔九〕將，慎勿學哥舒。○【師古曰】今肅宗既收復兩京，儻不更選賢將，事之成敗，未可知也。故甫有「慎勿學」之句。○【王洙曰】按哥舒傳：帝使使督戰，翰窘不知所出。六月，引而東，慟哭出關。次于靈寶縣之西原，與賊將崔乾祐戰。官軍南迫險峭，北臨黄河，因爲凶徒所乘。王師自相擠排，墜于河，翰與數百騎馳而西歸，爲火拔歸仁執降於禄山。後爲禄山所殺。

【校記】

〔一〕迹，元本、古逸叢書本作「道」。

〔二〕備，元本、古逸叢書本作「命」。

〔三〕處，元本、古逸叢書本作「道」。

〔四〕土，元本、古逸叢書本作「左」。

〔五〕石，元本、古逸叢書本作「右」。

〔六〕坂，元本、古逸叢書本作「坡」。

〔七〕千，古逸叢書本作「萬」。

〔八〕陸機，元本作「賤綺」，古逸叢書本作「錢綺」。

〔九〕關，原作「閑」，據元本、古逸叢書本改。

石壕吏

○壕，音毫，城壕也。石壕，屬邠州宜禄縣，即漢鶉觚縣地。北狄嘗侵，太王及此故築城壕以禦之，因名石壕。卞圜云：地志：石壕，陝東戍。其地新安西，石壕即石崤也。王深父云：驅民之丁壯盡置死地，而猶役其老弱，雖秦爲閭左之戍不堪也。嗚呼，其時急矣哉！余按：至德二載秋，甫往鄜迎家，夜投宿于石壕村，因感吏捉人以守河陽，傷之而作是詩也。

暮投石壕村，有吏夜捉人。老翁踰墻走，老婦出門看。○蘇潤公本作「老婦出看門」。言當時丁壯皆出戍，在家惟婦女持門户。吏呼一何怒，婦啼一何苦。聽婦前致詞，三男鄴城戍。○按地理志：相州鄴郡，殷王河亶甲居相。即其地。春秋時屬晉，戰國時屬魏，唐爲相州，或爲鄴郡。時郭子儀九節度圍安慶緒于相州，節制不一，故九節度之兵皆敗，而還鄴城。戍謂抽丁圍安慶緒也。一男附書至，○【王洙曰】至，一作到。二男新戰死。存者是〔一〕偷生，○偷生謂非久亦戰没，姑延殘喘而已。死者長已矣。○謂一往而不反也。室中更無人，惟有乳下孫。○謂尚乳食也。孫有母未去，○言其失戰死無所依也。出入無完裙。○【王洙曰：「一作『孫母未便出，見吏無完裙』。〔一〕】一作「其母未便出，見吏無完裙」。老嫗力雖衰，○嫗，威遇切，母也。請從吏夜歸。急應河陽役，猶得被〔二〕晨炊。○河陽即孟三城，孟三城節度，古孟津在其南。○【師古曰】是時三節度屯兵於河陽以禦慶緒，兵敗，無兵〔三〕可抽，故老嫗請赴河陽之役，以供炊爨而已。夜久語聲絶，如聞泣幽咽。天明登前途，獨與老翁别。

【校記】

〔一〕是，古逸叢書本作「且」。

〔二〕被，古逸叢書本作「備」。

〔三〕兵，元本、古逸叢書本作「丁」。

新安吏收京後作雖收兩京賊猶充斥〔一〕

○後漢云〔二〕：志：弘農郡新安。注：博物記曰：西漢水出新安，入雒。地志：新安縣，洛西邑。唐志：新安縣隸河南府。漢高帝紀：急守函谷關。文穎曰：是時，關在弘農縣衡嶺，今移東，在漢南穀城。顔師古曰：穀城即新安。王深父云：乾元元年九月，中書令、朔方、關内、河東副元帥郭子儀等九節度之師圍安慶緒于鄴，時以中官魚朝恩爲觀軍容宣慰使，師遂潰于城下，諸節度各還本鎮。三月壬申，官軍敗滏水，子儀收兵斷盟津，退保河陽。詔留守東都。此詩蓋哀出兵之役夫。古者遣將，有推轂分閫之命，今棄師於敵，至於無告，如詩之所憾〔三〕，豈無刺哉！然子儀猶寬度得衆，故卒章美焉。師古云：乾元元年，時九節度兵圍安慶緒于相州，大敗而還。朝廷調諸郡兵益急，雖次丁盡行。秦之謫戍無以加此。惟郭子儀能撫士卒，有詔留守東都。故甫於首篇諷朝廷重困民力，末章美子儀善養士卒。惜夫！肅宗任之不專，權分于九節度，總統不一，以至於敗也。

客行新安道，○客，甫自謂也。喧呼聞點兵。○【王洙曰】古木蘭詩：昨夜見軍帖，可汗大點兵。借問新安吏，縣小更無丁。府帖昨夜下，○【王洙曰】帖，一作符。夜，一作月。况〔四〕選中男行。中男絶短小，何以守王城。○王城，即東都也。昔周公爲成王營洛邑，號爲王城。是時已收兩京，安慶緒猶猖獗，故帝命子儀守此地。肥男有母送，○肥男，言有母可恃也。瘦男獨伶俜。○伶音零；俜，普下切〔五〕。伶俜，單獨失勢貌。瘦男言失其怙恃，故至於伶俜。○【趙次公曰。又，杜陵詩史、分門集注、補注杜詩引作「修可曰」。】古猛虎行：伶俜到〔六〕他鄉。白水暮東流，○言征夫無回期也〔七〕。青山猶哭聲。○【王洙曰】猶，一作聞。○言骨暴於青野也。○【王洙曰】木蘭詩：不聞爺娘喚女聲，但聞黄河流水鳴濺濺。莫自使眼枯，收汝淚縱横。眼枯即見骨，○即，一作却。言毁瘠也。天地終無情。○喻人君不見恤也。我軍取相州，○【王洙曰】取，一作至。日夜望其平。豈意賊難料，歸軍星散營。○【王洙曰：「時九節度圍相州而師潰也。」】時九節度營相州師潰，各散遁而歸營壘也。就糧近故壘，○自此以下皆美子儀善撫士卒也。故壘，即舊禦祿山之壘，但修完之。就糧，言就賊之糧於敵，免餽餉之勞，雖取糧於敵，亦不深入，但近其壘而已。練卒依舊京。○練卒，謂訓練其卒。舊京，即東都。昔宣王中興，復會諸侯於東都，因田獵而選車徒，其詩曰：東有甫草。今子儀選士，亦依宣王之舊地也。掘壕〔八〕不到水，○謂掘壕〔九〕塹不甚勞，民以盡其力也。牧馬役亦輕。○【王洙曰】牧，一作看。○謂牧馬役不甚困民以竭其財也。況乃王師順，撫養甚分明。○謂子儀所掌之兵，皆動循法制，而號令甚分明，非若諸將之兵桀驁難制也。送行勿泣血，○一作垂泣。詩：鼠思泣血。僕射如父兄。○甫告送行者不須泣血，僕射撫循汝如父兄之愛子弟，何慮而泣之乎？趙傁云：至德三載，子儀〔一〇〕左僕射。冬，拜司徒。乾元元年，升〔一一〕中書令。猶曰僕射，蓋功賞著於僕射，時言者不移其初也。

【校記】

〔一〕「收京」以下十二字，當爲小字，三本皆作大字。

〔二〕云，元本、古逸叢書本無。

〔三〕憾，古逸叢書本作「感」。

〔四〕况，古逸叢書本作「次」。

〔五〕普下切，元本作「音下切」，古逸叢書本作「音辦其」。

〔六〕到，元本、古逸叢書本作「倒」。

〔七〕也，元本、古逸叢書本無。

〔八〕豪，古逸叢書本作「壕」。

〔九〕豪，古逸叢書本作「壕」。

〔一〇〕古逸叢書本「儀」下有「爲」字。

〔一一〕升，元本、古逸叢書本作「拜」。

新婚別

○采綠，刺怨曠。幽王之時，兵革不息，故男女怨曠。今肅宗遣九節度圍相州，敗而還，以至捉老嫗以供軍之役，是窮民無告者不得其所。豈知文王發政施仁，必先於斯乎！又，新婚者不得安其匹偶，豈非幽王之時男女多怨曠，采綠之詩所由作也。○【門類增廣十注杜詩、門類增廣集注杜詩、杜陵詩史、分門集注、補注杜詩引「王深父曰」：「先王之政，新有婚者期不使，政出於刑名，則一切便衆而已。此詩所怨，盡其常分，而不能忘禮義，余是以録之。」】男女居室，人之大欲存焉。是時雖有所怨，猶止乎禮義，不以私恩而害公義，其與殷其雷能勸以義，此所以爲仲尼之所取也。○趙傁云：石壕吏、新婚別有詩采薇之旨。是時控邊盟津。〔一〕

兔絲附蓬麻，引蔓故不長。○【黄希曰：「爾雅：唐、蒙、女蘿、兔絲。釋曰：唐也，蒙也，女蘿也，兔絲也，一物而四名。」】爾雅釋草：唐、蒙，女蘿。女蘿，兔絲。郭璞注：别四名也。○【王洙曰】詩頍弁：蔦與女蘿，施於松柏。蔦，寄生也。女蘿，兔絲，松蘿也。陸機疏：今兔絲蔓延草上，生黄赤，如今合藥兔絲子是也。在草曰兔絲，在木曰松蘿。古詩云：與君爲新婚，兔絲附女蘿。嫁女與征夫，不如棄路傍。○兔絲，謂物弱不能自立，譬則婦人依附於其夫也。○【趙次公曰：「兔絲當附松柏，而乃附蓬麻，爲不得其所矣。」】兔絲附於松柏，乃爲得所，今附蓬麻，是以引蔓不長而失其所託。○喻婦人嫁于征夫，暮婚而晨别，不如棄路傍之爲愈也。結髮爲妻子，○妻子，樊作予妻。○【王洙曰】蘇武詩：結髮爲夫妻，恩愛兩不疑。席不暖君牀。○【王洙曰：「孔席不暇暖。」】文子：墨無黔突，孔無煖席。○淮南修務訓：墨子無煖席。暮婚晨告别，無乃太匆忙。君行雖不遠，○雖，一作既。守邊赴河陽。○【王洙曰】赴，一作戍。妾身未分明，何以拜姑嫜。○時郭子儀奉詔守東都以禦安慶緒，論其戍役，雖非窮遠之邊，所恨者妾身未分明也。婦人嫁三月，已告廟上墳，始謂之成婚。婚禮既明白，然後稱謂、姑嫜之名正也。今未成婚而别，故曰「妾身未分明，何以拜姑嫜」。○【師古曰：「姑之夫曰嫜。」】嫜，姑之夫也。○【趙次公曰：「陳琳飲馬長城窟行：善事新姑嫜，時時念我故夫子。」門類增廣十注杜詩、門類增廣集注杜詩引作「杜云」。又，杜陵詩史、分門集注、補注杜詩引「吕曰」：「按陳琳飲馬長城窟行云：善事新姑嫜。此姑嫜字所出也。」】按，陳琳飲馬長城窟行：善事新姑嫜，時時念我故。義訓曰：秦人謂舅爲嫜。父母養我時，月夜令我藏。〇月，一作日。月夜謂卧月也。藏言秘内，勿令人見，蓋護惜之甚也。生女有所歸，〇【王洙曰】禮：婦人謂嫁曰歸。〇詩：之子于歸。雞狗亦得將。〇【王洙曰】狗，一作犬。〇得黄作相，女子之嫁，雖雞狗瑣細之物，亦得將行，言無所吝也。君生往死地，〇生，一作今。晉作「君今死生地」。孫武書：置之死地而後生。鮑照詩：生軀陷死地。沉痛迫中腸。〇【王洙曰】謝靈運詩：沉痛切中腸。誓欲隨君去，〇去，一作往。形勢反蒼黄。〇謂行役之急也。〇【王洙曰】北山移文：蒼黄反覆。勿爲新婚念，〇爲，一作以。努力事戎行。〇戎行，謂軍中之行伍。婦戒其夫勿以新婚爲念，當努力公家之事，雖文王之於婦人能勉以正、勸以義，無以加此也。〇【王洙曰】古詩：努力加餐飯。婦人在軍中，兵氣恐不揚。〇軍以勇爲尚，去私欲，不顧妻子，則其氣必張。苟眷眷妻子之累，安能奮萬死一生、爲國立功也哉！吴起必手殺〔二〕妻子，謂是故也。〇【九家集注杜詩作「薛夢符曰」。杜陵詩史、分門集注、補注杜詩、集千家注批點杜工部詩集作「薛蒼舒曰」。】李陵與單于戰，陵曰：「吾士氣稍衰，而鼓不起者，何也？軍中豈有女子乎？」陵搜得，皆劍斬之。自嗟貧家女，久致羅襦裳。〇【王洙曰】久致，一作致此。〇【鄭卬曰】襦，仁朱切，短衣也。羅襦不復施，對君洗紅粧。〇今暮婚晨別，是以不施羅襦，不留紅粧，明征夫之去，無心於粧飾也。禮：婦人夫不在則不容飾。詩：豈無膏沐，誰適爲容。古詩：娥娥紅粉粧。仰視百鳥飛，大小必雙翔。〇左氏成公十一年傳：施氏婦曰：「鳥獸猶不失儷，子將若何？」人事多錯迕，○【鄭卬曰】迕，五故切。○【趙次公曰】宋玉風賦：回冗錯迕。李善注：錯雜交迕也。與君永相望。○望，協武方切。夫鳥無知之物，尚且雙翔而得偶，豈人事反錯迕，不獲如鳥之適性得所乎！故傷其南北徒相望，而不得與之偕也。○【師古曰：「詩采緑，刺怨曠也。觀甫此詩，怨别又勝於采緑者也。」】觀此詩，怨别又甚於采緑者矣。

【校記】

〔一〕是時控邊盟津，元本、古逸叢書本無。

〔二〕殺，古逸叢書本作「刃」。

垂老别

○按，是詩之作以「垂老」名篇。○【王深父曰：「軍興之甚，至於老者亦介冑，則又甚於閭左之戍矣。」】蓋古者五十不從征役，文王之民五十者可以衣帛，七十者可以食肉。今使老者介冑，不安其居，固異夫文王之仁政也。

四郊未寧静，○【王洙曰】曲禮：四郊多壘。垂老不得安。子孫陣亡盡，焉用身獨完。投杖出門去，同行爲辛酸。○同，一作聞。幸有牙齒好，○好，一作存。所悲骨髓乾。○髓，一作體。男兒既介胄，○禮：介胄之士不拜。長揖別上官。○嵇康絕交書：裹以章服，揖拜上官。老妻卧路啼，歲暮衣裳單。孰知是死別，且復傷其寒。此去必不歸，還聞勸加餐。○加餐，强飯也。老妻傷其衣單而寒，勉其加餐，恐其餒餓。夫豈知此行乃是死別，必不獲歸，尚何更憂其寒且飢耶？○【王洙曰】古詩：努力加餐飯。土門壁甚堅，杏園度亦難。○西京外郭城朱雀街東第三街、皇城東之第一街進業坊有慈恩寺，即隋無漏寺之故地，有杏園、土門，去京城七十里。勢異鄴城下，縱死時猶寬。○猶，晉作獨。○【趙次公曰】：「時土門、杏園設備，以待史思明。時思明已殺安慶緒，自立爲帝矣。與天寶十五載潼關既潰之後，思明爲安祿山攻土門、陷常山時事皆相遠。」】史思明已殺安慶緒，自立爲帝。土門、杏園皆設備以待〔一〕思明，故李光弼、郭子儀皆持兵自土門出，收恒山。李、郭以忠義自奮，善撫士得志，戍守之兵，皆戮力以守，壁壘甚堅，爲難度越，不比相州九節度總統不一，易以敗北，故曰「勢異鄴城」、「縱死猶寬」，所以特美李、郭之功也。人生有離合，豈擇盛衰端。○盛，一作甚。憶昔少壯日，遲迴竟長嘆。○嘆，協平聲，太息也。人生有離合，非於盛衰之年有所擇也。蓋離合之苦，老少則一，但此行是死別，無復相見之期，尤爲苦也。是以臨歧遲回不進而長歎，誠非少時離別之比也。○【王洙曰】鮑照詩：臨路獨遲迴。萬國盡征戍，○【王洙曰】一作東征。烽火被岡巒。○前注。積屍草木腥，流血川原丹。○【王洙曰】揚子：川谷流人之血。何鄉爲樂土，○【王洙曰】詩碩鼠：適彼樂土。安敢尚盤桓。棄絕蓬室居，○【王洙曰】列子力命篇：北宫子居則蓬室。塌然摧肺肝。○【師古曰】痛念國家急難，征戍烽火，何鄉不有，吾豈能獨安不貽〔二〕慮哉！是故不敢盤桓尚不進也。不敢盤桓者，義也。塌然傷别者，仁也。詩之意，不忘仁與義，此甫所以幾乎風雅之作矣！○【王洙曰】曹植詩：哀哉傷肺肝。

【校記】

〔一〕待，元本、古逸叢書本作「禦」。

〔二〕貽，元本、古逸叢書本作「加」。

無家别

○【師古曰】甫言無家者，蓋言離别不成家計爾。昔宣王中興，勞來還定安集之，而鴻雁之民獲安其居。今肅宗中興，使民無家，而至於生無以養、死無以葬，其視宣王之安民，不亦厚顏哉？觀甫詩，時政之美惡，皆可得而知也。

寂寞天寶後，園廬但蒿藜。○天寶十四年，禄山亂。自范陽長驅而來，遂陷兩京。○【王洙曰：「喪亂，園廬殘破也。」】生民園廬，但長蒿萊爾。我里百餘家，○【王洙曰】百，一作萬。世亂各東西。存者無消息，死者爲塵泥。○【王洙曰】爲，一作委。賤子因陣敗，○謂相州九節度之兵敗也。歸來尋舊蹊。○【王洙曰】舊，一作故。久行見空室，○室，魯〔一〕作巷。日瘦氣慘悽。但對狐與狸，竪毛怒我啼。四鄰何所有，一二老寡妻。宿鳥戀本枝，安辭且窮棲。○【王洙曰】安，一作敢。○歸來雖閭巷蕭條，不忍即去。○【王洙曰】人情之戀鄉土，亦猶鳥之戀故枝，不以窮棲而爲辭也。方春獨荷鋤，○【鄭卬曰】荷，下可切，負荷也。日暮還灌畦。縣吏知我至，召令習鼓鞞。○鞞，與鼙同，戰鼓也。雖從本州役，內顧無所携。○謂祇防守本州，不它適也。是以內顧老幼，而其心無所携離也。近行止一身，遠去終轉迷。家鄉既蕩盡，○【鄭卬曰】蕩，徒沆切。遠近理亦齊。○今吾近行，惟止於一身，比之遠去者，長年迷而不反，家鄉各已蕩盡，或遠或去，此其爲無家則一而已。永痛長病母，五年委溝谿。生我不得力，終身兩酸嘶。人生無家别，何以爲蒸藜。○【王洙曰：「傷不得養父母。」】痛念母死，委之溝壑，凡五年不得收葬。○爲民若此，足知時政之虐也。

【校記】

〔一〕魯，元本、古逸叢書本作「一」。

瘦馬行

○【師古曰】按唐書：房琯有宰相器，其才亦長於戰。時帝命琯將兵與賊戰陳濤斜，琯儒者不知兵，用春秋車戰法，爲賊所敗。帝怒，斥爲邠州刺史。夫人之材各有所長，琯長於輔相，今用違所長，是以兵敗，奈何一跌不復收用。故唐史此〔一〕爲之嘆息。甫此詩寓意琯之見棄，而朝廷寡恩，莫之終惠。甫欲再試用之，以盡其所長則可矣。故末章有「誰家且養願終惠，更試明年春草長」之句也。

東郊瘦馬使我傷，○爾雅釋地：邑外謂之郊。骨骼硉兀如堵墻。○【王洙曰】骼，一作骸。○【鄭印曰】骼，各額反。硉，郎兀切〔二〕。○兀，當作矹。○【沈曰】硉矹，骨高貌。○以言馬之瘦也。絆之欲動轉欹側，○絆，博慢切〔三〕，馬縶。此豈有意仍騰驤。細看六印帶官字，○六，一作火。○【王洙曰】唐令：諸掌牧馬，以小官字印印右髆，以年辰印印左髆，以監名依左右廂印印尾側。至二歲起，春量强弱，漸以飛字印印左廂髀髆。細馬俱以龍形印印項左。官馬賜人者以賜字印，配諸軍及充傳送驛者以出字印，並印右頰。衆道三軍遺路傍。○三，一作官。皮乾剥落盡泥滓，○【鄭印曰】乾，居寒切。滓，居史切。○剥，北角切。○【王洙曰】雜卦：剥，爛也。毛暗蕭條連雪霜。○去歲奔波逐餘寇，驊騮不慣不得將。○驊騮，良馬，不慣於角逐，以喻房琯不習乎戰鬭也。士卒多騎内厩馬，惆悵恐是病乘黃。○【王洙曰】：「一云：神黃，獸名，龍翼馬身，黃帝乘而登仙。」】乘黃，謂飛黃也，龍翼馬身，昔黃帝乘之登仙。○乘黃雖病，不害其爲神馬，琯雖戰敗，不害其爲賢相也。○【王洙曰：「乘黃署，後漢太僕有未央廐令，魏改爲乘黃廐。乘黃，古之神馬，因以爲名。乘黃，亦名飛黃，背有角，日行萬里。淮南子云：天下有道，飛黃伏皁。」】符瑞圖：乘黃，亦名飛黃，神馬也。其色黃，其狀如狐，背上有兩角，出白氏之國，乘之壽千歲。後漢太僕有未央廐，今魏改爲乘黃廐。當時歷塊誤一蹶，○喻小過也。○【九家集注杜詩依例爲「王洙曰」。又，杜陵詩史、分門集注、補注杜詩、集千家注批點杜工部詩集引作「洪芻曰」。】王褒頌：過都越國，蹶若歷塊。委棄非汝能周防。○能，一作難。喻琯之見廢，亦出於不意，非故爲而速辜也。見人慘澹若哀訴，失主錯莫無晶光。○喻琯之失君而形容憔悴也。天寒遠放雁爲伴，○【王洙曰】伴，一作侶。○喻琯遠出於邠州，不獲居君之左右也。日暮不收烏啄瘡。○【王洙曰】收，一作衣。○喻朝廷不見收録而讒言中傷之也。誰家且養願終惠，○【王洙曰】顔延年赭白馬賦：欲終惠養，蔭本根兮。更試明年春草長。

【校記】

〔一〕此，元本、古逸叢書本作「亦」。

〔二〕切，元本、古逸叢書本作「反」。

〔三〕切，元本、古逸叢書本作「反」。

義鶻行

○鶻，胡骨切，鳥名。孔子以剛毅近仁，蓋物之剛猛者，必有仁義。乃若城狐社鼠，妖害百態，豈能有仁義哉！夫鶻，猛鷙之鳥也。世疑剛猛者不能爲仁義，豈知斯鶻之義烈，可以人而不如乎！此篇乃甫寓意，以回鶻能助順，終又諷〔一〕其邀功，不若斯鶻之有其成功，而知用捨去就之義。觀者可以意會，而甫之深旨，判然可見矣。唐書回紇傳：回紇，其先匈奴也。元魏時號高車部，或曰敕勒，臣于突厥。至隋叛去，自稱回鶻，言勇鷙猶鶻然。當安禄山之亂，河北二十四郡一時陷賊，無一忠臣義士攘臂袂徇國。及肅宗即位靈武，慨然遣使結好回鶻。回鶻送兵五千、馬一萬匹助帝討賊，由是收復兩京，禄山殄滅。甫集嘗有詩云「隨風西北來，慘淡隨回鶻」。其王願助順，四方服勇決。所勇〔二〕皆鷹騰，破敵過箭疾」，詳味此詩，豈非有義鶻助鷹，而雪耻復讎乎？紇，小没切。

陰崖有蒼鷹，養子黑柏顛。白蛇登其巢，吞噬恣朝餐。雄飛遠求食，雌有鳴辛酸。力彊不可制，黄口無半存。○此以上喻賊陷京師，生民皆爲禄山之所吞噬，靡有孑遺者也。

○【趙次公曰】家語：孔子見羅者所得皆黄口。其父從西歸，○【王洙曰】歸，一作來。○王者爲民父母，保民若赤子，是以有父子之喻。 飜身入長煙。斯須領健鶻，痛憤寄所宣。○痛憤，一作憤怒。斗上捩孤影，○【鄭卬曰】捩，練結切，拗捩也。○斗上，謂北斗之上也。回鶻在北，故言北斗上也。嗷哮來九天。○嗷哮，一作無聲。○【鄭卬曰】嗷，古〔三〕弔切。哮，許交切。○淮南天文訓：中央曰鈞天，東方曰蒼天，東北曰變天，北方曰玄天，西南曰幽〔四〕天，西方曰昊天。西北方曰朱〔五〕天，南方曰炎天，東南方曰陽天。修鱗脱遠枝，巨顙折老拳。○【杜田補遺。又，杜陵詩史、分門集注、補注杜詩、集千家注批點杜工部詩集引作「時可曰」。】晉載記：石勒與李陽隣居，爭漚麻池，日相歐擊。及貴，乃召陽與酣，謔引陽臂笑曰：「孤往日厭卿老拳，卿亦飽孤毒手。」○【杜田補遺】劉禹錫嘗曰：作詩用僻字，須有出處。嘗讀杜員外「巨顙折老拳」，意恐無據。及讀石勒傳，乃知子美豈虚言哉！高空得蹭蹬，短草辭蜿蜒。○短，一作茂。折尾能一掉，○掉〔六〕，一作擺。○【王洙曰】左氏傳：尾大不掉。海賦：揚鬐掉尾。飽腸皆已穿。○皆，一作今。生雖滅衆雛，死亦垂千年。○自其父西歸至此，喻肅宗自靈武來收復兩京，遣使至回鶻結好，遂得回鶻助順，而禄山始敗北失勢，由此而蕩滅矣。物情有報復，快意貴目前。兹實鷙鳥最，○易通卦驗曰：鷹鷙殺之鳥。急難心炯然。○炯，一作惘。炯，户須〔七〕切，明也。○【王洙曰】詩棠棣：兄弟急難。功成失所在，○在，一作往。用捨何其賢。○言鶻既助鷹殪蛇，及功有成，不求報德，忽飛去而不知其所在，用捨之間，抑何賢如此。今回鶻既助順討賊有功，奈何留屯左輔，索金繒，求女子，無所不至，此所以有愧於義鶻之不有成功也。故甫集有詩云「中原有驅除，隱忍用此物」，又云「花門既須留，原野轉蕭瑟」，蓋譏其邀功之故也。近經潏水湄，○潏，以律切。潏水在皇子陂北，今人呼吮〔八〕水。此事樵夫傳。

飄蕭覺素髮，○【王洙曰】潘安仁賦：素髮颯以垂領。凜欲衝〔九〕儒冠。○【王洙曰】欲，一作烈。○莊子：髮怒衝冠。○【王洙曰】盧子京詩：怒髮上衝冠。人生許與分，○分，扶問切，情分也。只

在顧眄間。○眄，彌殄切，邪視也。聊爲義鶻行，用激壯士肝。○用，一作永。

【校記】

〔一〕諷，元本、古逸叢書本作「謂」。

〔二〕勇，古逸叢書本作「用」。

〔三〕古，古逸叢書本作「吉」。

〔四〕幽，古逸叢書本作「朱」。

〔五〕朱，古逸叢書本作「幽」。

〔六〕掉，元本、古逸叢書本作「棹」。

〔七〕須，元本、古逸叢書本作「頊」。

〔八〕吮，古逸叢書本作「沇」。

〔九〕衝，原作「充」，據古逸叢書本改。

畫鶻行

高堂見生鶻，○【王洙曰】生，一作老。颯爽動秋骨。○秋乃肅殺之氣，鶻能擊搏，逢秋殺物，故曰秋骨。初驚無拘拳〔一〕，○謂以絛拘縶之，恐其飛揚也。何得立突兀。乃知畫師妙，巧刮造化窟。○窟，聚也。造化之妙，咸聚此也。寫作神俊姿，充君眼中物。○物，謂玩物也。烏鵲滿樛枝，○樛，居虯切。○【王洙曰】木下曲也。軒然恐其出。側腦看青霄，寧爲衆禽没。○【趙次公曰：「言甘青雲而軒舉，寧甘爲衆禽之滅没乎！此與傅玄長歌行曰：蒼鷹厲爪翼，耻與燕雀争。」】鶻，鷙鳥，其志在青霄，不與衆禽汨没於草萊爾。長翮如刀劍，人寰可超越。○言有出塵標格也。乾坤空峥嶸，○言天地雖廣大，而此恨不得飛騰也。粉墨且蕭瑟。○粉墨但恐脱落，直至於蕭瑟爾。緬思雲沙際，○【王洙曰】思，一作想。自有煙霧質。吾今意何傷，舉步獨紆鬱。○言有飛揚煙霧之姿，徒立之於雲沙而不得騁，喻壯士雖義烈，而其材獨無所施〔二〕，是以一步一回顧，其情爲之紆鬱而不舒也。

【校記】

〔一〕拳，古逸叢書本作「卷」。

〔二〕施，元本、古逸叢書本作「下」。

新定杜工部草堂詩箋斠證卷第十四

乾元元年夏六月出爲華州司功冬末以事之東都至乾元二年七月立秋後欲棄官以來所作

憶弟二首時歸在陸渾莊

〇【時歸在陸渾莊，杜陵詩史引作「王彦輔曰」。門類增廣十注杜詩依例爲「王洙曰」：「時歸在南陸渾莊。」分門集注、補注杜詩引作「王洙曰」。集千家注批點杜工部詩集引作「公自注」。】〇陸渾，屬洛陽。

喪亂聞吾弟，飢寒傍濟州。〇【鄭卬曰】濟，子禮切，水名。禹貢有濟河，此同州水名〔一〕。〇濟州屬山東。人稀書不到，兵在見何由。憶昨狂催走，〇【王洙曰：「狂催走，謂避亂出奔如狂。」】避禄山之亂奔赴行在，如狂人爾。**無時病去憂。**○【趙次公曰】公素多病，則又無時而病去，所以憂也。**即今千種恨，惟共水東流。**○【師古曰：「濟屬山東，弟居東，故恨與水流東故也。」】以弟居東，故恨與水東流也。

【校記】

〔一〕此同州水名，杜陵詩史、分門集注、補注杜詩、集千家注批點杜工部詩集作「此因水名州」。

且喜河南定，○【趙次公曰：「至德二載，復東京，故喜也。」】謂至德二載復東京，故喜也。**不問鄴城圍。**○【趙次公曰：「至德二載十月，得復東京，所謂河南定也。鄴城，史思明所據，相州是也。東京既復，安慶緒奔于河北。次年四月，賊復振，以相州爲成安府。則公作詩時，官兵當圍相州也，故曰『不問鄴城圍』」。】時史思明據鄴，九節度以兵圍之。**百戰今誰在，三年望汝歸。**○【趙次公曰。又，門類增廣十注杜詩引作「鮑云」。】公自天寶十四載乙未冬，因亂而相別，至乾元戊戌是爲三春，而望汝歸也。**故園花自發，**○【師古曰】言無主也。**春日鳥還飛。**○【黄曰】言禽鳥尚得其所，而人遭亂離，不獲聚會，故可傷也。**斷絶人煙久，東西消息稀。**

得舍弟消息

亂後誰歸得，他鄉勝故鄉。直爲心厄苦，○【趙次公曰：「直爲，當以『若爲』正。」】直，一作若。久念與存亡。○與，一作汝。汝書猶在壁，汝妾已辭房。○妾，別本作室。舊犬知愁恨，垂頭傍我牀。○【王洙曰：「使陸機黄耳事。」】述異記：陸機有犬名黄耳。機在洛，謂犬曰：「我家絶無書信。」以竹筩繫書犬頸。犬疾走向吴，其家作答，内竹筩中，仍馳還洛。

贈衛八處士

○【師古曰】按唐史拾遺：甫與李白、高適、衛賓相友善。賓年最少，號小友。今據甫此贈衛八云：「昔別君未婚。」則知此詩乃非〔一〕贈衛賓乎〔二〕？

人生不相見，動如參與商。○人生會少離多，動如參、商二星，東西間隔。餘見送高三十五書記詩「又如參與商」。今夕復何夕，○【王洙曰】詩唐風：今夕何夕。共此燈燭光。○【王洙曰】一作「共宿此燈光」。少壯能幾時，○【王洙曰】漢武帝秋風辭：少壯幾時奈老何。鬢髮各已蒼。訪舊半爲鬼，○舊，魯〔三〕作問。驚呼熱中腸。○【九家集注杜詩引作「師尹曰」。又，杜陵詩史、分門集注、補注杜詩引作「修可曰」。】孟子：不得於君則熱中。 焉知二十載，重上君子堂。○【甫與賓少時執別，訪問故舊，半死爲鬼，是以驚呼內熱，安知別來凡經二十載，復得再登衛八之堂乎？ 昔別君未婚，兒男〔四〕忽成行。 怡然敬父執，○父執者，父之執友也。○【王直方曰】曲禮：見父之執。 問我來何方。 問答乃未已，○陳作「未及已」。 驅兒羅酒漿。○【王洙曰：「兒女，一作『驅兒』。」】驅兒，一作兒女。 夜雨剪春韭，○韭於春時最嫩，乃新物也。 豳人鑿冰，納于凌陰，繼之獻羔祭韭，蓋新物時之所貴也。 按王隱晉書：温嶠時，童謠云：「剪韭剪韭，斷腸種柳。」○【杜田補遺。又，杜陵詩史、分門集注、補注杜詩引作「薛曰」。】南史：周顒隱鍾山，王儉謂曰：「山中所食，何者最盛？」曰：「春初早韭，秋末晚菘。」 新炊間黃粱。○新，一作晨。 間，去聲，隔也。 黃粱，米之精者，而曰新炊，非陳米也。○【趙次公曰：「見主人意殷勤而真也。」】主人重客，故破夜雨以剪春韭，復加新炊之粱，其勤意之真可知也。○【杜田補遺。 又，杜陵詩史、分門集注、補注杜詩引作「王洙曰」。】按，陶隱居本草云：黃粱，本出青、冀，穗大毛長，穀米俱麄於白粱。 襄陽竹根粱是也，食之益脾胃。 主稱會面難，○【王洙曰】曹植詩：主稱千金壽。○范冉傳：遠適千里，面會無期。○【王洙曰】古詩：會面安可知。 一舉蒙十觴。○今作累千〔五〕觴，非是。 十觴亦不辭〔六〕，感子故意長。○謂感其故舊之意也。 明日隔山嶽，世事兩茫茫。

【校記】

〔一〕非，杜陵詩史、分門集注、補注杜詩無。

〔二〕乎，古逸叢書本作「也」。

〔三〕魯，元本、古逸叢書本作「曾」。

〔四〕男，元本、古逸叢書本作「女」。

〔五〕千，元本、古逸叢書本作「十」。

〔六〕辭，元本、古逸叢書本作「醉」。

重題鄭氏東亭在新安界

○【「在新安界」，杜陵詩史作小字，九家集注杜詩依例爲「王洙曰」，分門集注、分門集注引作「王洙曰」，集千家注批點杜工部詩集引作「公自注」。】○【鮑曰】鄭氏，即駙馬潛曜也。

華亭入翠微，○言亭之最高也。○【王洙曰】爾雅釋山：山未及上曰翠微。秋日亂清暉。

崩石欹山樹，清漣曳水衣。○【薛曰】詩魏風：河水清且漣漪。毛萇傳：風行水成文曰漣。○【趙次公曰】張景陽霖雨詩：堂上水生衣。説文：苔也。○師古云：水衣，苔也。紫鱗衝岸躍，

蒼隼護巢歸。○隼鷙，鳥也。向晚尋征路，殘雲傍馬飛。

早秋苦熱堆案相仍

○【九家集注杜詩依例爲「王洙曰」】時任華州司功。

七月六日苦炎熱，○【師古曰】肅宗至德二載，甫自賊竄歸鳳翔謁帝，帝授左拾遺。房琯兵敗陳濤斜，帝怒，甫上疏論其罪。帝貶甫爲華州司功〔一〕，即乾元元年也。是年七月，任華州，北地早寒，於七月六日猶苦熱。故甫託意以譏群臣不明，賀蘭進明譖琯於帝，併及於甫，是故甫被逐也。對食暫飡還不能。○【趙次公曰】蔡琰詩：飢當食兮不能飡。每愁中夜自足蠍，○【王洙曰】一作「常愁夜來皆是蠍」。○【鄭卬曰】蠍，許竭切。○甫意以蠍喻讒人。蠍，毒蟲也，言螫人夜中可畏，言讒人之爲害，必陰中之，幸人所不知，故云每愁自足。況乃秋後轉多蠅。○詩小雅青蠅亦是傷讒之作。秋者，義氣也。義能剛斷，宜小人之疏斥。肅宗中興，威明果斷，何爲近讒信佞，故有是言也。束帶發狂〔二〕欲大叫，簿書何急來相仍。○論語云：束帶立於朝。孟子曰：不得於君則熱中。甫自負謂可束帶立於朝，今乃見逐，使之困於簿書米鹽之賤，寧免不熱中而大叫乎？南望青松架短壑，○【王洙曰】短，一作絶。安得赤脚踏層冰。○甫既不得志，遂欲棄官南隱，以青松架乎短壑之上，跣行重陰積聚之地，以濯此煩熱也。東方朔神異經：北方有層冰萬里，冰厚百丈。

【校記】

〔一〕功，原作「户」，據元本、古逸叢書本改。

〔二〕狂，元本、古逸叢書本作「强」。

立秋後題

日月不相饒，節叙昨夜隔。玄蟬無停號，秋燕已如客。平生獨往願，惆悵年半百。罷官亦由人，何事拘形役。○蟬逢秋正得其時，燕於是月已如客言〔一〕將辭秋也。甫自喻如秋後之燕，蓋言日月遄邁，節叙更變，老之將至，而平昔隱居之願未獲酬素志，而年已半百矣，豈不惆悵也哉！雖然，棄官亦由乎人，何必拘於形役而爲形體之慮耶！昔陶潛棄彭澤令，賦歸去來辭云「既自以心爲形役，奚惆悵而獨悲。悟已往之不諫，知來者之可追」，亦是意也。○【師古曰】觀此二篇作於乾元元年，而二年果棄官之秦州矣。

【校記】

〔一〕言，元本、古逸叢書本作「之」。

乾元二年秋七月棄官居秦州以後所作

夢李白

死別已吞聲，○死別不過吞聲飲恨，一時思之〔一〕也。○【王洙曰】鮑照行路難：吞聲躑躅不能言。生別常惻惻。○生別尚有相見之期，無時而不思，故在心常惻怛然。江南瘴癘地，○【趙次公曰】李白爲永王璘府屬官，永王璘叛〔二〕，白坐之〔三〕當誅，郭子儀請解官贖罪，詔長流夜郎，會赦，還潯陽。潯陽屬江南道，今之江州。○南，火方也，故地多瘴癘。逐客無消息。○逐，或作遠。○【魯曰：「李斯爲秦逐客。」】昔秦李斯爲秦逐客，時白見貶，故云逐客。故人入我夢，○韓非子：六國時，張敏與高惠二人爲友，每相思，敏便於夢中往尋，但得至半道，即迷不知路，遂回，如此者三。明我長相憶。○【王洙曰】樂府詩：夢見已在傍，不覺在他鄉。上有加餐食，下有長相憶。恐非平生魂，○疑其已死也。路迷不可測。○迷，一作遠。魂來楓林青，○楚岸多楓，謂白魂自南楚而來也。魂返關塞黑。○魂，一作夢。關塞，指同州。甫時卜居同谷，謂白魂自同谷而返也。君今在羅網，何以有羽翼。○以，或作似。何有羽翼飛騰至此。落月滿屋梁，○【王洙曰】宋玉神女賦：

其始來也，若白日初出照屋梁。猶疑照顔色。○劉原父云：此詩人第一格，學詩者未易到也。○【王彦輔曰】西清詩話云：白歷見司馬子徽、謝自然、賀知章，其風神超邁可知。後世詞人狀者多矣，俱不若少陵是聯。此與太白傳神詩也。水深波浪闊，無使蛟龍得。○有鱗曰蛟龍。○【師古曰】蓋言南海風濤之險，恐白罹淪溺之患也。

【校記】

〔一〕思之，元本、古逸叢書本作「之思」。

〔二〕叛，元本、古逸叢書本作「誅」。

〔三〕之，元本、古逸叢書本作「罪」。

浮雲終日行，遊子久不至。○浮雲，指讒臣也。遊子，指李白也。○【師古曰】：「言君昏暗爲群小爲蔽也。〔一〕然白見逐不復召還，良由讒臣蒙蔽於君也。○【王洙曰】古詩：浮雲蔽白日，遊子不顧返。三夜頻夢君，○上篇注。情親見君意。告歸常局促，○局促，言不款曲也。苦道來不易。江湖多風波，○【王洙曰】一作秋多風。舟楫恐失墜。出門搔白首，苦負平生志。冠蓋滿京華，斯人獨顦顇。○顦顇，通作憔悴。言士大夫雖多，徒竊禄位而已，不若李白之才，故歎惜斯人，不宜使之憔悴也。孰云網恢恢，○譏憲網之密，濫及無罪也。○【王洙曰】老子七十三章：

天網恢恢，疏而不漏。將老身反累。○【王洙曰】身，一作才。○【趙次公曰】：「此公憫白之辭也。」蓋傷白少年見重於玄宗，至使御手調羹，龍巾拭吐，不意今日暮年，反爲才所累也。千秋萬歲名，○桓譚新論：雍門周謂孟嘗君曰：「臣竊愁千秋萬歲後，墳墓生荆棘，行人見之云：『孟嘗君尊貴，乃如此乎？』」○【王洙曰】阮籍詩：千秋百〔一〕歲後，榮名安所之。寂寞身後事。○甫歎曰：生不見用，身後有名，不過委之寂寞之鄉，果何益哉？○【王洙曰】晉張翰曰：使我有身後名，不如即時一杯酒。

【校記】

〔一〕百，古逸叢書本作「萬」。

有懷台州鄭十八司户虔

○【九家集注杜詩依例爲「王洙曰」】：「虔時坐汙賊，貶台州司户。」杜陵詩史引作「魯曰」，分門集注、補注杜詩引作「王洙曰」。集千家注批點杜工部詩集引作「公自注」。】時虔爲賊所得，僞署以官。賊平，貸死流台州。

天台隔三江，○【師古曰】天台山在台州，浙東路也。○名山略記：天台山是定光寺諸佛所降，葛仙翁山也。○【師古曰】三江，一曰錢塘江，二曰揚子江，三曰吴松江。風浪無晨暮。鄭公縱得歸，老病不識路。○【趙次公曰】韓非子曰：六國時，張敏與高惠爲友。每相思不得見，敏便於夢中往尋，行至半道，即迷不知路。○【王洙曰】沈休文詩：夢中不識路，何以慰相思。昔如水上鷗，○水，一作江。言無拘束也。南越志：鷗，水鴞〔一〕也。○【趙次公曰】何遜詩：可憐雙白鷗，朝夕水上遊。今若罝中兔。○若，樊作爲。罝，子斜切，兔罟也。性命由他人，○言兔陷網，性命由人，不由己也。悲辛但狂顧。○言如狂人顧眄而失據也。山鬼獨一脚，○魯語：木石之怪，夔蝄蜽。韋昭注：木石，謂山也。夔一足，謂之山繅，或云獨足蝄蜽，山精效人聲而迷惑人也。釋名：山精曰夔。博物志：一足曰夔，蝄蜽也。蝮虵長如樹。○蝮音覆，大虵也。山海經：蝮虵色如綬文，大者百餘斤，一名反鼻虵。呼號傍孤城，歲月誰與度。○山鬼蝮虵，言所貶之地荒僻，難以度歲月也。從來禦魑魅，○【王洙曰】左氏文公十八年傳：舜流四凶族，投諸四裔，以禦魑魅。多爲才名誤。○【趙次公曰：「指言鄭公謫爲台州司户。」】今虔謫爲司户，豈非爲才名所誤乎！○按集甫有贈虔詩云「才名三〔二〕十年」，蓋謂此也。夫子嵇阮流，更被時俗惡。○被，晉作遭。虔爲人曠〔三〕蕩，性頗嗜酒，故甫比之嵇、阮，然爲禮法之士所疾。○【王洙曰：「嵇康、阮籍。嵇康書云：阮嗣宗爲禮法之士所繩，故疾之爲讎。」】按阮籍傳：籍字嗣宗，母終，能爲青白眼，見嵇喜來弔，籍作白眼，喜不懌而退，喜弟康聞之，乃齎酒挾琴造焉，籍大悦，乃見青眼，由是禮法之士疾之。海隅微小吏，○【趙次公曰：

「言鄭公反謫爲小吏也。」】台州在海之隅，司户乃小吏也。眼暗髮垂素。○謂其老也。○【王洙曰】潘安仁秋興賦：素髮颯以垂領。鳩杖近青袍，○【王洙曰：「一云『鳩杖近青袍』。」趙次公曰：「黄帽非是，當作鳩杖。」】一作「黄帽映青袍」。○【師古曰】黄帽，乃竹籜冠也。○【杜田補遺。又，杜陵詩史、分門集注引作「修可曰」。】後漢禮儀志：八十、九十賜玉杖，長九尺，端以鳩鳥爲飾，謂之鳩杖。鳩者，不噎之鳥，欲使老人不噎也。非供折腰具。○司户乃掌輸納禾穀之職，論虔才器之大，非止可以供折腰之具也。○【王洙曰】晉陶潛爲彭澤令，郡遣督郵至縣，吏白應束帶見之，潛歎曰：「吾不能爲五斗米折腰，拳拳事鄉曲小人。」平生一杯酒，○【王洙曰】沈休文詩：平生少年日，分手〔四〕易前期。勿言一杯酒，明日難重持。○【趙次公曰】張翰曰：不如即時一杯酒。見我故人遇。○【王洙曰】古詩：灕洒逢故人。○按甫集有贈虔詩云「得錢即相覓，沽酒不復疑」，謂此也。相望無所成，○【趙次公曰：「公言徒有平生一杯酒，欲見我故人，與之相遇而同飲，今不可見矣。故有末句『相望無所成』，而天地變移，以言時事之反覆矣。」】甫居西，虔居東，相望垂老，各無所成就也。乾坤莽回互。○【王洙曰】言天地雖大也，胡爲其身若無所容乎？

【校記】

〔一〕鴟，古逸叢書本作「鳥」。

〔二〕三，元本、古逸叢書本作「四」。

〔三〕曠，元本、古逸叢書本作「放」。

〔四〕手，元本、古逸叢書本作「守」。

天河

○廣雅：天河謂之天漢，亦曰雲漢、星漢、河漢、銀漢、天津、漢津、銀河、絳河也。

常時任顯晦，秋至轉分明。○【王洙曰：「一作轉。」趙次公曰：「師民瞻本輒字作轉，極是。」】轉，一作最，一作輒。縱被微雲掩，終能永夜清。○【九家集注杜詩依例爲「王洙曰」。杜陵詩史、分門集注、補注杜詩引作「魯曰」。】以喻賢人爲群小所蔽掩，終不能害其明也。○【王洙曰】能，一作當。含星動雙闕，伴月落邊城。牛女年年渡，何曾風浪生。○【趙次公曰】齊諧記：桂陽成武丁有仙道，常在人間。忽謂其弟曰：「七月七日，織女當渡河，吾已被召，與爾別矣。」弟問曰：「織女何事渡河？」曰：「暫詣牽牛。」明日，失丁所在。

寄嶽州賈司馬六丈巴州嚴八使君兩閣老五十韻

〇【按，杜陵詩史「五十韻」作小字雙行注文。】〇賈、嚴二公皆貶官也。〇【師尹曰：「按，賈至至德中以中書舍人慰安蒲人不法，貶岳州司馬。嚴武至德中以給事中坐房琯事，貶巴州刺史。」】按唐史：賈至慰安蒲人，中書舍人，至德中刺汝州，貶岳州司馬。嚴武，至德二年坐房琯解〔一〕京兆尹，貶〔二〕巴州刺史。

衡嶽啼猿裏，巴州鳥道邊。〇言〔三〕州居山嶠之險也。〇【趙次公曰】南中八志曰：交趾郡，治龍〔四〕編縣。自古〔五〕興鳥道四百里，以其險絶，獸猶無蹊〔六〕，人所莫由，特上有飛鳥之道爾。故人俱不利，謫官兩悠然。〇悠，舊作茫。開闢乾坤正，〇【趙次公曰：「言收復二京矣。」】言肅宗收復兩京也。榮枯雨露偏。〇【王洙曰】言恩澤不均。〇【趙次公曰：「言二子不得受聖恩而謫去也。」】及二公而被謫也。長沙才子遠，〇此以賈誼喻司馬之不見用也。〇【王洙曰：「漢賈誼，洛陽才子也。黜爲長沙王傅。」】按賈誼傳：誼，洛陽人，年十八，以能誦詩書屬文稱於郡中。文帝召爲博士，遷至太中大夫〔七〕。絳、灌之屬害之，帝以誼爲長沙王傅。釣瀨客星懸。〇【王洙曰：「嚴子陵釣瀨，光武徵之，太史奏客星犯于帝座。謂嚴使君也。」】此以嚴光喻嚴使君之不見用也。按嚴光傳：光字子陵，少與光武同遊學。光武即位，遣使聘之，引入論道舊故，因共偃卧，光以膝加帝腹上。明日，太史奏客星犯御座甚急。帝笑曰：「故人嚴子陵共卧爾。」除爲諫議。不屈，乃耕於富春山。後人名其釣處爲嚴陵瀨。○顧野王輿地志：七里瀨，在東陽江下，與嚴陵瀨相接。桐廬縣南有嚴子陵釣魚處，今山邊有石臨水，上可坐十人，名爲嚴子陵釣壇。憶昨趨行殿，殷憂捧御筵。○殷憂，謂憂心殷殷也。○【趙次公曰】自此已下皆甫自喻。昨肅宗即位靈武，甫自賊中竄身歸至鳳翔，謁帝行在。討胡愁李廣，○【趙次公曰】謂討胡之未捷，則愁無李廣之爲將也。奉使待張騫。○【趙次公曰】謂奉使之未還，則恨無張騫之爲使也。餘並見注。無復雲臺仗，○【趙次公曰】言昨玄宗出幸避亂，無復嚴整法仗也。庾信哀江南賦：猶有雲臺之仗。虚修水戰船。○謂玄宗虚修水戰之具而不能用也。蒼茫城七十，○謂禄山反，河北十餘郡皆棄城而走也。○【王洙曰】前漢酈食其馮軾下齊七十餘城。流落劍三千。○劍，指蜀之劍閣。言玄宗幸蜀流落，有三千里之遠也。○【王洙曰：「莊子説劍：昔趙文王喜劍，劍士來門而客三千餘人，日夜相擊於前。」】或引莊子：趙孝文王有劍客三千餘人。○誤矣。畫角吹秦晉，○【王洙曰】吹，一作歌。○【師尹曰：「時秦、雍、太原皆用兵。」】秦、晉之地，皆吹鼓角，言關中皆用兵也。旄頭俯澗瀍。○澗瀍之水，隱映胡星，言東都爲賊所陷也。○【趙次公曰】前漢志：昴爲旄頭，胡星也。小儒輕董卓，有識笑苻堅。○【趙次公曰】小儒，公自謂也。有識，公託言也。昔董卓、苻堅二人雖崛起，竟無成立，故甫與有識者皆輕笑之，以喻思明、禄山之必亡也。○【王洙曰】按後漢董卓傳：卓凶暴無道，忍性矯情〔八〕。擢用群士，以尚書韓馥爲冀州刺史。馥到官，與袁紹之徒十餘人各興義兵同盟討卓。後王允使吕布刺卓。又十六國春秋：西秦符堅違衆伐晉，遂至破敗。撫蓄鮮卑，符融諫不聽，後爲鮮卑所亡。浪作禽填海，那堪血射天。◯【趙次公曰：「言安、史不知量也。」】此皆言安、史之不知量而亂華，何異精衛之填海、帝乙囊血而射天乎？◯【王洙曰】山海經：發鳩之山，有鳥名精衛，本赤帝之女。嬉遊於東海，溺而死不返，化爲冤禽，名曰精衛。常取西山木石以填東海。述異記：精衛，一名誓禽，誓不飲東海水故也。一名冤禽。又曰：誌：鳥俗呼女雀。江淹詩：精衛銜木石，誰能測幽微。又史記商本紀：帝武乙無道，爲革囊盛血，仰而射之，曰射天。武乙獵於河、渭之間，暴〔九〕雷震死。萬方思助順，一鼓氣無前。◯【晏曰】左氏傳：曹劌曰：「夫戰，氣也。一鼓作氣，再而衰，三而竭。」陰散陳倉北，晴熏太白顛。◯時賊屯兵京師，陳倉北近長安，肅宗屯軍太白山下，陽可以勝陰。陰〔一〇〕，臣道也，故知賊之必敗，遂有陰散晴熏之語。按，陳倉，鳳翔之屬邑。太白山，在鳳翔武功縣。前漢志：右扶風陳倉。三秦記：秦武公都雍，陳倉縣是也。又曰：太白山南有陳倉山。亂麻屍積衛，◯衛，河北也。賊兵之屯，爲王師所敗，其屍如亂麻之多也。◯【王洙曰】前漢武五子贊：始皇即位，内平六國，外攘四夷，死人如亂麻，暴骨長城之下，頭盧相屬於道。破竹勢臨燕。◯【王洙曰】燕，范陽也。◯禄山之巢爲王師所敗，其勢若破竹之易也。◯【王洙曰】晉書杜預傳：今兵威已震，譬如破竹，數節之後，皆迎刃而解，無復著手處也。法駕還雙闕，◯【王洙曰：「天子還京也。」】至德二年十月辛卯，帝還京。◯雙闕，即魏闕也。王師下八川。◯【趙次公曰：「八川，涇、渭、灞、滻、酆、鄗、潦、潏，長安水名。」長安既復，而車駕已還，則王師又下八川以守東京也。」】謂王師已平關中矣。關中記：關内八水，一涇、二渭、三滻、四灞、五澇、六滈、七澧、八潏。○按集有喜官軍臨賊境詩「八水散風波」，謂是也。此時霑奉引，○【趙次公曰：「公爲拾遺，掌供奉，故云。」】奉引，謂公爲左拾遺，引道駕前還闕也。佳氣拂周旋。○【王洙曰】光武紀論曰：望氣者蘇伯阿爲王莽使，至南陽，望見春陵郭，唶曰：「氣佳哉！鬱鬱葱葱然。」貔虎開金甲，○甲，一作匣。言衛兵整肅也。○【王洙曰】書牧誓：如虎如貔。麒麟受玉鞭。○言群才爲帝駕御也。○【趙次公曰】趙子櫟云：麒麟以言御馬。按，蘇鶚杜陽雜編：代宗嘗賜郭子儀九花馬、紫玉鞭。又云：德宗嘗幸興慶宫，於複壁中得寶匣，匣中獲玉鞭，其末有文曰「軟玉鞭」，即天寶中異國所獻，端妍節文，光可鑒物。侍臣諳入仗，○【趙次公曰】言法仗復備，皆近侍所舊諳入者矣。廐馬解登仙。○言諸廐〔一〕復嚴備也。淮南子：天下有道，飛黄伏皂。○【杜田補遺曰：「唐六典：乘黄廐。注：淮南子云：天下有道，飛黄伏皂。乘黄，獸名，龍翼馬身，黄帝乘之而仙，後因以名廐。」又，杜陵詩史、分門集注、補注杜詩引作「時可曰」：「淮南子：乘黄，獸名，龍翼馬身，黄帝乘之而仙。」】職儀云：黄帝駕乘黄而仙去，後因以名廐。○王隱晉書：宣帝内八廐，馬四千餘匹。一日風静天霽，有羽鶴飛至廐，化爲青衣童子，騎二大馬乘空而去。花動朱樓雪，城凝碧樹煙。衣冠心慘愴，故老淚潺湲。○言天子哭祭九廟，故衣冠之士爲之痛心，故老之臣爲之垂淚，悲感之風凛凛然而生矣。哭廟悲風急，朝正霽景鮮。○【鄭卬曰】朝，直遥反。正，諸成切。○【魯曰：「朝正，元日朝會。」】謂元日朝會而天氣清明也。

月分粱漢米，○【王洙曰：「粱、漢間所出者，米月分廩給也。」】粱、漢間所貢賦之米，帝以月給百官廩俸也。○【師尹曰】謝承後漢書：章帝分粱、漢儲米給民。 春得水衡錢。○得，卞〔一二〕刊作給。水衡掌川〔一三〕澤之賦，春得水衡錢以供國用也。○【王洙曰】漢宣帝本始二年春，以水衡錢爲平陵徙民起第院。應劭曰：水衡與少〔一四〕府，皆天子私藏耳。 內蘂繁於纈，○【鄭卬曰】纈，奚結切，文繒。○【魯曰】內蘂乃內禁之花。 宮莎軟勝綿。○宮莎，乃宮苑之草。 恩榮同拜手，出入最隨肩。○【王洙曰】入，一作處。○甫言與賈、嚴於收京之後，同拜恩榮，出入朝省，以肩相隨也。○【王洙曰】書：皋陶拜手稽首，颺言曰：「念哉。」曲禮：五年以長，則肩隨之。 晚著華堂醉，○言同堂而飲也。 寒重繡被眠。○言共被而寢也。 轡齊兼秉燭，○【趙次公曰：「言並轡而行也。」】或並轡而晝行，或同燭而夜話也。 書枉滿懷牋。○【趙次公曰：「言在禁掖時往來書尺也。」】言同在禁掖，往還尺牘之多也。 每覺昇元輔，深期列大賢。○【趙次公曰】所以極言二公之才器可以爲宰輔也。 秉鈞方咫尺，○【王洙曰】詩小雅：秉國之鈞。左氏傳：天威不違顔咫尺。 鎩翮再聯翩。○鎩，所介切，翦羽也。○【趙次公曰】言爲宰執不遠，而乃謫去，如鳥之鎩翮，不能高飛也。淮南子：飛鳥鎩羽。 禁掖朋從改，○【王洙曰】改，一作換。○言友舊皆改〔一五〕節也。 微斑性命全。○甫坐論房琯不宜罷相，房〔一六〕爲華州司功，猶得保全性命也。 青蒲甘受戮，○【王洙曰】受，一作就。○【趙次公曰】時公任拾遺，故以伏蒲爲言。○【王洙曰】前漢史丹傳：元帝寢疾，史以親密得侍視疾，候上獨寢，直入卧內，頓首伏青蒲上以諫。孟康曰：以蒲青爲席，用蔽地也。白髮竟誰憐。○甫自歎其老也。弟子貧原憲，○自〔一七〕言其貧如原憲也。諸生老伏虔。○【趙次公曰】自喻老如伏虔也。○儒林傳：伏生年九十餘，以書教于齊、魯。師資謙未達，鄉黨敬何先。○言賈、嚴既係師資，猶且未達，況甫在鄉黨之序所事於賈、嚴者，又何敢居其先乎？舊好腸堪斷，○【趙次公曰：「公懷二公也。」】公懷二子，有夙契也。新愁眼欲穿。○公歎二子遭新謫也。翠乾危棧竹，○【鄭卬曰】乾，居寒切，枯也。棧，士諫切，棚也。○【趙次公曰：「危棧竹，以指嚴八之巴州，在棧閣之外也。」】指言巴州以竹爲棧道也。紅膩小湖蓮。○【王洙曰】湖，一作池。○【趙次公曰：「小湖蓮，以指賈六之岳州，多陂湖，有蓮也。」】指言岳州有蓮渚也。賈筆論孤憤，○【王洙曰：「韓非作孤憤。屬賈司馬詩。」】指屬賈司馬也。昔韓非子作孤憤之書。嚴詩賦幾篇。○【逸曰】指屬嚴使君也。定知深意苦，莫使衆人傳。貝錦無停織，○【趙次公曰：「貝錦以喻讒也。」】喻讒人巧言之成文也。○【王洙曰】詩巷伯：萋兮菲兮，成是貝錦。朱絲有斷絃。○歎二子無知音而戒之也。呂氏春秋：鍾子期死，伯牙破琴絶絃，終身不復鼓，以爲世無足爲鼓者。或曰：朱絲絃，言其直也。以比正人端士。有斷絃，言正人被中傷也。故下文有「碎首空拳」之句，謂是也。浦鷗防碎首，霜鶻不空拳。○【鄭卬曰】鶻，胡骨切。○鷹屬。○【趙次公曰】兩句通義，謂二子如浦鷗，讒言如霜鶻，既不空拳，期於必中，則鷗當有碎首之防矣。其戒之之至也。地僻昏炎瘴，山稠隘石泉。○言巴山森列石泉之間矣。且將棊度日，應用酒爲年。○謂二子以棊、酒自遣也。典郡終微眇，○【趙次公曰：「二公在禁掖而出，斯爲微眇棄捐矣。」】謂嚴雖典郡，猶爲微眇也。治中實棄捐。○【趙次公曰】治，讀從平聲。○治中，即司馬也。○【趙次公曰：「二公在禁掖而出，斯爲微眇棄捐矣。」】謂賈雖任治中，實爲擯棄也。○【王洙曰】晉職官志：州置別駕治中從事。安排求傲吏，○言身雖爲吏，而其志高傲，未嘗越分，有所求也。○【王洙曰】謝靈運詩：居常以待盡，處順故安排。○【杜定功曰】郭璞遊仙詩：漆園有傲吏。注：莊子嘗爲漆園吏，楚威王聘之，欲以爲相，謂使者曰：「亟去，無污我。」故曰傲吏。比興展歸田。○言乘興將歸田園也。○【王洙曰】陶潛歸去來辭：田園將蕪胡不歸。去去才難得，○公歎懷其才而難見用，是以欲去國也。○【趙次公曰】古樂府：去去復去去。蒼蒼理又玄。○蒼蒼，天也。○【趙次公曰：「謂天理難喻也。」】言天理之玄妙不可知。古人稱逝矣，○言歸去不復仕也。○【趙次公曰】漢高帝曰：吾亦從此逝矣。吾道卜終焉。○【王洙曰】終，窮也。孔叢子曰：麟出而死，吾道窮矣。隴外翻投跡，○【師古曰】言吐蕃復入寇隴外也。漁陽復控弦。○【師古曰】言史思明再亂漁陽也。笑爲妻子累，甘與歲時遷。○【師古曰】甫傷爲妻子所累，是以客居秦州，甘與歲時遷移也。親故行稀少，兵戈動接聯。他鄉饒夢寐，失侶自迍邅。○迍，株倫切。邅，張連切。迍邅，行不進貌。○【師古曰】失侶，言與賈、嚴間隔也。○韓非子：六國時，張敏與高惠爲友。每相思不能得見，便於夢中往尋，行至半道，即迷不知路。多病加淹泊，長吟阻靜便。○【宋曰】靜便，安貌。如公盡雄俊，志在必騰騫。○【王洙曰：「一云『公如盡憂患，何事有陶甄』。」】一作「如公盡憂患，何處有陶甄」。○樊本作「如公盡雄俊，何事負陶甄」。

【校記】

〔一〕解，元本、古逸叢書本作「罷」。

〔二〕貶，原作「殿」，據元本、古逸叢書本改。

〔三〕言，元本、古逸叢書本作「巴」。

〔四〕龍，元本、古逸叢書本作「龙」。

〔五〕古，元本、古逸叢書本作「右」。

〔六〕蹊，元本、古逸叢書本作「至」。

〔七〕夫，古逸叢書本作「去」。

〔八〕矯情，元本、古逸叢書本作「狂猜」。

〔九〕暴，元本、古逸叢書本無。

〔一〇〕陰，古逸叢書本作「人」。

〔一一〕厩，元本、古逸叢書本作「禁」。

〔一二〕下，元本、古逸叢書本作「亦」。

〔一三〕川，元本、古逸叢書本作「山」。

〔一四〕少，元本、古逸叢書本無。

〔一五〕元本、古逸叢書本「改」下有「秩」字。

〔一六〕房，疑當作「眨」。

〔一七〕自，元本、古逸叢書本作「甫」。

山寺

○天水圖經：隴城邑南，唐杜工部故居。工部之姪佐，草堂在東柯谷南麥積山瑞應寺上。山形如積麥，佛龕刳石，閣道回旋，上下千餘尺。蓋麥積之野色也。鸚鵡，隴外所産，山下水可涉。

野寺殘僧少，○寺謂瑞應寺也。山園細路高。麝香眠石竹，○【師古曰：「天厨禁臠云：麝香，小鳥也。」】麝香，小鳥。○隴、蜀人謂之麝香鶵。或云鹿也。○【趙次公曰：「石竹，川中繡竹花也。」】石竹，繡竹花也，僧舍多種之也。鸚鵡啄金桃。○郭璞山海經贊：鸚鵡惠鳥，棲林啄蘂。異物志：鸚鵡三種，交州、巴南盡有之。亂水通人過，○水，或作石，非是。爾雅釋水：正〔一〕絶流曰亂。禹貢：亂于河。○【杜定功曰】詩大雅：涉渭爲亂。懸崖置屋牢。上方重閣晚，百里見纖毫。○纖，一作秋。

【校記】

〔一〕正，古逸叢書本作「是」。

示姪佐

〇【魯訔曰。又，門類增廣十注杜詩、門類增廣集注杜詩依例爲「王洙曰」。集千家注批點杜工部詩集引作「公自注」。】佐草堂在東柯谷。

多病秋風落，〇病遇秋，則叢陰盛而陽衰也〔一〕。〇【師古曰】七月秋風起，八月秋風高，至九月則風落也。君來慰眼前。自聞茅屋趣，〇佐先卜築東阿〔二〕。只想竹林眠。〇【師古曰】甫欲得與佐共住也。滿谷山雲起，侵籬澗水懸。嗣宗諸子姪，〇【王洙曰】嗣，一作阮。早覺仲容賢。〇【王洙曰】晉阮咸字仲容，籍之姪也。籍字嗣宗，性疏懶，而仲又放蕩不撿，與叔籍爲竹林之遊耳。

【校記】

〔一〕「病遇」至「衰也」，元本、古逸叢書本無。

〔二〕阿，元本、古逸叢書本作「柯」。

佐還山後寄三首

山晚浮雲合，歸時恐路迷。澗寒人欲到，村黑鳥應棲。野客茅茨小，田家樹木低。舊諳疏孏叔，須汝故相携。〇【九家集注杜詩、杜陵詩史、補注杜詩引「趙次公曰」：「以嵇康自處，嵇康性復疏懶也。」又，分門集注引作「王洙曰」。】嵇康絶交書：性復疏孏，筋駑肉緩。

白露黄粱熟，〇禮：孟秋之月，白露降，農乃登穀。餘前注。分張素有期。已應春得細，頗覺寄來遲。味豈同金菊，香宜配紫〔一〕葵。〇本草：冬葵子生少室山，蜀葵子小〔二〕。花者名錦葵，一名戎葵。爾雅釋草：菺戎葵。郭璞注：今蜀葵也，似葵，華如木槿也。老人他日愛，正想滑流匙。

【校記】

〔一〕紫，元本、古逸叢書本作「緑」。

〔二〕小，古逸叢書本作「刀」。

幾道泉澆圃，〇【鄭卬曰】澆，堅堯切，沃也。交横落幔坡。〇【分門集注引作「楷曰」。】集千家注批點杜工部詩集引作「王洙曰」。】分引泉水灌園，故交横而落幔坡，言坡翠如緑幔也。葳蕤秋葉少，隱映野雲多。隔沼連香芰，○香芰即菱也。武陵記：兩角曰菱，三角、四角曰芰，通謂之水〔一〕粟。通林帶女蘿。○女蘿，乃松蘿者也。甚聞霜薤白，○【鄭卬曰】薤，胡介切，葷菜，葉似韭。重惠意如何。

【校記】

〔一〕水，元本、古逸叢書本作「木」。

宿贊公房

○【九家集注杜詩、門類增廣十注杜詩依例爲「王洙曰」。杜陵詩史、分門集注引作「王彦輔曰」。集千家注批點杜工部詩集引作「公自注」。】贊，京師大雲寺主，謫此安置。

錫杖〔一〕何來此，○按頭陁寺碑：宗〔二〕法師擁錫來游。大智度論：菩薩常用錫杖、經傳、佛像。錫杖經云：佛告比丘，汝等應受持錫杖。所以者何？過去未來見在諸佛，皆執錫杖，故又名智杖，又名德杖，彰顯智行功德本故。釋氏要覽：昔高僧隱峰游五臺山，出淮西，擲錫飛空而往西天。比丘持錫，有二十五威儀。凡至室中，不得著地，必挂於壁牙。故釋子稱游行僧爲飛錫，安住僧爲挂錫。秋風已颯然。雨荒深院菊，霜倒半池蓮。○【師古曰】昔慧遠法師與陶淵明結白蓮社，甫平昔與贊公遊從，亦其比也。今云霜倒池蓮，寓言蓮社冷落也。放逐寧違性，○【王洙曰】性安窮達，不以放逐而違〔三〕爾。虚空不離禪。○離，去聲。○【趙次公曰】雖謫在空虚之處，亦禪家固所宜。相逢成夜宿，隴月向人圓。

【校記】

〔一〕錫杖，元本、古逸叢書本作「杖錫」。

〔二〕碑宗，元本、古逸叢書本作「宗碑」。

〔三〕違，元本、古逸叢書本作「遊」。

寄高三十五詹事

○【鮑彪曰】高適，肅宗奇之，除揚州大都督，李輔國〔一〕惡其才，除太子少詹事。

安穩高詹事〔二〕，兵戈久索居。○索，素各切，散也。○【王洙曰】禮檀弓篇：子夏曰：「吾離群而索居，亦已久矣。」時來如宦達，○李令伯陳情表：臣本圖宦達。歲晚莫情疏。○【九家集注杜詩依例作「王洙曰」。又，杜陵詩史、分門集注、補注杜詩引作「魯曰」。】言無隨世態也。天上多鴻雁，○【王洙曰】蘇武傳：天子射上林，得雁足，上有繫書。池中足鯉魚。○【王洙曰】古詩云：呼童烹鯉魚，中有尺素書。相看過半百，○【鄭卬曰】過，古禾切。○呂氏春秋：人之壽不過百。不寄一行書。

【校記】

〔一〕輔國，原作「國輔」，據元本、古逸叢書本改。

〔二〕事，原作「士」，據元本、古逸叢書本改。

月夜憶舍弟

戍鼓斷人行〔一〕，邊秋一雁聲。○【師古曰】一雁，喻言其兄弟隔絶遂孤也。露從今夜白，○風土記：八月白露降。月是故鄉明。有弟皆分散，○【王洙曰】分散，一作羈旅。○【趙次公曰】公有二弟，方賊亂時，一在濟州，一在陽翟。無家問死生。○【師古曰】亂離流落，故無家也。寄書長不達，况乃未休兵。○南部新書：此公流竄秦、隴詩也。

【校記】

〔一〕人行，原作「行人」，元本、古逸叢書本同，據吴若本、分門集注、補注杜詩等改。

雨晴

天外秋雲薄，○【王洙曰：「一作外。」】外，一作際，一作水。○【王洙曰：「秦爲天水郡。」趙次公曰：「指言秦州之天水也。」】秦州曰天水。○州記曰：郡前湖水，夏不溢，秋不滿〔一〕。從西萬里風。今朝好晴景，○庾信詠屏風詩：今朝好風日，園苑足芳菲。久雨不妨農。塞柳行疏翠，○【王洙曰】塞，一作岸。山梨結小紅。胡笳樓上發，一雁入高空。○【趙次公曰。又，杜陵詩史、分門集注、補注杜詩引作「修可曰」。】張祜詩：萬人齊指處，一雁落寒〔二〕空。

【校記】

〔一〕秋不滿，元本、古逸叢書本作「冬不縮」。

〔二〕寒，元本、古逸叢書本作「高」。

即事

聞道花門破，○花門即回紇也。按唐地理志：甘州删丹縣，北渡張掖河西北，行〔一〕出合黎山峽口，傍河東壖屈曲東北行千里，有寧寇軍。軍東北有居延海。又此三百里有花門山堡。又東北千里至回紇銜帳。集有留花門詩。和親事却非。人憐漢公主，生得渡河歸。○【杜田補遺。又，分門集注、補注杜詩、集千家注批點杜工部詩集引作「趙次公曰」。】回紇助順討禄山，收長安，有功。乾元元年，請婚，許之。肅宗以幼女寧國公主下嫁。明年，可汗死，公主以無子得歸。秋〔二〕思拋雲鬢，○【王洙曰：「一作鬢。」】鬢，一作髻。腰支賸寶衣。○【王洙曰】賸，一作勝。○賸，以證切。群凶猶索戰，回首意多違。○【趙次公曰】初爲和親之因，以藉其來助順。和親既非而索戰，則所以藉之之意又違矣。○魯訔又云：考之於史，皆不見破花門、絶和親事。○【趙次公曰】代宗即位，又使劉清潭徵兵以脩舊好，先爲史朝義誘之而爲寇，遂與意違也。

【校記】

〔一〕行，元本、古逸叢書本作「里」。

〔二〕秋，古逸叢書本作「愁」。

歸燕

○【九家集注杜詩依例作「王洙曰」。分門集注引作「王洙曰」。杜陵詩史、補注杜詩引作「王彦輔曰」。】此公感物託意以自喻也。

不獨避霜雪，○【師古曰】喻避亂也。其如儔侶稀。四時無失序，八月自知歸。

○【師古曰】四序迭運，已有炎凉，燕自知之，喻甫之去就，非若俗態之奔競也。春色豈相訪，衆雛還識機。故巢儻未毁，○【師古曰】故巢，喻故鄉也。會傍主人飛。

遣興三首

下馬古戰場，○戰國策：綴甲勵兵，效勝於戰場。四顧但茫然。風悲浮雲去，黄葉墜我前。○墜，一作墮。朽骨穴螻蟻，○【王洙曰】老子傳：其骨已朽。○【趙次公曰】。又，分門集注、補注杜詩、集千家注批點杜工部詩集引作「修可曰」。】莊子禦寇篇：在下爲螻蟻食。又爲蔓草纏。○【王洙曰】江淹恨賦：試望平原，蔓草縈骨。故老行歎息，今人尚開邊。○【王洙曰】前漢嚴助傳：武帝征伐四夷，開置邊郡。漢虜互勝負，○勝負，一作失約。漢言中國也，唐承漢後，唐之天下亦曰漢，猶今承唐後，尚謂之唐朝。○【秦曰】孫子曰：一勝一負，兵家之常。○兵無常勝之道也。封疆不常全。○【王洙曰】前漢匈奴傳贊：孝武時雖征伐克獲，而士馬物故，亦略相當。雖開江南之野，建朔方之郡，亦棄造陽之北九百餘里。安得○【王洙曰】霍去病傳：漢、匈奴相紛拏，殺傷過當。廉耻將，○【王洙曰】耻，一作頗。三軍同晏眠。○【師古曰】：「肅宗已平禄山，思明猶據鄴。甫意欲專事鄴城，奈何肉食者謀不臧，尚與吐蕃再戰。故甫欲得廉頗不邀功之將，唯務安邊，與三軍晏眠不生事，可矣。」】肅宗已平禄山，奈何思明猶據鄴，甫意欲專事鄴城，奈何肉食者謀不臧，尚與吐蕃角〔一〕戰，雖云開拓邊疆，以復吾中國故地，獨不念暴骨原野，可爲哀痛也。故甫欲得廉耻不邀功之將，唯務安邊，來則守禦，去則勿追，與三軍晏眠，不至生事，斯可矣。○譏當時將帥無耻養寇，以貽國患，而自肥其己故也。

【校記】

〔一〕角，元本、古逸叢書本作「掎」。

高秋登寒山，○【王洙曰】寒，一作塞。南望馬邑州。○【王洙曰：「晉太康地記云：秦時建此城，輒崩不成。有馬周旋戮走反覆，父老異之，因依以築城，遂名爲馬邑。」】干寶搜神記：秦人築城於代州塞内以備胡，城頽者數矣，有馬馳走一地，周旋反覆，父老異之，因依以築城，遂名爲馬邑。○吕夏卿兵志：唐肅宗寶應元年，隴右節度使高駢言馬邑蕃州，據秦城山谷間相距二〔一〕百里，成州鹽井中道也，請徙就之。遂徙馬邑州於鹽井城，置静戎軍。趙傁云：此非漢雁門之馬邑，乃秦州地分。今於本處有石碑標榜焉。降虜東擊胡，○時回紇助順，收復京師，遂進收東都。按漢匈奴傳：匈奴數使奇〔二〕兵侵犯漢邊，乃拜郭昌爲拔胡將軍，及浞野侯屯朔方，以東備胡。壯健盡不留。○【王洙曰】匈奴傳：漢大發關東輕鋭士卒，選郡國吏三百石，伉倢〔三〕習騎射者皆從事。穹廬莽牢落，○【王洙曰】匈奴傳：父子同穹廬卧。注：穹廬，旃帳也。其形穹隆然，故曰穹廬。上有行雲愁。老弱哭道路，○【王洙曰】賈捐之傳：珠崖反，發兵擊之，捐之以爲不可。議曰：「寇盜並起，軍旅數發。父戰死於前，子鬭傷於後。女子乘亭障，孤兒號道路，老母寡婦飲泣巷哭。」上從之。願聞甲兵休。○匈奴傳：匈奴上書，願寢兵休士，復故約以安邊民。鄴中事反覆，○【王洙曰】一作「鄴中何蕭條」。○【趙次公曰】鄴中，乃相州也。○【王洙曰】按集，公有懷昔詩云「鄴城反覆不足怪」是也。後漢韓遂語馬騰曰：「天下反覆，未可知也。」死人積如丘。諸將已茅土，載驅誰與謀。○甫意謂代州唐家以處降虜在此方，回紇以兵助帝東討禄山，代州壯者盡行，惟老弱守城耳，況回紇餘兵與雜種降胡在是，觀其穹廬莽莽，雲色慘澹，忽若變從中起，豈不危哉！是一禄山死，一禄山復生也。是故老弱哭送役夫，皆願兵甲之沐，欲自守其城也。○【趙次公曰】：「兩京雖復平矣，而賊猶保相州，既圍復解，則士卒傷死可知矣。」又，師古曰：「鄴中叛服不常，人死如丘山。萬一有變，諸將已富貴，各顧私家，誰與國家謀事哉！此甫爲朝廷憂也。」】況又鄴中叛服不常，兩京雖已平矣，而賊猶保相州，既圍復解，則士卒傷死者積如丘山，萬一更有變，諸將已富貴，誰與國家謀是事哉！時思明在鄴，勝負未可知，此甫所以爲朝廷憂也。○按禹貢：厥貢惟土五色。注：王者封五色土爲社，建諸侯，則各割其方色與之，使立社。燾以黄土，苴以白茅，茅取其潔，黄土主王者覆四方。詩：載驅載馳。

【校記】

〔一〕二，元本、古逸叢書本作「三」。

〔二〕奇，元本、古逸叢書本作「騎」。
〔三〕倢，元本、古逸叢書本作「便」。

豐年孰云遲，○孰，一作既云，一作亦。甘澤不在早。○【王洙曰】曹植詩：膏澤多豐年。耕田秋雨足，禾稼〔一〕已映道。春苗九月交，顔色同日老。勸汝衡門士，○【分門集注、補注杜詩引作「時可曰」。】衡門，貧者之居也。詩陳風：衡門之下，可以棲遲。注：横木爲門，淺漏也。忽悲尚枯槁。○【王洙曰】屈原漁父篇：屈原既放，形容枯槁。時來展才力，先後無醜好。○時春旱，至秋方雨，春苗差期已交，九月得雨而成。○【趙次公曰。又，分門集注引作「師古曰」。】喻衡茅之士久困，一旦遇時立功，以取富貴，安問其先後之不同邪！甫意勉久困之士，譏驟進立功者不足爲貴也。○晉阮籍詩：朝爲美少年，夕暮爲醜老。但訝鹿皮翁，○【趙次公曰】鹿皮翁，甫自比也。忘機對芳草。○芳，一作荒。○【王洙曰：「列仙傳：鹿皮翁者，菑川人也。少爲府小吏，機巧，舉手能成器械。岑山上有神泉，人不能至也。小吏白府君請木工斧斤三十人，作轉輪懸閣，意思叢生。數十日，梯道四門成，上其巔，作茅舍，自止其旁。」又，集千家注批點杜工部詩集引「王洙曰」末尾多出「食芝草、飲神水百餘年，下賣藥於市」一句。】劉向列仙傳：鹿皮翁者，菑川人，少爲府小吏，機巧，舉手成器械。岑山上有神泉，人不能至，小吏白府君請木工斤斧三十人，作轉輪懸閣，意思横生。數十日，梯道四門成，升其巔作祠真舍，留止其旁，絶其門以自固。食芝草，飲神水且七十年。菑水未出，來下呼宗族家室，得六十餘人，令上山。半，水盡漂一郡，没者萬計。小吏乃辭，遣宗族令下山，著皮衣遂去，復〔二〕上閣。後百餘年，下賣藥於市。

【校記】

〔一〕稼，古逸叢書本作「黍」。

〔二〕復，元本、古逸叢書本作遂。

赤谷西崦人家

○【鄭卬曰】崦，衣檢〔一〕切。○【師古曰】按地理志：秦州有崦嵫山，在赤谷之西。曹操與劉備戰于此谷，川水爲之丹，因號曰赤谷。甫乾元元年貶華州司功，屬關輔饑亂。乾元三年，遂棄官之秦州，宿于赤谷西崦人家，因有是詩也。

躋險不自安，○躋，一作路。○【王洙曰】：「安，一作喧。」】安，王荆公作喧〔二〕。○言其行役之苦也。○【王洙曰】謝靈運詩云：躋險築幽居。出郊已清目。溪迴日氣暖，○謂溪繞山回環，其地燠暖也。遥轉山田熟。○謂四環皆山，田遥隨山轉，故人勤於耕也。鳥雀依茅茨，○【師古曰】言其静也。藩籬帶松菊。○【師古曰】言其幽也。如行武陵暮，欲問桃源宿。○甫愛此處風景，比之桃源。○【王洙曰】晉陶淵明桃花源記：晉太康中，武陵人捕魚，緣〔三〕溪行，忽逢桃花林，夾岸芳菲〔四〕鮮美。漁人異之，復行，窮其林。林盡得一山，山有小口，便從口入。初極狹，復行數步，豁然開朗，土地平廣，屋舍儼然，黄髮垂髫，怡然自樂。見漁人，乃大驚，問，便邀還家，設酒作食。自云先世避秦亂，率妻子邑人來此絶境，不復出焉，遂與外人間隔，不知有漢，無論晉、魏也。數日辭去，既出遂迷，不復得路。

【校記】

〔一〕檢，古逸叢書本作「險」。

〔二〕喧，元本、古逸叢書本作「宣」。

〔三〕緣，元本、古逸叢書本作「沿」。

〔四〕菲，古逸叢書作「草」。

初月

○【山谷别集卷四杜詩箋曰：「王原叔説此詩爲肅宗作。」】是時肅宗乾元初，甫在秦州避亂，作此詩以刺肅宗即位靈武，不能昭明其德，而李輔國居中用事，恩寵太過也。

光細弦欲上，○【王洙曰】光細，一作常時。○豈，陳、卞皆刊作欲。趙傁云：乾鑿度曰：月三日成魄，八日成光，其成光之際，則名曰弦。今曆家於八月標爲上弦，此言初月，乃纔出之月也。影斜輪未安。○【杜陵詩史、補注杜詩引作「魯曰」。又，分門集注引作「王洙曰」。】謂魄未圓滿也。微升古塞外，已隱暮雲端。○【杜田補遺。又，杜陵詩史、分門集注引作「師古曰」。】微升塞外，喻肅宗即位於靈武也。已隱雲端，喻肅宗爲張皇后、李輔國所蔽也。按，唐書：張皇后善牢籠，稍稍預政事，與中人李輔國相助，多以私謁撓權。徙太上皇西内，譖寧王之賜死，皆其謀也。及肅宗大漸，挾越王係謀危太子〔一〕，卒以誅死。詳觀此詩，頗有深意。河漢不改色，○【趙次公曰】言月出便隱，惟河漢不以月之隱而改色也。關山空自寒。庭前有白露，暗滿菊花團。○滿，一作滴。○【趙次公曰】謝靈運詩：團團滿葉露。

【校記】

〔一〕子，元本、古逸叢書本作「上」。

擣衣

亦知戍不返，○【趙次公曰】婦人知其夫戍邊亦不返也。秋至拭清砧。已近苦寒月，○【王洙曰】苦，一作暮。況經長別心。○【王洙曰】經，一作驚。寧辭擣衣倦，一寄塞垣深。

○【王洙曰：「垣，城牆也。塞垣，猶邊城也。」】垣，邊城也。○蔡邕上疏：秦築長城，漢起塞垣，所以别内外、置殊俗。用盡閨中力，君聽空外音。○【王洙曰】音，謂砧聲也。○【師古曰】此篇言征戍之苦。秋至拭砧，擣作寒衣，送至塞垣。用盡閨中之力以擣衣，其砧聲聞於空外，使人不忍聽之也。

促織

○爾雅釋蟲：蟋蟀，蛬。郭璞注：今促織。後漢襄楷傳：楷上疏曰：布穀鳴於孟夏，蟋蟀鳴於始秋。注：布穀，一名戴紝，一名戴勝。蟋蟀，促織也。春秋考異郵曰：孟秋，戴勝降。立秋，促織鳴。詩豳風：十月蟋蟀入我床下。毛萇傳：蟋蟀，蛬也。崔豹古今注：蟋蟀，一名吟蛬，秋初生，得寒乃鳴，濟南謂之嬾婦。又曰促織，一名投機，謂其聲如急織也。又曰莎雞，一名蟋蟀，謂其聲如紡織也。以此考之，實一物而異名焉。

促織甚微物，哀音何動人。草根吟不穩，牀下夜相親。久客得無淚，故妻難及晨。○妻，王彦輔作棲。悲絲與急管，○【王洙曰】絲，一作絃。○鮑照白苧曲：催絲急管爲君舞。古樂府：悲絲激新聲。感激異天真。○【師古曰】促織，秋蟲也。常夜鳴，其聲哀切，故動人。此蟲常鳴於草根，夜入人床下，使久客故妻皆羈苦易傷感者也。雖有悲絲急管，不若此蟲聲自然也。

螢火○此篇公因物所感而作也。崔豹古今注：螢火，一名燿夜，一名夜光，一名宵燭，一名熠燿，一名燐，腐草化之，食蚊蚋也。

幸因腐草出，○月令：季夏之月，腐草爲螢。敢近太陽飛。○螢火常以夜飛，而腹下有光。○【黄鶴曰：「詩東山云：熠燿宵行。」】詩所謂「熠燿宵行」是也。○即未嘗近太陽，以意測之，蓋甫以太陽喻人君，螢火乃腐草所化，月令所謂「腐草爲螢」是也。古者謂宫刑爲腐，唐之季世，閹官弄權，公之此詩蓋譏之也，故有「敢近太陽」之語。○【王洙曰：「太陽之光，固非螢火之可近，喻小有才而侵侮大德者。」】然太陽之光固非螢火之可近，喻閹侍小人侍君之側，弄權肆讒也。○説文：日，太陽精也。未足臨書卷，○【趙次公曰：「用車胤事，蓋聚螢之多，然後可以照字也。」】晉車胤貧，囊螢火以照觀書。時能點客衣。○喻其能以讒言中傷正人也。隨風隔幔小，帶雨傍林微。十月清霜重，飄零何處飛[二]。○【師古曰】螢火出於腐草，喻閹侍起於微賤而弄權肆讒，一旦朝廷清明，必蒙擯斥，故云「飄零何處飛[二]」也。○或云此詩指李輔國也。

【校記】

〔一〕飛，元本、古逸叢書本作「歸」。

〔二〕飛，元本、古逸叢書本作「歸」。

苦竹

青冥亦自守，軟弱强扶持。○【王洙曰】强，其兩切。味苦夏蟲避，叢卑春鳥疑。軒墀曾不重，翦伐欲無辭。幸近幽人屋，霜根結在兹。○【師古曰】言此竹雖疲弱，然得其所托，亦足以保其生矣。

新定杜工部草堂詩箋斠證卷第十五

乾元二年秋七月棄官居秦州以後所作

貽阮隱居○昉。

陳留風俗衰，○【王洙曰】晉書：阮籍字嗣宗，陳留尉氏人也。父瑀，魏丞相掾。子渾，姪咸。咸子瞻，瞻弟孚，咸從子脩，孚族弟放，放弟裕，皆有名。人物世不數。○【鄭卬曰】數，所矩切，計也。○漢禰衡傳：餘子碌碌不足數。塞上得阮生，迥繼先父祖。○籍族系盛，分爲南北阮，當世推爲人物第一。自陳留風俗既衰，後世子孫其才無足數取者。甫既接阮昉，美其質不墜其父祖之遺風也。趙傁云：按晉春秋：籍出陳留尉氏，人物元古。昉江左人，門第一，蓋昉居于隴外也。貧知靜者性，○昉性沉靜而安於貧也。○【門類增廣十注杜詩引作「杜云」。又，杜陵詩史、分門集注、補注杜詩引作

「修可曰」。】謝靈運過始寧墅詩：還得靜者便。自益毛髮古。○自，晉作白，蘇本同。自益，言不以色慾敗其真氣，觀其毛髮有古人之氣象也。車馬入鄰家，蓬蒿翳環堵。○環堵，環牆也。昉安於環牆之室，任長蓬蒿，時車蓋來往者，唯入鄰家，而昉之室堵環翳蒿耳。○【王洙曰】禮儒行：儒有環堵之室。高士傳：張仲蔚常居窮素，所處蓬蒿没人，閉門養性，終身不出。清詩近道要，○唐人詩多綺麗，惟昉獨有理趣。識子用心苦。○子，指昉也。○【趙次公曰：「言阮爲詩所以近道要者，以其用心苦也。惟杜公識之。」】美其苦用心於爲詩也。○【趙次公曰：「字，作子。」】子，一作字。○【王洙曰】或引劉棻常從揚雄學作奇字，劉歆見雄太元，謂之曰：「空自苦。」○【宋曰】謂昉善篆隸，故云。尋我草逕微，褰裳踏寒雨。○【師古曰】是時昉踏雨尋訪，甫議欲遠引深遁，謝絶當世，不接喧囂，雖餒猛虎，所甘心也。更議居遠林，避喧甘猛虎。足明箕潁客，榮貴如糞土。○【師古曰】甫美阮昉真有箕山、潁水之節，視榮貴如糞土然。○按吕氏春秋：堯朝許由於沛澤之中，曰：「請屬天下於夫子。」許由遂之箕山之下，潁水之陽。○【王洙曰】左氏僖二十八年傳：榮季曰：「况瓊玉乎，是若糞土也。」

寄張十二山人彪三十韻

獨卧嵩陽客，○【王洙曰】陽，一作雲。三違潁水春。○嵩陽，屬潁川。違，别也。○【師古曰】彪避禄山亂，隱居嵩陽，與甫别已經三春矣。艱難隨老母，慘澹向時人。謝氏尋山屐，〇【王洙曰】宋謝靈運好登山陟嶺，嘗著木屐。陶公漉酒巾。〇【王洙曰】南史陶潛傳：將候潛逢其酒熟，取頭上葛巾漉酒，畢，還復著之。群兇彌宇宙，〇謂盜賊之多也。此物在風塵。〇【黄曰：「此物，指彪也。」】此物，指彪，猶言此尤物也。歷下辭姜被，〇甫昔在歷下，曾與彪同被而寢也。〇【趙次公曰：「後漢姜肱有兄弟四人，居貧，作一布被而共之。」】後漢姜肱與二弟仲海、季江俱以行孝著聞，其友愛天至。〇謝承書曰：兄弟同被而寢，不入房室，以慰母心。關西得孟隣。〇後在關中，又同隣而居也。〇【趙次公曰：「孟子之母爲子擇鄰。」】劉向列女傳：鄒孟子之母號孟母，其舍近墓。孟子之少，嬉遊爲墓間〔一〕之事，孟母乃去，舍市傍，其嬉戲爲賈人衒賣之事，孟母復徙〔二〕舍學宫之旁，其嬉遊乃設俎豆揖讓進退。孟母曰：「真可以居吾子矣。」遂居焉。早通交契密，晚接道流新。静者心多妙，〇人性沉静，故心機神妙也。先生藝絶倫。〇美彪草書、詩筆之過人也。草書何太古，〇【王洙曰】一作「草書應〔三〕甚苦」。詩興不無神。曹植休前輩，〇以美彪詩興之神，前更無子建也。世説：曹植字子建，七步成詩。張芝更後身。〇以美彪草書之古，後復有伯英也。後漢張芝字伯英，好草書，時人寶之，寸紙不遺。韋仲將謂之草聖。數篇吟可老，〇言彪之詩筆雖老，莫能窮其趣也。一字買堪貧。〇言彪之草書，雖貧可以致富也。將恐曾防寇，〇彪恐懼遇寇而逃避也。詩：將恐將懼。深潛託所親。寧聞倚門夕，〇潛，一作情。依托親戚而潛遁也，美彪事母，如期必至，不使倚門至昏暮矣。○【趙次公曰】戰國策：王孫賈事齊閔王，王出走，失王之處。其母曰：「汝朝出而晚來，則吾倚門而望。汝暮出而不還，則吾倚閭而望。今王出走，汝不知其處，汝尚何歸。」○【王洙曰】又，昔薛包事母至孝，凡出入必有時，未嘗違也。至期，母必倚門望之，包〔四〕必至矣。盡力潔餐晨。○言精與〔五〕其膳以奉母也。○【王洙曰】束廣微補亡南陔詩：馨爾夕膳，潔爾晨餐。疏懶爲名誤，○甫性疏懶爲功名所誤，故至貶逐也。○【王彦輔曰】嵇康絶交書：性復疏懶，筋駑肉緩。驅馳喪我真。○奔波風埃而失其真率之性也。索居猶寂寞，○【王洙曰。又，趙次公曰：「師民瞻本取『尤寂寞』。」】猶，一作尤。○索，悉各切，散也。○【王洙曰】禮：離群索居。相遇益愁辛。○【王洙曰】江淹詠嵇中散詩：鍾鼓或愁辛。流轉依邊徼，逢迎念席珍。○席珍，美彪也。○【王洙曰】禮：儒有席上之珍以待聘。時來故舊少，亂後別離頻。世祖修高廟，○喻肅宗重建七廟也。○【王洙曰】後漢志：光武建武二年正月，立高廟于洛陽，四時祫祀。高帝爲太祖，一歲五祀。文翁〔六〕賞從臣。○喻肅宗推恩隨車駕者。○【王洙曰】左氏僖公二十四年：晉侯賞從亡者。商山猶入楚，○甫自比也。十道志：商山，一名楚山。四皓皆河内軹人，秦政虐〔七〕，乃相與隱此山。餘見前注。源水不離秦。○【趙次公曰：「師民瞻本作『渭水不離秦』。」】源，一作渭。○或湍〔八〕。○【王洙曰】離，一作知。○【趙次公曰】源，指桃花源也。○甫昔謁帝鳳翔，非無從亡之功，今恩例不及於甫，使南困於荆楚，客於秦州，何異桃源之避亂、一往而不反乎！餘見前注。存想青龍秘，○【王洙曰】道家有存想之法。○此下皆美彪也。神仙傳：太陽子謂太陰女曰：「彼行白虎、騰蛇，我行青龍、玄武。」道家四象論曰：「青龍，東方甲乙木，潛藏變化，故言龍。」又歌曰：「子稱虎，卯稱龍，龍虎相全自合同。龍居震位當六八，虎數元生在一宮。」騎行白鹿馴。○崔元山瀨鄉記：李母碑曰：「老子乘白鹿下託於李母也。」孫柔之瑞應圖：黄帝時，西王母使使乘白鹿獻玉琛之休〔九〕符，有金方也。○【王洙曰】又，周真義入龍嶠山，見羨門子乘白鹿而行。耕巖非谷口，○【王洙曰】揚子問神篇：谷口鄭子真不屈其志，而耕于巖石之下。餘見前。結草即河濱。○即，一作欲。○【王洙曰】河上公，漢文帝時結草于河濱，常讀老子，文帝駕往詣之，問老子。○餘見前。肘後符應驗，○【王洙曰】晉葛洪有肘後方。囊中藥未陳。放懷殊不愜，良覿眇無因。○良覿，乃良會也。甫與彪别後，無緣再展良會也。自古皆悲恨，浮生有屈伸。○【程曰】言彪之勢伸，而甫之勢屈也。彪以疏散故伸，甫以貶逐故屈也。此邦今尚武，何處且依仁。○【九家集注杜詩依例爲「王洙曰」。補注杜詩引作「王洙曰」。杜陵詩史、分門集注引作「魯曰」。】論語：依於仁。鼓角凌天籟，○【王洙曰】莊子齊物篇：汝不聞天籟乎？關山倚月輪。○倚，一作信。官場羅鎮磧，○【王洙曰】場，一作壕。○鎮，樊作鎗。○【趙次公曰】四鎮之地，皆置官場收賦斂，以供軍須也。○【趙次公曰】或曰：官之戰場也。賊火近洮岷。○【孫曰】謂吐蕃入寇也。○臨洮、岷山。地志：劍南，其山名岷峨，屬導江縣。蕭瑟論兵地，○【王洙曰】兵，一作功。蒼茫鬭將辰。○茫，或作芒。大軍多處所，餘孽尚紛綸。○餘孽，殘寇也。高興知籠鳥，○【王彦輔曰】潘岳秋興賦：猶池魚籠鳥而有江湖山藪之思。斯文起獲麟。○【師古曰】言彪之文不遇，如孔子傷麟出非其時也。○【趙次公曰】或曰：彪之著書，如孔子春秋起於獲麟也。○【王洙曰】左氏哀公二十四年傳：孔子西狩獲麟。窮秋正摇落，回首望松筠。○【趙次公曰】宋玉九辯：悲哉秋之爲氣，蕭瑟兮草木摇落而變衰。

【校記】

〔一〕間，原作「門」，據元本、古逸叢書本改。

〔二〕徙，元本、古逸叢書本作「從」。

〔三〕應，元本、古逸叢書本作「因」。

〔四〕包，元本、古逸叢書本作「所」。

〔五〕與，古逸叢書本作「潔」。

〔六〕翁，元本、古逸叢書本作「公」。

〔七〕虐，古逸叢書本作「暴虐」。

〔八〕湍，元本、古逸叢書本作「端」。

〔九〕休，元本、古逸叢書本作「體」。

得舍弟消息二首

近有平陰信，○【鮑彪曰】平陰屬河南郡。唐初屬濟州。天寶元年，更名濟陽郡。十三載，郡廢，以平陰屬鄆州。遥憐舍弟存。側身千里道，○劉愷傳：側身里巷，處約思純。張衡四愁詩：側身北望涕霑襟。寄食一家村。烽舉新酣戰，○【趙次公曰】淮南子冥覽訓：魯陽公與韓戰，戰酣日暮，援戈而麾之，日〔一〕爲之反三舍。啼垂舊血痕。○詩：鼠思泣血。不知臨老日，招得幾人魂。○宋玉有招魂篇。

【校記】

〔一〕元本、古逸叢書本「日」下有「出」字。

汝懦歸無計，○【鄭卬曰】懦，奴卧切，弱也。吾衰往未期。浪傳烏鵲喜，○【王洙曰】西京雜記：烏鵲噪而行人至。深負鶺鴒詩。○【鄭卬曰】鶺，資昔切。鴒，盧經切。○鶺鴒，水鳥也。首尾動摇相應，故以喻兄弟之相助也。○【趙次公曰】詩常棣：鶺鴒在原，兄弟急難。生理何顔面，憂端且歲時。兩京三十口，雖在命如絲。○後漢劉茂傳：孫福爲賊所圍，命如絲髮。

秦州二十首

〇【鄭卬曰】寰宇記：魏初中分隴右爲秦州。〇秦州曰天水郡。州記曰：前湖水夏不溢，冬不縮。〇【師古曰】甫乾元坐論房琯事，貶華州司功，屬關輔饑，棄官西去，度隴右，客秦亭。〇此詩二十首，今止十九首。

滿目悲生事，因人作遠遊。〇【師古曰】因論房琯，有此遊也。遲回度隴怯，〇甫時度隴，依於臨洮也。辛氏三秦記：隴西關，其坂九迴，不知高幾百里。望秦川、長安如帶。應劭漢書音義曰：天水有大坂，曰隴坻。浩蕩及關愁。〇【王洙曰】及，一作入。水落魚龍夜，〇【九家集注杜詩引「杜田補遺」：「太平御覽載關中諸水云：水經注云：有一水出天水縣西山，人謂小隴山。其水出五色魚，俗以爲龍，而莫敢採捕，謂是水爲魚龍水。」九家集注杜詩引「趙次公曰」：「按水經：渭水有汧水入焉，有二源，一水出五色魚，俗不敢捕，因謂是水爲魚龍水，亦名魚龍川。然則魚龍者，魚之龍也。汧水在今隴州。又按，唐地理志：鳥鼠同穴山在州之渭源。今公詩題謂之秦州雜詩，而用魚龍夜、鳥鼠秋，蓋舉秦隴一帶事耳。」又，杜陵詩史、分門集注、補注杜詩引作「洙曰」。】酈道元水經注：汧水有二源，一出天水縣西山，世謂小〔二〕龍山。其水東西流，潭漲不測，出五色魚，俗以爲靈，莫敢採捕，因謂是水爲魚龍水。水會上下亦通，謂之魚龍川。〇又曰：魚龍川，岍山水溢石室，比流出汧、渭之間。〇【蘇曰】又，倦遊録云：隴州，地名，魚龍出。石魚，掘地破石得之，多鰍鯽之形，鱗鬣皆具狀如描畫。魚龍，古之陂澤也，豈非魚生其中，山頹塞久而土凝爲石，遂留形迹爾。〇或曰：按酈道元水經：魚龍以秋日爲夜。按，龍秋分而降，則蟄寢於淵凝。甫或用是也。山空鳥鼠秋。○【杜田補遺】爾雅釋鳥：鳥鼠同穴，其鳥爲鵌，其鼠爲鼵。郭璞注：鼵如人家鼠而短尾，鵌似鵽而小，黄黑色。穴入地三四尺，鼠在内，鳥在外。今在隴西首陽縣。○【鄭卬曰：「孔安國注：鳥鼠共爲雌雄，同穴而處。」】孔安國尚書傳云：共爲雌雄。○張氏地理記云：互爲牝牡。後漢志：隴西郡首陽縣有鳥鼠同穴山。山海經曰：渭水出鳥鼠同穴山，東注河，入華陰北。○【趙次公曰】唐志：鳥鼠同穴山在渭州之渭源。○一云：鳥鼠山，渭川青雀山，渭水發源也。西征問烽火，○前注。心折此淹留。○【趙次公曰】謂時吐蕃之亂也。○【王洙曰】别賦：心折骨驚。

【校記】

〔一〕小，元本、古逸叢書本作「水」。

秦州山北寺，○【王洙曰】山，一作城。勝跡隗囂宫。○囂，五高切。地志：秦亭，隗囂所都，河山磅礴，雄峙隴外。○【王洙曰：「後漢隗囂據隴西天水郡，寺即囂故居。」】後漢隗囂傳：囂，天水成紀人。注：成紀，縣名。故城在今秦州隴城縣西北。初，囂據故地，鄧禹承制，命爲西州大將軍，公孫述以囂爲朔寧王。寺即囂故居。苔蘚山門古，丹青野殿空。月明垂葉露，雲逐渡溪風。清渭無情極，○後漢志：隴西郡首陽山，渭水所出。愁時獨向東。○趙傁云：寺枕秦山，下接渭水。渭水東流長安，公乃心乎長安可知矣。師古云：甫東望燕薊之亂，故〔二〕愁也。

【校記】

〔一〕故，元本、古逸叢書本作「可」。

州圖領同谷，○甫乾元元年秋，出諫垣，掾〔一〕三峰。今二年秋，挂印客秦，冬游同谷〔二〕。十道志：漢下辯道，正始中立廣業郡，領白石、栗亭，後改曰同谷。○【鄭卬曰】按寰宇記：唐成州。禹貢：梁州之域，古西夷地。天寶元年改爲同谷郡。驛道出流沙。○【鄭卬曰：「流沙，西域地。」】後漢志：居延澤，古流沙。獻帝立爲西海郡。餘見前。降虜兼千帳，○【鄭卬曰】降，户江切，服也。○唐吐蕃貴人處于大氊帳。居人有萬家。馬驕珠汗落，○珠，一作朱。謂馬之汗血也。○【杜田補遺】傅玄乘輿馬賦：流汗如珠。胡舞白題斜。○【王洙曰：「蹄，一作題。」】題，一作蹄〔三〕，非是。○【趙次公曰：「舞則頭偏，頭偏則白題亦斜矣。」】白題，胡名。謂胡人之舞則頭偏而斜矣。○【杜田補遺】南史西域傳：白題國王姓支，名稽穀，其先蓋匈奴之别種也。○【杜田補遺：「裴子野傳：武帝時西北遠邊有白題及滑骨，遣使由岷山道入貢。二國歷代弗賓，莫知所出。子野曰：『漢潁陰侯斬胡白題將一人。服虔注云：白題，胡名也。』」杜陵詩史、分門集注、補注杜詩、集千家注批點杜工部詩集引作「薛夢符曰」。趙次公曰：「服虔注云：謂之白題。題者，額也。其俗以白塗堊其額，故以此得名。」又，杜陵詩史、分門集注、補注杜詩、集千家注批點杜工部詩集引作「薛夢符曰」：「右按南史裴子野傳：時西北遠邊有白題入貢，莫知所出。子野曰：『漢潁陰侯斬白題一人。服虔曰：白題，胡名也。』」】裴子野傳：武帝時西北遠邊有白題及滑骨，遣使由岷山道入貢，莫知所出。子野曰：「漢潁陰侯斬胡白題將一人。服虔曰：白題，胡名也。題者，額也。其俗以白塗堊〔四〕其額也。」年少臨洮子，○【王洙曰】子，一作至。○【鄭卬曰】洮，徒刀切。○今之洮州也。餘見前。西來亦自誇。

【校記】

〔一〕掾，元本、古逸叢書本作「緣」。

〔二〕冬游同谷，元本、古逸叢書本作「東游秦谷」。

〔三〕蹄，元本、古逸叢書本作「啼」。

〔四〕「塗堊」二字疑倒。

鼓角緣邊郡，○【趙次公曰】此篇詠鼓角也。川原欲夜時。秋聽殷地發，○聽，讀平聲。○【王彥輔曰：「殷，盛也。」】殷，讀上聲，盛貌。風散入雲悲。抱葉寒蟬靜，歸山獨鳥遲。萬方聲一概，○【趙次公曰】時東有安史之亂，西有吐蕃之擾，故云「一概」也。吾道竟何之。○【趙次公曰】孔子云：吾道非耶？莊子：芒乎何之？

南使〔一〕宜天馬，由來萬匹强。○【杜田補遺。又，杜陵詩史、分門集注、補注杜詩引作「趙次公曰」。】此篇賦天馬也。前漢張騫傳：武帝發書易卜曰：「神馬當從西北來。」得烏孫馬好，名曰天馬。及得大宛汗血馬，更名烏孫馬西極〔二〕，大宛馬曰天馬。○【趙次公曰：「漢郊祀歌：太一況，天馬下。霑赤汗，沫流赭。赤之與赭，非朱而何？」】又禮樂志：武帝歌曰：太一〔三〕況，天馬下。又，天馬來，從西極。浮雲連陣没，○或曰：南使〔四〕乃沙苑別名，唐置牧馬監。是時哥舒翰戰敗於潼關，九節度兵敗於相州，苑馬萬匹皆連陣而掃地盡矣，故甫傷之。西京雜記：文帝自代還，有良馬九匹，一名浮雲。秋草徧山長。○【王洙曰】徧，一作滿。○甫傷草之茂而無馬齕之也。聞説真龍種，○甫自喻也。○【王洙曰】武帝天馬歌：天馬徠，龍之媒。仍殘老驌驦。○【王洙曰】仍殘，亦作空餘。○亦甫自比也。哀鳴思戰鬬，○【趙次公曰】趙子櫟云：唐人以餘爲殘，蓋言所餘馬遺而不用於戰，故哀鳴思戰鬬也。豈非公自況邪！迥立向蒼蒼。

【校記】

〔一〕使，古逸叢書本作「史」。

〔二〕九家集注杜詩「極」下有「馬」字。

〔三〕一，元本、古逸叢書本作「乙」。

〔四〕使，古逸叢書本作「史」。

城上胡笳奏，○【趙次公曰】言用兵以禦吐蕃也。山邊漢節歸。○【趙次公曰：「言用兵以禦吐蕃也。用蘇武持漢節事，言通使於吐蕃爾。」】言通使於吐蕃，即歸如蘇武、張騫之持漢節也。防河赴滄海，奉詔發金微。○金微，州名，言奉詔發兵赴河以防金微也。後漢竇憲傳：憲以北虜微弱，欲滅之，遣校尉耿夔、司馬任尚將兵擊北虜於金微山，大破之，單于逃走，不知所在。○【杜田補遺】又，杜陵詩史、分門集注、補注杜詩、集千家注批點杜工部詩集引作「薛蒼舒曰」。】續唐六典：羈縻州有金微州，隸振武軍也。士苦形骸黑，○【趙次公曰：「言士卒勞苦之故。」】言士卒行役勤勞之故也。旌疏鳥獸稀。○【趙次公曰】旌，師民瞻本作林。○言鳥獸亦竄伏，況於民乎！那堪往來戍，○堪，舊作聞。恨解鄴城圍。○【王洙曰：「鄴城，史思明所據。恨解圍者，言士苦於征戍而恨賊之未平也。」又，趙次公曰：「西邊既苦吐蕃之戰，而鄴城史賊猶未平，則戍役疲於往，所以恨也。」】鄴城，乃相州也。西邊既苦吐蕃之戰，而鄴城尚爲思明所據，既圍而後解，則戍役之士疲於往來，所以恨其未勦滅也。

莽莽萬重山，孤城山谷間。○山，一作石。無風雲出塞，○古今注：塞者，塞所以擁塞夷狄也。不夜月臨關。○【趙次公曰】趙子櫟云：今秦州有無風塞、不夜關，蓋後人因杜甫詩而爲之名也。○邵博聞見録云：無風谷、不夜城，西夏有其地。王韶經略西邊，親至其處。○【師古曰】或曰：不夜，蓋月如晝也。○【杜田補遺】又，解道康齊地記：齊有不夜城，蓋古有日夜中照於東境，故以爲名。

屬國歸何晚，○言使未還也。○【王洙曰】蘇武歸漢爲典屬國。樓蘭斬未還。○言賊未擒也。○【王洙曰】前漢傳介子傳：先是，龜兹、樓蘭嘗殺漢使者，介子持節使以斬樓蘭王安歸首，垂之北闕，封義陽侯。煙塵獨長望，○【王洙曰：「一，一作獨。」】獨，一作一。衰颯正摧顔。

聞道尋源使，○【趙次公曰】時遣使至吐蕃，因借張騫以爲言。○前漢張騫傳：騫應募使月氏，爲匈奴所留十餘歲。歸，爲〔一〕武帝言其地形所有，大宛以蒲萄爲酒，大宛别邑多善馬，馬汗血，言其先天馬子也。荆楚歲時記：武帝令張騫窮河源，乘槎經月而去，見一女織，丈夫率〔二〕牛飲河，遂還。山海經：崑崙之東南隅，實〔三〕惟河源。從天此路回。牽牛去幾許，宛馬至今來。○右皆用騫事也。一望幽燕隔，何時郡國開。○【王洙曰】時幽燕在賊境，郡國未寧也。東征健兒盡，羌笛暮吹哀。○【王洙曰】士多死亡，哀憤之聲形于羌笛。

【校記】

〔一〕爲，元本、古逸叢書本作「於」。

〔二〕率，元本、古逸叢書本作「牽」。

〔三〕實，元本作「矢」，古逸叢書本作「大」。

今日明人眼，臨池好驛亭。叢篁低地碧，高柳半天青。○此狀驛亭景物之盛也。○【師古曰：「竹有節，喻君子。柳質柔脆，望秋先零，喻小人。」】或曰：竹以喻君子，柳以喻小人。稠疊多幽事，○【趙次公曰】謝靈運始寧墅詩：巖峭嶺稠疊。喧呼閱使星。○【王洙曰：「時亂，民喜見使者，故喧呼。晉志：流星，天使。後漢李郃指使星以視二使。」】時亂多故，竟喜見使吐蕃者之往來也。後漢：李郃指星以視二使。晉天文志：流星，天使也。老夫如有此，不異在郊坰。○【趙次公曰】老夫如有此亭景，則如在郊坰矣。

雲氣接崑崙，涔涔塞雨繁。○【鄭卬曰】涔，鋤簪切。羌童看渭水，○羌童謂降虜久處而蕃息也。後漢志：隴西郡，首陽渭水所出。使客尚河源。○尚，一作向。○【師古曰】或云甫自比也。煙火軍中幕，牛羊嶺上村。所居秋草靜，正閉小蓬門。

蕭蕭古塞冷，漠漠秋雲低。○【王洙曰：「(風)一作雲。」】雲，一作風。黃鵠翅垂雨，蒼鷹飢啄泥。○【王洙曰】皆公自傷之辭。薊門誰自北，○【趙次公曰：「薊門，指言安、史也。誰自北，則公問收復燕、薊者誰也。」】薊門指禄山之巢穴，言收復燕、薊者有誰也。○或曰：誰自北，言無人北還也。鮑照出自北門行：募騎屯廣武，分兵救朔方。投軀報明主，身死爲國殤。漢將獨征西。

○征西，指討吐蕃也。○【王洙曰：「後漢皆有征西將軍。」】漢岑彭爲征西將軍。不意書生耳，○【薛曰】南史：沈慶之曰：「耕當問奴，織當問婢。今欲伐國，而欲與白面書生輩謀事，何由濟。」臨衰厭鼓鞞。○【王洙曰】厭，一作見。○【鄭卬曰】鞞，騈迷切，字正作鼙。

山頭南郭寺，○南，一作東。水號北流泉。○【師古曰】水萬折必歸諸東，其勢順也。今而北流，其逆如此，叛臣之謂乎？○【秦曰】詩：彪池北流。蓋亦惡其逆爾。老樹空庭得，清渠一邑傳。○【師尹曰：「寰宇記：秦州天水縣有水一派，北流入長安縣界。」】秦州記：天水縣界無山，有水一派，北流入長道縣界。秋花危石底，○【師古曰】秋花非玩物，況危於石底，公之命意自傷，類多若此。晚景臥鍾邊。○邊，一作前。俛仰悲身世，溪風爲颯然。○颯，一作肅。

傳道東柯谷，深藏數十家。○趙傁云：秦州枕山〔一〕麓地，曰東柯谷，曰西枝村。公姪佐先卜築東柯谷，公集有佐還東柯谷詩，又有西枝村宿贊公土室詩。天水圖經：隴城邑〔二〕南，唐杜工部故居。工部姪佐草堂，東柯谷南麥積山瑞應寺上，山形如積麥，佛龕刳石，閣道縈旋，上下千餘尺。山下水縱橫可涉。玉堂閑話：隴城縣有東柯僧院，甚有幽致，高檻可以眺遠，虛窗可以來風，遊人如市也。對門藤蓋瓦，○【趙次公曰。按，此條據杜陵詩史所引，林繼中杜詩趙次公先後解輯校失收。】言藤蔓蔽蓋瓦上也。映竹水穿沙。瘦地翻宜粟，○【趙次公曰】種粟皆在肥地，而地瘠翻宜粟者，則地之美可知也。陽坡可種瓜。○廣志曰：瓜之所出，燉煌之種爲美。○【杜田補遺】毛文錫茶譜云：宣州宣城縣有茶山，其東爲朝日所燭，號曰陽坡。○【杜田補遺。又，杜陵詩史引作「黄曰」。】其茶最勝，形如小方餅，横鋪茗芽其上，太守常薦之於京洛，題曰陽坡横紋茶。○是詩所謂「陽坡」，其亦以日之所燭歟？船人相近報，但恐失桃花。○【趙次公曰】借言桃源也。或引俗以三月水爲桃花水，誤矣。

【校記】

〔一〕山，元本、古逸叢書本作「上」。

〔二〕邑，元本作「色」，古逸叢書本作「縣」。

萬古仇池穴，○仇，渠尤切。後漢西南夷傳：白馬氏者，武帝以爲武都，一名仇池。方百頃，四面斗絶。注：仇池山在今成州上禄縣。○【鮑彪曰】南唐書志：成州同谷縣有仇池，與秦城接壤。○同谷圖經：隋平仇池氏，建西康州于同谷。三秦記：仇池本名仇維州〔一〕，上有池，故名仇池。潛通小有天。○【杜田補遺。又，杜陵詩史、分門集注、補注杜詩引作「修可曰」。】茅君内傳：大天之内有玄中洞三十六所〔二〕。第一王屋之洞，周回萬里，名曰小有清虚之天。第二委羽之洞，周回萬里，名曰大有穴明之天。○按集公憶昔詩云「北尋小有洞」是也。神魚人不見，○【王洙曰】世説：仇池有地穴，通小有洞中，出神魚，食之者仙。○經：十九靈泉也。福地語真傳。○【薛夢符曰】道書有三十六洞天，七十二福地。真誥云：金陵者，洞墟之膏腴，句曲之福地，履之者萬方，知之者無一。内經福地志曰：伏龍之地在柳谷之西，金壇之右，可以高洒金陵之福地。○餘見前。近接西南境，長懷十九泉。○甫謂仇池西南有靈泉十九泓，出神魚，食之者輕舉，故懷之而有卜居之意也。余考之王仁裕入洛記：仇池數千仞，蒼巒四面危絶，天造石城，惟東一門可上，平田百頃，甘泉百孔，一夫持關，萬夫莫窺。而甫詩以十九泉爲言，蓋舉其大者矣。何當一茅屋，送老白雲邊。○梁簡文帝虎窟山寺詩：縱意白雲邊。〔三〕

【校記】

〔一〕州，古逸叢書本作「山」。

〔二〕所，古逸叢書本作「洞」。

〔三〕「何當」二句詩及注，元本、古逸叢書本無。

未暇泛滄海，悠悠兵馬間。塞門風落木，○【王洙曰：「一云『塞風寒落木』。」】一作「塞日〔一〕寒落木」，非。客舍雨連山。阮籍行多興〔二〕，○【趙次公曰】魏氏春秋：阮籍時率意獨駕，不由徑路，車跡所窮，慟哭而反。○顔延年詠阮步兵詩：物故不可論，途窮能無慟。龐公隱不還。

○【趙次公曰：「龐德公攜妻子隱于鹿門山，採藥不返。隱不還，正欲慕之也。」】後漢逸民傳：龐公，襄陽人也。居峴山之南，未嘗入城府。夫妻相敬如賓。荆州刺史劉表數延請，不屈，遂登鹿門山，採藥不返。東柯遂疏嬾，休鑷鬢毛斑。○【王洙曰】遂，一作放。○甫愛東柯之景致，遂欲慕阮籍之命駕、龐公之採藥，而居于此谷也。○【杜田補遺】又，杜陵詩史、分門集注、補注杜詩引作「師古曰」。】南史：鬱林王年五歲，戲高帝傍。帝令左右鑷白，問王：「我誰耶？」答曰：「太翁。」帝笑謂左右曰：「豈有爲人作曾祖而拔白髮乎？」即擲鏡、鑷。

【校記】

〔一〕日，古逸叢書本作「風」。

〔二〕興，古逸叢書本作「哭」。

東柯好崖谷，不與衆峰群。落日邀雙鳥，○【洪覺範曰】落日，喻暮年。邀雙鳥，甫言欲與妻隱居于此。晴天卷片雲。野人矜險絶，水竹會平分。○謂谷中之人以竹筒引水也。採藥吾將老，○後漢龐德公登鹿門山，採藥不返。神仙傳：吕恭將奴婢入太行山採藥，遂不復還。晉嵇康採藥，遊山澤，會其得意，忽焉忘返。兒童未遺聞。

邊秋陰易夕，不復辨晨光。簷雨亂淋幔，山雲低度墻。鸕鷀窺淺井，○【鄭卬曰】鸕，落胡切。鷀，疾之切。水鳥也。○【師古曰】此喻細民之無食也。○楊孚博物志：鸕鷀不生卵，而孕雛於池澤間。既胎生，又吐生，多者生八九，少者生五六，相連而出，若絲緒焉。蚯蚓上深堂。○【王洙曰】深，一作高。○喻小人居高位於廟堂之上，則君子擯逐於崖谷矣。○【趙次公曰】或謂以積雨久陰而然也。○崔豹古今注：蚯蚓，一名蜿蟺，善長吟於地中，江湖謂之歌女。車馬何蕭索，門前百草長。

地僻秋將盡，山高客未歸。○【趙次公曰】公自謂也。塞雲多斷續，○言山障多礙也。邊日少光輝。○言霧靄深也。警急烽常報，○烽謂烽燧也，言邊庭焚積草以升煙求救也。曹子建白馬篇：邊城多警急，胡虜數遷移。傳聲檄屢飛。○聲，一作聞。○【杜田補遺】又，杜陵詩史、分門集注、補注杜詩、集千家注批點杜工部詩集引作「師古曰」。】說文：檄以木簡爲書，長尺二，以徵召也。魏武〔一〕奏事云：若有急，則插以雞羽，謂之羽檄。西戎外甥國，○【薛蒼舒曰】按唐書：正觀時以文成公主，景龍間以金城公主，皆下嫁吐蕃。乾元元年，肅宗以幼女寧國公主下嫁回紇。爾雅釋親：妻之父爲外舅。郭璞注：謂我舅者，吾謂之甥，然則亦宜呼婿爲甥。孟子曰「帝館甥于二室」是也。唐贊普遺名悉蠟奉表言：甥，先帝舅，顯親也。○又，贊普曰：我與唐舅甥國也。何得近天威。

〇得，一作德。〇【王洙曰】近，一作逆〔二〕。〇吐蕃贊普昔尚公主，本外甥之國，今助寇入虜，故云「何得近天威」也。〇【王洙曰】左氏僖公九年傳：王賜齊侯胙，公無下拜。齊侯曰：「天威不違顏咫尺。」

【校記】

〔一〕武，原作「戎」，據古逸叢書本改。

〔二〕逆，古逸叢書本、杜陵詩史、分門集注、補注杜詩作「迕」。

鳳林戈未息，〇秦州記：抱罕原北、鳳林川山中有黄河水東流。十道志：鳳林關在黄河側，屬河州。抱罕亦河州縣也。魚海路常難。〇【趙次公曰】郭子儀取魚海五縣，即此是〔一〕也。候火雲峰峻，懸軍幕井乾。〇【杜田補遺。又，杜陵詩史、分門集注、補注杜詩、集千家注批點杜工部詩集引作「薛夢符曰」。】周禮：挈壺氏挈壺以令軍事。凡軍事，懸壺以聚欜。易曰：井收勿幕。注：井汲曰收，勿幕則勿遮幕之。〇【趙次公曰】公言軍旅飲井者乾，而所幕之井乾，其懸示軍中之器，以此表此井也。〇【王洙曰】幕，一作暮。鄧艾伐蜀，懸軍深入。風連西極動，〇爾雅釋地：西至于邠國，謂之西極。淮南地形訓：西極之山，曰閶闔之門。月過北庭寒。故老思飛將，〇【九家集注杜詩、分門集注引作「王洙曰」：「李廣，飛將。」又，杜陵詩史、補注杜詩、集千家注批點杜工部詩集引作「王彥輔曰」。】李廣爲右北平太守，匈奴號曰「漢飛將軍」。何時議築壇。〇兵戈擾亂，西極、北庭，舉皆震動。〇【師古曰】故甫思大將有如李廣、韓信者出焉，揮其亂也。〇【九家集注杜詩依例爲「王洙曰」。分門集注引作「王洙曰」。又，杜陵詩史、集千家注批點杜工部詩集引作「魯曰」。】漢高帝齋戒設壇場，拜韓信爲大將軍。

【校記】

〔一〕是，元本作「楚」，古逸叢書本作「處」。

唐堯真自聖，〇【趙次公曰：「唐堯，謂肅宗也。」】以肅宗比堯君。〇【逸曰】自聖則忠讜之言勿聞，甫微言以託諷也。野老復何知。〇【趙次公曰】野老，公自謂也。曬藥能無婦，應門亦有兒。〇【師古曰】應，音因，言當門戶幸有兒子也。〇【王洙曰】世説：荀淑使叔明應門，慈明行酒。李令伯表：内無應門之僮。藏書聞禹穴，〇張勃吴録：苗山，一名覆釜，禹會諸侯計功，改曰會稽。括地志：玉笥山，一名宛委山，即會稽山，在會稽縣東南十八里。吴越春秋云：東南天柱，號曰宛委。赤帝左闕之填〔一〕，承以文玉，覆以盤石，其書金簡，青玉爲字，編以白銀，皆篆其文。禹乃東巡，血白馬以祭，忽然而卧，夢見繡衣男子自稱玄夷倉水使者，却倚覆釜之山東顧，謂禹曰：「欲得我山神書者，齋於黄帝之岳巖巖〔二〕之下，三月季庚登山發石。」禹乃登宛委之山，發石，乃得金簡玉〔三〕字。山中又有一穴，深不見底，謂之禹穴。〇【王洙曰】司馬遷「上會稽，探禹穴」是也。讀記憶仇池。〇【王洙曰】憶，一作悟。○觀此秦州詩兩言仇池，甫意蓋厭秦隴，欲命駕西南游同谷也。是歲乾元二年冬十月，甫發秦州。○【杜田補遺：「後漢西南夷傳：白氏居河池，一名仇池。注云：在今成州上禄縣南。仇池記曰：仇池百頃，壁立千仞，自然樓櫓却敵之狀，分起調均，竦起數丈，有踰人功。」】仇池記曰：仇池百頃，周回九千四十步，天形四方，壁立千仞，自然樓櫓竦起數丈，有踰人功。東西二門，上則岡阜低昂，泉流交灌。爲報鴛行舊，○【趙次公曰】指言平日同在禁省之故人也。鷦鷯在一枝。○【趙次公曰】莊子逍遥遊篇：鷦鷯巢於深林，不過一枝。

【校記】

〔一〕填，古逸叢書本作「巔」。

〔二〕元本、古逸叢書本少一「巖」字。

〔三〕玉，元本作「山」，古逸叢書本作「之」。

遣興五首

蟄龍三冬卧，○【王洙曰】易繫辭：龍蛇之蟄以存身〔一〕也。老鶴萬里心。昔時賢俊人，未遇猶視今。嵇康不得死，○【趙次公曰：「嵇康與吕安相善，二人素爲鍾會所不喜。安以家事繫獄，辭相證引，遂復收康棄市，所爲不得其死也。」】晉書嵇康傳：康字叔夜，著養生論。鍾會請言於文帝曰：「嵇康，卧龍也。天下以康爲慮耳。」因譖康，帝信之。將刑東市，康索琴彈之，曰：「吾之廣陵散，於今絶矣！」孔明有知音。○【趙次公曰：「徐庶薦孔明於劉先主，先主三顧其草廬，起之爲國相。」又，魯曰：「徐庶薦孔明。」】蜀志諸葛亮傳：亮字孔明，徐庶見蜀先主，先主器之，謂先主曰：「諸葛孔明，卧龍也。將軍宜枉駕顧之。」先主遂詣亮，凡三往乃見。又如隴坻松，用捨在所尋。大哉霜雪幹，歲久爲枯林。○【王洙曰：「傷有材而不見用。」】此傷懷材而不遇也。○【師古曰】夫龍雖蟄於冬，至春則賴以霈[二]霖雨，喻孔明得徐庶之薦，終則見用。鶴雖心在萬里，奈已老何，喻嵇康日暮途遠，無一言之援，是以刑于東市矣。且嵇康、孔明皆賢士也，一則得君，一則失勢，豈非幸與不幸耶！○【趙次公曰：「此爲有知音也。公詩謂有才者遇邪？以嵇康之才而不得其死。謂有才者不遇邪？而孔明卒有知音。則在遇不遇而已。」】隴松有雪霜之幹，可以任棟梁，而使之爲枯林，則亦不遇工師而已。此甫所以傷材士不遇有道之君，其與枯木何以異乎？

【校記】

[一]身，杜陵詩史、分門集注作「神」。

[二]霈，元本、古逸叢書本作「霑」。

昔者龐德公，未曾入州府。襄陽耆舊間，處士節獨苦。○獨，一作猶。豈無濟時策，○【王洙曰】策，一作術。終竟畏羅罟。○【九家集注杜詩依例爲「王洙曰」。杜陵詩史、分門集注、補注杜詩引作「王彦輔曰」。】一作「終歲畏罪罟」。林茂鳥有歸，水深魚知聚。○淮南子：水積而魚聚，林茂而鳥集。公有詩曰「水深魚極樂，林茂鳥知歸」是也。舉家隱鹿門，劉表焉得取。○【王洙曰】後漢逸民傳：龐公，襄陽人也。居峴山之南，未嘗入城府，夫妻相敬如賓。荆州刺史劉表延請，不屈，乃就候之曰：「夫保一身，孰若保全天下乎？」龐公笑曰：「鴻鵠巢於高林，暮而得所棲。黿鼉穴於深淵，夕而得所宿。夫趣舍行止，亦人之巢穴也。且各得棲宿〔一〕而已。」因釋耕於壟上，而妻子耘於前。表指而問曰：「先生苦居田畝之中，而不肯官禄。後世何以遺子孫乎？」龐公曰：「世人皆遺之以危，今獨遺之以安。雖所遺不同，未爲無所遺也。」表歎息而去。後遂携其妻子登鹿門山，因採藥不反。○【杜田補遺。又，杜陵詩史、分門集注、補注杜詩引作「秦曰」。】襄陽記：鹿門山，舊名蘇嶺山。建武中，襄陽侯習郁立神祠於山，刻二石鹿夾神道口，俗因謂之鹿門廟，遂以廟名山焉。○夢弼謂此諷時君之不可棲托也。甫奮身於拾遺以論房琯不宜罷相，其意亦欲濟時，奈何觸怒于帝，貶華州，是宜德公之隱而畏罟羅者此也。

【校記】

〔一〕宿，古逸叢書本作「泊」。

我今日夜憂，諸弟各異方。不知死與生，何況道路長。○【王洙曰】蘇武詩：良友遠別離，各在天一方。山海隔中州，相去悠且長。避寇一分散，飢寒永相望。○望，協武芳切。豈無柴門歸，○歸，晉作掃。欲出畏虎狼。仰看雲中雁，○范雲詩：寄書雲中雁，爲我西北飛。禽鳥亦有行。○行，户郎反〔一〕，列也。禮：兄弟之齒雁行。余謂虎狼喻盗賊，雁以譬〔二〕兄弟，甫思鄉，欲歸杜曲，恐爲盗賊所得，是以飄蕩旅中。然禽尚有行列，甫與諸弟離間，可以人不若禽鳥乎？

【校記】

〔一〕反，元本、古逸叢書本作「切」。

〔二〕譬，元本、古逸叢書本作「喻」。

蓬生非無根，漂蕩隨高風。天寒落萬里，不復歸本叢。○詩人多以風雨喻患難，甫自喻如蓬爲風所飄，不獲歸本宗也。○【王洙曰】曹植詩：轉蓬離本根，飄飄隨長風。客子念故宅，○【王洙曰】魏文帝詩：客子常畏人。三年門巷空。○禄山反於天寶十四年，乾元元年始收復京師，凡三年也。悵望但烽火，戎車滿關東。○【王洙曰】詩：戎車既駕。生涯能幾何，○莊子養生主篇：其生也有涯。常在羈旅中。

昔在洛陽時，○洛陽，東都也。○【王洙曰】張景陽詩：昔在西京時。親友相追攀。○王粲七哀詩：親戚對我悲，朋友相追攀。送客東郊道，遨遊宿南山。○【王洙曰】曹植詩：鬬雞東郊道，驅上彼南山。煙塵阻長河，○謂屯兵於鞏、洛也。樹羽成皐間。○樹羽，謂建旗旄也。漢志：成皐屬洛陽。迴首載酒地，○【王洙曰】揚雄傳：好事者載酒過之。豈無一日還。丈夫貴壯健，慘慼非朱顏。○時安、史再陷洛陽。迴首舊日載酒之地，遨遊之所，豈無還期，但恨已非朱顏，不獲覩收復昇〔一〕平之日也

【校記】

〔一〕昇，元本、古逸叢書本作「世」。

寄贊上人○【黄鶴補注】摩訶般若經：何名上人。佛言若菩薩一心行阿耨多菩提心不散亂，是名上人。

一昨陪錫杖，○【黄希注：「梵云阿若羅，此云錫杖。經云：又名智杖，又名德杖，顯智信功德本。」】錫杖經：佛告比丘：「汝等應受持錫杖，所以者何？過去未來見在諸佛皆執。一名智杖，一名德杖，彰顯智行功德本故。」餘見前注。卜鄰南山幽。○【杜陵詩史、分門集注引作「趙次公曰」。補注

杜詩引作「王洙曰」。】左氏昭公三年傳：惟隣是卜。年侵腰脚衰，○陸士衡應詔：恨頹年之分侵。未便陰崖秋。重岡北面起，○爾雅釋山：山脊曰岡。竟日陽光留。○崖陰謂山北風寒，年老衰疾，不便居處，欲下陽岡以圖炙背之快也。茅屋買兼土，斯焉心所求。○欲問舍求田，而隱耕于此也。近聞西枝西，○西枝〔一〕，乃東柯谷西枝村之西也。有谷杉漆稠。○【王洙曰：「（黍）一作漆。」】一作「杉黍稠」。亭午頗和暖，○【杜田補遺。又，門類增廣十注杜詩引作「集注」。杜陵詩史、分門集注、補注杜詩引作「孝祥曰」。】四時纂要：日在午曰亭午。○【王洙曰】天台賦：羲和亭午。沙田又足收。○言其〔二〕瘦也。當期塞雨乾，○乾，苦寒切。宿昔齒疾瘳。徘徊虎穴上，面勢龍泓頭。○謂相度左右龍虎如何耳。柴荆具茶茗，遥路通林丘。○【趙次公曰：「四句則公與贊公既有鄰矣，可茶茗相交，往來通好也。」】言得以茶茗與贊公相通往來也。與子成二老，來往亦風流。○【師古曰】托言太公、伯夷避紂之亂，故隱居東海、北海之濱，今甫亦避唐亂，而卜隱于此，所以示譏也。

【校記】

〔一〕「枝」下疑奪一「西」字。

〔二〕其，元本、古逸叢書本作「且」。

寓目

一縣蒲萄熟，秋山苜蓿多。○【王洙曰：「西域人好飲蒲萄酒，馬食苜蓿。貳師伐宛，將種歸中國。」】前漢西域傳：大宛俗耆蒲萄酒，馬耆苜蓿。後漢使因采蒲萄、苜蓿種，歸種於離宮館旁。注：今皆有之，漢時種也。關雲常帶雨，塞水不成河。羌女輕熢燧，○【王洙曰】輕，一作摇。○【趙次公曰】熢燧，一物二名，燃火曰熢，舉煙曰燧。○餘見前注。胡兒制駱駝。○【王洙曰】制，一作掣。○又，尺列切〔一〕。又，尺例反〔二〕。玉篇：挽也。字書：牽也。今駝立掣而後伏，伏之而後興。自傷遲暮眼，喪亂飽經過。

【校記】

〔一〕切，元本、古逸叢書本作「反」。

〔二〕反，元本、古逸叢書本作「切」。

遣懷

愁眼看霜露，寒城菊自花。天風隨斷柳，客淚墮清笳。○清，一作晴。水净樓陰直，山昏塞日斜。夜來歸鳥盡，啼殺後棲鴉。○【趙次公曰】以其無可棲，故啼之苦爾。

蒹葭

○爾雅釋草：蒹，蒹葭，蘆葦也。

摧折不自守，秋風吹若何。暫時花帶雪，幾處葉沉波。體弱春苗早，○【王洙曰】苗，亦作甲〔一〕。○一作風。叢長夜露多。江湖後搖落，亦恐歲蹉跎。○【王洙曰】亦，一作祇。蒹葭衰脆，不能自守，非歲寒之質也。

【校記】

〔一〕甲，古逸叢書本作「田」。

除架

○【王洙曰。又，集千家注批點杜工部詩集引作「公自注」。】瓠架也。

束薪已零落，○【趙次公曰】瓜架必以薪爲之，今瓜已摘，則架上之薪零落也。匏葉轉蕭疏。○崔豹古今注：匏，瓠也。幸結白花了，寧辭青蔓除。○【趙次公曰】瓜實既結，則其蔓可除也。秋蟲聲不去，暮雀意何如。○【王洙曰】架除而鳥失棲托也。寒事今牢落，人生亦有初。○【王洙曰】：「言瓜未生之初，則作架以承之。纔結花，則有將實之望，而其意稍怠矣，故架壞則除去而不修也。亦猶人事，鋭始而怠終。」】夫匏之初生，束薪爲架以承之，至花結而成實，則除其蔓而毀其架。〇【趙次公曰】甫因感而傷之，以謂人生未嘗無初，自嘆其年少之時，文采炳耀，聲譽赫烜，今流離垂老而客于秦，其何牢落如是耶！

廢畦〇菜圃也。

秋蔬擁霜露，豈敢惜凋殘。暮景數枝葉，〇數，所主切，計也。〇【趙次公曰】公自憫也，不忍蔬之雕殘，故於暮景之暇，數其枝葉爾。天風吹汝寒。緑霑泥滓盡，香與歲時闌。生意春如昨，〇春，魯訔疑作卷〔一〕。悲君白玉盤。

【校記】

〔一〕卷，元本、古逸叢書本作「春」。

秋笛〇一作吹笛。

清商欲盡奏，奏苦血霑衣。〇三禮圖：琴本五絃，曰宫、商、角、徵、羽。文王增二，曰少宫、少商。〇【趙次公曰：「方笛之吹，商聲所不堪聞，今欲盡奏以全其曲，則聞者必揮涕而繼之以血也。」】

絃最清也，然商聲雖清而獨悲，今欲盡奏以全其曲，則聞者必揮涕而繼之以血也。○蔡琰詩：長笛聲奏苦。他日傷心極，征人白骨歸。〔一〕相逢恐恨過，故作發聲微。○【趙次公曰】恐聞此而恨極，故發聲微細耳。不見秋雲動，悲風稍稍飛。○【趙次公曰】蓋言不獨人聞之愁，雖天亦爲之愁，故云動而風悲也。

【校記】

〔一〕「他日」二句，據元本、古逸叢書本補。

天末懷李白

○【趙次公曰】趙子櫟曰：白於至德二載坐永王璘而謫夜郎，故公在秦州懷之而作。

涼風起天末，○周書時訓：立秋之日，涼風至。陶潛江陵夜行詩：涼風起將夕。君子意如何。鴻雁幾時到，○月令：仲秋之月，鴻雁來。江湖秋水多。文章憎命達，○【師古曰】自古文章之士，命運多蹇滯也。魑魅喜人過。○【鄭卬曰】魑，抽知切。魅，明〔一〕泌切。鬼屬。○【師古曰】言貶所窮僻也。應共冤魂語，投詩贈汨羅。○【鄭卬曰】汨，迷〔二〕筆切，水名。○前漢揚雄傳：雄怪屈原文過相如，至不容，作離騷，自投江而死。迺作書摭離騷文而反之，自岷山投諸江流以弔原。

【校記】

〔一〕明，古逸叢書本作「胡」。

〔二〕迷，古逸叢書本作「述」。

獨立

空外一鷙鳥，河間雙白鷗。飄飄搏擊便，○【鄭卬曰】搏，徒官切。○飛而上也。○謂鷙鳥也。容易往來遊。○謂白鷗也。○【趙次公曰】白鷗往來，不知鷙鳥之將搏擊，此可謂寒心矣。草露亦多濕，蛛絲仍未收。天機近人事，獨立萬端憂。○【趙次公曰】露下衆草，則將殺草。蛛絲未收，則將羅物。皆有殺意，此並是天機如人事之好殺，宜公有萬端之憂也。

野望

清秋望不極，迢遞起曾陰。遠水兼天浄，孤城隱霧深。葉稀風更落，山迥日初沉。獨鶴歸何晚，○喻君子見棄也。昏鴉已滿林。○【王洙曰】：「譏小人衆多也。」】喻小人在位也。

秋日阮隱居致薤三十束

○【鄭卬曰：「薤，胡介切，葷菜，葉似韭。」】薤，胡介切，葷菜也。○隴外有阮昉隱居。晉春秋：阮籍出陳留尉氏，人物元古。昉，江左人門第一。餘見貽阮隱居詩。

隱者柴門内，○【王洙曰】柴，一作荆。畦蔬遶舍秋。盈筐承露薤，不待致書求。束比青芻色，○芻，説文：刈草也。○【魯曰】詩：生芻一束。圓齊玉筯頭。衰年關鬲冷，味暖併無憂。○【王洙曰】併，一作腹。○【趙次公曰：「薤性暖。本草載，能調中補不足。」】陶隱居本草：薤，温補。

送張二十參軍赴蜀川因呈楊五侍御

好去張公子，通家别恨添。兩行秦樹直，萬點蜀山尖。○言自秦而之蜀，驛樹傍列，蜀山森聳，爲難歷也。御史新驄馬，○【王洙曰】爲呈楊侍御也。前漢桓典拜侍御史，常乘驄馬，京師畏憚，爲之語曰：「行行且止，避驄馬御史。」參軍舊紫髯。○【王洙曰】爲張赴參軍之任也。晉書郄超傳：大司馬桓温辟爲參軍，府中爲之語曰「髯參軍」。以超髯故也。皇華吾善處，於汝定無嫌。

〇【趙次公曰】此以言楊侍御爲皇華之使，乃吾所厚善之人，則於張二十，亦必無嫌，乃所以薦之也。詩小雅：皇皇者華。君遣使臣也。

新定杜工部草堂詩箋斠證卷第十六

乾元二年秋七月棄官居秦州以後所作

秦州見勑目〇【勑一作除，九家集注杜詩依例爲「王洙曰」。】勑一作除。薛三璩授司議郎畢四曜除監察與二子有故遠喜遷官兼述索居凡三十韻

大雅何寥闊，〇寥闊，言阻遠也。斯人尚典刑。〇薛、畢二子皆大雅之君子，可爲國家之典刑矣。〇【九家集注杜詩引作「師尹曰」。又，杜陵詩史、分門集注、補注杜詩引作「王洙曰」。】詩大雅：雖無老成人，尚有典刑。交期余潦倒，材力爾精靈。二子聲同日，〇【趙次公曰：「言二子由諸生而登朝廷也。」】謂同日遷官也。〇魯旹云：聲，恐當作陞。諸生困一經。〇甫自謂也。文章

開突奧，○突，烏弔切。○【王洙曰：「突，又作窔。東北隅也。一云：窟也。突奧，深邃貌。荀子：突奧之內，枕簟之上。」】突奧，言二子之文章深邃也。荀子：突奧之內。突字正作窔。○【鄭卬曰：「施没切。爾雅：傳謂之突下，方到切。室之西南隅曰奧。」】爾雅釋宮：西南隅謂之奧，東南隅謂之窔。○釋文：音要。遷擢潤朝廷。○今蒙遷擢，故能潤色朝廷也。舊好何由展，新詩更憶聽。○聽，讀平聲，聆也。别來頭併白，相見眼終青。○【王洙曰】晉阮籍母終，能爲青白眼，嵇康來弔，乃見青眼。伊昔貧皆甚，同憂歲不寧。○【王洙曰：「心，一作歲。」】歲，一作心〔一〕。栖遑分半菽，○【趙次公曰】項籍傳：歲饑人貧，卒食半菽。○【王洙曰】劉孝標絶交論：莫肯費其半菽。浩蕩逐流萍。俗態猶猜忌，〔二〕○甫與二子有舊好，雖今貴賤相邈，必能青顧，終〔三〕不相忘，非若俗態之相猜忌〔四〕也。妖氛忽杳冥。○指禄山亂也。獨慚〔五〕投漢閣，○甫得罪自比揚雄也。○【王洙曰】揚雄傳：王莽誅甄豐，連及揚雄。時雄校書天禄閣上，治獄使者來，雄恐不能自免，乃從閣上自投下，幾死。但〔六〕議哭秦庭。○言二子既顯達，當議報〔七〕朝廷之難也。○【王洙曰】左氏定公四年傳：楚昭王在隨，申包胥如秦乞師，立於庭墻而哭，日夜不絶聲，勺飲不入口七日。還蜀秪無補，○【王洙曰：「司馬相如還蜀。」】司馬相如，蜀人也，後富貴還故鄉。○甫以故鄉爲賊焚蕩，雖獲歸還，復何益哉！囚梁亦固扃。○【王洙曰：「梁孝王怒鄒陽，下獄吏，將殺之。陽從獄中上書，王立出之。」】鄒陽從梁孝王游，羊勝、公孫詭疾之，惡之孝王，孝王怒，下陽吏，將殺之。陽從獄中上書，書奏，孝王出之。○甫雖謫華州，亦能固守，蓋君子固窮，非若小人窮斯濫矣。華夷相混合，宇宙一羶腥。○【王洙曰】言胡兵亂華也。帝力收三統，○謂肅宗收復京師也。○【趙次公曰。又，薛夢符曰：「漢書：三統謂天、地、人，即夏、商、周之三正也。」】周得天統，商得地統，夏得人統，言天、地、人皆歸之也。天威總四溟。○謂總有四海也。舊都俄望幸，○【趙次公曰】長安舊都，望車駕之還也。清廟肅惟馨。○【趙次公曰：「言再見宗廟也。」】再建宗廟，以行禋祀之禮也。○【王洙曰】書：明德惟馨。雜種雖高壘，○【王洙曰】雖，一作難。○言禄山連結吐蕃入寇，高其壘壁以自固也。長驅甚建瓴。○建，居偃切。○【鄭印曰】瓴，盧經切。○王師長驅而來，其勢甚順，如建瓴水也。○【王洙曰】漢高帝紀：地勢便利，其以下兵於諸侯，譬猶居高屋之上，建瓴水也。焚香淑景殿，○喜其初復也。○【鄭印曰】長安志：殿在西内絲綵〔八〕院西。漲水望雲亭。○言以水汛掃也。長安志：亭在西内景福臺之西。法駕初還日，群公若會星。宮臣仍點染，○【王洙曰：「宮臣，謂薛受司儀也，屬東宮。」趙次公曰：「司儀郎，東宮之官，以比給事中。點染者，爲文字也。」】宮臣謂薛璩，爲東宮司議郎，以點染爲文字也。柱史正零丁。○【王洙曰：「畢受御史，老聃爲柱下史。點染零丁，言未盡其半也。」又，趙次公曰：「畢除監察，故以柱史言畢。零丁，介獨之貌。」】柱史謂畢曜，爲監察御史，以介獨自立也。○漢官儀：侍御史，周官爲柱下史，冠法冠。官忝趨棲鳳，○【趙次公曰】含元殿西南有棲鳳閣。朝迴歎聚螢。○【王洙曰】歎，一作欲。○甫自以官忝拾遺，居於鳳闕，奈何貧而歎聚螢也。

○【王洙曰：「車胤聚螢。」】晉車胤家貧，夜囊螢火以照書。桓温在荆州，辟爲從事。喚人看騕褭，○騕褭，良馬也。今喚人自售，蓋言不遇也。不嫁惜娉婷。○【鄭卬曰】娉，普丁切。婷，唐丁切。○娉婷，美女〔九〕也。今不能嫁，故嘆惜之。○【師古曰】此皆甫以良馬、美女自喻，不見用於世也。○【王洙曰】張易之出塞行：騕褭青緑騎，娉婷紅粉粧。掘劍知埋獄，○此言薛、畢之除授遷官，乃豐城之劍，初埋於獄基，而爲雷焕發掘也。○【王洙曰】晉張華傳：初，斗牛間嘗有紫氣。雷焕曰：「寶劍之精，上徹於天，在豫章豐城。」張華即以焕爲豐城令，掘獄基，得雙劍，一曰龍泉，二曰太阿。提刀見發硎。○【鄭卬曰】硎，音刑，砥石也。○【梅曰：「薛、畢二子幾年埋没，今始奮發，殆見遇事剸裁也。」】此言薛、畢之遇事斷裁，如庖丁解牛，而刀刃若新發於硎。○【王洙曰】莊子養生主篇：庖丁爲文惠君解牛，十九年而刀刃若新發於硎，恢恢乎其於遊刃必有餘也矣。侏儒應共飽，○【趙次公曰：「以言二公猶未甚顯拔，與侏儒共飽耳。」】言薛、畢禄漸進，與侏儒共飽也。○侏儒，短人也。○【王洙曰】東方朔傳：上令待詔公車，奉〔一〇〕禄薄〔一一〕，未得省見。久之，朔給侏儒曰：「上以若曹無益於縣官，欲盡殺若曹。」侏儒大恐。朔教曰：「上即過，叩頭請罪。」居有頃，聞上過，侏儒皆號泣頓首。上問何爲，對曰：「朔言上欲盡誅臣等。」上知朔多端，召問朔何恐侏儒，爲對曰：「侏儒長三尺餘，奉一囊粟，錢二百四十。朔長九尺餘，亦奉一囊粟，錢二百四十。侏儒飽欲死，朔飢欲死。」上大笑，因使待詔金馬門，稍〔一二〕得親近。漁父忌偏醒。○【趙次公曰】公自比漁父之放逐，以漁父忌其獨醒也。○【王洙曰】屈原漁父章：屈原曰：「衆人皆醉我獨醒。」漁父曰：「衆人皆醉，何不餔其糟而歠其釃。何令放爲？」旅泊窮清渭，長吟望濁涇。○【趙次公曰】今在秦州而憶長安也。○後漢志：隴西郡，渭水所出，東流長安。羽書還似急，○【王洙曰：「以鳥羽插檄書上，馳告四方，故云羽書。」】羽書，謂羽檄也。以木簡爲之，長尺二寸，用徵召也。其有急事，則加以鳥羽插之，示其速疾也。烽火未全停。○【趙次公曰】舉烽以報警急。○【王洙曰】未全停，尚有餘烽也。師老資殘寇，○師以防邊日久而老也。戎生及近坰。○坰，古螢切，林外也。○【趙次公曰】老子四十六章：天下無道，戎馬生於郊。忠臣辭憤激，烈士涕飄零。上將盈邊鄙，元勳溢鼎銘。仰思調玉燭，○【王洙曰】爾雅釋天：四氣和，謂之玉燭。○余謂玉言温也，燭言明也。誰定握青萍。○【王洙曰】握，一作淬。青萍，劍名。言誰握青萍之劍，以定天下，燮理均調，使四氣和協，薰爲泰平，實有賴於薛、畢二子也。陳孔璋答東阿王牋：君侯秉青萍、干將之器，拂劍無聲，應機立斷。隴俗輕鸚鵡，○【趙次公曰：「隴俗輕鸚鵡，公自況也。」】鸚鵡，能言鳥也，隴右所出。公自況客於關隴，爲時人所賤也。原情類鶺鴒。○【趙次公曰】鶺鴒，水鳥也。首尾動摇相應。今在高原，甫自喻其失所也。尚賴薛、畢二子如兄弟之急難，以相救恤也。○【王洙曰】詩棠棣：脊令在原，兄弟急難。秋風動關塞，高卧想儀形。○言仰取法於二子也。

【校記】

〔一〕心，元本、古逸叢書本作「辛」。

〔二〕忌，古逸叢書本作「忘」。

〔三〕終，元本、古逸叢書本作「贊」。

〔四〕忌，古逸叢書本作「忘」。

〔五〕慙，原作「暫」，據元本、古逸叢書本改。

〔六〕但，古逸叢書本作「俱」。

〔七〕報，古逸叢書本作「捄」。

〔八〕絲緑，古逸叢書本作「緑絲」。

〔九〕女，古逸叢書本作「貌」。

〔一〇〕奉，元本、古逸叢書本作「舉」。

〔一一〕薄，古逸叢書本作「時」。

〔一二〕稍，元本、古逸叢書本作「相」。

寄彭州高三十五使君適虢州岑二十七長史參三十韻

〇【集千家注批點杜工部詩集引作「公自注」。】時患瘧病。〇按唐書：適，太子詹事，出刺彭、蜀二州。參〔一〕，文本曾孫，右補闕，坐左遷。參〔二〕有虢州衙郡還詩曰：「郡中叨佐理，頭白黏折腰。」郡齋詩曰：「幸曾趨丹墀，數載侍黄屋。故人盡榮寵，誰念此幽獨。」甫此詩作於乾元二年，後八年當大曆二年，甫下峽至雲安。參時爲嘉州牧，甫有詩曰：「不見故人十年餘。」又，按地志：乾元二年，嘉州昇都督府。參爲尚書郎、嘉州牧。詩曰：「諸侯非棄擲，半刺已翱翔。」諸侯，指適。半刺，指參。與參詩互見也。

故人何寂寞，〇【王洙曰】故，一作古。今我獨凄凉。老去才雖盡，〇【趙次公曰】晉江淹嘗夢還筆，後爲詩絶無美句，時人謂之才盡。秋來興甚長。物情尤可見，詞客未能忘。〇【師古曰】謂目有所見，則心有所感而不忘也。海内知名士，〇【王洙曰】詞客、名士，皆指高、岑也。雲端各異方。〇【王洙曰】異方，謂彭屬蜀，虢屬山南也。〇【趙次公曰】枚乘樂府詩：美人在雲端，天路隔無期。高岑殊緩步，〇謂遷擢不驟也。沈鮑得同行。〇同，樊作周。〇【王洙曰】謂高、岑可與沈約、鮑照齊驅也。意愜關飛動，〇飛動，謂鳥獸昆蟲也。〇【趙次公曰】沈佺期祭李侍郎文：思含飛動，才冠卿雲。篇終接混茫。○混茫，謂天地也。言高、岑之詞章該貫天地及萬物也。舉天悲富駱，近代惜盧王。似爾官仍貴，前賢事可傷。○【趙次公曰】富謂富嘉謩，駱謂駱賓王，盧謂盧照隣，王謂王勃，蓋皆文章之伯而不容於世，故當時爲之悲惜。以言高、岑二子亦以文士而得官，則比四子爲得志矣。諸侯非棄擲，○【趙次公曰】謂適也。○刺史，古之諸侯也。半刺已翺翔。○【趙次公曰】謂岑也。○【王洙曰】庾亮與郭遊書：別駕與刺史同流，王化於萬里，任居刺史之半，安可非其人也。詩好幾時見，書成無使將。○使，疏吏切。將，命者。○【趙次公曰】言公在秦州欲寄書於二子也。男兒行處是，○言無入而不自得也。客子鬬身强。○鬬，一作問。公自謂也。羈旅推賢聖，○【趙次公曰】公言孔、孟尚羈旅，奚獨我邪！沉綿抵咎殃。三年猶瘧疾，一鬼不銷亡。○漢舊儀曰：昔顓帝有三子，生而亡去爲鬼，一居江水爲瘧鬼，一居若水爲罔兩，一居人宫室區隅，善驚小兒，於是歲終時儺以索室中驅疫鬼也。蔡邕獨斷又云：一居江水爲癘鬼。○【鮑彪曰】按集，公過王倚詩云：「瘧癘三秋孰可忍，寒熱百日交相戰。」正與此合。三秋，謂一在鄜，一在華，一在秦也。隔日搜脂髓，增寒抱雪霜。○【王洙曰】此皆瘧之狀也。徒然潛隙地，有靦屢鮮粧。○【鄭卬曰】靦，他典切。説文：面見也。○楊氏談苑曰：著婦人衣，以避瘧鬼。何太龍鍾極，○埤蒼：龍鍾，行不進貌。于今出處妨。無錢居帝里，盡室在邊疆。○【王洙曰】公時寓同谷也。劉表雖遺恨，龐公至死藏。○昔王粲依于劉表，甫恨不及依高、岑，乃效龐公隱于鹿門也。按集，遺興詩「舉家隱鹿門，劉表安得取」是也。注見前。心微傍魚鳥，○【魯曰】晉嵇康遊山澤，觀魚鳥，心甚樂之。○書：道心惟微。肉瘦怯豺狼。○豺狼，喻貪暴者，甫之所畏也。隴草蕭蕭白，洮雲片片黄。○隴謂隴右，洮即臨洮。隴草、洮雲，皆甫言其客居之景物也。彭門劍閣外，○【王洙曰】劍閣，乃劍關也，在蜀。○【定功曰】後漢郡國志：蜀郡湔氏道。注：蜀王本紀：縣前有兩石對如闕，號曰劍門。虢略鼎湖傍。○鼎湖，乃鼎城也，屬虢。昔黄帝鑄鼎于此。後漢郡國志：弘農郡陸渾西有虢略地。左氏僖十五年傳：晉侯賂秦，西盡虢略。又云：湖故屬京兆。前志有湖縣。荆玉簪頭冷，○【趙次公曰】荆玉，乃虢州之土，宜爲岑長史而言也。巴牋染翰光。○【趙次公曰】巴牋，乃彭州之土，宜爲高使君而言也。烏麻蒸續曬，○陶隱居云：胡麻當九蒸九曝，熬擣充餌。唐本注〔三〕云：烏者良。丹橘露應嘗。○周李元操詠橘：白花如散雪，朱實似垂金。布影臨丹地，飛香度玉岑。豈異神仙宅，俱兼山水鄉。○烏麻、丹橘，乃神仙之服食，亦彭、虢二州山水之所宜也。竹齋燒藥竈，花嶼讀書床。更得清新否，遥知對屬忙。○【趙次公曰】言高、岑二子詩思清新也。舊官寧改漢，○後漢岑彭傳：彭惡所營地名彭亡，欲徙之，故有是言。淳俗不離唐。○【師古曰】虢本晉地。詩晉風：此晉也，而謂之唐，本其風俗憂深思遠，儉而用禮，乃有堯之遺風焉。濟世宜公等，安貧亦士常。○【趙次公曰】安貧，公自言也。〔四〕蚩尤終戮辱，胡羯漫猖狂。○【王洙曰：「胡羯，安、史也。」】蚩尤、胡羯，指安史之亂也。○山海經：黄帝殺蚩尤于冀州之野。會待袄氛靜，論文暫裹糧。○【師古曰】甫欲待寇平，裹糧往就高、岑二子共論文章也。

【校記】

〔一〕參，元本、古逸叢書本作「岑」。

〔二〕參，元本、古逸叢書本作「岑」。

〔三〕唐本注，疑當作「唐本草注」。

〔四〕元本、古逸叢書本後尚有「家語貧者士之常」七字。

病後過王倚飲贈歌

麟角鳳觜世莫識，○識，一作辨。○【韓曰】麟鳳，治世之祥，亂世誰能識此物。麟角鳳觜，喻王倚生非其時，故世人莫識之也。煎膠續弦奇自見。○弦既絶矣，煎膠能續之，固無此理。王倚懷奇才，能爲人所不能，喻有續弦之巧，其奇自可見矣。○【薛蒼舒曰】按，東方朔十洲記：鳳麟洲在西海之中央，四面有弱水遶之，鴻毛不浮，不可越也。其上多麟鳳數萬，爲群仙家煮鳳喙及麟角，煎合作膠，名爲續弦，一名連金泥。此物能續弓弩絶弦及斷折之金也。○【趙次公曰】杜牧之詩：天上鳳皇誰得髓，世間那有續弦膠。尚看王生抱此懷，在於甫也何由羨。且遇王生慰疇昔，素知賤子甘貧賤。○賤子，甫自稱也。酷見凍餒不足耻，○凍，一作陳，誤也。多病沉年苦無健。〔一〕

王生見我顔色惡，答云伏枕艱難遍。瘧癘三秋孰可忍，○注見前篇。寒熱百日相交戰。頭白眼暗坐有胝，○【鄭卬曰】胝，丁泥切，皮厚也。肉黄皮皺命如綫。惟生哀我未平復，爲我力致美肴膳。遣人向市賖香粳，○粳，古行切。養生要集：粳，稻屬也。唤婦出房親自饌。長安冬葅酸且緑，○葅，側魚切。説文：酢菜也。金城土酥净如練。○酥音蘇，羊乳所爲也。色白如練。兼求畜豕且割鮮，○【魯曰。又，王洙曰：「富豪，一作畜豕。」】畜豕，一作富〔二〕豪，非是。○割鮮，謂新殺者。○【王洙曰】西都賦：割鮮野食。密沽斗酒諧終宴。○【師古曰】言王生禮意無盡也。○【趙次公曰】金城，秦地也，有酡金城，自能爲酥，其名土酥。子美客居秦亭，而食長安之冬葅、金城之土酥，且求畜豕而割鮮焉，非肴膳之美而何。○古詩：斗酒相娱樂，聊厚不爲薄。曹植公讌詩：終宴不知疲。故人情味晚誰似，○味，一作義。令我手脚輕欲旋。○旋，或作淀，辭戀切。甫當晚年窮困不得志，故人親友皆相疏棄，誰有情味之厚得如王生，是以令甫歡喜而手脚輕欲旋舞也。老馬爲駒信不虚，○【王洙曰：「詩角弓：老馬反爲駒，不顧其後。注：已老矣而孩童慢之。箋云：此喻幽王見人反侮慢之，遇之如幼稚，不自顧念後至年老，人之遇己亦將然也。」】昔幽王侮慢老成人如幼稚然，詩人所以刺之，老馬而反以駒視之。昔聞此言，今則信然，其語總不虚也。詩角弓：老馬反爲駒，不顧其後。當時得意况深眷。但使殘年飽喫飯，○飯，讀去聲，餐也。只願無事長○【師古曰】甫傷年老爲時輩所忽，故譏時輩雖見遇于君，未必他日不若甫之困躓者也。

相見。○【師古曰】甫既傷交態刻薄，遂美王生，可與長相見也。

【校記】

〔一〕健，古逸叢書本作「怪」。

〔二〕富，杜陵詩史、分門集注皆作「畜」。

西枝村尋置草堂地夜宿贊公土室二首

○贊公於至德二載、歲在丁酉，時會公于大雲寺，後謫秦州。按集，公有大雲寺贊公房詩，又有宿贊公房詩。

出郭眄細岑，○【劉曰：「眄，斜視也。」】眄，弭殄切，斜視也。披荆得微路。○【王洙曰】趙景真書：涉澤求蹊，披荆覓路。溪行一流水，曲折方屢渡。贊公湯休徒，○【王洙曰：「惠休上人姓湯。」】湯休，乃僧惠休也，姓湯，能詩。○甫以贊公比之。好靜心迹素。○素，謂質素也。昨枉霞上作，盛論巖中趣。○贊公嘗以詩招甫爲隣居，盛論巖中之景趣，甫謂其才思挺出煙霞之外，故云「霞上作」也。怡然共携手，○詩邶風：携手同行。恣意同遠步。捫蘿澀先登，○捫蘿，謂其山險澀，攀松蘿以登之也。范雲詩：捫蘿忽遺我，折桂方思君。陟巘眩返顧。○【鄭卬曰】巘，魚蹇切，山脊也。○眩，黄練切，亂也。升山脊而反顧其下，令人目眩亂也。詩大雅：陟則在巘。要求陽岡暖，○【師古曰】山南曰陽，山北曰陰。山南向陽，故暖。山北背陽，故沍寒。○甫以年老有肺疾，欲卜陽岡以居之而負暄也。苦涉陰嶺沍。○涉，晉作步。左氏傳：固陰沍寒。惆悵老大藤，沉吟屈蟠樹。卜居意未展，○言未合意也。杖策迴且暮。層巔餘落日，草蔓已多露。○公杖策歸晚，是以宿贊公土室〔一〕也。

【校記】

〔一〕室，元本、古逸叢書本作「屋」。

天寒鳥已歸，月出山更静。○【王洙曰】山，一作人。土室延白光，松門耿疏影。躋攀倦日短，○言登陟之難覺日短也。語樂寄夜永。○言夜長可以談笑也。明然林中薪，○燃林薪，所以代燭也。暗汲石底井。○汲石泉，所以烹茶也。大師京國舊，○大師，指贊公也。京國舊，謂京師上刹禪宿也。瑜伽論：能化導衆生，令苦寂滅，故號大師。德業天機秉。○謂機智出乎天然也。從來支許遊，○【趙次公曰：「支遁以比贊公，許詢，公以自比。」】昔晉許詢嘗與道人支遁遊，今甫與贊公交契，故以比之。興趣江湖迴。數奇謫關塞，○數，所具切，計也。奇，居宜切，不偶也。關塞，指華州。甫以數奇見逐爲華州司功也。○【王洙曰】前漢李廣數奇，不獲封侯。顏師古曰：言廣命隻不偶也。道廣存箕潁。○言主上〔一〕道德廣大，不以甫棄官爲責，亦若帝堯道廣，能存許由之徒，不强屈以爲臣也。呂氏春秋：堯朝許由於沛澤之中，曰：「請屬天下於夫子。」許由遂之箕山之下、潁水之陽。何知戎馬間，○前注。復接塵事屏。○【鄭卬曰】屏，必郢切，棄也。○甫以兵甲擾攘之際，不意今朝得屏棄塵土，而與贊公樂於山林之遊也。幽尋豈一路，○言多方尋幽陰之地也。遠色有諸嶺。○言遠望諸嶺山色之秀，必有佳處也。晨光稍朦朧，更越西南頂。

【校記】

〔一〕上，元本作「出」，古逸叢書本作「也」。

太平寺泉眼

招提憑高岡，○高岡，山脊也。增輝記：招提者，梵言拓鬭提奢，唐言四方僧，蓋後人傳寫之誤，以拓爲招，又省去鬭奢二字，只稱招提。只今十方寺院是也。餘見遊雲門奉先寺詩注。疏散連草莽。○莽，莫補切。方言：草，南楚之間謂之莽。出泉枯柳根，汲引歲月古。石間見海眼，○間，一作門。○【孫曰】成都府城西門外道傍有石笋，蜀人言天以鎮海眼，謂此泉從石中而出，亦如海眼也。天畔縈水府。○水府，江、河、淮、漢是也，言此泉脉縈帶水府於天邊，不獨溢〔一〕于此寺也。海賦：爾其水府之内〔二〕，極深之庭。廣深丈尺間，宴息敢輕侮。青白二小蛇，幽姿可時覩。如絲氣或上，爛熳爲雲雨。山頭到山下，鑿井不盡土。○鑿之不深，自然有水也。取供十方僧，香美勝牛乳。○【趙次公曰：「鑿井自山頭至山下，皆石而已，不能窮盡至有土處也。鑿井之難如此，而得泉眼爲可美。佛經：每以牛乳供僧。」】維摩經：阿難白佛言：憶念昔時世尊身有少疾，當用牛乳。北風起寒文，弱藻舒翠縷。明涵客衣净，細蕩林影趣。○趣，協音，去聲。何曾〔三〕宅下流，餘潤通藥圃。三春濕黄精，一食生毛羽。○廣雅：黄精，龍銜草也。○【杜田補遺。又，杜陵詩史、分門集注、補注杜詩引作「黄曰」。】本草：黄精久服輕身延年。

【校記】

〔一〕溢，元本、古逸叢書本作「益」。

〔二〕内，元本、古逸叢書本作「注」。

〔三〕曾，古逸叢書本作「當」。

佳人

〇【師古曰】詩簡兮：刺不用賢也。云「彼美人兮，西方之人」，蓋言賢者有佳美之德。甫之此詩亦以佳人喻賢者。君之於臣，亦猶夫之於婦也。君用新進少年，必至於疏棄舊臣；夫淫於新婚，必至於離絶舊室，此必然之理也。甫寓意於君臣而有此作，非獨爲佳人之什，讀者可以意會也。

絶代有佳人，〇【王洙曰】前漢外戚傳：李延年侍上，歌曰：北方有佳人，絶世而特立。幽居在空谷。〇【王洙曰】空，一作山。詩：皎皎白駒，在彼空谷。〇言賢人隱于空谷，今有一佳人爲夫所棄，幽居于空谷，蓋言失所也。自云良家子，〇石季倫王昭君詞：匈奴盛請婚於漢元帝，以後宫良家子昭君配焉。零落依草木。關中昔喪敗，〇【王洙曰】敗，一作亂。〇謂經禄山之亂也。兄弟遭殺戮。官高何足論，〇謂夫婿官雖高，不足言也。不得收骨肉。〇恨兄弟已死，妾獨一身，不見收於骨肉之親，恨無所依也。淮南説林訓：親莫親於骨肉，節族之屬連也。世情惡衰歇，〇言華落色衰也。萬事隨轉燭。〇言世態不常也。燭影隨風轉而無定。夫婿輕薄兒，〇【王洙曰】沈休文詩：長安輕薄兒。新人已如玉。〇【王洙曰：「一云已如玉。」】已，一作美。〇【王洙曰】古詩：燕趙多佳人，美者顔如玉。合昏尚知〔一〕時，〇【張天覺曰：「周處風土記：合昏，槿也。」】周處風土記：合昏，槿也。葉晨舒而昏卷。〇【杜田補遺。又，杜陵詩史、分門集注、補注杜詩、集千家注批點杜工部詩集引作「孝祥曰」：「陸佐公石闕銘：合昏暮卷，蓂莢晨生。注：合昏，木名。○【杜田補遺。門類增廣十注杜詩、門類增廣集注杜詩引作「杜云」，杜陵詩史、分門集注、補注杜詩、集千家注批點杜工部詩集引作「定功曰」。】本草云：合歡，即夜合也。人多植庭除間。一名合昏。陳藏器云：其葉至昏即合，故曰合昏。鴛鴦不獨宿。○【杜田補遺。又，杜陵詩史引作「趙次公曰」。】崔豹古今注：鴛鴦，水鳥，鳧類，雌雄未嘗相離。人得其一，一思而死，故謂之匹鳥也。○【趙次公曰：「佳人自怨之辭，言物之有合有偶，而人之不若也。」】余謂此佳人自怨之辭，合昏之木、鴛鴦之鳥尚且知時戀匹，可以人而不如之乎？所以深刺夫婿之輕薄者也。但見新人笑，那聞舊人哭。在山泉水清，○言新人在家也。出山泉水濁。○言舊室已出也。侍婢賣珠回，○侍，一作待。賣珠，所以供朝夕也。牽蘿補茅屋。○牽蘿，所以禦風雨也。摘花不插髮，○【王洙曰。又，杜陵詩史、分門集注、補注杜詩引作「修可曰」。】髮，一作髻。○髻又作鬢。○【門類增廣十注杜詩、門類增廣集注杜詩引作「杜云」。又，杜陵詩史、分門集注、補注杜詩引作「修可曰」。】言無心於爲容飾也。采柏動盈掬。○言秉心專也。○【王洙曰】詩：終朝采綠，不盈一掬。天寒翠袖薄，○言不見恤也。日暮倚脩竹。○是詩特以采柏倚竹爲言者。○【師古曰：「柏與竹歲寒不改其操，亦猶君子見逐於君，而吾操守終無改易，此所以爲忠臣貞婦也。」】蓋柏與竹歲寒不改其操，雖爲夫所棄，誓以節自守，始終不變，亦猶賢人君子，雖見逐於君，而吾操守終無改易，此其所以爲忠臣貞婦者也。

【校記】

〔一〕尚知，元本、古逸叢書本作「知尚」。

送遠

帶甲滿天地，○【王洙曰：「盗賊充斥，時方用兵。」】言盗賊之多也。胡爲君遠行。○言遠行以戍邊也。親朋盡一哭，鞍馬去孤城。草木歲月晚，關河霜雪清。别離已昨日，因見古人情。

空囊

翠柏苦猶食，○【修可曰】屈原九歌山鬼章：飲石泉兮蔭松柏。○【修可曰：「列仙傳云：仙人偓佺食松柏之食。」】劉向列仙傳：偓佺者，槐山采藥父也。好食松實，形體生毛，長數寸。○博物志：荒亂不得食，細切於柏葉，水送令下，隨人能否，以不饑爲度。此葉苦不可嚼，惟細切水送之耳。古艷歌：行不隨道，經歷止陂。馬啖柏葉，人啗松脂。不可當飽，聊可過饑。晨霞高可餐。○【師尹曰】晨，一作明。○高，一作朝。○【杜田補遺】屈原遠遊章：漱正陽而含朝霞。注：餐，吞日精、食元符也。陵陽子明經：言春食朝霞。朝霞者，日始欲出赤黃氣也。夏食正陽。正陽者，南方日中氣也。○【杜田補遺】又真誥：九華真妃曰：日者，霞之實。霞者，日之精。君惟聞服日實之法，未知餐霞之精也。○【杜田補遺】夫餐霞之經甚秘，致霞之道甚易。○【師古曰】余謂甫欲食柏餐霞，高遁於世也。世人共鹵莽，○鹵音魯。莽，莫古切，又如字，滅裂也。言無知己者也。吾道屬艱難。○言已道之不行也。不爨井晨凍，○【趙次公曰】以不爨故不汲井，而井〔一〕晨凍矣。無衣床夜寒。○【王洙曰】詩：無衣無褐，何以卒歲。囊空恐羞澀，○澀，色入切，不滑也。盧思道後園宴詩：可憐白水神，可念青樓女。便研不羞澀，遙艷工言語。留得一錢看。

【校記】

〔一〕井，元本作「月」，古逸叢書本作「自」。

送人從軍 ○時有吐蕃之役也

弱水應無地，○【趙次公曰：「無地，言水多也。」】無地，言弱水之深廣也。○玄中記：崑崙之弱水，鴻毛不能舉。陽關已近天。○【趙次公曰：「近天，言山高也。」】近天，言陽關之高也。○【余曰：「唐王維詩：勸君更盡一杯酒，西出陽關無故人。後人以爲陽關曲唱之。」】唐王維詩：西出陽關無故人。後因以爲詞。今君渡沙磧，○磧，七迹切。前漢音義：沙土曰漠，即今磧也。累月斷人煙。好武寧論命，封侯不計年。馬寒防失道，○【趙次公曰：「又所以戒之自重。」又，師古曰：「李廣征匈奴，失道當斬，贖爲庶人。此戒之之辭也。」】此戒之之辭也。前漢李廣擊匈奴，軍惑失道，遂自刎。百姓爲之垂泣。雪没錦鞍韉。○則前切。〔一〕

【校記】

〔一〕則前切，元本、古逸叢書本無。

東樓

萬里流沙道，西行過此門。○西行，一作征西，非是。禹貢：西被〔一〕于流沙。但添新戰骨，不返舊征魂。○【王洙曰】一作「但添征戰骨，不返死生魂」。樓角凌風迥，○凌，一本作臨。城陰帶水昏。傳聲看驛使，送節向河源。○【趙次公曰：「又暗用張騫奉使尋河源事，所以比使者如張騫也。」又，杜陵詩史、分門集注、補注杜詩引「趙次公注」作：「時遣使與吐蕃和，借使張騫奉使尋河源事。」】時遣使與吐蕃和好，因借張騫爲漢使窮河源以爲言也。○餘見秦州詩注。

【校記】

〔一〕被，元本、古逸叢書本作「彼」。

夕烽

○【師古曰】軍制：晝則燔燧，夜則舉烽，故謂之夕烽。餘見前。

夕烽來不近，每日報平安。○唐六典：唐鎮戍烽候所至，大率相去三十里，每日初夜放煙一炬，謂之平安火。塞上傳光小，雲邊落點殘。照秦通警急，○匈奴傳：烽火通於甘泉。過隴自艱難。○【趙次公曰】：「光武紀『修烽燧』注甚悉。」〔〕光武紀：修烽燧。注：遠方備警，舉烽以相告。○【趙次公曰】言安、史之兵猶出没隴上矣。聞道蓬萊殿，○【師尹曰。又，杜陵詩史、分門集注、補注杜詩引作「鄭曰」。】長安志：蓬萊殿，在東内紫宸殿之北。千門立馬看。

觀兵

北庭送壯士，○北庭，謂回紇也。○【師古曰】時送兵五千助帝討賊。貔虎數尤多。○【杜田補遺】爾雅釋獸：貔，白狐，其子豰。郭璞注：一名執夷，虎豹之屬。炙轂子載貔銘曰：書稱猛士，如虎如貔。精鋭舊無敵，邊隅今若何。○【趙次公曰】此望其必勝而憂之之辭。妖氛擁白馬，○【趙次公曰】妖氛，指言吐蕃之兵也。南史：侯景爲亂，乘白馬，青絲爲轡，以應讖。元帥待雕戈。○【師古曰】元帥謂代宗，待天子賜以雕戈而征吐蕃也。莫守鄴城下，○【師古曰】鄴城謂相州也。時九節度以兵圍賊將慶緒於相州。斬鯨遼海波。○【趙次公曰】思明據鄴城未下，甫謂可以捨鄴緩圖，且於遼海斬鯨，掃其巢穴，則以吐蕃爲急也。○孫綽賦：斬鯨鯢於蒼波。

不歸

河間尚征伐，○後漢志：河間國治樂成。汝骨在空城。○【趙次公曰：「此言公之從弟有死而寄骨於其處。」】公言其從弟經亂離不歸而死，寄骨於彼之空城也。○左氏傳：吾收爾骨焉。從弟人皆有，○爾雅釋親：兄弟之子相謂爲從父昆弟。終身恨不平。數金憐俊邁，○數，所具切，計也。○【師古曰】謂幼之時識錢數也。○張正見詩：數金買聲名。總角愛聰明。○詩齊風：總角丱兮。注：總角，聚兩髦也。面上三年土，春風草又生。○【師古曰】公言三年飄蕩風埃之中，今春草又生也。

日暮

日落風亦起，城頭烏尾訛。○【杜田補遺。又，杜陵詩史、分門集注、補注杜詩引「修可曰」：「烏尾，當作『烏尾』。殆傳印之誤。」】烏，一作鳥。非是。○【杜田補遺。又，杜陵詩史、分門集注、補注杜詩引作「修可曰」：「按後漢五行志：桓帝時京師童謡云：『城上烏，尾畢逋。』蓋言處高利獨食，不與下共，謂人主多聚斂也。」】後漢五行志：桓帝時童謡曰：城上烏，尾畢逋。〇【杜田補遺：「訛，斜也。」〇陳師道曰：「訛，以言驚動也。」】毛萇詩傳：訛，動也。黄雲高未動，〇【趙次公曰】淮南墬形訓：黄泉之埃，上爲黄雲。江淹雜體詩：黄雲蔽千里。白水已揚波。〇【趙次公曰】屈原九歌：衝風至兮水揚波。趙津女歌：水揚波兮杳冥冥。羌婦語還哭，胡兒行且歌。將軍别换馬，〇【趙次公曰】將軍以敵人識之，故换馬也。夜出擁雕戈。

蕃劍

致此自僻遠，又非珠玉裝。〇曹子建七啓：步光之劍，華藻繁縟，綴以驪龍之珠，錯以荆山之玉。如何有奇怪，每夜吐光芒。〇【趙次公曰】晉張華傳：初，斗牛間常有紫氣。雷焕曰：「寶劍之精，上徹於天。」虎氣必騰上，龍身寧久藏。〇王子年神仙拾遺記：顓頊有騰空劍在匣中，常如龍虎吟。〇【趙次公曰】世説：王子喬墓有盗發之，有一劍騰在空中，作龍吟虎吼，徑飛上天。風塵苦未息，持汝奉明王。

病馬

乘爾亦已久，天寒關塞深。塵中老力盡，歲晚病傷心。○【趙次公曰】淮南人間訓曰：子方見老馬，以問其御，曰：「此何馬也？」其御對曰：「此故公家畜也，老罷而不爲用，出而鬻之。」子方曰：「少貪其力，而老棄其身，仁者不爲也。」束帛以贖之。罷武聞之，知所歸心矣。毛骨豈殊衆，馴良猶至今。物微意不淺，感動一沉吟。○【師古曰】此詩托意人君，始用其才，終乎棄捐而失之寡恩也。○楚辭王逸九思：意欲兮沉吟。

銅瓶

○【師古曰】銅瓶，所以汲水以濟人者也。喻賢者宣君之恩以及衆，世亂則棄捐於寒甃，時清則收用於瑤殿也。

亂後碧井廢，○祖德林詩：碧井銀床互相應。時清瑤殿深。○崔琦詩：夏愛瑤殿清。銅瓶未失水，百丈有哀音。○【趙次公曰】想平日清平之時，玉殿深邃，宮人以瓶汲水，離水欲上時，有滴水之音也。側想美人意，○古詩：昔日美人臨井意。應非寒甃沉。○非，一作悲。甃，側救切。風俗通：甃，聚磚修井也。易：井甃無咎。蛟龍半缺落，猶得折黄金。○【趙次公曰】井中或得斷釵遺珥，有黄金蛟龍之狀，則有之矣。

觀安西兵過赴關中待命二首

○春秋元命苞：關中者，秦川。〔一〕西以隴關爲限，東以函谷爲界，故謂之關中。

四鎮富精鋭，○四，一作西。○【杜田正謬】又，杜陵詩史、分門集注、補注杜詩引作「薛夢符曰」。】唐武后時右鷹揚衛將軍王孝傑擊吐蕃，大破其衆，復收四鎮，更置安西都督府於丘兹，以兵鎮守。又，唐志：四鎮都督府，丘兹、于闐、焉耆、疏勒也。摧鋒皆絶倫。還聞見〔二〕士卒，足以静風塵。老馬夜知道，○【師古曰】老馬，喻哥舒翰老將也。○【王洙曰】韓非子：管仲從齊桓公伐孤竹，春往冬返，迷惑失道。管仲曰：「老馬之智可用也。」乃放老馬而隨之，遂得道行。蒼鷹飢著人。○【鄭印曰】著，直略切。○【師古曰】飢鷹，喻禄位〔三〕未高也。○【王洙曰】晉載記：慕容垂猶鷹也，飢則附人，飽則高飛。臨危經久戰，用意始如神。○【王洙曰：「一作意。」】意，一作急。○【師古曰】言當此之時正好使之立功，以充其志願也。

【校記】

〔一〕川，古逸叢書本作「州」。

〔二〕見，古逸叢書本作「遺」。

〔三〕位，杜陵詩史、分門集注作「山」。

奇兵不在衆，○老子五十七章：以奇用兵。萬馬救中原。談笑無河北，○【趙次公曰】禄山之亂，河北一帶已陷没，今言安西兵之精鋭，主將於談笑之間，可以蔑無河北矣。蘇子瞻有詩云「已覺談笑無西戎」，蓋用此也。心肝奉至尊。○【王洙曰：「言至誠也。」】謂竭忠誠以待命也。孤雲隨殺氣，飛鳥避轅門。○【石曰】軍以車轅爲門，兵屯嚴肅，雖飛鳥不得而過也。竟日留歡樂，○【王洙曰】歡，一作觀。城池未覺喧。○【王洙曰：「言軍令整肅，不囂亂也。」】言留兵犒設，軍令不譁也。

兩當縣○【俯曰】按，地理志：鳳州兩當縣，州西八十五里，漢故道縣，後魏置兩當，以大散關與嘉陵谷地勢險阻相當，故名兩當。吴十侍御江上宅○唐百官志：御史臺大夫一人，中丞二人，屬三院，一臺院侍御史，二殿院殿中侍御史，三察院監察御史。○【趙次公曰】詳觀詩意，吴侍御遷謫之由，因爲辯論良民不是姦細，以此忤權貴而得罪耳。

寒城朝煙淡，山谷葉落赤。陰風千里來，吹汝江上宅。○吴侍御謫居秦川，其宅枕于江上。陰風，喻讒言也。陰惡之風吹汝，言爲讒言中傷也。○【王洙曰】謝玄暉詩：朔風吹飛陌，蕭蕭江上來。鵾雞號枉渚，○鵾，或作鶤。鵾〔一〕音昆，三尺雞也。○【杜田補遺】：「相如上林賦云：蘭玄鶴，亂鵾雞。張揖曰：鵾雞，似鶴，黃白色。」又，門類增廣十注杜詩引作「集注」，杜陵詩史、分門集注、補注杜詩、集千家注批點杜工部詩集引作「沈曰」。】上林賦音義：鵾雞，黃白色，似鶴，長頸赤喙。○【田曰：「鵾鷄，楚地有之。楚辭曰：鵾鷄啁哳。」趙次公曰：「以楚地之時候景物言之，鵾雞正實道其事，楚地有之。楚辭曰『鵾雞啁哳』，乃是事祖。」】宋玉九辯：鵾雞啁哳而悲鳴。號，平聲。渚，小洲也。枉，曲也。言小洲之斜曲而不直者也。○【趙次公曰：「子美是詩云『鵾雞號枉渚』者，蓋渚之斜曲而不直者，皆謂之枉渚，非武陵及湘潭之枉渚也。故陸雲答張士然詩曰：通波激枉渚，悲風薄丘榛。注：枉，曲也。亦以斜曲爲義。」又，杜陵詩史、分門集註、補註杜詩、集千家註批點杜工部詩集引作「敏功曰」：「陸雲答張士然詩曰：通波激枉渚。注云：枉渚，曲渚也。亦以斜曲爲義。」】晉陸雲答張士然詩：通波激枉渚。注：曲渚也。日色傍阡陌。○阡陌，田間道也。南北爲阡，東西爲陌。借問持斧翁，○【趙次公曰】持斧翁，指吳侍御如暴勝之也。○【王洙曰】前漢暴勝之爲直指使者，衣繡衣，杖斧，逐捕群盜。幾年長沙客。○長沙郡，即潭州也。時吳侍御寓居于江上，譬若賈誼謫于長沙也。餘見前注。哀哀失木狖，○狖，余救切，似狸善旋。○【趙次公曰】言吳侍御失所也。○【王洙曰】淮南覽冥訓：猨狖顛蹶而失木枝。矯矯避弓翮。○言吳侍御避讒也。○【趙次公曰】淮南修務訓：雁銜蘆而翔，以備矰弋。○崔豹古今注：雁自江南還河北，體肥不能高飛，恐爲虞人所獲，銜長蘆數寸以防矰繳。

亦知故鄉樂，未敢思宿昔。〇甫與吳侍御相逢異縣，雖思故鄉之樂，未敢冀其如平昔，僅獲保其性命斯可矣。昔在鳳翔都，〇至德二載號西京，上元元年曰西都。共通金閨籍。〇【趙次公曰：「金閨，金馬門也。共通者，公爲左拾遺，與吳共通籍也。」】金閨，謂金馬門也。甫與吳侍御共侍帝於鳳翔，甫爲拾遺，各居諫官之職，故云「共通籍」也。天子猶蒙塵，東郊暗長戟。〇是時天子暴露風埃之中，兩京未復，山東盜賊正熾故也。〇【王洙曰】左氏僖二十四年傳：臧文仲曰：「天子蒙塵于外。」書泰誓：東郊不開。晁錯傳：兩陣相近，平地淺草，可前可後，此長戟之地也。兵家忌間諜，〇間，讀去聲。諜，達協切。説文：軍中反間也。此輩常接跡。臺中領舉劾，君必慎〔二〕剖析。不忍殺無辜，〇書無逸：殺無辜，怨有同。所以分黑白。〇【王洙曰】曹植詩：蒼蠅間黑白，讒諂乏〔三〕親疏。上官權許與，失意見遷斥。〇【師古曰】肅宗即位，時祿山未平，賊遣諜者行反間之言，以中傷朝臣。吳侍御作臺官，正領舉劾之職，每得罪者，必爲之分剖曲直是非之理，不忍濫殺無罪，由是失宰相意，遂見斥，逐於兩當。上官，宰相也。吳侍御雖有所辨明，宰相雖權時從之，必竟不悦，以此故黜之也。仲尼甘旅人，〇天子此時尚且蒙塵，爲人臣者豈可永〔四〕安乎？然吳公雖斥逐江上，亦所甘心無恨，譬之仲尼甘爲旅人，其意在於濟時故也。〇【王洙曰】王弼曰：仲尼，旅人也，則其困可知矣。向子識損益。〇以向子比侍御也。〇【杜田正謬。又，門類增廣十注杜詩引作「杜云」，杜陵詩史、分門集注、補注杜詩、集千家注批點杜工部詩集引作「修可曰」。】後漢隱逸傳：向長，字子平，潛隱於家，讀易至損、益卦，喟然歎曰：「吾已知富不如貧，貴不如賤。但未知死何如生耳？」朝廷非不知，閉口休歎息。〇樊本「仲尼旅人」一聯在此句下。余時忝諍臣，丹陛實咫尺。〇【王洙曰】左氏傳：天威不違顏咫尺。相看受狼狽，〇文字集略：狼狽，猶狼跋也。段成式酉陽雜俎：狼狽是兩物，狽前足絶短，每行常駕兩狼，失狼則不能行，故世言事乖者稱狼狽。至死難塞責。行邁必多違，〇【王洙曰】詩黍離：行邁靡靡，中心如醉。〇【趙次公曰】又谷風詩：行道遲遲，中心有違。出門無與適。〇王粲七哀詩：出門無所見。於公負明義，惆悵頭更白。〇【師古曰】甫時忝爲拾遺，其去天子不遠，可以諫矣。坐看吳侍御之狼狽而不救，至雖死不足塞吳侍御之責。甫因過其宅，自知於侍御有負，是以惆悵自刻責其非義也。

【校記】

〔一〕鶗，元本、古逸叢書本無。

〔二〕慎，原作「填」，據元本、古逸叢書本改。

〔三〕乏，古逸叢書本作「令」。

〔四〕永，元本、古逸叢書本作「求」。

新定杜工部草堂詩箋斠證卷第十七

乾元二年自秦州如同谷十二月一日紀行所作

別贊上人

○摩訶般若經：何名上人？佛言若菩薩，一心行阿耨菩提，心不散亂，是名上人。十誦律：人有四種，一麄人，二濁人，三中間人，四上人。

百川日東流，○古詩：百川日東流，何時復西歸。客去亦不息。我生苦漂蕩，○苦，一作若。何時有終極。○【趙次公曰】。又，門類增廣十注杜詩引作「杜云」。杜陵詩史、分門集注、補注杜詩引作「修可曰」。【曹子建詩：相思無終極。贊公釋門老，放逐來上國。○【師古曰】贊公與房琯遊從〔一〕，琯既得罪，贊亦被譴。上國，京師也。○時贊公貶在同谷也。還爲世塵嬰，○嬰，累也。○【師古曰】贊公本脱俗人，今反爲世塵所累也。頗帶憔悴色。○屈原既放，顔色憔悴。楊枝晨在手，○【杜田補遺：「佛經云：手把青楊枝，遍洒甘露水。又僧祇律：楊枝，齒木也。食畢持之，嚼一頭碎，用剔牙齒中滯食。毗柰耶云：嚼楊枝有五利，一除風，二除熱，三令口滋味，四消食，五明目。又灌頂經云：昔維耶黎民遭疫，禪提奉佛教持咒往避之，疫人皆愈。其禪提所嚼齒木擲地成林，林下有泉。後民復有疾，取泉水折楊柳洒拂，病者無不痊愈。把楊枝、洒甘露事出於此。」又，杜陵詩史、分門集注、補注杜詩、集千家注批點杜工部詩集引作「杜定功曰」：「佛經云：手把青楊枝，遍洒甘露之水。」】言以楊柳枝洗浄梵唄也。涅槃經：各於晨時日初出時，離常住處，方用楊柳。○【趙次公曰：「今取楊柳字，以見贊當春方爲寺主來秦州，而已見豆熟之際矣。公寄贊公房曰：『杖錫何來此，秋風已颯然。』字同一義。舊解惑楊柳字出佛書，更引爲齒木之用云云，徒爲贅矣。」】或以楊柳爲齒木，乃鑿〔二〕説也。豆子雨已熟。○豆子，種之所以供粥。雨，或作兩。兩熟，言來同谷已經兩年矣。是身如浮雲，○【杜田補遺：「維摩經：是身如響，屬諸因緣。是身如浮雲，須臾變滅。是身如電，念念不住。」又，門類增廣十注杜詩引作「新添」。杜陵詩史、分門集注、補注杜詩引作「君平曰」。】維摩經：是身如浮雲，須臾變滅。安可恨〔三〕南北。○贊公自上國來同谷，是自北而南，然其身如浮雲無定著，豈有南北之恨〔四〕耶？異縣逢舊友，○甫時爲華州司功，屬關輔饑，棄官之秦州，自秦入同谷，與贊公相遇也。初欣寫胸臆。天長關塞寒，○關塞，指同谷乃邊郡也。歲暮飢凍逼。○【王洙曰】一作「天長關塞遠，歲暮飢寒逼」。野風吹征衣，○征衣，乃行人之衣。時甫又自同谷而入蜀，因與贊公而執別而爲此詩也。陶淵明詩〔五〕：風飄飄〔六〕而吹衣。欲别向曛黑。○曛，一作昏。○【禹偁曰】曛，日入也。○謝靈運詩：朝遊窮曛黑。馬嘶思故櫪，○【王洙曰】嘶，一作鳴。○馬嘶猶戀故櫪，况甫之别故人乎？歸鳥盡斂翼。○歸鳥猶得斂翼，况遊子不獲休息乎！古來聚散地，宿昔長荆棘。相看俱衰年，出處各努力。○【師古曰】人之聚散無常，地亦興廢不一。古來聚散之地，纔經宿昔，已荒爲荆棘矣。蓋嘆兩京之地，昔與贊公或聚或散於此，今經禄山之亂，蓋生荆棘，况二人俱當衰年，出處之迹，可不勉乎！○【趙次公曰。又，杜陵詩史、分門集注引作「田曰」。】吴越春秋：離别詞曰：行行各努力。

【校記】

〔一〕從，古逸叢書本作「衍」。

〔二〕鑿，元本作「自」，古逸叢書本作「謬」。

〔三〕恨，元本、古逸叢書本作「限」。

〔四〕恨，元本、古逸叢書本作「限」。

〔五〕詩，古逸叢書本作「辭」。

〔六〕淵明詩風飄飄，元本作「言而可以之人」。

發秦州

○【九家集注杜詩、補注杜詩引作「王洙曰」：「乾元二年，自秦州赴同谷縣紀行十二首。」門類增廣十注杜詩依例爲「王洙曰」。又，杜陵詩史引作「王彦輔曰」。】乾元元年，甫貶華州司功，屬關輔饑。乾元二年，棄官之秦州。又自秦州適成州同谷縣，凡紀行詩十二首。○趙傁云：日在房，公起秦亭，十一月至西康，冬春之交，發同谷，登劍門。公在同谷茅茨，蓋不盈月。○【崔德符曰】韓子蒼嘗論此詩，筆力變化，當與太史公諸贊方駕。學者宜常誦之。

我衰更懶拙，生事不自謀。無食問樂土，○【師古曰】同谷在京之南，不殘破，故云樂土。○【王洙曰】詩：適彼樂土。無衣思南州。○【王彦輔曰：「楚辭：嘉南州之炎德。南州氣暖，故思南州。」】南，火方也，氣煖，故思之也。○漢書：天水郡，明帝改曰漢陽。趙傁云：天水地寒，田瘠於同谷。而同谷絲麻多於秦塞故也。地志：同谷蜀北秦南，蓋秦〔一〕地視同谷爲西南州而多南也。秦州記曰：度汧、隴，無蠶桑。八月乃麥，五月乃凍。○【王洙曰】謝靈運詩：南州變〔二〕炎德，佳木陵寒山。漢源十月交，○後漢志：隴西郡氐道，養水出此。注：巴漢志：漢水二源，東源出漢之養山。寰宇記：秦州清水縣嶓冢〔三〕山，漢水出焉。唐志：成州本漢陽郡，有同谷漢源縣。鮑照登京峴詩：孟冬十月交，殺氣隱欲終。天氣如涼秋。草木未黄落，○【王洙曰：「月令文。」】月令：季秋之月，草木黄落。况聞山水幽。○【王洙曰】水，一作東。栗亭名更嘉，○【王洙曰：「今成州栗亭縣。」】栗亭川，在成川同谷縣。魏正始中改爲栗亭縣，今成州栗亭館也。下有良田疇。充腸多薯蕷，○【鄭卬曰】薯，常恕切。蕷，羊茹切。○本草〔四〕：薯蕷充五藏，輕身不飢，一名山芋。○【杜田補遺】山海經：景山北望，少澤多薯蕻。音與薯蕷同。郭璞云：根似芋，可食。江南人呼薯爲儲，語有輕重耳，實一種也。崖蜜亦易求。○崖蜜，乃高山巖穴中蜂房之蜜也。○【杜田補遺】又，門類增廣十注杜詩引作「坡云」，杜陵詩史、補注杜詩引作「蘇曰」。】張華博物志：遠方山〔五〕郡幽僻處出蜜，所著巉巖石壁，非攀援所及。本草：石蜜，陶隱居云即崖蜜也。又有木蜜，於〔六〕木枝作之。有土蜜，於土室中作之。出於晉安檀崖者多土蜜，出於東陽者多木蜜，出於潛懷安〔七〕者多崖蜜。陳藏器云：此乃北方地燥，多在土中。南方地濕〔八〕，多在木中。崖蜜別是一蜂。如陶所說出南方崖石間，生崖上，蜂大如虻，房著巖窟，以長竿刺令蜜出，盛取之。○圖經云：宣州有黄連蜜，雍、洛間有梨花蜜，亳州大清宫有檜花蜜，或謂崖蜜乃櫻桃也。余謂此説非是。密竹復冬笋，清池可方舟。○漢志：秦州天水郡。顔師古曰：秦州地記：郡前湖水冬夏無增減，因以名焉。詩：方之舟之。雖傷旅寓遠，○【王洙曰】傷，一作云。庶遂平生遊。○漢源之地，向南不甚寒。十月之交，草木未落，况又山水之幽可以寓居。栗亭縣在郡東五十里，其田肥沃，又可以耕。其薯蕷、崖蜜、冬笋之類又可以充腸，其清池又可泛舟。雖客居遠鄉，亦足以遂其樂也。此邦俯要衝，實恐人事稠。應接非本性，登臨未銷憂。○【王洙曰】王粲登樓賦：聊暇日以銷憂。谿谷無異石，塞田始微收。豈復慰老夫，○夫，一作大。惘然難久留。○【王洙曰】惘，一作炯。○乃秦州衝要之地，人事紛冗，況甫平昔心性懶，不能應接煩劇，而登臨又無奇山佳水可銷憂，兼是砂石之田最爲墝埆，所收微薄，又不可以養生，是以難爲久留，而去之同谷也。日色應〔九〕孤戍，烏啼滿城頭。中宵驅車去，飲馬寒塘流。磊落星月高，○【趙次公曰】古詩：兩頭纖纖新月生，磊磊落落向曙星。蒼茫雲霧浮。○【趙次公曰】。又，門類增廣十注杜詩引作「杜云」，杜陵詩史、分門集注、補注杜詩引作「修可曰」。】庾信詩：蒼茫雲霧浮。大哉乾坤内，吾道長悠悠。○【師古曰】言天地雖厚，而吾道凋喪，若無所容，亦終於此而已矣。

【校記】

〔一〕秦，元本、古逸叢書本作「有」。

〔二〕變，九家集注杜詩、杜陵詩史、分門集注作「實」。

〔三〕家，古逸叢書本作「家」。

〔四〕草，元本、古逸叢書本作「章」。

〔五〕山，元本、古逸叢書本作「正」。

〔六〕於，古逸叢書本作「懸」。

〔七〕古逸叢書本「安」下有「陽」字。

〔八〕濕，古逸叢書本作「温」。

〔九〕應，古逸叢書本作「隱」。

赤谷

◯十道志：在成州。

天寒霜雪繁，遊子有所之。◯【王洙曰】李陵詩：遊子暮何之。豈但歲月暮，重來未有期。◯【王洙曰】蘇武詩：相見未有期。晨發赤谷亭，險艱方自兹。◯艱，一作難。亂石無改轍，◯【趙次公曰】不以亂石之故而改轍也。我車已載脂。◯【王洙曰】詩：我車既攻，載脂載轄。山深苦多風，落日童稚飢。悄然村墟迥，煙火何由追。◯【師古曰】按地理志：秦州龍城縣有大隴山，亦曰隴首山。三秦記：其坂九回，上者七日乃越。上有清水四注下。俗歌曰：隴頭流水，鳴聲幽咽。遥見秦川，肝腸斷絶。按集，公有赤谷西崦人家詩云「躋險不自安」，此云「險艱方自兹」，蓋上大隴山登九回之坂也。◯【趙次公曰】時童稚苦飢，而村墟尚遠，四望煙火，無所追求而造飯也。貧病轉零落，◯【王洙曰】一作飄零。故鄉不可思。常恐死道路，永爲高人嗤。◯嗤，赤之切，笑也。◯【王洙曰】古詩：但爲後世嗤。

鐵堂峽

○鮑彪云：此篇雙聲疊韻體。

山風吹遊子，縹緲乘險絕。○【鄭卬曰】縹，普沼切。緲，弭沼切。○【逢原曰】縹緲，衣裳飛揚貌。硤形藏堂隍，○【立之曰】謂山臺如堂隍，峽藏于兩山之間也。壁色立積鐵。○謂山峭如壁立，其色黑若積鐵也。徑摩穹蒼蟠，○【趙次公曰】徑之曲蟠而摩天，以言其高也。石與厚地裂。脩纖無限竹，○【王洙曰】限，一作垠。嵌空太始雪。○嵌，丘銜切。○【王洙曰】空，或作孔。○【趙次公曰：「太始雪，言其古也。」】太始雪，謂常有雪，自鑿開混沌以來，其雪未消也。威遲哀壑底，○威遲，委曲貌，字與「倭遲」同。○【趙次公曰】韓詩：周道威遲。○【王洙曰】殷仲文詩：哀壑叩虛牝〔一〕。徒旅慘不悦。○一作「徒懷松柏悦」。水寒長冰横，○潘岳賦：長冰積路。我馬骨正折。○【王洙曰】詩：我馬瘏矣。○陳琳飲馬長城窟：行水寒，傷馬骨。生涯抵弧矢，盗賊殊未滅。飄蓬踰三年，迴首肝肺熱。○抵，棄也。○【師古曰】弧矢，言盗賊興也。自盗賊竊發以來，生涯抵棄，不成家計，故憂而内熱也。

【校記】

〔一〕牝，九家集注杜詩、杜陵詩史、分門集注、補注杜詩作「無」。

鹽井

〇漢書：蜀多鹽井。羅褒有鹽井賦。公孫述傳：蜀有魚鹽銅銀之利。注：蜀有鹽井。〇【九家集注杜詩、門類增廣十注杜詩依例爲「王洙曰」：「蜀都賦：家有鹽泉之井。」杜陵詩史、分門集注、補注杜詩引作「王彥輔曰」。】蜀都賦：家有鹽泉之井，又濱以鹽池。注：巴東新井縣水出地如湧泉，可煮以爲鹽。〇博物志：臨邛有火井，取井火還煮井水，一斛水得四五斗鹽，家煮之不過二三斗。劉淵林注：蜀郡臨邛縣、江陽漢安縣皆有鹽井。巴西充國縣有鹽井數所。唐明皇時，成州長道有鹽井一所，並節級有賞罰。蜀道陵、綿、資、瀘、榮、梓、遂、閬、普、果等十州鹽井總九十所，每年課鹽都當錢八千五十八貫。〇【黃鶴補注】又唐志：成州，寶應元年徙馬邑州于鹽井城置。

鹵中草木白，〇【杜田補遺。又，門類增廣十注杜詩引作「杜云」，杜陵詩史、分門集注、補注杜詩引作「修可曰」。】鹵，說文：鹹地也。東方謂之㡿，西方謂之鹵。〇草木白，言生鹽花也。青者官鹽煙。官作既有程，〇【王洙曰】程，限也。〇【趙次公曰】陳琳飲馬長城窟：官作自有程，舉築諧汝聲。煮鹽煙在川。汲井歲搰搰，〇搰，户骨切，用力貌。字或從木，非是。〇【王洙曰】莊子天地篇：子貢見漢陰丈人方將爲圃，鑿井隧而入，抱甕而出灌，搰搰然用力甚多而見功寡。出車日連連。

○【天啓曰】言運載不輟也。自公斗三百，轉致斛六千。○【王洙曰：「轉致，言貿易也。斗三百、斛六千，言其利相倍什。」】官賣錢只三百，可致一斗。〔一〕商賣轉販，一石六千，倍收其利。君子慎止足，○君子足則知止也。小人苦喧闐。○小人足則愈貪也。我何良歎嗟，○良，乃良久也。物理固自然。○【王洙曰】固自，一作亦固。○【魯曰】物有利則人争取之，此理之自然，夫何歎嗟之？

【校記】

〔一〕斗，元本、古逸叢書本作「牛」。

寒硤

○【鄭卬曰：「侯夾切。」】硤，侯夾切。○【門類增廣十注杜詩依例爲「王洙曰」：「寒峽、雲門，皆秦地名。」】地名也。

行邁日悄悄，○【黃曰】邁，遠行也。○悄，憂也。○【王洙曰】詩：行邁靡靡。又：憂心悄悄。山谷勢多端。雲門轉絶岸，○【九家集注杜詩依例爲「王洙曰」：「寒硤、雲門，皆秦地名。」又，杜陵詩史、分門集注、補注杜詩引作「魯曰」。】雲門，亦秦地名。積阻霾天寒。○積阻，言險畢聚于此。○【王洙曰：「爾雅釋天：風而雨土爲霾。」】爾雅釋天：風行而雨爲霾。寒硤不可度，我實衣裳單。况當仲冬交，○【師古曰】甫發秦州正當十月，故云「漢源十月交」。自秦至此，已十一月，故又云「况當仲冬交」。甫於詩皆以年月紀，欲後世有所考其行止也。不然，何以謂之「詩史」乎？泝沿增波瀾。○泝，逆流而上也。沿，順流而下也。增波瀾，謂仲冬風急也。野人尋煙語，○謂尋火煙乃得野人與之語，則知路少行人也。行子傍水餐。○言人煙疏闊也。此生免荷殳，○【鄭卬曰】荷，胡可切，負也。○殳，庸朱切。古今注：戟之遺象也。謂命官在身，得脱征役之籍也。○【王洙曰】詩候人：荷戈與殳。未敢辭路難。○甫雖行路之難，猶愈於荷殳之夫，所以不敢辭路難也。

法鏡寺

身危適他州，○【黄曰】：「身危謂避關輔之饑也。」【二】謂避關輔之饑而欲適同谷也。○按集發秦州詩云「無食問樂土，無衣思南州」是也。勉强終勞苦。○謂此行本出於不得已也。神傷山行深，○【秦曰】謂經九回坂，頗令人傷神也。愁破崖寺古。○【修可曰】謂望見法鏡寺，可以駐足，忽使人愁悶破除也。嬋娟碧鮮淨，○鮮，一作蘚。○【王洙曰】謂竹也。吴都賦：檀欒嬋娟，玉潤碧鮮。○【趙次公曰】孟郊有三嬋娟詩，謂竹、月、人也。蕭摵寒籜聚。○【鄭卬曰】摵，子六反〔一〕，又所隔切。○蕭摵，即蕭瑟也。○【王洙曰】盧子諒詩：摵摵芳葉零。回回〔二〕山根水，○【王洙曰】山，一作石。冉冉松上雨。洩雲蒙清晨，○【田曰】。又，門類增廣十注杜詩引作「杜云」。】洩與泄同。

○言曉雲溶洩而濛籠也。初日翳復吐。朱甍半光炯，○【鄭卬曰】炯，古迥切，光也。户牖粲〔三〕可數。○【鄭卬曰】數，所主切，計也。○言雲日雖隱映，而此寺粲然鮮明，可以一一計也。杜策忘前期，出蘿已亭午。○甫拄杖於此，遠眺法鏡，遂忘前進，及出此山，不覺已亭午矣。冥冥子規叫，○【王洙曰】：「子規，一名杜宇。」【子規，即杜宇也。○前注。微徑不復取。○【師古曰】甫雖欲少憩此寺，奈聞子規聲起，人思鄉〔四〕，况徑陌微窄，難以取就一遊，於是前邁也。

【校記】

〔一〕反，元本、古逸叢書本作「切」。

〔二〕回回，元本、古逸叢書本作「迴迴」，杜陵詩史作「回回」。

〔三〕粲，原作「餐」，據元本、古逸叢書本改。

〔四〕古逸叢書本「鄉」下有「里」字。

青陽峽

塞外苦厭山，南行道彌惡。○【師古曰】天下山惟南最多，甫自秦適同谷，是自北而之南也。岡巒相經亘，雲水氣參錯。林迴硤角來，○言兩山來峙其兩傍，如牛角而來也。天窄壁面削。○【王洙曰】窄，一作穿。○言峽中天地逼狹，面前山峭如削壁然也。磎西五里石，○【鄭卬曰：「磎，苦奚反。今作溪。」】磎與溪同。○五里，乃石名也，縱横五里。奮怒向我落。仰看日車側，○日車，即日御也。爲此石所礙，側而過也。莊子徐無鬼篇：若乘日之車而游於襄城之野。○【王洙曰】後漢李尤歌：安得力士翻日車。俯恐坤軸弱。○【趙次公曰：「淮南子注云：日乘車，駕以六龍。坤軸，即地軸也。地下有三千六百軸。兩句言落石之聲勢，以其聲震天，而日車爲之側，其勢可以壓地，而坤軸爲之弱也。」】坤軸，即地軸也。恐弱不能載此〔一〕石，以其石之高大故也。博物志：地下有三千六百軸，互相牽制也。魑魅嘯有風，○【鄭卬曰】魑，丑知切。魅，明秘切。鬼屬。○【王洙曰】鮑照蕪城賦：木魅山鬼，野鼠城狐。風嘷雨嘯，昏見晨趨。霜霰浩漠漠。昨憶踰隴坂，○昨憶，一作憶昨。○【趙次公曰。又，杜陵詩史、分門集注、補注杜詩引作「偶曰」。】秦州記：隴坂〔二〕九曲，不知高幾里。高秋視吴嶽。○【杜田補遺。又，門類增廣十注杜詩引作「新添」。杜陵詩史、分門集注、補注杜詩、集千家注批點杜工部詩集引作「泰伯曰」。】周禮：雍州，其鎮曰嶽山。注：吴嶽也。漢地理志：吴嶽在汧縣西。○唐隴州吴山縣西北四十五里。吴山，其頂有五峰。後漢志：右扶風有吴嶽。注：郭璞曰：别名吴山。博物志：吴山爲西嶽山，在右扶風汧縣。指掌〔三〕圖：成臯有關，鄭之武牢也。東笑蓮花卑，○華山有蓮花峰。見「蓮峰望忽開」注。北知崆峒薄。○崆峒，山名。見「聊欲倚崆峒」注。超然侔壯觀，○【鄭卬曰】觀，古亂切。○相如封禪書：斯天下之壯觀。已謂隱寥廓。○【鄭卬曰：「㲄音隱。」】隱，一作㲄。○【王洙曰】曹植詩：太谷何寥廓。突兀猶趁人，及茲歎冥寞。○【王洙曰】歎，一作欲。○按集，公於赤谷詩云：險難方自茲。蓋謂登隴坂之險，遂遠眺吴楚〔四〕之山，其勢皆雄峻，雖蓮花峰、崆峒山比之，尤爲卑小。及此得覽五里石，超然特起，可侔吴嶽，已謂險阻晝〔五〕於是矣。豈意突兀之勢，隨人無盡，使我嗟歎冥寞之中，始知天地寥廓壯觀，非一而已。

【校記】

〔一〕此，元本、古逸叢書本作「若」。

〔二〕坂，元本、古逸叢書本作「反」。

〔三〕掌，元本、古逸叢書本作「堂」。

〔四〕楚，古逸叢書本作「嶽」。

〔五〕晝，古逸叢書本作「盡」。

龍門鎮

○十道志：龍門水，在同谷。

細泉兼輕冰，沮洳棧道濕。○【鄭卬曰】沮，將〔一〕茹切。洳，羊恕切。沮洳，淤濕也。棧，士諫切，又士限切。○【九家集注杜詩依例爲「王洙曰」】：「漢高紀：王燒絶棧道。師古曰：棧即閣也，今謂之閣道。」】棧道編竹爲閣道，謂之閣〔二〕道。不辭辛苦行，迫此短景急。○【歐曰】言日短，急於奔程也。石門雲雪隘，〇石門，謂石峙兩傍如門然。蜀都賦：沮以石門。注云：石門在漢中之西，褒中之北，蜀之險隘。古鎮峰巒集。旍竿暮慘澹，〇言屯兵於此，旗竿暮豎，其色滲澹也。風水白刃澀。〇【鄭卬曰：「色立切，石滑也。」】澀，色立切，不滑也。〇謂水爲風漲，舟行險澀，如白刃之澀也。胡馬屯成皋，〇【趙次公曰：「成皋、鞏洛之地。意言安史之兵耳。舊以回紇，非也。是時乾元二年之冬，回紇未反，不可妄引也。」】胡馬，指安史之兵屯於成皋、鞏洛之間也。防虞此何及。〇賊屯成皋，而官兵防備於此。詩：何嗟及矣。嗟爾遠戍人，山寒夜中泣。

【校記】

〔一〕將，元本、古逸叢書本作「縣」。

〔二〕閣，元本、古逸叢書本作「棧」。

石龕〇苦含切。

熊羆咆我東，〇【鄭卬曰】咆，蒲交切。〇説文：熊獸似豕，山居冬蟄。爾雅釋獸：羆似熊，黄白文。虎豹號我西。〇【鄭卬曰】號，胡刀切。〇【王洙曰】魏武帝苦寒行：熊羆對我蹲，虎豹夾路啼。我後鬼長嘯，我前狨又啼。〇【九家集注杜詩、杜陵詩史、分門集注、補注杜詩引曰：「東坡云：楊大年云：狨之形，似鼠而大，尾長，作金色，生川峽深山中。人以藥矢射殺之，取其尾爲卧褥鞍被坐氈之用。狨甚愛惜其尾殷，中毒即嚙斷其尾以擲之，惡其爲身害也。蓋輕捷善緣木，猨狖之類。」】狨音戎，輕捷善緣木，猿狖之類。或云狨之形似鼠而大，尾長，作金色，生川峽深山中。人以藥箭射之，取其尾爲卧褥鞍坐氊之用。天寒昏無日，山遠道路迷。驅車石龕下，仲冬見虹蜺。〇此紀異也。〇【師古曰】虹，陰氣也。孟冬之月，虹不見。今見於仲冬，謂陰勝於陽，有臣侵君之象。伐竹者誰子，〇【王洙曰】竹，一作木。悲歌上雲梯。〇【王洙曰】上，一作抱。爲官采美箭，〇爾雅：西南之美，有竹箭焉。五歲供梁齊。苦云直幹盡，無以充提携。〇【王洙曰】充，一作應。〇伐竹者采竹箭以輸官，供梁、齊弓矢之用。當時禄山爲范陽節度使。齊，山東之郡也，屬於禄山。梁，劍南之州也，屬〔一〕於楊國忠，國忠爲劍南節度使。二子爲國生〔二〕事，窮兵四夷，箭幹爲之采盡，百姓苦之故也。奈何漁陽騎，颯颯驚蒸黎。〇或作驚。關西，禄山所領，皆漁陽突騎，叛於天寶十四載，以討國忠爲名。〇【師古曰】颯颯如風之疾，長驅來陷兩京，天下驚駭也。

【校記】

〔一〕屬，元本、古逸叢書本作「窮」。

〔二〕生，古逸叢書本作「不」。

積草嶺〇【集千家注批點杜工部詩集引作「公自注」。】同谷界。

連峰積長陰，〇【張詠曰】謂草木陰翳也。〇謝靈運會吟行：連峰競千仞。白日遞隱見。〇【鄭卬曰】遞，待禮切，更也。見，形甸切，視也。〇【張詠曰】言日光映射，一有一無也。颼颼林響交，〇【鄭卬曰】颼，疏鳩切，風貌。慘慘石狀變。山外〔一〕積草嶺，路異明水縣。〇謂自此嶺之外，東西别行，東則同谷，西則明水也。〇明水縣，屬興州。唐志明作鳴。秦州又有清水縣。旅泊吾道窮，〇窮，一作東。前注。衰年歲時倦。〇衰老之年，况當歲暮之時，是以倦於行役。卜〔二〕居尚百里，〇百里，乃縣城也。休駕投諸彦。〇諸彦，指縣官也。邑有佳主人，情如已會面。〇言眷愛之情，如素相識矣。來書語絶妙，遠客驚深眷。〇遠客，甫自稱荷諸彦眷顧之深，令人揣分知驚也。食蕨不願餘，〇【趙次公曰】左思詠史詩：飲河期滿腹，貴足不願餘。茅茨眼中見。〇謂兵火之後，觸目皆茅茨草創，民未安居，雖蕨爲微物，不忍棄其餘，蓋艱難之際，飢民不得而食者矣。

【校記】

〔一〕外，古逸叢書本作「分」。

〔二〕卜，古逸叢書本作「小」。

泥功山

○按寰宇記：雷牛、泥功、玉仙三山，皆在栗亭界。

朝行青泥上，暮在青泥中。泥濘非一時，○濘，乃挺切，淖也。○【鄭印曰：「寧，乃定反。」】又乃定切，義同。版築勞人功。○昔傅説版築傅巖，即此地，蓋爲水所蕩汩，四時常泥濘，故以版夾其兩傍而築之也。不畏道途永，○【鄭印曰：「一作途。」】途永，一作哀永，一作路永。反將汩没同。○反，一作乃。○【趙次公曰：「公言反同版築之人，同汩没於泥中也。」】謂不怕道途之遠，只恐反同版筑之人，同汩没於泥淤也。白馬爲鐵驪，○白馬過山，翻爲黑色之驪。玉篇：驪馬，深黑色。小兒成老翁。○小兒經此，輕捷無所施，亦成老翁之拙。哀猿透却墜，○【王洙曰。又，分門集注引作「鄭印曰」。】猿，一作猱。○猿墜於此，以不能攀援而哀。死鹿力所窮。○【趙次公曰：「鹿之所以死，以力窮於泥中，走困也。」】鹿窮於此，以不能超越而死。寄語北來人，後來莫匆匆。○寄語後來者，須是防護，無爲匆遽而汩没於泥淤也。

鳳凰臺

○【王洙曰】山峻不至高頂。○州〔一〕成州東南十二里有鳳凰山。○【師古曰】乃秦弄玉與蕭史吹簫之地，所謂「鳳凰臺上憶吹簫」者是也。

亭亭鳳凰臺，○【端本曰】亭亭，高貌。○【鄭印曰】酈道元水經注：蜀水南逕盤頭郡東，而南合〔二〕鳳溪水，水上乘蜀水於廣業郡，南逕鳳溪，中有二石雙高，其形若闕。〔三〕漢世有鳳凰止其上，故謂之鳳凰臺。北對西康州。○廣東有康州，而此謂之西康者，所以別異南康也。○【鄭印曰】隋地理志：河池郡，後魏置南岐州，後周改曰鳳州，領同谷。同谷舊曰白石，置廣業郡，西魏改曰同谷，後周置康州，大業初廢。唐地理志：成州同谷郡，武德元年以同谷置西康州，貞觀元年廢。西伯今寂寞，鳳聲亦悠悠。○【王洙曰】：「西伯，文王也。西伯時，鳳鳴於岐陽。」】西伯，指文王，以言岐山也。○蓋公所作，因事感發，託興高遠，意以漢爲不足録耳。○【師古曰】文王七年受天命，鳳鳴于岐嶽而興王道。自文王既没，鳳聲亦息而不聞。是詩寓意傷當世賢者不進，蓋鳳之爲物，有道則見，無道則隱，喻賢者出處之道也。○故詩下文以思鳳有雛在上，恐其飢渴，欲有以飲食之，庶其爲瑞於世也。按周語：周大夫内史過對周惠王曰：「周之興也，鸑鷟鳴于岐山。」注：鸑鷟，鳳之别名也。○【趙次公曰】春秋元命苞曰：鳳凰遊文王之都，故武王受鳳書之紀。○後漢賈逵傳：昔武王終父之業，鸑鷟在岐。瑞應圖：黄帝時鳳巢阿閣，堯時鳳凰來儀，周時鸑鷟鳴岐。山峻路絶蹤，石林氣高浮。安得萬丈梯，爲君上上頭。○上上，時掌切，登也。下上，音尚。恐有無母雛，飢寒日啾啾。○古樂府隴西行：鳳凰鳴啾啾，一母將九雛。我能剖心出，飲啄慰孤愁。心以當竹實，炯然忘外求。○炯，户頂切，光也。血以當醴泉，豈徒比清流。○【趙次公曰：「莊子曰：鳳非竹實不食，非醴泉不飲。」】莊子秋水篇：南方有鳥，其名鵷雛，非梧桐不止，非練實不食，非醴泉不飲。玄英疏：鸞〔四〕鳳之屬，亦言鳳王也。○韓詩外傳：黄帝致齋于宫，鳳乃止帝東園〔五〕，集帝梧桐，食帝竹實。所重王者瑞，○重，直用切。尚書考靈曜曰：明王之治，鳳凰下之。山海經：丹穴〔六〕之山有鳥，名曰鳳凰。是鳥自歌自舞，見則天下大安寧。○【薛夢符曰】瑞應圖曰：鳳，王者之嘉瑞。蔡邕琴操曰：周成王時，天下大治，鳳凰來舞於庭。成王乃援琴而歌曰：鳳凰翔兮於紫庭，余何德兮以感靈。敢辭微命休。○高山無母雛，乃鳳子也。寓言王者爲天地萬物父母，賢者賴之以養，時無明王，則賢人飢而不食其禄，是以飢寒日啾啾。○【趙次公曰：「雛在高山之上，而二物未可得，故公欲以心當竹實，以心中之血比醴泉，炯然忘外求。公自言其剖心之實，止爲鳳乃嘉瑞，憫其雛之飢而飼之，别無所圖也。」】甫欲剖心以當竹實，以心之流血以當醴泉，慰此王者之嘉瑞，憫其雛而飼〔七〕之，雖微軀不足恤也。鳳非竹實不食，非醴泉不飲，如賢者非有道之禄不食也。坐看綵翮長，○【鄭卬曰】長，如字。舉意八極周。自天銜瑞圖，○【王洙曰】一作圖讖。○【杜田補遺。又，杜陵詩史、分門集注、補注杜詩作「修可曰」。】春秋合讖圖曰：黄帝坐元扈洛水之上，與大司馬容光等臨觀，鳳凰銜圖置帝前，黄帝再拜受圖。宋均注：元扈，石室名也。○又曰：堯坐中舟，與太尉舜臨觀，鳳凰負圖以授堯。飛下十二樓。○【杜田補遺】漢郊祀志：黄帝爲五城十二樓〔八〕以候神人。應劭注：崑崙、玄圃五城十二樓，仙人之所常居。河圖：崑崙之城，五城十二樓，河水出焉。集仙録：西王母所居，玉樓十二。○李白詩曰「天上白玉京，五樓十二城」是也。圖以奉至尊，○【王洙曰】奉，一作獻。○至尊，天子也。圖奉至尊，爲治世之具也。鳳以垂鴻猷。○【邁曰】鴻猷，大道也。鳳乘鴻猷，所以表大道也。○【薛蒼舒曰】山海經：鳳首文曰德，翼文曰禮，背文曰義，膺文曰仁，腸文曰信。○帝王世紀：鳳首文曰順德，背文曰信義，膺文曰仁義。再光中興業，一洗蒼生憂。深衷正爲此，○倉頡篇：衷，别外之辭也。此乃孔子歎鳳鳥不至之意也。群盗何淹留。○如是則四海清平，群盗復尚縱横乎？○【師古曰】此甫所以感鳳而思見賢人，以致治平之效也。○爾雅：淹留，久也。

【校記】

〔一〕州，古逸叢書本作「按」。

〔二〕合，元本、古逸叢書本作「今」。

〔三〕闕，元本作「間」，古逸叢書本作「門」。

〔四〕鸞，元本、古逸叢書本作「鸑」。

〔五〕園，元本作「閔」，古逸叢書本作「閣」。

〔六〕穴，元本、古逸叢書本作「定」。

〔七〕飼，元本、古逸叢書本作「問」。

〔八〕五城十二樓，元本、古逸叢書本作「五樓十二城」。

居同谷所作

○【魯曰】同谷，縣名。

乾元中寓居同谷縣作歌七首

○同谷圖經：隋平仇池氏，建康州于同谷。西康，〔一〕別南康。李廌師友論：李太白遠離別、蜀道難，杜少陵寓居同谷七歌，風騷之極致，不在屈原之下也。

有客有客字子美，○【王洙曰】杜甫字子美，以客稱者，謂寓居也。○甫自秦州來同谷寄居，乃乾元之二年，歲在庚子。同谷屬成州。白頭亂髮垂兩耳。○【王洙曰】亂，一作短。○髮過耳，言其短也。歲拾橡栗隨狙公，○橡，似兩切。櫟，實也。狙，千餘切。猿屬，食橡栗也。○【王洙曰：「按新史言：甫居同谷縣，拾橡以自給，兒女有至餓殍者。」】按新唐書：甫居同谷，拾橡栗以自給。豈非狙公之比乎？○【薛夢符曰】後漢李恂拾橡實以自資。○晉虞贄〔二〕流離鄠杜間，轉入南山中，絕糧，拾橡栗而食。〇【薛夢符曰】列子黃帝篇：宋有狙公，愛狙而養之。先誑之曰：「與君芧，朝三而暮四，足乎？」衆狙皆起而怒。俄而曰：「朝四而暮三，足乎？」衆狙皆伏而喜。注：芧，栗也。〇莊子齊物篇：狙公賦芧曰：「朝三而暮四。」衆狙皆怒。曰：「然則朝四而暮三。」衆狙皆悦。陸德明音義：狙公，老猿也。廣雅云：狙，獼猴也。司馬云：芧，橡子也。天寒日暮山谷裏。中原無書歸不得，〇書，或作主。中原，即中國也。同谷係塞郡，故指京城爲中原。甫家京兆杜鄠，自賊亂以來，家信不通，故云「無書歸不得」也。手脚凍皴皮肉死。〇【鄭卬曰：「皴，七倫切，皮細起也。」】皴，七倫切，皮折裂也。嗚呼一歌兮歌已哀，〇已，一作獨。嗚，如字，荒胡切，歎辭也。夢弼考之字書，於、烏、嗚三字通用。虖、呼、嘑、戲、乎五字通用。詩烈文曰：於乎，前王不忘。而禮記大學引詩則曰：於戲，前王不忘。蕩曰：於乎小子。而史記：齊、燕、廣陵王策，皆曰「於戲小子」。是「於戲」可以爲「於乎」也。前漢載三王策文，則變「於戲」爲「嗚呼」。至於王莽九錫文曰：「於戲，豈不休哉。」又「於戲」字。顔師古注：於戲，讀曰嗚呼。廣韻於字注云：古作於戲，今作嗚呼。是「嗚呼」可以爲「於戲」也。又後漢岑熙傳：美矣岑君，於戲休兹。注：於戲，歎美之辭。見爾雅。於音烏，戲，許宜切。則是音義亦皆可相通也。悲風爲我從天來。〇【王洙曰】天，一作東。〇【師古曰】甫自傷飢寒不得歸鄉，悲風爲生，天爲之感動，況人乎！

【校記】

〔一〕古逸叢書本「康」下有「以」字。

〔二〕虞贊，據晉書摯虞傳當作「摯虞」。

長鑱長鑱白木柄，○【杜田正謬。又，杜陵詩史、分門集注、補注杜詩引作「鄭卬曰」】：「鑱，鋤銜切。吴人云犂鐵。説文：鋭也。」】鑱，鋤銜切，又士緘切。廣韻：吴人云犂鐵，又云土具。○謝任伯云：案顔之推訓俗音字：鑱，仕衫切，即鋭也。俗謂之地鑱，又仕鑒切。我生託子以爲命。○按，鑱以鐵爲槧，以木爲柄，所以掘地種植，乃生死所係，故云「託子以爲命」也。黄精無苗山雪盛，○黄精無苗，言其飢也。廣雅：黄精，龍銜草也。本草：黄精久服，輕身延年。○【王洙曰：「一作黄獨。」】或曰：黄精當作黄獨。○黄獨，俗謂之土芋，根惟一顆而色黄，故謂之黄獨。饑歲，土人掘食以充糧，今〔一〕江西謂之土卯。余謂陶説非是，當以黄精爲正。按集有泉眼詩云「三春濕黄精，一食生毛羽」是也。短衣數挽不掩脛。○衣不挽〔二〕脛，言其寒也。○【王洙曰】甯戚叩牛角歌曰：短布單衣不及骭。此時與子空歸來，○【王洙曰：「一作同。」】空，或作同，非也。○【杜田補遺】是時同谷艱食，甫荷鑱而採黄精，以雪盛無苗可尋，遂爾空歸也。男呻女吟四壁静。○【王洙曰：「相如家居徒四壁立。」】如司馬相如家徒四壁立，中無所有。○男呻女吟，饑寒不可忍也。嗚呼二歌兮歌始放，閭里爲我色惆悵。○【王洙曰】閭，一作鄰。○【師古曰】謂放聲以歌，閭里聞之，爲之惆悵，况親戚故舊乎！

【校記】

〔一〕今，元本作「合」，古逸叢書本作「食」。

〔二〕挽，元本作「王」，古逸叢書本作「至」。

有弟有弟在遠方，○【王洙曰】一作各一方。○趙傁詩史云：公四弟，曰潁〔一〕，曰觀，曰豐，曰占。各在宅郡，惟占從公入蜀。公劍外有占歸草堂曰：「久客應吾道，相隨獨爾來」。而在荆門詩系云：「第三弟豐，飄泊江左。」又有乘雨入行軍六弟宅詩，後不同。三人各瘦何人彊。○謂兵馬之亂，各爲飢寒所困故也。○【王洙曰】後漢趙孝弟禮爲賊所得，將食之。孝自縛詣賊曰：「禮瘦，不如孝肥。」賊感其意，各捨之。生別展轉不相見，○【王洙曰】樂府：它鄉各異縣，展轉不相見。胡塵暗天道路長。○胡塵，謂禄山之亂也。○【王洙曰】詩云：道阻且長。東飛駕鵝後鶖鶬，○【鄭卬曰】駕，古牙切。鶖，七由切。鶬，七剛〔二〕切。○【趙次公曰】廣雅：鳴鵞倉鳴，雁也。方言：自關而東謂之鳴鵞，或謂之鶬鳴。鳴音柯，〔三〕又音加。○【杜田補遺】吴都賦：鶂〔四〕鶴鶖鶬。劉淵林注：鶖如鷺而大，長〔五〕頸赤目，其尾辟水毒，好啗蛇。爾雅：鶬，麋鴰。郭璞注：今呼鶬鳴〔六〕，蓋鴰類也。○陶隱居本草：駕鵝，大於鳴，似人家蒼鵝。○【王洙曰：「揚雄傳：豈駕鵝之能捷。鶖鶬，惡禽也。鶬，九頭。詩：有鶖在梁。」】鶖，禿鶖。鶬，九頭。詩：有鶖在梁。毛萇傳：禿鳥也。安得送我置汝傍。○按集，甫有曲江詩云：「吾人甘作心似灰，弟姪何傷淚如雨。」又得舍弟消息詩云：「骨肉恩書重，漂泊難相逢。」則知禄山之亂，各在遠方，不得相聚，故託言欲跨駕鵞鶬，乘乎輕捷之便，而置弟之傍以相見也。時甫弟在山東，正禄山所反之地。嗚呼三歌兮歌三發，汝歸何處收兄骨。○【杜陵詩史作「師古曰」。又，分門集注作「梅曰」。】按集，甫有詩云：「風吹紫荆樹，色與春庭暮。花落辭故枝，風回反無處。」蓋傷年老死去，弟無處可以尋也。亦與此句同。○【王洙曰：「僖三十二年：殽有二陵，必死是間，余收爾骨。」】左氏傳僖公三十二年：余收爾骨焉。

【校記】

〔一〕潁，古逸叢書本作「頼」。

〔二〕剛，元本、古逸叢書本作「明」。

〔三〕柯，元本、古逸叢書本作「何」。

〔四〕鵲，古逸叢書本作「鶬」。

〔五〕大長，原作「長大」，據古逸叢書本改。

〔六〕鵰，元本、古逸叢書本作「鵃」。

有妹有妹在鍾離，○【魯曰】地理志：濠州治鍾離縣。○春秋時爲鍾離子國，楚地漢縣也。

○【趙次公曰】按集，甫有詩云「近聞韋氏妹，適在漢鍾離」，蓋其夫已歿，而夫之兄迎在鍾離也。良人早歿諸孤癡。○釋名：婦人稱夫曰良人。癡，謂驕騃也。長淮浪高蛟龍怒，○時甫妹在淮南也。十年不見來何時。○【王洙曰】時，一作遲。○按集，甫有詩云「弟妹今何在」是也。扁舟欲往箭滿眼，○【趙次公曰】：「資治通鑑載：乾元二年八月乙巳，襄州將康楚元、張嘉延據州作亂。刺史王政奔荆楚。九月，稱南楚霸王。九月甲午，張嘉延襲破荆州，荆南節度使杜鴻漸棄城走。澧、朗、郢、峽、歸等州官吏聞之，争潛竄山谷。按，通鑑目録：是年八月甲午朔，則此九月當是甲子朔。其下又載戊辰事，則甲子乃初一日，而戊辰乃初五日，又豈誤甲子爲甲午邪？今七歌有曰枯樹，有曰木葉黄落，則秋時之作，乃聞此荆南之亂矣。」】按，資治通鑑：乾元二年八月乙巳，襄州將康楚元、張嘉延據州作亂。杳杳南國多旌旗。嗚呼四歌兮歌四奏，林猿爲我啼清晝。○【王洙曰】：「猿非有情者，而亦爲之啼，則窮可知矣。」師古曰：「猿乃無知之物，今爲我啼，蓋哀傷之至也。」】閭里爲之惆悵，猶可也。猿乃無知之物，今爲我啼，蓋哀傷之至能使無知之物感動，則其窮斯爲極矣。○按李氏宜都山川紀：峽中清〔一〕猿晝鳴甚清，諸山谷傳其響，泠泠不絶，行者悲之。○【杜田補遺】。又，杜陵詩史、分門集注引作「蘇曰」。】或引西清詩話：林猿，古本作「竹林」，乃鳥名也。嘗有客自同谷來，籠一禽大如雀，色正青，善鳴。問其名，曰：「此竹林鳥也。」

【校記】

〔一〕清，原作「晴」，據元本、古逸叢書本改。

四山多風溪水急，寒雨颯颯枯樹濕。○【王洙曰】枯樹，一作樹枝。 黄蒿古城雲不開，○同谷，乃古白馬之谷。二漢屬武都郡，唐天寶元年更名同谷。其城皆生黄蒿，故云古城。 白狐跳梁黄狐立。○【王洙曰】黄，一作玄。○【鄭卬曰】跳，徒聊切，躍也。○莊子逍遥遊篇：狸狌東西跳梁。春秋潛潭巴〔一〕曰：白狐至國，民利。不至，下驕恣。山海經：武都之山，黑水出焉，有玄狐蓬尾。 我生胡爲在窮谷，中夜起坐萬感集。○一作百憂集。詩小雅：皎皎白駒，在彼空谷。刺賢人不用。甫負名世之材，見遺中谷，是以感時觸物，中夜起坐，傷歎不寐。古詩云「壯士中夜心」是也。○【王洙曰】謝靈運詩：朝昏千念集，日夜萬感盈。 嗚呼五歌兮歌正長，魂招不來歸故鄉。○【王洙曰：「招魂曰：『魂兮歸來。』」】昔屈原不見用於楚，懷沙自沉，宋玉爲之作招魂，辭曰〔二〕：魂兮來歸。○【師古曰】此云「魂招不來歸故鄉」，見知甫身雖寓同谷，而魂夢未嘗忘故鄉也，可謂思鄉之甚也。

【校記】

〔一〕巴，原作「記」，據古逸叢書本改。

〔二〕曰，元本、古逸叢書本無。

南有龍兮在山湫，○【逸曰】湫，音秋，龍潭也。○此篇因感龍湫而託言寓意焉。 古木巃嵸枝相樛。○【九家集注杜詩依例爲「王洙曰」。又，分門集注、補注杜詩引作「鄭卬曰」。】巃，盧紅切。

樅，子紅切。○【集千家注批點杜工部詩集引作「敏功曰」】樛，居虯切，木下曲也。○【王洙曰】劉安招隱士篇：桂樹叢生兮山之幽，偃蹇連蜷兮枝相繚〔一〕，山氣巃嵸兮石嵯峨。○洪慶善補音：巃，力孔反。嵸，音總。木葉黄落龍正蟄，○【敏修曰】龍蟄，喻天子失勢也。○月令：季秋之月，草木黄落。蟄蟲皆墐其户。易：龍蛇之蟄，以求伸也。蝮蛇東來水上遊。○【鄭卬曰：「蝮，芳福切。」】蝮，芳六切，大蛇也。○【敏修曰：「蝮蛇東來，喻禄山從山東來。」】蝮蛇東來，喻禄山從山東來，僭即尊位於涇渭之上也。○山海經：蝮蛇，色如綬文，大者百餘斤，一名反鼻蛇。爾雅：蝮虺博三寸首，大如擘。本草引張文仲云：蝮蛇，形乃不長，頭扁口尖，人犯之，頭足貼著。我行怪此安敢出，拔劍欲斬且復休。○拔劍欲斬，欲〔二〕如高祖斬白蛇，以興赤帝之子故也。嗚呼六歌兮歌思遲，○【鄭卬曰】思，相使切。○【王洙曰】一作怨遲遲。溪壑爲我迴春姿。○猿尚爲有情之物，乃若溪壑既非有知，又非有情，今爲之迴春姿之妍，變秋色之慘，足見甫之悲傷。龍蟄而蛇遊，時之亂甚矣，歎無力以救之也。

【校記】

〔一〕繚，古逸叢書本作「樛」。

〔二〕欲，元本、古逸叢書本無。

男兒生不成名身已老，○【趙次公曰】李少卿答蘇武書曰：男兒生以不成名，死則葬蠻夷中。

三年飢走荒山道。○【趙次公曰】自丁酉至德二載，至己亥乾元二年，爲一年矣。○餘見前。長安卿相多少年，富貴應須致身早。○【師古曰】肅宗中興，所用皆後生晚進之人，勳舊如郭子儀，尚見齟齬，其它可知也。山中儒生舊相識，但話宿昔傷懷抱。嗚呼七歌兮悄終曲，仰視皇天白日速。○【師古曰】甫傷日月逝矣，歲不我與，所謂「富貴不來年少」是也。○趙傁云：七歌其一惜身窮，其二惜〔一〕家窮，其三四愴其弟妹，其五古城寒雨，四山多風，中夜窮谷，其六蝮遊水上，欲斬復休，溪壑回春，其七長安卿相恨未爲皋禼也。

【校記】

〔一〕惜，古逸叢書本作「相」。

萬丈潭

○【九家集注杜詩依例爲「王洙曰」】同谷縣作。○成州同谷縣鳳凰潭，一名萬丈潭。萬丈弘澄，兩山危立，下湛寒碧。

清溪含冥漠，○含，舊作合。按，唐咸通十四載，西康州刺史趙鴻刻公萬丈潭詩曰：「清溪含冥漠，倒影垂澹瀩。出入巨爪礙，何當暑天過。」今本寫訛，當以趙本爲證。神物有顯晦。龍依積水蟠，○萬丈潭，龍之所蟄。集有同谷歌曰「南有龍兮在山湫」是也。窟壓萬丈內。跼步凌垠堮，

○【王洙曰】蹋，渠六切，曲也。堮，逆各切。○垠堮，潭邊也。凌近潭邊，使人不敢放步，故爲之蹋蹐然。蓋言其險也。○【王洙曰】西京賦：靈囿之中，前後無有。垠堮，淮南子：出於無垠鄂之間。許慎注：垠鄂，端崖也。○或作鄂，亦作鍔，古字通用。 側身下煙靄。 前臨洪濤寬，却立蒼石大。 山危一徑盡，岸絶兩〔一〕壁對。 削然根虚無，○却立，謂退則阻石，而兩山壁立，相對如削成然，而攢乎清虚也。時甫寓同谷不盈月。按鄭鴻嘗有詠公同谷茅茨曰：工部棲遲後，鄰家太半無。青羌迷道路，白社寄杯盂。大雅何人繼，全生此地孤。孤雲飛鳥什〔二〕，空勤舊山隅。鴻曰：萬丈潭在公宅西，洪濤蒼石，山徑岸壁如目見之。○【趙次公曰】山海經：大華之山，削成而四方，高立千仞，其廣千里。 倒影垂澹濧。 ○【鄭卬曰】濧，舊作頽，並徒對切。澹濧，猶淡也。集韻作音隊。水帶沙往來貌，謂山臨水而山蘸影在水中也。前漢郊祀志：逢興輕舉，登遐倒景。如淳注：在日月之上，反從下照，故其景倒。○【王洙曰】孫綽天台賦序「或倒景於重溟」是也。○或謂：澹瀨，瑶池也。 黑如灣環底，○【王洙曰：「一作又如。環，音還。」】如，黄作知。陳作爲〔三〕。環，音還。 清見光炯碎。 ○炯，古迥切，光也。 孤雲到來深，飛鳥不在外。 高蘿成帷幄，○【王洙曰】帷，一作帳。陸士衡詩：密葉成翠幄。 寒木壘旌旆。 ○壘，一作疊。○【修可曰】康協終南行：楓丹杉碧，壘旌立旆。 遠川曲通流，○謂仇池川與此相通也。 嵌竇潛洩瀨。 ○【鄭卬曰】嵌，口銜切。○洩，私列切。言源泉由此流洩也。 造幽無人境，○【王洙曰】天台賦：卒踐無人之境。 發興自我輩。 告歸遺恨多，將老遊斯最。閉藏脩鱗蟄，○趙傁云：是時深冬而龍蟄也。出入巨石礙。○石，一作爪。何當暑天過，○一作「何事炎天過」。○【趙次公曰：「廣雅云：南方曰炎天。」】淮南子時則訓：南方曰炎天。快意風雨會。○【王洙曰】一作「決意風雲會」。○萬丈之潭，龍之蟄藏於此，亦以巨石障礙爲恨，譬君子潛藏，動則窒礙於小人，良由不得其時。苟得其時，則風雲會斯，可以快意矣。○【趙次公曰】應德璉詩：欲因風雲會，濯翼凌高梯。

【校記】

〔一〕兩，元本、古逸叢書本作「雨」。

〔二〕什，古逸叢書本作「付」。

〔三〕爲，元本、古逸叢書本無。

新定杜工部草堂詩箋斠證卷第十八

乾元二年十二月一日自隴右赴劍南紀行所作

發同谷縣

○【師古曰】乾元二年，甫寓居同谷，屬饑歉。又自同谷入蜀。此詩以下，皆沿道紀行。○十道志：同谷，漢下辯道。正始中，立廣業郡，領白石、栗亭，後改曰同谷。

賢有不黔突，聖有不暖席。○聖賢，指孔、墨汲汲於歷聘也。突，竈孔〔一〕。不至於黑，言無暇炊爨也。席，卧褥也。卧褥不至於暖，言無寢寐也。○【王洙曰】文子曰：墨子無黔突，孔子無暖席。○【趙次公曰】淮南子修務訓：孔子無黔突，墨子無暖席。況我飢愚人，○人，一作夫。焉能尚安宅。○【王洙曰：「聖賢尚不免此，吾豈能安宅乎！」】昔聖賢如孔、墨，猶不免栖栖，況我飢愚，豈能安居而坐受其弊！○按唐書：甫居同谷，兒女至有餓莩，奚爲不糊口於四方乎！○【趙次公曰】詩：其究〔二〕安宅。始來茲山中，休駕喜地僻。○【王洙曰】喜，一作嘉。○甫始至同谷，喜其地僻，蓋以秦州要衝，懶於應接。按集，公嘗有詩云「地僻懶衣裳」，蓋謂此也。奈何迫物累，一歲四行役。○【趙次公曰】：「蓋嘗考是年歲在己亥，春三月，公回自東都，有新安吏、潼關吏、新婚別、垂老別、無家別詩。又按唐史，是月八日壬申，九節度之師潰於相州，公夏在華州，有夏日嘆、夏夜嘆。時秋七月，公棄官往居秦州，有寄賈至嚴武詩略曰：『舊好腸堪斷，新愁眼欲穿。』此一秋賦詩至多。冬則以十月赴同谷縣，有紀行十二首、七歌、萬丈潭詩。今十二月一日又自隴右赴劍南。此爲一歲之中自東都西趨華，自華而居秦，而赴同谷，自同谷而赴劍南，爲四度行役也。」又，杜陵詩史、分門集注、補注杜詩、集千家注批點杜工部詩集引「師古曰」：「一歲之中凡四行役。夏發華州，十月離秦州，故詩云『漢源十月交』，十一月至成州，故云『仲冬見虹霓』，十二月發同谷，故云云。」】甫奈何於口體之累，一歲之中凡四行役。予求之詩，以昨秋出諫垣，掾華州，今夏棄官發華州，秋客秦亭，冬離秦州，故集有詩云「漢源十月交」，十一月至成州城，故詩云「仲冬見虹蜺」，十二月發同谷，登劍門，是「一歲四行役」也。忡忡去絕境，○【饒曰】忡，直中切，心變貌。○如爲物所衝也。杳杳更遠適。停驂龍潭雲，○龍潭，即同谷詩云「南有龍兮在山湫」是也。甫時將行，停車於此，有所禱也。迴首虎崖石。○【王洙曰：「白崖，一作虎崖。」】虎崖，一作白崖。○白崖，山名，在同谷。迴首尚有眷眷之意。臨歧別數子，握手淚再滴。○【王洙曰】江文通詩：樽酒送征人，握手淚如霰。交情無舊深，○【王洙曰：「一云『交情無舊深』。】一作「雖無舊深知」，一作「雖舊情深知」。○【趙次公曰：「公於同谷寓居未久，蓋多新交，而惜別之情則如故舊之深遠。」】甫謂與同谷縣官數子雖新相知，傾蓋便如舊契也。窮老多慘慼。平生懶拙意，○拙，一作屈。偶值棲遁迹。○謂遇勝境即棲息，初不問久暫也。○【王洙曰】郭璞詩：山林隱遁棲。去住與願違，仰慙林間翮。○【孝祥曰】林鳥尚得休憩，而甫奔走無定居，反有媿於林間之鳥也。○予觀公惜別之情，必迫於寇攘而遷也。按集，送韋宙從事同谷〔三〕詩曰：「此邦承平日，剽劫吏所羞。」又曰：「古來無人境，今代横戈矛。」豈當時恐爲羌戎所迫耶？

【校記】

〔一〕元本、古逸叢書本「孔」下有「也竄孔」三字。

〔二〕其究，原作「究其」，據元本、古逸叢書本改。

〔三〕谷，元本、古逸叢書本作「公」。

木皮嶺

○木皮嶺在興州。賈耽皇華四達記：木皮嶺在栗亭東。

首路栗亭西，○【杜陵詩史、補注杜詩、集千家注批點杜工部詩集引作「王洙曰」】：「首音狩，謂命車向西行也。」又，分門集注引作「鄭卬曰」。】首，讀去聲，謂命車向西行也。○顔延年北使詩：首路跼險難。按地志：栗亭在同谷郡東十五里。尚想鳳凰村。○在成州東南。季冬携童稚，○【王洙曰】童，一作幼。辛苦赴蜀門。○【魯曰】蜀門，即劍門也。南登木皮嶺，難險〔一〕不易論。汗流被我體，祁寒爲之暄。遠岫争輔佐，○【師古曰】遠岫尚知輔佐此山之尊，以譏安禄山不知君臣之義而叛也。千巖自崩奔。○【師古曰】喻千官奔走以趨王事者也。○【王洙曰】謝靈運詩：圻岸屢崩奔。始知五嶽外，别有他山尊。○【師古曰】喻禄山僭稱帝號也。○【趙次公曰】後漢〔二〕張昶華山碑：山莫尊於嶽，澤莫盛於瀆。仰干塞大明，○【王洙曰】干，一作看。○【鄭卬曰】塞，悉側切。○【師古曰】大明謂日，以喻君道也。仰塞大明，言禄山自高大，干〔三〕犯國紀，而蒙蔽於君也。俯入裂厚坤。○【師古曰】言郡縣之地爲禄山割據也。再聞虎豹鬬，○謂山之深僻可畏也。○【師古曰】劉安招隱士：虎豹鬬兮熊羆咆。屢踦風水昏。○謂水之險阻難行也。高有廢閣道，○【王洙曰】謂棧道也。摧折如短轅。○【王洙曰】短，一作斷。下有冬青林，○【鮑曰】冬青，木名，經冬不凋，今所在有之。石上走長根。西崖特秀發，焕若靈芝繁。潤聚金碧氣，○【王洙曰】蜀都賦：金馬馳光而絶影，碧雞倏忽而曜儀。清無沙土痕。○此兩聯寓意玄宗在蜀而有靈芝之草、金碧之氣，薦瑞于此也。憶觀崑崙圖，○【王洙曰】圖，一作墟。目擊玄圃存。○崑崙、玄圃，皆神仙所居。成都府因玄宗巡幸之後，改曰西京。故甫盛言其風物而有取於崑崙、玄圃也。按穆天子傳：春山之澤，清水出泉，温和無風，飛鳥百獸之所飲食，先王之所謂懸圃。○【王洙曰】淮南墬形訓：懸圃、凉風，〔四〕在崑崙閶闔之中。對此欲何適，默傷垂老魂。○甫傷年老無所歸往也。

【校記】

〔一〕難險，元本、古逸叢書本作「險難」。

〔二〕漢，元本、古逸叢書本作「洪」。

〔三〕大干，古逸叢書本作「天下」。

〔四〕涼風，元本作「浪風」，古逸叢書本作「閬風」。

白沙渡

畏途隨長江，○言陸路險阻可畏，遂避之而泛江也。○【王洙曰】莊子達生篇：夫畏途者，十殺一人，則父子兄弟相戒也。渡口下絶岸。差池上舟楫，○【鄭卬曰】差，初加切。○【趙次公曰】差池，緩進貌。杳窕入雲漢。○杳，一作窅。言逐流而上，水勢既高，如入雲漢也。天寒荒野外，日暮中流半。○言渡之遠也。我馬向北嘶，○不忘故鄉也。○【王洙曰】古詩云：胡馬嘶北風。山猿飲相喚。○言猿尚求侶，甫與兄弟隔别，反不若之也。元康地記：猿與猴獮不共山宿，臨旦相呼。水清石礧礧，○礧，落猥切。古詩：水清石纍纍，遠行不如歸。沙白灘漫漫。○漫，讀去聲。○【王洙曰】沈休文詩：歸海水漫漫。迥然洗愁辛，○【王洙曰】迥，一作倏。多病一疏散。高壁抵嶔崟，○【集千家注批點杜工部詩集引「鄭卬曰」：「嶔崟，山貌。上音欽，下音吟。」】嶔音欽，崟音吟。張衡思玄賦：慕歷陵之嶔崟。注：山貌。洪濤越淩亂。臨風獨回首，攬轡復三歎。○【師古曰】甫遭亂離，故忘於羈旅奔走，是以有范滂澄清之志，奈何時不見用，亦止於再三咨嗟，傷不得其志也。

水會渡

○【九家集注杜詩、門類增廣十注杜詩依例爲「王洙曰」：「一云『水回渡』。」又，杜陵詩史、分門集注、補注杜詩、集千家注批點杜工部詩集引作「魯曰」。】會，一作回。

山行有常程，中夜尚未安。○水行瞬息千里，不比山行程期有定，是以中夜不得休息而奔程也。微月没已久，崖傾路何難。大江動我前，○動，一作當。洶若溟渤寬。篙師暗理楫，○【鄭卬曰：「篙，始勞切，撑船竹。」】篙，如勞切，刺船竹也。歌笑輕波瀾。霜濃木石滑，風急手足寒。○【王洙曰】急，一作烈。入舟已千憂，陟巘仍萬盤。○既畏舟就陸，復陟萬盤之巘，其勞可知也。回眺積水外，○【王洙曰】回，一作出。外，一作石。始知衆星乾。○乾，音干，燥也。初疑天與水相通，及登巘回視積水之外，乃知星乾不接於水也。遠遊令人瘦，○【王洙曰】古詩：思君令人瘦。衰疾慙加餐。○陸行一上一下，升降困頓，苟不强飯，何以支衰疾乎！古詩：努力加餐飯。

飛仙閣

土門山行窄，○【王洙曰】土，一作出。微徑緣秋毫。○【王洙曰】一作「徑微上秋毫」。○言徑路之細也。棧雲闌干峻，○言棧閣之高，勢凌雲也。闌干多也。梯石結構牢。萬壑欹疏林，○【王洙曰】林，一作竹。積陰帶奔濤。○積陰，謂積水也。寒日外澹泊，長風中怒號。○【王洙曰】莊子齊物篇：大塊噫氣，其名爲風。作則萬竅怒號。歇鞍在地底，○言下閣道而少憩也。始覺所歷高。往來雜坐卧，人馬同疲勞。○【趙次公曰】：「句法使苦寒行『人馬同時飢』。」】魏武帝苦寒行：行行日已遠，人馬同時飢。浮生有定分，飢飽豈可逃。歎息謂妻子，我何隨汝曹。○汝，一作爾。謂爲妻子所累也。

五盤

五盤雖云險，○【魯曰】謂棧道盤曲有五重也。山色佳有餘。仰凌棧道細，○【王洙曰】道，一作閣。俯映江木疏。地僻無網罟，○言可避亂也。水清至多魚。○【趙次公曰】家語入官篇：水至清則無魚。甫因所見而反用之也。好鳥不妄飛，○【師古曰】陶淵明詩：鳥倦飛而知還。甫自傷奔走，曾好鳥之不若也。野人半巢居。喜見淳朴俗，坦然心神舒。東郊尚格鬬，巨猾何時除。○【趙次公曰：「指言東京之東郊，安史之兵所在。公詩屢言之矣。」】謂安慶緒尚熾陝、洛也。故鄉有弟妹，流落隨丘墟。成都萬事好，豈若歸吾廬。○【王洙曰】陶淵明詩：吾亦愛吾廬。

龍門閣

清江下龍門，絶壁無尺土。○【魯曰】按地理志：施州清江郡。○春秋巴國之境。七國時，楚國巫郡之地。隋煬帝置庸州，尋廢，置清江郡。唐爲施州，領清江縣。清江水自龍門鎮而下。兩傍山壁立，無一尺平地。長風駕高浪，○【王洙曰】高，一作白。浩浩自太古。○【趙次公曰】浩浩，皆讀上聲，水貌。危途中縈盤，○【王洙曰】一作「危途縈盤道」。仰望垂線縷。○喻閣道之細也。滑石攲誰鑿，○諸葛亮相蜀，鑿石架空，爲飛梁閣道。浮梁裊相柱。○柱，誅縷切，謂以木爲橋梁也。方言：造舟謂之橋梁。郭璞曰：即今浮橋也。目眩隕雜花，頭風吹過雨。○【王洙曰】一作「過飛雨」。○【趙次公曰】滑石之攲，浮梁之裊，皆難行之地，故目生眩，頭生風矣。百年不敢料，一墜那得取。○言經此險，惟恐其墜，不敢自保百年之壽也。飽聞經瞿塘，○【趙次公曰：「瞿塘峽在巫山之下。」】瞿塘峽在峽州。足見度大庾。○【趙次公曰：「大庾嶺在虔州之前也。」】大庾嶺在虔州。終身歷艱險，恐懼從此數。○數，其所切，計也。○【師古曰】瞿塘之峽、大庾之嶺，雖爲險，不若此閣道爲險之至，甫至此恐懼。若屈指數險阻之處，當從此始也。

石櫃閣

季冬白日長，○一作「冬季日已長」。山晚半天赤。○謂反照也。蜀道多早花，江間饒奇石。○【王洙曰】江文通詩：崦山多靈草，海濱饒奇石。石櫃曾波上，○曾與層同。謂閣道詩〔一〕于層波之上，傍有石形似櫃也。臨虛蕩高壁。清暉回群鷗，○謝靈運詩：山水含清暉。暝色帶遠客。○謝靈運詩：林靜帶暝色。羈栖負幽意，感歎向絶迹。信甘孱懦嬰，○【鄭卬曰】孱，鉏山切。懦，奴卧切。懦弱也。不獨凍餒迫。○甫感此絶異之迹，傷爲妻子所嬰累，不獲幽隱故也。優游謝康樂，○【杜田正謬】又，杜陵詩史、分門集注、補注杜詩、集千家注批點杜工部詩集引作「修可曰」。】謝靈運襲封康樂公，與何長瑜等以文章賞會，共爲山澤之遊。放浪陶彭澤。○【王洙曰：「陶潛，彭澤令。」】陶潛字元亮，爲彭澤令，乃賦歸去來。吾衰未自由，○由，一作安。

謝爾性有適。○有，一作頗。○【王洙曰】一作所。○【師古曰】謝靈運、陶元亮優遊放浪，無所繫滯，今甫未能自由，比於二子適性之樂，頗有感焉。

【校記】

〔一〕誇，元本、古逸叢書本作「跨」。

桔柏渡

○【鄭卬曰】桔，居屑切。○寰宇記：龍州濟順廟，本張惡子戰死而廟存。唐書云：廣明二年，僖宗幸蜀，神見於利州桔柏津。則知桔柏屬利州也。王洙云：桔柏，乃文州嘉陵二江合流處也。余按地理志：文州，古氐羌之境。漢開西南夷，置陰平道。蜀後主建興七年，諸葛亮定之。鍾會伐蜀，姜維來，請備陰平橋頭，即此渡也。

青冥寒江渡，駕竹爲長橋。○【趙次公曰】青冥，高遠之貌。○言嘉陵二江合流之津，駕竹爲橋以渡之也。竿濕煙漠漠，○【王洙曰】一作「竹竿濕漠漠」。江水〔一〕風蕭蕭。○【王洙曰】戰國策：荆軻歌曰：「風蕭蕭兮易水寒。」連笮〔二〕動嫋娜，○【鄭卬曰】笮，側格切。嫋，乃了切。娜，奴可切。○梁益記：笮橋，蠶叢之世以竹索爲橋，亦名繩橋。征衣颯飄颻。急流鴇鷁散，○【鄭卬曰】鴇，博抱切。鷁，五歷切。○水鳥。或謂鴇鷁喻舟船，因急流而散亂之也。絶岸黿鼉驕。○【魯曰】或謂黿鼉喻橋梁也。横絶於岸而驕壯也。西轅自兹異，○謂整轅西向成都也。東逝不可要。○要與邀同，謂東行可以下渝、合二州也。高通荆門路，○謂荆門軍，東西之路自此而判矣。盛弘之荆州記：郡西泝江六十里，南岸有山名曰荆門，北岸有山名曰虎牙，二山相對，楚之西塞也。闊會滄海潮。孤光隱顧眄，遊子悵寂寥。無以洗心胸，○謂無物可以寫憂也。前登但山椒。○登，一作路。山椒，謂山脊無草木也。釋名：山頂曰冢，亦曰椒。○【杜田補遺。又，門類增廣十注杜詩引作「薛云」，杜陵詩史、分門集注、補注杜詩引作「十朋曰」。】廣雅：土高四墮曰山椒。○【門類增廣十注杜詩引作「薛云」。】謝靈運詩：稅駕登山椒。

【校記】

〔一〕水，古逸叢書本作「永」。

〔二〕笮，原作「窄」，據古逸叢書本改。

劍門

○按地理志：劍州劍門縣，在川東北五十五里。有梁山，亦名大劍山，有姜維拒鍾會故壘，有劍閣，即張載作銘所。蜀都賦：緣以劍閣。劉淵林注：劍閣，谷名。自蜀通漢中道一由此，故以門名。皆有閣道，在梓潼郡東北，蜀之險隘。蜀王之先，從開明上到蠶叢，積三萬四千歲。至秦惠王時，始與中國通。○【王洙曰】李特送流人至劍門，箕踞四顧，太息曰：「劉禪有此形勢，而東手於人乎！」遂潛謀割據。○華陽國志：諸葛亮相蜀，鑿石架空，爲飛梁閣道，即古劍閣道。○【九家集注杜詩引作「薛夢符曰」。杜陵詩史、分門集注、補注杜詩引作「薛蒼舒曰」。】酈元水經注曰：大劍戍至小劍三十里，連山絶險，飛閣相通，謂之閣道。○柳宗元銘：井絡坤垠，時惟外區〔一〕。界山爲門，環于蜀都。

惟天有〔二〕設險，○【趙次公曰。又，門類增廣十注杜詩引作「新添」，杜陵詩史引作「孝祥曰」，分門集注引作「王洙曰」。】易：天險不可升，地險山川丘陵也。王公設險，以守其國。劍門天下壯。○【王洙曰：「閣，一作門。」】門，一作閣。○言山石廉利如劍，乃天設之險，爲天下之壯也。連山抱西南，石角皆〔三〕北向。○【趙次公曰】此言地形雖險，而趨中原，自然之勢。觀劍門雖抱西南，而石角北向，則有面内之義也。兩崖崇墉倚，○言古有二山之高也。詩：其崇如墉。刻畫城郭狀。○謂城郭依山以爲固，如刻畫然。一夫怒臨關，○【王洙曰】關，一作門。百萬未可傍。○【王洙曰】傍，一作仰。○傍，近也。○【王洙曰】蜀都賦：一人守隘，萬夫莫向。張孟陽劍閣銘：一人荷戟，萬夫趑趄。珠玉走中原，○珠玉，陳、鮑皆作玉帛。岷峨氣悽愴。○【趙次公曰。又，王洙曰：「岷，青城山也。峨，峨眉也。」】岷謂青城山，在成都之西。峨謂峨眉山，在成都之西南路。三王五帝前，雞犬各相放。後王尚柔遠〔四〕，○【王洙曰】書：柔遠能邇。職貢道已喪。○【王洙曰：「蜀自秦方與中國通。」】蜀舊爲西蠻之地，自三皇五帝以前，雞犬之聲不聞乎中國，未嘗禀天子正朔，至秦鑿岷、峨以通蜀，務在懷柔遠人，遂修臣職，以貢奉中國。雖然，職貢而太古淳朴之大道已喪矣。方秦之鑿，二山之氣爲之斷絶，可令人悽愴，是以玉帛始走獻于中原矣。至今英雄人，高視見霸王。○王，于況切〔五〕。并合〔六〕與割據，極力不相讓。○謂公孫述、劉備之徒也。吾將罪真宰，意欲鏟疊障。○【趙次公曰】莊子齊物篇〔七〕：若有真宰，而特不得其眹。○【趙次公曰：「韻書云：平鐵也。」】鏟，楚産切，平鐵也。○後世英雄之君，視其險阻，不免并吞割據，竭力戰鬬，誰肯廉讓而不争乎？○【王洙曰】如公孫述、劉備、李雄、孟知祥之徒，皆乘中國有亂，起而據之。○原夫争端，皆由真宰自剖判以來，有此危巒疊障之險，故英雄始割據其地。甫將欲罪彼天工而鏟其險阻也。恐此復偶然，臨風默惆悵。○默，一作黯。○【師古曰】恐當肅宗中原未平之日，偶復有爲割據〔八〕之禍者，是以臨風惆悵，而默爲國家之慮也。

【校記】

〔一〕時惟外區，原作「時惟外匣」，據古逸叢書本改。

〔二〕天有，元本、古逸叢書本作「有天」。

〔三〕皆，元本、古逸叢書本作「在」。

〔四〕邇，古逸叢書本作「遠」。

〔五〕切，元本、古逸叢書本作「反」。
〔六〕合，元本、古逸叢書本作「吞」。
〔七〕篇，古逸叢書本作「論」。
〔八〕據，古逸叢書本作「像」。

鹿頭山

○【王彦輔曰：「按地理志：漢州德陽縣有鹿頭山。」】唐地理志：鹿頭山在漢州德陽縣南，距成都百五十里。唐高崇文擒劉闢于此，亦有關，以鹿頭爲名。

鹿頭何亭亭，○亭亭，高貌。是日慰飢渴。連山西南斷，俯見千里豁。○【王洙曰：「自秦入蜀，山嶺重複，極爲險阻。及下鹿頭關，東望成都，沃野千里，葱鬱之氣乃若煙霞靄然。」】甫望成都，如飢渴之欲飲食。及至鹿頭山已斷絶，下視成都，沃野千里，豁然舒懷，甚慰其飢渴之望也。遊子出京華，○【王洙曰】一作咸京。○遊子，甫自謂也。劍門不可越。○【薛蒼舒曰】張孟陽劍閣銘：惟〔一〕蜀之門，作固作鎮。是曰劍閣，壁立萬仞。及兹險阻盡，始喜原野闊。○甫自京華至秦亭，自秦亭來遊成都，山鎮重複，險阻艱難，若恐中途委棄，不謂能越劍門之險以及于此，得遇平關而喜也。殊方昔三分，霸氣曾間發。○【鄭卬曰】間，居莧切。○【師古曰】昔魏〔二〕、吴、蜀三分天下，劉備據此一方，以建霸王之業。天下今一家，○【韓曰】謂肅宗中興，天下已一家矣。○記禮運：聖人能以天下爲一家。雲端失雙闕。○【趙次公曰】雙闕，謂天子之宫也。○以天下既一家，皆爲臣屬，故所僭擬天子之闕不復見矣。或曰：雲端雖有以劍門、鹿關之險，果何用哉！悠然想揚馬，繼起名硉兀。○【鄭卬曰】硉，即兀切。○硉兀，高貌。有文令人傷，○【王洙曰】文，一作才。○【師古曰】揚、馬，謂子雲、相如也。二子皆蜀人，有文章，皆不顯用於漢。甫至此追思二子，亦若已之不遭其時也。何處埋爾骨。○左氏傳：吾收爾骨焉。紆餘脂膏地，○【高曰】紆餘，廣遠貌。言成都之地肥沃也。慘澹豪俠窟。○謂此地出豪俠之士，負持豪氣，俠助人之急難也。○【趙次公曰】郭璞詩：京華遊俠窟。杖鉞非老臣，宣風豈專達。○此州最爲難治，儻非得老臣，宣布天子之風化，得以專達其事，不見掣肘於朝廷，安能鎮此乎？冀公柱石姿，○【王洙曰：「僕射裴冕。」】冀公乃僕射、冀國公裴冕也。吳志陸凱傳：宰相，國之柱石。論道邦家活。○周官：兹維三公，論道經邦。斯人亦何幸，公鎮餘歲月。○是時冀公以三公論道之職，復有柱石之才，尹鎮此邦，已餘歲月矣，乃成都之深幸。甫喜遇之，故有「斯人亦何幸」之句。○【趙次公曰】或謂冀公爲尹，尚有歲月之期，斯人之所以幸也。此句可以見子美初來成都，非爲嚴武而來也。

【校記】

〔一〕惟，古逸叢書本作「推」。

〔二〕魏，元本、古逸叢書本作「娩」。

成都府

○【鄭卬曰】成都府，劍南西路蜀州也。

翳翳桑榆日，○【趙次公曰：「桑榆，晚日也。」】桑榆，謂暮景也。○桑榆乃柔脆〔一〕之木，喻老年將衰朽也。照我征衣裳。○【王洙曰】陶潛歸去來辭：景翳翳以將入。○顏延年秋胡詩：日暮行來歸，物色桑榆時。○【杜田補遺。又，杜陵詩史、分門集注、補注杜詩引作「修可曰」。】日薄桑榆而其光翳翳，止足照我衣裳而不能遠照，以喻明皇以太上皇居西内也。○【趙次公曰】阮嗣宗詠懷詩：灼灼西頹日，餘光照我衣。我行山川異，忽在天一方。○【劉曰】成都偏在西，故云一方。○【趙次公曰】古詩：各在天一方。但逢新人民，○言非故國也。○【王洙曰】曹植詩：不見耆舊老，但睹新少年。未卜見故鄉。○故鄉，謂長安也。大江從東來，遊子去日長。○去日，黃魯直作日月。曾城填華屋，○曾與層同。○【鄭卬曰】填，陟刃切，完〔二〕也。○或曰：填音田，滿也。言豪家多也。○【趙次公曰】淮南墬形訓：崑崙墟中有層城九重。季冬樹木蒼。○言地暖，草木不凋也。○【趙次公曰：「前於發同谷縣題下，公自注云：『乾元二年十二月一日，自隴右赴劍南紀行。』而今詩云『季冬樹木蒼』，則至成都，乃是月也。元祐中，胡資政守蜀，作草堂詩碑引云『先生至成都月日不可考』，蓋不詳此也。」】按，公以乾元二年十二月一日，發同谷，赴劍南，至是月方抵成都也。喧然名都會，○【薛蒼舒曰】史記貨殖傳〔三〕：此一都會也。吹簫間笙簧。○間，居莧切，一作奏。言其俗樂也。信美無與適，○此邦信美矣，但甫自恨無所歸往也。○【王洙曰】王粲登樓賦：雖信美而非吾土兮，曾何足以少留。側身望川梁。○冀知己者有所利濟也。○【王洙曰】張平子〔四〕四愁詩：側身西望涕沾裳。○鮑照登黶車峴詩：四望極川梁。鳥雀夜各歸，中原杳茫茫。○【趙次公曰】：「觀衆鳥識巢而夜歸，乃思其中原故鄉之地而不得返。」〔二〕鳥雀雖微物，夜各有歸於巢，而甫杳不得歸中原，傷己鳥雀之不若也。初月出不高，○【師古曰】喻肅宗初即帝位也。衆星尚爭光。○【師古曰】喻史思明之徒尚與天子抗衡也。自古有羈旅，我何苦哀傷。○自古賢聖之不遇，如孔子、孟子之流，託迹侯國，所不能免，況甫乎！○【師古曰】此乃自寬之辭。○時裴冕尹成都，甫是以卜居於浣花里也。

【校記】

〔一〕脆，元本、古逸叢書本作「肥」。

〔二〕完，杜陵詩史、分門集注、補注杜詩作「定」。

〔三〕史記貨殖傳，元本、古逸叢書本作「前漢地理志」。

〔四〕張平子，原作「沈思純」，據古逸叢書本改。

上元元年庚子在成都所作

西郊

時出碧雞坊，○【鄭卬曰】梁益州記：成都之坊百有二十，第四曰碧雞坊。○【王洙曰】按，前漢王褒傳：方士言益州有金馬、碧雞之寶，可祭祀致也。宣帝使王褒往祀焉。○又後漢南蠻傳：越巂郡青蛉縣有碧雞、金馬，光景時時出見。注引前書音義曰：金形似馬，碧形似雞也。西郊向草堂。○裴冕鎮成都，爲甫卜築草堂於西郭浣花溪上。市橋官柳細，○【王洙曰：「成都記：市橋水中有石犀，蓋吴漢爲賊將延岑所破之處。」】後漢公孫述傳：述募敢死士五千，配延岑於市橋，擊破吴漢。注：市橋，即七星之一橋也。○【黄希曰】李膺益州記曰：冲星橋，舊市橋也，在今成都縣西南四里。○成都記：市橋水中有石犀。華陽國志：石牛門曰市橋，下石犀所潛淵也。○【鄭卬曰】酈元水經注：益州西南石牛門曰市橋。○【趙次公曰】寰宇記：市橋在益州之西。○漢舊州在橋南，因名焉。江路野梅香。○【趙次公曰】市橋、江路，皆草堂所經之地也。傍架齊書帙，看題檢藥囊。○【王洙曰：「一作減。」】檢，或作減，非是。無人覺來往，○【王洙曰：「一云與，一云覺。」】覺，一作競，或又作與。

疏懶意何長。

所思

苦憶荆州醉司馬，○【趙次公曰。又，集千家注批點杜工部詩集：「公自注：崔吏部漪。」】崔公漪自吏部而謫荆州司馬，崔必好飲，故以醉爲戲之。謫官樽俎定常開。○【王洙曰】官，一作居。俎，一作酒。九江日落醒何處，○【王洙曰】九江在潯陽郡。○按荆州記：江出岷山，其源若甕谷，可以濫觴。在益州建寧滿江縣，行地底數里，至楚都遂廣十里，名南江。初在犍爲與青衣水、汶水合，至洛縣與洛水合，東北至巴郡與涪水、漢水、白水合，東至長沙與澧水、沅水、〔一〕湘水合，至江夏與沔水合，至潯陽分爲九道，東會于彭澤，經蕪湖名爲中江，東北至南徐州名爲北江，而入海也。○【王洙曰】潯陽記：九江，一曰烏江，二曰蚌江，三曰烏白江，四曰嘉靡江，五曰畎江，六曰源江，七曰廪江，八曰提江，九曰菌江。漢武帝置〔二〕九江郡。○鄭卬云：九江，禹貢：在荆州。一柱觀頭眠幾回。○一柱觀在荆州。○【杜田補遺】按渚宫故事：宋臨川王義慶代江夏王鎮江陵，於羅公洲上立觀，甚大而唯一柱。○十道志：一柱觀，荆州羅公洲。臨川王起衆梁，萃一柱。麟角類事：江陵臺甚大，唯有一柱，衆梁共之。○【王洙曰】梁劉孝綽江津寄劉之遴詩云「經過一柱觀，世入三休臺」是也。可憐懷抱向人盡，○言傾懷以相待也。欲問平安無使來。○使，所吏切，從命者。故憑錦水將雙淚，好向瞿塘灧澦堆。○【趙次公曰】公所居浣花溪，亦曰濯錦江也。○【王洙曰】荆州記：灧澦如馬，瞿塘莫下。灧澦如象，瞿塘莫上。蓋舟人以爲水則。

【校記】

〔一〕沇水，原作「沇水」，據古逸叢書本改。

〔二〕置，元本、古逸叢書本作「至」。

卜居

○乾元二年，歲在己亥，冬暮，甫至成都。○【鮑彪曰】明年，改元上元，歲次庚子，公年四十九。劍南節度使、右揆冀國公裴冕爲卜成都西郭浣花溪作草堂以居焉。詩所謂主人，謂裴冀公。○【趙次公曰。又，杜陵詩史引作「鮑彪曰」】。按，王洙曰：「主人，嚴武也。」或以主人爲嚴武，非也。○草堂在江上，錦官城西，萬里橋左，浣花溪前。○【黄鶴曰】按集有寄題江外草堂云「經營上元始，斷手寶應年」是也。

浣花流水水西頭，○【王洙曰】流，一作之。主人爲卜林塘幽。○並見題注。已知出郭少塵事，更有澄江銷客愁。無數蜻蜓齊上下，○崔豹古今注：蜻蜓，一名蝴蝶，色青而大者是也。一雙鸂鶒對沉浮。○臨海異物志：鸂鶒，水鳥，毛有五色，食短菰，常在溪中，無毒氣。東行萬里堪乘興，○【王洙曰】蜀有萬里橋，在浣花溪東。昔諸葛孔明送吴使至此，曰：「萬里之行，從此始矣。」因是得名也。須向山陰上小舟。○山陰，縣名。○【王洙曰：「乘興欲傚王子猷月夜泛舟謁戴安道也，故有下句。山陰，王子猷所居之地。」】語林：王子猷居山陰，雪夜，因詠招隱詩，忽憶戴安道。安道時在剡，乘興撑舟，經宿方至，造門而返。或問之，對曰：「乘興而來，興盡而返，何必見戴也。」

春夜喜雨

好雨知時節，當春乃發生。○【王洙曰】乃，一作及。隨風潛入夜，潤物細無聲。○黄帝之世，五日一風，十日一雨，風不鳴條，雨無破塊。然飄風暴雨有害於物，非所謂好雨也，故子美以「隨風潛入夜，潤物細無聲」爲佳矣。野徑雲俱黑，江船火獨明。曉看紅濕處，花重錦官城。○【趙次公曰。又，杜陵詩史、分門集注、補注杜詩引作「王洙曰」。】蜀城人以江山明媚、錯雜如繡，故呼爲錦官城。○【趙次公曰】梁簡文帝賦得入階雨詩：漬花枝覺重。

春水生二絶

二月六夜春水生，○【王洙曰】孫權傳：春水方生，公宜速去。門前小灘渾欲平。○【王洙曰】灘，一作籬。鸕鷀鸂鶒莫漫喜，吾與汝曹俱眼明。○【趙次公曰】鸕鷀鸂鶒見水多而喜，公語之以「與汝曹俱眼明」，則可謂與物委蛇而同其波矣。古詩云「兩目增雙明」是也。

一夜水高二尺强，數日不可更禁當。○【趙次公曰】禁當，蜀之俗語。南市津頭有船賣，無錢即買繫籬傍。

江畔獨步尋花七絶

江上被花惱不徹，無處告訴只顛狂。走覓南鄰愛酒伴，○【王洙曰】斛斯融，吾酒徒。經旬出飲獨空牀。○【趙次公曰】以出飲之故，其家所獨寢之床遂空也。

稠花亂蘂裹江濱，○【王洙曰：「畏，一作裹。」】裹，一作裹。行步敧危實怕春。○實，一作獨。詩酒尚堪驅使在，未須料理白頭人。○【趙次公曰：「尚可當詩酒之役也。」】言當春色之盛，惟詩與酒尚可以驅役。○未須料理白頭人，甫自謂也。

江深竹静兩三家，多事紅花映白花。報答春光知有處，應須美酒送生涯。〇【王洙曰】莊子養生主篇：吾生也有涯。

東望少城花滿煙，〇【王洙曰】梁益記：少城，張儀所築。〇【薛蒼舒曰】左思蜀都賦：亞以少城，接乎其西，市廛所舍，商賈之淵。列隧百重，羅肆巨千。賄貨山積，綺麗星繁。注：少城，小城也。在城西，市在其中。百花高樓更可憐。誰能載酒開金盞，〇【王洙曰】盞，一作鑽。〔一〕揚雄傳贊：雄家貧嗜酒，人希至其門。時有好事者載酒肴從游學焉。喚取佳人舞繡筵。

【校記】

〔一〕鑽，杜陵詩史、分門集注作「鎖」。

黄師塔前江水東，春光懶困倚微風。桃花一簇開無主，可愛深紅映淺紅。〇【王洙曰：「愛，一作映。」】映，一作愛。

黄四娘家花滿蹊，〇蹊，一作溪。非是。千朵萬朵壓枝低。留連戲蝶時時舞，自在嬌鶯恰恰啼。

不是愛花即欲死，○愛，一作有。欲，一作索。只恐花盡老相催。繁枝容易紛紛落，嫩葉商量細細開。○【王洙曰】葉，一作蘂。

江頭五詠

丁香

丁香體柔弱，亂結枝猶墊。○【鄭卬曰】墊，都念切，下也。細葉帶浮毛，疏花披素艷。深栽小齋後，庶近幽人占。晚墮蘭麝中，休懷粉身念。○【王洙曰】言丁香結實則墮於蘭麝間，而有粉身之患也。

麗春〔一〕

百草競春華，麗春應最勝。○【師尹曰】顧凱之詩：麗春絶衆卉。少須顔色好，多謾枝條賸。○賸與剩同。紛紛桃李枝，處處總能移。如何貴此重，○【王洙曰】一作「希如可貴重」。却怕有人知。

【校記】

〔一〕麗春，原無，據元本、古逸叢書本補。

梔子

○【九家集注杜詩依例爲「王洙曰」。又，杜陵詩史、分門集注、補注杜詩引作「魯曰」。】本草云：梔子，一名木丹。陶隱居云：梔子剪花六出，剖房七道。

梔子比衆木，人間誠未多。於身色有用，與道氣相和。紅取風霜實，○【魯曰】名山志：樓石山多梔子。○其色可以染帛，其性極冷，其實經霜則紅，此物最有用也。青看雨露柯。無情移得汝，貴在映江波。○【趙次公曰】謝宣城詩：有美當堦樹，霜露未能移。還思照水緑，君家無曲池。梁簡文帝詩云：素花偏可愛，的的半臨池。

鸂鶒

○前注。

故使籠寬織，須知動損毛。看雲莫悵望，失水任呼號。六翮曾經翦，孤飛卒未高。且無鷹隼慮，留滯莫辭勞。

花鴨

花鴨無泥滓，堦前每緩行。○【王洙曰：「一作中庭。」】堦前，一作庭前。羽毛知獨立，黑白太分明。不覺群心妬，休牽衆眼驚。稻粱霑汝在，作意莫先鳴。

堂成

背郭堂成蔭白茅，○【王洙曰】以白茅覆屋也。緣江路熟俯青郊。榿林礙日吟風葉，○歷考諸韻，皆無榿字，惟蜀中多此木。詢之蜀人，相傳以爲丘宜切。按王荆公絶句所謂「濯錦江邊木有榿」者，與移字同押，則知丘宜切爲是。蜀中記：玉壘以東多榿木，易成而可薪，美蔭而不害。按集，公有憑何少府覓榿木栽詩云「飽聞榿木三年大，與致溪邊十畝陰」是也。籠竹和煙滴露梢。○【鄭卬曰】籠，力鍾切。蜀有竹名簻籠。暫止飛烏將數子，○【王洙曰】止，一作下。○古今注：烏，孝烏也。古樂府歌曰：烏生八九子，端坐秦氏桂樹間。頻來語燕定新巢。旁人錯比揚雄宅，懶惰無心作解嘲。○【王洙曰】惰，舊作慢。揚雄傳：雄字子雲，蜀郡成都人。有田一壥，有宅一區，世世以農桑爲業。哀帝時，丁傅、董賢用事，雄方草太玄，以自守泊如也。或嘲雄以玄尚白，而雄解之，號曰解嘲。

蜀相〇諸葛武侯廟在錦城西南。漢晉春秋：亮家南陽之鄧縣，在襄陽城西二十里，號曰隆中。〇【王洙曰】本傳：亮躬耕隴畝，好爲梁甫吟。先主屯新野，徐庶謂先主曰：「諸葛孔明，卧龍也。將軍宜枉駕顧之。」由是先主遂詣亮，三往乃見。先主建安二十六年即帝位，册亮爲丞相、録尚書事。先主於永安疾篤，召亮屬曰：「君才十倍曹丕，必能安國，立定大事。若嗣子可輔，輔之。如其不才，君可自取。」亮泣曰：「臣敢竭股肱之力，效忠信〔一〕之節，繼之以死。」先主敕後主曰：「汝與丞相從事，事之如父。」建興元年，封亮武鄉侯。五年，率諸軍北駐漢中。臨發，上表曰：「先帝不以臣卑鄙，三顧臣於草廬之中，諮〔二〕臣以天下之計。」十二年春，亮悉大衆由斜谷出，以流馬運，據武功五丈原，與司馬宣王對於渭南，相持百餘日。其年八月，亮疾病，卒于軍。軍退，司馬宣王行其營壘，歎曰：「天下奇才。」魏鎮西將軍鍾會至漢川，祭亮廟，令軍士不得於亮墓所左右芻牧樵採。

丞相祠堂何處尋，錦官城外柏森森。〇【王洙曰：「廟有古柏，武侯手植。」】趙清獻公玉壘記曰：武侯祠古柏，孔明手植。〇按集，公有詩云「蒼皮溜雨四十圍，黛色參天二千尺」，此正所謂「柏森森」也。〇【王洙曰】華陽國志：成都西城，故錦官，錦工織錦，濯江中乃鮮明，他江不如。〇蜀之錦江，魚涎能鮮明錦絲，蓋濯錦以魚，浣布以灰，故公詩用錦里、錦江、錦水、錦城、錦官城，錦官，猶地志州縣鹽官、鐵官、橘官。○【王洙曰】一曰：蜀城江山明媚，錯華如錦，曰錦城。○一曰：錦織入貢，曰錦官城。映堦碧草自春色，○【王洙曰】江文通別賦：春草碧色。隔葉黄鸝空好音。○【王洙曰】空，一作多。○此皆傷其人之不見也。詩魯頌：懷我好音。古詩：黄鳥鳴相追，咬咬弄好音。○【王洙曰】王僧達詩：楊園流好音。三顧頻繁天下計，○【趙次公曰】庾亮表：頻繁省闥，出總六軍。餘見題注。兩朝開濟老臣心。○【王洙曰】兩朝，言先主及其子禪曰後主也。○亮表云：興復漢室，還于舊都，此臣所以報先帝而忠陛下之職分也。出師未捷身先死，○【王洙曰】捷，一作戰。○見題注。長使英雄淚滿襟。○【師古曰】諸葛制八陣圖，欲合一天下，未及出師一戰而死，故英雄之士皆傷悼之。向使亮未死，則吴、魏豈能保有其土地者哉！

【校記】

〔一〕信，古逸叢書本作「貞」。

〔二〕詔，古逸叢書本作「諮」。

賓至

幽棲地僻經過少，老病人扶再拜難。○謂有肺疾也。豈有文章驚海内，謾勞車馬駐江干。○【王洙曰】詩：寘之河之干兮。注：干，涯也。竟日淹留佳客坐，百年麤糲腐儒餐。不嫌野外無供給，乘興還來看藥欄。

有客

患氣經時久，○【師古曰】謂有肺疾也。臨江卜宅新。○謂結草堂以枕浣花溪也。喧卑方避俗，○【師尹曰】古詩：喧卑厭俗居。疏快頗宜人。○【師尹曰】江總詩：山豁自疏快。有客過茅宇，呼兒正葛巾。○【王洙曰】諸葛亮葛巾羽扇，指麾三軍。自鋤稀菜甲，小摘爲情親。○【趙次公曰：「手自鋤治者，稀疏之菜甲。因有客而小摘其嫩者，爲情意親密也。」】言蔬不多，爲客小摘，足見其重客也。○【師古曰】物雖微，出於力之所致。○【師尹曰：「謝靈運永嘉記：百卉正發，時聊以小摘供日。」】謝靈運永嘉記：以小摘供日。

爲農

錦里煙塵外，江村八九家。○【王洙曰：「公居在近郊，無氛埃，故云『煙塵外』。」】謂結草堂于浣花溪上，無塵俗之氣也。圓荷浮小葉，細麥落輕花。○【王洙曰】落，一作墜。卜宅從茲老，爲農去國賖。〇【晏曰】賖，遠也。遠慚勾漏令，不得問丹砂。〇【王洙曰】晉葛洪傳：洪字稚川，從祖玄，吴時學道得仙，號曰葛仙翁。其鍊丹秘術，悉得真法。以年老欲鍊丹砂以期遐壽，聞交趾出丹，求爲勾漏令。帝以洪資高不許之，洪曰：「非欲爲榮，以其有丹耳。」帝遂從之。

梅雨

〇【王彦輔曰：「梅熟而雨曰梅雨，江東呼爲『黄梅雨』。」】江南梅熟時，霖雨連旬，謂之「黄梅雨」。

南京犀浦道，〇【杜田正謬。又，杜陵詩史、分門集注、補注杜詩引作「鮑彪曰」。】肅宗至德二年十二月，以蜀郡爲南京。〇犀浦，乃成都屬邑。成都記：太守李冰作五石犀沉江，以壓水怪，因以名縣。今本犀作西，非是。四月熟黄梅。〇【杜田補遺】周處風土記：夏至雨，名黄梅雨，沾衣服，皆敗黵。埤雅：江、湘、二浙，四五月梅欲黄落，則水潤土溽，其霏如霧，名梅雨。自江以南，三月雨謂之迎梅，五月雨謂之送梅。湛湛長江去，〇【王洙曰】阮籍詩：湛湛長江水，上有楓樹林。冥冥細雨來。〇【趙次公曰】楚辭屈原九章：雷填填兮雨冥冥。〇【王洙曰】隋煬帝江都夏詩：梅黄細雨麥秋横，楓葉蕭蕭江水平。茅茨疏易濕，〇【王洙曰】謂以茅茨覆屋也。雲霧密難開。竟日蛟龍喜，〇【師古曰】蛟龍以水漲故喜也。〇廣雅：有鱗曰蛟龍，有翼曰應龍。郭璞云：蛟似蛇，四足小頭，細頸卵生，子如三斛瓮，能吞人，龍屬也。盤渦與岸迴。〇【鄭卬曰】渦，烏禾切。〇【師古曰】盤渦，乃水之蟠聚而洄洑者，故與岸迴旋也。○【王洙曰】郭璞江賦：盤渦谷轉，凌濤山頽。

田舍

田舍清江曲，柴門古道傍。草深迷市井，○司馬彪曰：九夫爲井。井上有市。風俗通云：市井者，言至市當有所鬻賣，當於井上洗濯，令其物香潔，然後到市也。春秋井田記：人年三十受田百畝，公田十畝，廬舍五畝，成田一頃十五畝，八家而九頃二十畝。共爲一井。廬舍在內，貴人也。公田次之，重公也。私田在外，賤私也。井田之義，因井爲市，交易而退，故稱市井也。地僻嬾衣裳。欅柳枝枝弱，○【鄭卬曰】欅，許居切，字正作柜。○欅柳，唐顧陶作「楊柳」。枇杷樹樹香。○樹樹，唐顧陶作「對對」。鸕鷀西日照，曬翅滿魚梁。○此詩樂田舍在清江之曲，草深地僻，無干戈之亂。又有欅柳之木、枇杷之果，可以棲息鸕鷀水鳥，能捕魚曬翅在於魚梁之間，而無驚擾也。

江漲

江漲柴門外，兒童報急流。下床高數尺，倚杖没中洲。○爾雅釋水：水中可居者曰洲。細動迎風燕，輕摇逐浪鷗。漁人縈小楫，容易拔船頭。○【王洙曰】拔，一作捩。

江村

清江一曲抱村流，○【趙次公曰：「此言浣花溪之澄清也。舊注以爲清曲縣，却是施州矣。」】清江，指浣花溪也。長夏江村事事幽。自去自來堂上燕，○【王洙曰】來，一作歸。相親相近水中鷗。老妻畫紙爲棋局，○【王洙曰】爲，一作成。○東晉李秀四維賦：四維戲者，衛尉摯侯所造也。畫紙爲局，截木爲棊。稚子敲針作釣鈎。○【師古曰】此甫言江村之居，得與老妻稚子適情乎碁釣，以自樂其清幽。形之詩，皆寓意於草木鳥獸之類，不必別爲曲説以肆穿鑿也。按集，公有進艇詩云「晝引老妻乘小艇，晴看稚子浴清江」，此亦詠江鄉之樂也。○東方朔七諫篇：以直針而爲鈎兮，又何魚之能得。多病所須惟藥物，○一作「但有故人供藥物」，一作「但有故人分禄米」。微軀此外更何求。○【王洙曰】何，一作無。

新定杜工部草堂詩箋斠證卷第十九

上元元年庚子在成都所作

石犀行

○【九家集注杜詩依例爲「王洙曰」。又，杜陵詩史、分門集注、補注杜詩引作「魯曰」。】成都記：石犀在李太守廟内。○蜀王本紀：江水爲害，蜀〔一〕守冰作石犀五枚，二枚有〔二〕在府中，一枚在市橋，二枚在淵中，以厭水精，因名曰石犀里。劉欣明交州記：犀，其毛如豕，蹏有三甲，頸〔三〕如馬，有三角，鼻上角短，額上、頭上角長。

君不見秦時蜀太守，刻石立作三犀牛。○【王洙曰：「成都記亦云『石犀五』，今云『三犀牛』，未詳。」】三犀，當作五犀。流傳之誤也。或謂甫止言三犀，豈據所見乎？○【王洙曰】按，華陽國志：秦孝文王以李冰爲蜀守，作石犀五頭，以厭水精。穿石犀溪於江南，命曰犀牛里。酈道元水經所載：後轉犀牛二頭在府中，一頭在市橋，二頭沉之深淵。冰又自前堰上分穿羊摩江，灌口西，於玉女房下自涉〔四〕郵，作三石人立水中，與江神要：「水竭不至足，盛不至肩。」迄今蒙福。自古雖有厭勝法，○厭，壹涉切。○【王洙曰】漢高帝紀注：蕭何初立未央宮，以厭勝之術。天生江水向東流。○【王洙曰】向，一作須。襄陽白銅鞮歌：漢水向東流。蜀人矜誇一千載，泛溢不近張儀樓。○【王洙曰】蜀圖經：張儀築少城，在大城西。成都記：張儀樓在城南，高一百尺。○【趙次公曰】南史：始興王與蔡仲能登張儀樓，商略前言往行。今年灌口損户口，○灌口，一作灌注。寰宇記：彭州有灌口鎮，鎮西有玉女祠，祠西有李冰廟。李膺益州記：清水路西七里灌口，古所謂天彭闕也。此事或恐爲神羞。○李冰刻石犀以厭水精，立石人，與江神約，人蒙其利。以厭勝之術，然此術雖古有之，亦不可謂之正道。水東入海，乃不至泛溢。李尋謂王道正則百川理，豈〔五〕有石犀能使水循理耶！蜀人誇此事傳於千載之下，謂水果不能近張儀之樓，以冰與江神要誓，其言有徵，何爲今年灌口之災復至於户口耗損，以爲神羞，此必不然之謂也！○【王洙曰】書武成：無作神羞。終藉隄防出衆力，○終藉，一作修〔六〕築。高擁木石當清秋。先王作法皆正道，詭怪何得參人謀。嗟爾三犀不經濟，○三犀，當作五犀。缺訛只與長江逝。○【趙次公曰】：「此公之寓意于三犀，指譏廟堂無經濟之人甚明。夫無經濟之用，終亦缺訛隨長川而漂逝矣。乾元二年，乃吕諲、李峴、李揆、第五琦同平章事。五月，李峴言毛若虚希中人旨，用刑亂法。帝怒，李揆不敢争，出峴爲蜀州刺史。七月，吕諲以從中人馬尚書之請爲人求官罷。九月，第五琦鑄重規錢非是，十月貶爲惠州刺史。公詩之作正在次年五月、六月之間。諸公之失，皆已著見，惟李揆未露。至次年，揆懼呂諲復用，乃遣吏搆其過失。諲密訴諸朝，帝怒，貶揆爲袁州長史。然則公豈不明見其非經濟者乎！」】然先王於旱乾之時，必興工作爲隄防，以禦其溢，此正道也。彼石犀之説，詭怪不經，果不足與語人事之修，其渺茫不足信矣。但見元氣常調和，自免洪濤恣凋瘵。○瘵，側界切。○【趙次公曰：「謂元氣之謂，特在乎得人，蓋宰相以燮理陰陽爲事也。洪濤，出晉木華海賦云『帝嬀巨害之世，天綱浡潏，爲凋爲瘵，洪濤瀾汗，萬里無際』，意言汗之潢流，乃爲凋傷，瘵病於民矣。」】謂一元之氣，唯在宰相得其人而調和燮理之，則自無洪濤之災矣。晉木華海賦：昔在帝嬀，巨唐之代。天綱浡潏，爲雕爲瘵。洪濤瀾汗，萬里無際。安得壯士提天綱，○【趙次公曰。又，杜陵詩史引作「杜定功曰」，分門集注引作「杜曰」。】梁沈約詩：安得壯士駐奔羲。再平水土犀奔茫。○甫欲得壯士提振綱紀，自然水土平治，犀之怪誕可俾奔遁，不敢淪亂于有道之世矣。○【師古曰】玄宗時用李林甫、楊〔七〕國忠爲政，致有滔天之禍，其亦石犀之擅虚名者乎？甫託意黜之。

【校記】

〔一〕蜀，元本、古逸叢書本作「屬」。

〔二〕有，古逸叢書本作「置」。

〔三〕頸，古逸叢書本作「頭」。

〔四〕自涉，古逸叢書本作「白沙」。

〔五〕豈，元本、古逸叢書本作「皆」。

〔六〕修，元本、古逸叢書本作「幾」。

〔七〕楊，元本、古逸叢書本作「韓」。

石笋行

○【杜田補遺】蜀圖經：石笋街乃大秦〔一〕寺之遺址，殿宇樓臺咸〔二〕以珠寶飾之，爲一代之勝概。後遭兵火而廢。或遇夏秋霖雨，里人猶拾玉珠異物。前蜀丞相諸葛亮命掘之，俯觀方驗，側隱其旁，有篆字曰「蠶叢氏啓國誓蜀之碑」，以二石柱横理連接鐵其中，歷代故不可毁，復鐫四字曰「濁歜燭斶」，時人莫能曉。惟孔明默悟斯旨，令左右瘞之。後主李雄召丞相范賢詰其所司再掘而詳之，賢議曰：「然厥字四，其理各有所主。亥子歲，濁字可記，主其水灾。申酉歲，斶字可記，主其火灾。巳午歲，燭字可記，主其饑饉。寅卯歲，歜字可記，主稼穡充溢，民物富贍。」悉以年事推之，應驗符響。又云：蜀之城壘方〔三〕隅不正，以景則〔四〕之，石笋於南北爲定，無所偏斜。按，石笋在衛西門外，僅百五十步，二株雙蹲，一南一北，北笋長一丈六尺，圍極於九尺五寸，南笋長一丈三尺，圍極於一丈二尺。南笋蓋公孫述時折，故長不逮北笋。

君不見益州城西門，陌上石笋雙高蹲。○陌，一作街。○【鄭卬曰】蹲，徂尊切，踞也。○【杜田補遺】杜光庭石笋記：成都子城西曰興義門，金容坊有通衢，幾百五十步，有石笋二株，挺然聳峭，高丈餘，圍八九尺。○餘見題注。古老相傳是海眼，○【王洙曰：「來，一作老。」】老，一作來，又作遠。苔蘚蝕盡波濤痕。〇【杜田補遺】成都記：距石笋二三尺，每夏月大雨，往往陷作土穴，泓水湛然，以竹測之，深不可及，以繩繫石而投其下，愈投而愈無窮，凡三五日，忽然不見。嘉祐春，牛車碾地忽陷，亦測而不能達。父老云：「見此屢矣。」此亦甚異者，故〔五〕有海眼之説。〇【王洙曰】華陽風俗記：蜀人曰：我州之西有石笋焉。天耜之植，以鎮海眼，動則洪濤大濫。四方之人有來觀者，則奇而怪之。雨多往往得瑟瑟，〇【九家集注杜詩引作「薛夢符曰」。杜陵詩史、分門集注、補注杜詩、集千家注批點杜工部詩集引作「薛蒼舒曰」。】按，張揖廣雅：瑟瑟，碧珠也。〇蜀都故事：石笋，真珠樓基也。昔有胡人於此立寺，爲大秦寺，其門樓十間皆以真珠翠碧貫之爲簾，後摧毀墮地。今有基脚在，每有大雨，其前後人多得真珠瑟瑟，金翠異物。〇【九家集注杜詩依例爲「王洙曰」。又，杜陵詩史、分門集注引作「王彦輔曰」。】成都記：石笋及林亭沙石之地，雨過必有小珠，或青黄如粟者，或有細孔可以絲貫。此事恍惚難明論。恐是昔時卿相墓，〇墓，一作冢。立石爲表今仍存。〇【王洙曰】揚雄蜀本紀：蜀王薨，五丁立大石，高丈餘，重千鈞，爲墓志。惜哉俗態好蒙蔽，亦如小臣媚至尊。政化錯迕失大體，坐看傾危受厚恩。嗟爾石笋擅虚名，後來未識猶駿奔。〇【王洙曰】詩：駿奔走在廟。安得壯士擲天外，使人不疑見本根。〇成都父老相傳，天以是石笋鎮海眼，每遇雨過，往往有小珠，或青或黄，人多得之，上有苔紋埋翳，兼爲波濤所溜〔六〕之痕。〇【師古曰：「甫意謂此石必是古者卿相墓前表識，後世妄加緣飾，以爲海眼，以蔽蒙愚俗。蓋譏禄山、國忠以微賤小臣，蒙蔽玄宗，致天寶末年之禍。然誣辭謬語，君子當致察。」】甫意謂此石必是古者卿相墓前表識，後世妄加緣飾，謂爲海眼，以蒙蔽愚俗，譬若小臣，佞媚天子，蔽虧〔七〕聖德，遂使政化錯繆，失國家之大體而已。晏然處高位，受天子厚寵，安顧朝廷之傾危乎！此詩譏禄山、國忠以微賤小臣，蒙蔽玄宗，致有天寶末年之禍，然其誣辭謬語，君子所當致察。○石笋之擅虚名，後世不審其由，駿奔以祭之，謂有神靈以厭水災。儻非杜甫高識，明其不然，欲得壯士擲棄天外，使人見其本根〔八〕，不至疑惑，幾何不淪亂天下，如禄山、國忠之所爲乎！向俾玄宗有杜甫之先見，斥逐二人，投之遠裔，則天寶之禍，庶其息矣。○【趙次公曰】或曰：此詩作於上元元年。是時，李輔國以内小臣而連結張妃〔九〕，肅宗信任之，擅權之迹甚彰，故甫因賦石笋而譏李輔國也。

【校記】

〔一〕秦，元本作「素」。

〔二〕咸，元本、古逸叢書本作「成」。

〔三〕方，古逸叢書本作「主」。

〔四〕則，古逸叢書本作「測」。

〔五〕故，元本、古逸叢書本作「固」。

〔六〕溜，元本、古逸叢書本作「留」。

〔七〕虧，元本、古逸叢書本作「覷」。

〔八〕根，元本、古逸叢書本作「相」。

〔九〕妃，元本作「也」，古逸叢書本作「后」。

杜鵑行

○【王彦輔曰】華陽風俗録：鳥有杜鵑者，其大如鵲而羽烏，聲哀而吻有血。古人云：春至則鳴，聞其初聲者，則有別離之苦，人皆惡聞之。惟田家候其鳴則興農事。○【王洙曰】成都記：杜宇亦曰杜主，自天而降，稱望帝。好稼穡，教人務農，治郫城。至今蜀人將農者，必先祀杜主。時荆人鼈令死，其尸泝江而上，至文山下復生，見望帝。望帝因以爲相，號曰開明。會巫山壅江，人遭洪水，開明爲鑿通流，有大功，望帝因以其位禪之，號開明帝。下至五代，有開明尚，始去帝號，復稱王。又曰：望帝死，其魂化爲鳥，名曰杜鵑，亦曰子規。又云：宇禪位于開明，升西山隱焉。時適三月，子規鳥鳴，故蜀人悲子規鳥。○【趙次公曰】按蜀記：昔有姓杜名宇，號望帝。宇死，俗傳化爲子規鳥，一名鵑。蜀人聞子規鳥，皆曰望帝，遂於鵑字加杜姓，謂之杜鵑，又直謂之杜宇。

君不見昔日蜀天子，化作杜鵑似老烏。○【師古曰】時禄山反，陷兩京，明皇西走幸蜀，既失帝位，奈何又棄骨肉而孤寓他邦。異時諸王公主皆爲賊所翦滅，豈非杜鵑化而似老烏之比乎？○餘見題注。

寄巢生子不自啄，群鳥至今與哺雛。○博物志：杜鵑生子，寄之他巢，百鳥爲飼之。

雖同君臣有舊禮，骨肉滿眼身羈孤。業工竄伏深樹裏，四月五月偏號呼。○號，平聲。其聲哀痛口流血，所訴何事常區區。爾豈摧殘始發憤，羞帶羽翮傷形愚。蒼天變化誰料得，萬事反覆何所無。萬事反覆何所無，豈憶當殿群臣趨。○【師古曰】詳觀此詩，蓋爲明皇感歎者也。杜鵑，蜀帝也。國亡身死，怨而化爲杜鵑鳥。每生子，寄居百鳥之巢，百鳥之爲哺飼其子。常以四五月悲鳴流血，染山花，其色殷紅，號爲杜鵑花。然其聲哀怨者，豈非若訴國亡而身摧殘變而爲禽耶！託〔一〕言肅宗即位靈武，不能即遣，迎還明皇，乃用李輔國謀，遷之于西内，由是明皇悒怏，不得意而崩，其亦不免於怨傷乎！甫之言頗有深意，讀者可致思焉。○【趙次公曰】然甫之此篇蓋亦原於鮑照行路難有曰「愁思鬱〔二〕而至，跨馬出北門。舉頭四顧望，但見松柏荆棘鬱蹲蹲。中有一鳥名杜鵑，言是古時蜀帝魂。聲音哀苦鳴不息，毛羽憔悴似人髡。飛走樹間逐蟲蟻，豈憶往時天子尊。念此死生變化非常理，心中惻愴不能言」是也。

【校記】

〔一〕託，元本、古逸叢書本作「記」。

〔二〕鬱，古逸叢書本作「忽」。

三絶句

前年渝州殺刺史，○前，一作去。今年開州殺刺史。○鮑欽止云：崔寧傳所書山賊也。

前年渝州殺刺史，謂段子璋陷綿、遂。今年開州殺刺史，謂徐知道之反，有乘亂者。開去成都遠，不知其故，史不書，失之。師古云：步將吴璘殺渝州刺史劉卞以反。杜鴻漸討平之。又部卒翟封殺開州刺史蕭崇之以叛，楊子琳討平之。二説不同，並兩存之。群盗相隨劇虎狼，食人更肯留妻子。○【師古曰】兩川盗賊乘隙而起。虎狼，喻盗賊也，劇甚也。甫疾其亡上下之分，以爲甚於豺狼，是以有吴、楚之遊也。

二十一家同入蜀，唯殘一人出駱谷。○【趙次公曰】魏志：姜維出駱谷，圍長安。即此谷道也，屬盩厔。○【杜陵詩史補注杜詩引作「蘇曰」。】十道志：駱谷道山西南界入洋州路。自説二女齧臂時，○【趙次公曰】史記：吴起與母齧臂而別。○【王洙曰】世説：趙飛燕姊弟少貧微。及飛燕見召，與女弟齧臂而別。迴頭却向秦雲哭。○秦雲，一作青雲，一作雲山。師古云：禄山亂，百姓隨玄宗入蜀，凡二十一家。後出駱谷，但存一人飢困。蜀亂勦盡，甫聞其説，自傷妻子皆幸免，是以回頭望蜀而哭，痛斯民之不得其所也。

殿前兵馬雖驍雄，○【趙次公曰】驍，堅堯切。縱暴略與羌渾同。聞道殺人漢水上，婦女多在官軍中。○【師古曰】吐谷渾，西羌之種也。殿前兵馬，乃王者之師，奉辭伐罪，以弔其民，秋毫無擾。時天子命陸瓘以三千神策軍彈壓蜀中之亂，奈何神策軍横恣虜掠婦女，其殘暴更甚於羌渾，百姓怨之。甫傷朝廷政治不明，縱使殿前之兵搔動良民若此，豈所謂王師弔民伐罪者乎！

寄李十二白二十韻

○古今詩話：甫贈白二十韻，備叙白事，盡得其故迹矣。

昔年有狂客，○【王洙曰】賀知章，字季真。夷曠誕放，自號四明狂客。號爾謫仙人。○【王洙曰：「見白文章，乃歎曰：『子謫仙人也！』」】孟棨本事集曰：李白自蜀至京師，賀知章聞其名，首詣之，請所爲文，白出蜀道難示之，讀未竟，稱歎極口，號爲「謫仙人」。又曰：「公非人間人，豈非太白星精耶！」於是解金貂换酒，盡醉而歸。筆落驚風雨，○【王洙曰】驚，一作聞。詩成泣鬼神。○【趙次公曰：「白别傳曰：白初自蜀至京師，賀知章聞其名，首訪之。見其烏棲曲，嘆曰：『此詩可以泣鬼神！』」】元和中，范傳正作墓碑，曰：賀知章見其烏棲曲，歎曰：「此詩可以泣鬼神矣。」聲名從此大，汩没一朝伸。○【王洙曰】知章言白於明皇，召見金鑾殿，奏頌一篇，賜食，帝爲調羹，召供奉翰林。文彩承殊渥，流傳必絶倫。○【王洙曰】帝嘗召白爲樂章，白已醉，援筆成文，婉麗精巧無留思。帝愛其才，數宴見。龍舟移棹晚，○【趙次公曰】明皇泛舟于白蓮池，召白作叙。時白被酒，命高力士扶以登舟。○按集，八仙歌云「天子呼來不上船」，正謂此也。獸錦奪袍新。○獸錦，謂錦織成獸文也。○【王洙曰】白外傳：白作樂章，贈以錦袍。○又見宋之問傳。白日來深殿，○李陽冰草堂集序：天寶中，詔徵就金馬，降輦步迎，謂曰：「卿是布衣，名爲朕知。」置于金鑾殿。青雲滿後塵。○言士大夫多居其後，蓋白之驟遷也。乞歸優詔許，○【王洙曰】天寶中，白爲高力士所譖，自知不爲親近所容，懇求還山，帝賜金放還山。遇我宿心親。○甫與白有夙契，故遇之相親厚也。白生於長安元年辛丑，甫生於開元元年癸丑，白長甫十二年。按集，公與白交情夙契可見矣。集有詩云：「憶與高、李輩，論文入酒壚。」又云「昔者與高、李，晚登單父臺」是也。未負幽棲志，○言欲隱也。兼全寵辱身。○言白初蒙寵眷，今被讒辱，是故欲隱以全其身也。劇談憐野逸，嗜酒見天真。醉舞梁園夜，○言白昔與甫同遊梁也。時與適遊汴州，酒酣，登吹臺，慷慨懷古。按白集有梁園醉歌，汴州乃梁園故地。○【王洙曰】謝惠連雪賦「梁王不悦，遊於兔園」是也。行歌泗水濱〔一〕。○言白昔與甫同遊山東也。才高心不展，○言其才大而難用也。道屈善無隣。○言其道否而不遇也。處士禰衡俊，○言白之俊似禰衡也。○【趙次公曰】衡傳：黄祖長子射，時大會賓客，人有獻鸚鵡者，射舉巵於衡曰：「願先生賦之，以娱嘉賓。」衡覽筆而作，文無加點。諸生原憲貧。○言白之貧如原憲也。莊子讓王篇：原憲居魯，環堵之室，上漏下濕，匡坐而弦。子貢往見憲，曰：「嘻！先生何病。」憲應之曰：「憲聞之，無財謂之貧，學而不能行謂之病。憲貧也，非病也。」稻粱求未足，○言禄未充其志，反遇讒謗，故傷之也。薏苡謗何頻。○【鄭卬曰】薏，於記切。苡，養里切。○本草：久服輕身益氣。○【趙次公曰】後漢馬援傳：援征交趾，載薏苡種還，人譖之，以爲明珠文犀。按，此言永王璘反，而譖者以白爲參屬而與謀，故甫取喻白之遇讒也。五嶺炎蒸地，○【趙次公曰：「夜郎與廣南相接，故用『五嶺』字。」】白被譖，流夜郎，地與廣南五嶺相接，故云炎蒸。○南康記：大庾嶺，桂陽騎田嶺，九真都寵嶺，臨賀萌浩嶺，始安越城嶺，是爲五嶺。蘇軾指掌圖曰：五嶺自衡山之南，一山東窮于海，其南漲海之北，古荒服。秦置三郡，漢分九郡，日南、珠崖皆在此地焉。三危放逐臣。○【趙次公曰】三危在西，故以三苗之竄爲比。幾年遭鵩鳥，○【王洙曰：「賈誼作長沙王傅，不得志，有鵩集於舍上，遂作鵩賦。」】白之遭貶，故比之賈誼爲長沙王太傅，有鵩飛入誼舍，乃爲賦以自廣。獨泣向麒麟。○【趙次公曰】白之不遇，故比之，孔子見麟而泣曰：「出非其時，吾道窮矣！」○何法盛證祥記：麒麟者，毛之長，仁獸也。牝曰麒，牡曰麟。牝鳴曰遊聖，牡鳴曰歸和。蘇武先還漢，○【趙次公曰】蘇武留匈奴十九年，握節不屈而還漢。此以武比白，則先還也。黄公豈事秦。○【趙次公曰】黄公，四皓之徒，避秦隱居上洛商山。此以黄公比白之不從永王璘也。楚筵辭醴日，○言白在永王璘時，如申公見楚元王，不設醴而辭行也。梁獄上書辰。○安禄山反，白轉側宿匡廬間，緣永王璘長流夜郎，赦還尋陽，坐事下獄，蓋非其罪。○【王洙曰】鄒陽見怒於梁孝王，下獄，鄒陽遂從獄中上書也。已用當時法，誰將此義陳。○【趙次公曰：「言白之無罪，當時不省察，遂以白爲與謀而施之以法，誰人用『辭醴』與『獄中上書』之義爲之陳説也。」白會赦放還，乃普天之恩也，朝廷元未知白之本不污耳，故以此明之。〔一〕此言白用蘇武、黄公、穆生、鄒陽取以爲法，必不黨於永王，憑誰將此義爲之陳列于帝前也。老吟秋月下，病起暮江濱。莫怪恩波隔，乘槎與問津。○【趙次公曰】言白之才器，當蒙上知，而恩波頓隔，不與白雪明其罪，故甫欲乘槎爲之問天，何斯人之不遇若是乎！博物志：張騫乘槎到天河。論語：孔子使子路問津。故宋之問明河篇「明河可望不可親，願得乘槎一問津」是也。

【校記】

〔一〕濱，古逸叢書本作「春」。

狂夫

○【王洙曰】唐舊書：公於成都浣花里結廬枕江，與田畯野老相狎蕩。嚴武過之，有時不冠而見。○真所謂狂夫也。

萬里橋西一草堂，○【王洙曰】一，或作新。百花潭水即滄浪。○【王洙曰】成都記：杜員外別業在百花潭外。○其水清，可比之滄浪也。風含翠篠娟娟静，○【趙次公曰】翠篠，謂竹也。雨裛紅蕖冉冉香。○裛，於汲反。○【趙次公曰】紅蕖，謂荷也。厚禄故人書斷絶，○【王洙曰】譏交態薄也。怕飢稚子色凄凉。欲填溝壑唯疏放，○言失其所也。自笑狂夫老更狂。○甫之見棄於朝廷，以疏狂故也。

進艇

南京久客耕南畝，○【王洙曰：「明皇幸蜀，號成都爲南京，置尹，比兩都。」】至德二年，以蜀郡爲南京。北望傷神坐北窗。○坐，或作卧。晝引老妻乘小艇，晴看稚子浴清江。俱飛蛺蝶元相逐，並蒂芙蓉本自雙。○物理好偶，出乎自然，况甫於老妻稚子乎！茗飲蔗漿携所有，瓷罌無謝玉爲缸。○【趙次公曰】羊衒之洛陽伽藍記：彭城王勰戲謂王肅曰：「明日顧我爲君設邾莒之食，亦有酪奴。」因此復號茗飲爲酪奴。○【王洙曰】宋玉招魂：濡鼈炮羊有蔗漿。

野老

野老籬前江岸迴，○前，一作邊。野老，甫自謂也。柴門不正逐江開。漁人網集澄潭下，○【趙次公曰】潭即百花潭也。賈客船隨返照來。○賈，音古。○【趙次公曰：「返照，落日也。」】返照，夕陽也。長路關心悲劍閣，○【趙次公曰】甫思念來去之路。劍閣棧道，險阻之難行也。○【鄭卬曰】梁益州記：劍門山勢連絡，限蜀爲阻。片雲何事傍琴臺。○【王洙曰】事，一作意。一作行雲幾處。○片雲，甫言蹤跡無定，如之何也。○【鄭卬曰】十道志：成都有琴臺，即相如與文君貰酒處，今海安寺是也。○趙清獻公玉壘記：相如琴臺，浣花溪北，因掘動獲大甕二十口，蓋以響琴也。王師未報收東郡，○【馬曰】東郡，今滑州也。○後漢志：東郡，治濮陽。杜預曰：古衛地。城闕秋生畫角哀。○【趙次公曰】：「唯國都而後有城闕。詩云：在城闕兮。陸士衡擬古詩云：名都一何綺，城闕鬱盤桓。成都既改爲南京，故公自注以爲『得稱城闕』。」】至德二年，升成都爲南京，故公自注得稱「城闕」。

雲山

京洛雲山外，音書静不來。神交作賦客，○【趙次公曰】京洛，言長安與洛陽也。賦客，指班、張也。長安，則班固所謂「西都」，張衡所謂「西京」。洛陽，則班固所謂「東都」，張衡所謂「東京」。望長安、洛陽之音書而不來，故神交於作賦客而已。○【王洙曰】昔山濤與阮籍爲神交，喻不涉形迹，以神交而已。○班固通幽賦：〔一〕魂犖犖與神交兮，精誠發於宵寐。力盡望鄉臺。○言思鄉之甚也。○【王洙曰】成都記：有望鄉臺，隋蜀王秀所築。○【鄭卬曰】益州記：昇仙亭夾路有二臺，一曰望鄉臺。衰疾江邊卧，親朋日暮迴。白鷗元水宿，何事有餘哀。

【校記】

〔一〕通幽賦，古逸叢書本作「幽通賦」。

遣興

干戈猶未定，弟妹各何之。拭淚霑襟血，梳頭滿面絲。地卑荒野大，天遠暮江遲。衰疾那能久，應無見汝期。○【王洙曰】期，一作時。

北鄰

明府豈辭滿，○明府，甫蓋有所指也。○【王洙曰：「後漢張湛傳『明府』注：郡守所居曰府。明府者，尊高之稱。」】郡所居曰府。○明者，嚴明之稱。辭滿，謂任滿辭去也。○【王洙曰】前漢韓延壽爲東郡太守，門卒謂之明府。○【趙次公曰】謝靈運還舊園詩：辭滿豈多秩，謝病不待年。藏身方告勞。○言乞養閑也。○【王洙曰】詩：不敢告勞。青錢買野竹，○趙傁云：青錢，蜀人之語，謂見錢也。白幘岸江皋。○岸幘，謂頽其巾也，以示懶散。○【王洙曰】劉隗岸幘大言，意氣自若。愛酒晉山簡，○此以山簡美明府之嗜酒也。○【九家集注杜詩依例爲「王洙曰」。又，杜陵詩史、分門集注、補注杜詩引作「趙次公曰」。】晉山簡，字季倫，濤之子，鎮襄陽，惟酒是耽。每出遊，多之習氏池上，置酒輒醉，名之曰高陽池。能詩何水曹。○此以何遜美明府之善詩也。○【王洙曰】梁何遜，字仲言，沈約愛其文，謂遜曰：「吾每讀卿詩，一日三復，猶不能已。」仕梁，爲水部員外郎。文章與劉孝標並見重於世，世謂之「何劉」。時來訪老疾，步屧到蓬蒿。○【孫曰】屧，悉協切，屐也。○【王洙曰】高士傳：張仲蔚，平陵人。常居窮素，所處蓬蒿没人，終身不仕，三輔重焉。

南鄰

錦里先生烏角巾，園收芋栗不全貧。○【王洙曰】栗，一作粟。慣看賓客兒童喜，得食階除鳥雀馴。○言忘機也。秋水纔深四五尺，○【王洙曰】纔，一作雖。野艇恰受兩三人。○【王洙曰：「一作艇。」】艇，別本作航，黃庭堅作艇。○音平聲。方言：艇，小舟也。白沙翠竹江山暮，○山，一作村。相送柴門月色新。○【王洙曰】一作「相對籬南」。

過南鄰朱山人水亭

相近竹參差，相過人不知。幽花欹滿樹，小水細通池。歸客村非遠，○【趙次公曰】甫自謂也。殘罇席更移。看君多道氣，從此數追隨。○數，色角切，屢也。○【趙次公曰】此所追隨者，豈非前詩所謂錦里先生者乎？

恨別

洛城一別四千里，○【王洙曰】四，一作三。胡騎長驅五六年。○【王洙曰】一作六七年。公因避亂入蜀也。草木變衰行劍外，○【王洙曰】宋玉九辯：悲哉秋之爲氣也，蕭瑟兮，草木摇落而變衰。兵戈阻絶老江邊。思家步月青宵立，憶弟看雲白日眠。聞道河陽近乘勝，司徒急爲破幽燕。○【王洙曰：「幽燕，安、史巢穴。司徒，李光弼也。新破賊於河南三橋故也。」趙次公曰：「司徒，李光弼也。乾元二年，歲在乙亥，十月，李光弼及史思明戰于洛陽，敗之。若以此所謂『河陽近乘勝』，不應至次年七八月而後言矣。上元元年六月，李光弼及思明戰于懷州，敗之。於七八月爲近，亦恐傳聞之誤，而公言之。與傷春詩注『巴蜀避遠，今已收京，而尚賦傷春耳』。幽燕，史思明窟穴。蓋其於是年四月更國號大燕，改元順天，自稱應天皇帝。」司徒，乃李光弼。幽燕，安、史巢穴也。乾元二年十月，李光弼及史思明戰于河陽。上元元年六月，李光弼及思明戰于懷州，敗之。乘勝席卷幽燕也。

散愁二首

久客宜旋旆，興王未息戈。蜀星陰見少，江雨夜聞多。百萬傳深入，寰區望匪他。司徒下燕趙，收取舊山河。○【九家集注杜詩依例爲「王洙曰」。又，杜陵詩史、分門集注、補注杜詩引作「趙次公曰」：「望光弼之深也。弼爲檢校司空。」】望李光弼之深也。光弼爲檢校司徒，追收河北。寶應元年，進封臨淮王。

聞道并州鎮，尚書訓士齊。○【王洙曰】并州，太原也。乾元中，李光弼徙河陽，王思禮代爲河東節度使，是時遷兵部尚書，其後加司空，則八哀詩稱之以「司空王公」是也。上元二年，思禮已薨。幾時通薊北，○【王洙曰】謂平安史之亂也。當日報關西。○【王洙曰】謂長安以西也。戀闕丹心破，霑衣皓首啼。老魂招不得，歸路恐長迷。○【王洙曰】屈原有招魂篇。

寄楊五桂州譚因州參軍段子之任

○鮑欽止云：段子即〔一〕廣州段功曹也。楊五長史蓋自桂徙廣，段子從之。

五嶺皆炎熱，○前漢張耳傳：南有五嶺之戍。顔師古曰：西自衡山之南，東窮于海，一山之限耳。而標名則有五〔二〕焉。○【趙次公曰】陸〔三〕德明南康記曰：大庾嶺、桂陽騎田嶺、九真都龐嶺、臨賀萌渚嶺、始安越城嶺，是爲五嶺。宜人獨桂林。○史記秦紀：始皇略地爲桂林郡。韋昭注：今鬱林是也。後漢志：鬱林郡，本秦桂林郡。○【杜田補遺】山海經：桂林八樹在賁禺東。注：八樹成林，言其大也。賁禺，即今之南海番禺。陳藏器云：桂林、桂嶺因桂得名，從嶺以南際海，盡有桂樹。

唯〔四〕郴、象州最多。梅花萬里外，○大庾嶺謂之梅嶺，去長安萬里。昔范蔚宗與陸凱相善，自江南寄梅花一枝詣長安與蔚宗，并詩曰「折花逢驛使，寄與隴頭人。江南無所有，聊贈一枝春」是也。雪片一冬深。聞此寬相憶，爲邦復好音。○言邦人稱美之也。○【趙次公曰】詩魯頌：懷我好音。江邊送孫楚，○【趙次公曰】此指言段子也。晉孫楚嘗爲驃騎將軍石苞參軍，故以比之也。遠附白頭吟。○【趙次公曰：「白頭吟事，祖出西京雜記。雖是司馬相如將聘妾，文君作白頭吟，相如乃止。然其後遂入樂府爲題。如鮑照所作『直如朱絲繩，清如玉壺冰。何慚宿昔意，猜恨坐相仍』，則意在責交好之有始終者也。」】古樂府有白頭吟篇，言人相交不能有終，多喜新而厭故也。西京雜記：司馬相如將聘茂陵女，卓文君作白頭吟以自絕，其後遂入樂府。

【校記】

〔一〕即，元本、古逸叢書本作「郎」。

〔二〕元本、古逸叢書本「五」下有「嶺」字。

〔三〕陸，疑當作「鄧」。

〔四〕唯，元本、古逸叢書本作「推」。

逢唐興劉主簿弟

○唐志：唐興屬遂州。

分手開元末，連年絶尺書。江山且相見，戎馬未安居。○【王洙曰】玄宗開元二十九年，改天寶，至十四載，安禄山反。○【王洙曰：「戎馬之際，方奔走避亂，未安所止。」】甫自開元末與劉分手，别後絶無書札來往，此日雖獲相見，奈兵馬紛擾，未安所止也。○時禄山陷兩京，唯蜀偏遠獨無恙也。劍外官人冷，○言主簿之仕於劍南，爲冷落之官也。唐劍南道者，禹貢梁州之域。梁州自劍閣而南，分益州，是爲劍南道也。關中驛使疏。○言關中驛使往來之罕而無書信也。春秋元命苞曰：關中者，秦川西以關隴爲限，東以函谷爲界，謂之關中。唐關内道，禹貢雍州之域，東自同、華略河而北，西自岐、隴原會極于北，垂盡其地矣。輕舟下吴會，主簿意何如。○今主簿輕舟下吴會以赴任所，故甫有此戒之。吴當南北都會之地故也。

暫如蜀川之新津縣所作四首

和裴迪登新津寺寄王侍郎王時牧蜀

〇【按，各家注皆以「王時牧蜀」爲公自注，惟九家集注杜詩依例爲「王洙曰」，又分門集注引作「王洙曰」：「王時爲蜀牧。」】〇王侍郎，乃王維之弟縉也。維有別業輞川，裴迪從之遊。輞川荆棘，迪乃從縉劍外。縉節度蜀州，蓋在高適之後。按王維文集中裴十秀才迪是也，能詩，與維最善。餘見前贈王中允詩題注。

何限倚山木，〇【王洙曰】限，一作恨。〇言秋木枯僵也。吟詩秋葉黄。蟬聲集古寺，鳥影渡寒塘。風物悲遊子，〇宋玉九辯：悲哉秋之爲氣也，蕭瑟兮，草木摇落而變衰。登臨憶侍郎。〇隋煬帝各於六尚書曹置六侍郎，增品第四，以貳尚書之職。老夫〔二〕貪佛日，〇佛，一作費，非是。隨意宿僧房。〇【師尹曰】古詩：貪佛不如貪僧。〇【杜田補遺。又，門類增廣十注杜詩引作「杜田引」，杜陵詩史、分門集注、補注杜詩引作「田曰」：「金光明經：佛日大悲，滅一切闇。」】金光明經：佛日大悲，滅一切闇。善浄無垢，離諸塵翳。無上佛日，大光明普照。又云：佛日清浄，滿足莊嚴。佛日輝耀，放于光明。

【校記】

〔一〕夫，原作「大」，據元本、古逸叢書本改。

暮登四安寺鍾樓寄裴十迪

暮倚高〔一〕樓對雪峰，僧來不語自鳴鍾。孤城返照紅將斂，○【王洙曰】返照，夕陽也。近市浮煙翠且重。多病獨愁常寂闃，○【王洙曰】闃，古鶪切。寂闃，僻静也。○【趙次公曰】易：闚其户，闃其無人。注：闃，寂也。故人相見未從容。○【王洙曰】從容，款〔二〕曲也。知君苦思緣詩瘦，○【王洙曰】思，去聲。太向交游萬事慵。○【王洙曰】李白有戲贈甫詩：借問年來何瘦生，只爲從前作詩苦。

【校記】

〔一〕高，元本、古逸叢書本作「鍾」。

〔二〕款，元本、古逸叢書本作「疑」。

敬簡王明府

葉縣郎官宰，○【鄭卬曰】葉，失涉切。○【趙次公曰】指王明府也。○【王洙曰】後漢方術傳：王喬，顯宗世爲葉令，有神術，每月朔望，常自縣詣臺朝，臨至，輒有雙鳧從東南飛來，舉羅張之，但得一隻舄焉。或曰：即古仙人王子喬也。顯宗本紀：帝謂群臣曰：「郎官上應列宿，出宰百里。」周南太史公。○【趙次公曰】甫自謂留滯也。○【王洙曰】司馬遷傳：太史公留滯周南。神僊方有數，○以王喬有神仙之方，故用比王明府也。流落意無窮。驥病思偏秣，○【師尹曰】張協賦：老馬偏其蒭秣。鷹愁怕苦籠。○王祥詩：鸚䳇怕苦籠。看君用高義，耻與萬人同。○【趙次公曰：「言王明府之高義，其待公也高出萬人之上矣。」】甫自謂飄蕩旅寓如病驥之思秣，〔一〕愁鷹之怕籠，唯明府之高義有以青顧我也，高出乎萬人之上矣。

【校記】

〔一〕秣，元本、古逸叢書本作「旅」。

重簡王明府

甲子西南異，○甲子，記時節也。○【王洙曰】言西南，寒暑不正，有異中土也。冬來只薄寒。江雲何夜靜，蜀雨幾時乾。行李須相問，○行李，使者也。李，與理通。按春秋左氏僖三十年傳：若舍鄭以爲東道主，行李之往來，共其困乏。杜預注：行李，使人。○【王洙曰】襄公八年傳：亦不使一介行李，告于寡君。杜預注：一介，獨使也。行李，行人也。○昭十三年傳：行理之命，無月不至。杜預注：行李，使人，通行聘問者。蓋李、理字雖異而義通用。故管子五行篇云：黄帝得后土而辨於北方，故使爲李，又曰冬李也。注：李，獄官也。乃知古昔以李爲理，明矣。窮愁豈自寬。○豈，一作有。○【趙次公曰】：「公望王明府遣人來問。所以須遣人來問，無他，以我之窮愁日甚，無自寬時也。」】甫意望王明府遣使相存問，以寬其愁，故繼有致稻粱之語。君聽鴻雁響，恐致稻粱難。○【趙次公曰】：「以鴻雁自況，正有望于稻粱，所以終其不相問之意。」】蓋時值久雨，以鴻雁自況，艱於致稻粱也。

寄賀蘭銛

○【王洙曰】銛，息廉切。

朝野歡娱後，○【王洙曰】張景陽詠史詩：昔在西京時，朝野多歡娱。乾坤震蕩中。○明皇時承平日久，任用蕃將，以邀邊功，遂致禄山震蕩天下也。相隨萬里日，總作白頭翁。○【王洙曰】曹丕書：已成老翁，但未白頭耳。歲晚仍分袂，江邊更轉蓬。勿云俱異域，○異域，他鄉也。○【王洙曰】古詩：與君俱異域。飲啄幾回同。

建都十二韻〇【趙次公曰】按唐新書肅宗紀：上元元年九月壬寅，大赦，以京兆府爲上都，河南府爲東都，鳳翔府爲西都，江陵府爲南都，太原府爲北都。又按唐舊書肅宗紀：上元元年九月，以荆州爲南都。州〔一〕曰江陵府，官吏制置同京兆。是時甫在成都，故作是詩也。

蒼生未蘇息，胡馬半乾坤。議在雲臺上，誰扶黄屋尊。〇謂雲臺諸公建議設都，不知時措之宜。〇【王洙曰：「黄屋，天子車蓋，此指言誰爲安王室者。」】黄屋，乃天子車上蓋，不敢斥天子，故以黄屋言之。〇然胡馬紛亂，天下蒼生未蘇，於此時又勞民動衆以建荆州爲南都，非急務也。建都分魏闕，下詔闢荆門。恐失東人望，〇東人，言自荆州以東，兵革未息，不務拯其難，是失東人之望也。或謂東人指河南府之東都，非是。其如西極存。〇西極，指荆州。雖獨存此果，何濟天下大計乎？或謂西極指鳳翔府之西都，亦非也。〇【王洙曰】時明皇在蜀。時危當雪耻，〇【趙次公曰】雪，洗雪也。〇【王洙曰】耻，國耻也。計大豈輕論。〇甫譏建都之議無益而空設耳。按，肅宗以吕諲爲荆州長史，因謂以荆州置南都，帝從之。於是荆州號江陵，以諲爲尹。雖倚三階正，〇【趙次公曰】謂肅宗即位，三階不爲不正矣。〇【王洙曰】按東方朔傳：欲陳太階六符。應劭曰：太階，天之三階也。上階爲天子，中階爲諸侯公卿大夫，下階爲士庶人。三階平，則是謂太平。終愁萬國翻。〇【趙次公曰】時三階雖正，然禄山、思明之黨未滅，是禍根猶存，終必翻覆萬國也。○崔遠詩：萬國尚翻驅。牽裾恨不死，○【趙次公曰】甫恨〔二〕不能效辛毗引裾强諫，死不足惜也。○【王洙曰】按魏志辛毗傳：帝欲徙冀州士家十萬户實河南，時連蝗，民饑不可。毗曰：「陛下安得不與臣議？」帝不答，起入内。毗隨而引其裾。漏網辱殊恩。○【趙次公曰】甫言房琯不宜廢，肅宗怒，欲終罪甫，以張鎬之救而放歸鄜州。○是蒙天子漏網之殊恩也。○【王洙曰】前漢刑法志：網漏吞舟之魚。永負漢庭哭，○言群臣無爲賈誼慟哭以陳其策者，是永負于帝也。○【王洙曰：「賈誼傳：可爲痛哭。」】賈誼傳：誼上疏論政事曰：「竊惟事勢，可爲痛哭者一。」遥惜〔三〕湘水魂。○【王洙曰：「屈原沉湘。」】言屈原見讒於楚，沉湘水而死。甫之貶逐，何異於原，是以無由諫於帝也。按楚辭離騷經序：屈原與楚同姓，仕於懷王，爲三閭大夫。同列上官靳尚妬害其能，共譖毁之。王乃疏原，原乃作離騷以諷諫。其子襄王復用讒言，遷原於江南，遂赴汨淵，自沉而死。汨音覓。窮冬客劍外，隨事有田園。○甫客居蜀，薄有田園，可耕以自給也。風斷青蒲節，○言衰老如蒲之柔脆也。霜埋翠竹根。○言自守，如竹之不變也。衣裳空穰穰，○穰，汝兩切，衆多貌。關輔久昏昏。○【王洙曰】久，一作遠。○關中有三輔，左扶風、右馮翊與京兆。昏昏，言寇賊紛擾。○【王洙曰】衣冠之士雖多，皆不濟其危難〔四〕也。願枉〔五〕長安日，○【王洙曰】願枉，〔六〕一作唯駐。○【趙次公曰：「長安日，正用晉明帝所言『日近長安遠，日遠長安近』，故有此三字也。」】劉昭幼童傳：晉元帝鎮揚州，時中原喪亂，有人從長安來，元帝問洛下消息，因問明帝：「汝意謂長安何如日遠？」時明帝幼而聰哲，答曰：「日遠。不聞人從日邊來，只聞人從長安來。」明日集群臣宴會，再問之，明帝又以爲日近。曰：「舉頭不見長安，只見日。」又載晉書本紀。光暉照北原。○【趙次公曰：「照北原之義，蓋以太原府爲北都，而陷於史思明。帝日之光所宜照之矣。」】北原，言太原、河北之地未定，願天子回光有以察之。○無徒建都，以勞西極之人而爲南遷之計也。

【校記】

〔一〕州，古逸叢書本作「號」。

〔二〕恨，古逸叢書本作「根」。

〔三〕惜，元本、古逸叢書本作「憐」。

〔四〕難，古逸叢書本作「亂」。

〔五〕枉，古逸叢書本作「住」。

〔六〕枉，原誤作「往」，古逸叢書本作「住」。

徐九少尹見過

晚景孤村僻，行軍數騎來。○【趙次公曰。又，杜陵詩史、分門集注、補注杜詩引作「魯曰」。】唐以少尹爲行軍長史，有節度使，謂之行軍司馬也。交新徒有喜，○言交情愈久而愈新也。禮厚媿無才。賞静憐雲竹，忘歸步月臺。何當看花蘂，欲發照江梅。

投簡成華兩縣諸子

赤縣官曹擁材傑，○【趙次公曰：「成都當此時號爲南京，故公詩指兩縣得謂之赤縣。」】公指成都、華陽兩縣，謂之赤縣。○神州赤縣，乃神仙之所居，以美諸子有神仙標格者也。軟求快馬當冰雪。長安苦寒誰獨悲，○安，一作夜。杜陵野老骨欲折。南山豆苗早荒穢，○【王洙曰】楊惲傳：惲既失爵位，家居治産，酒後耳熱，拊缶而呼，其詩曰：「田彼南山，蕪穢不治。種一頃豆，落而爲萁。人生行樂耳，須富貴何時！」○陶潛詩：種豆南山下，草盛豆苗稀。平明理荒徑，帶月荷鋤歸。青門瓜地新凍裂。○【王洙曰：「史記：邵平種瓜于長安城東。漢書：霸城門，所謂青門也，即長安城東門名。」】蕭何傳：召平者，故秦東陵侯。秦破，爲布衣，貧，種瓜長安城東。城東之門，謂之青門。○余謂豆苗荒穢，瓜地凍裂，甫養生之資復何望焉。鄉里兒童項領成，○項領成，言其長成也，以喻强臣悖命也。○【王洙曰】詩小雅：四牡項領。朝廷故舊禮數絶。自然棄擲與時異，况乃疏頑臨事拙。○甫疾後生晚進，强項不遜於甫，蓋視朝廷禮數之疏，遂改節棄擲，不同往時相嚮慕也。此責若輩之辭也。飢臥動即向一旬，弊裘何止連百結。○【趙次公曰：「貧士傳：董先生衣百結。』】昔董京威〔一〕衣百結之衣。君不見空墻日色晚，此老無聲淚垂血。○無聲，吞聲也。《詩》：鼠思泣血。

【校記】

〔一〕董京威，古逸叢書本作「董威輦」。

新定杜工部草堂詩箋斠證卷第二十

上元元年庚子在成都所作

徐卿二子歌

君不見徐卿二子生絶奇，感應吉夢相追隨。○【王洙曰】詩斯干：吉夢維何，維熊維羆。孔子釋氏親抱送，○蓋當時吉夢之應也。並是天上麒麟兒。○【王洙曰】晉徐陵年數歲，家人携以候寶誌，寶誌以手磨其頂曰：「天上石麒麟也。」大兒九齡色清徹，秋水爲神玉爲骨。○言其清且貴也。小兒五歲氣食牛，○言年雖小而志甚大也。○【王洙曰】尸子：虎豹之駒，雖未成文，已有食牛之氣。滿堂賓客皆迴頭。○言眷注不忘也。後漢李充傳：鄧驣置酒請充，賓客滿堂。吾知徐公百不憂，積善衮衮生公侯。○【王洙曰】易：積善之家，必有餘慶。丈夫生兒有如此二雛者，○以二子比之鳳雛也。名位豈肯卑微休。○【趙次公曰】王充論衡自紀篇：不好苟交，所友位雖卑微，年雖幼稚，行苟離俗，必與之友。

歲暮

○公以上元元年己亥歲十二月二十七日至成都。

歲暮遠爲客，邊隅還用兵。煙塵犯雪嶺，○【趙次公曰】此篇言吐蕃之亂也。西山近接維、松，上有積雪，經夏不消，人謂之「雪山」也。鼓角動江城。○【趙次公曰】江城，謂錦江之城也。上元元年，吐蕃陷廓州。天地日流血，○【王洙曰：「謂多戰鬬也。」】言殺戮之多也。朝廷誰請纓。○言無人以濟國家之危難也。○【王洙曰：「終軍願請長纓，以繫狂虜。」】終軍傳：南越與漢和親，迺遣軍使南越，欲令入朝。軍請受長纓，必羈南越王致之闕下。濟時敢愛死，寂寞壯心驚。○【趙次公曰】公自憚〔一〕其有濟時之願，而壯心已消也。

【校記】

〔一〕憚，古逸叢書本作「歎」。

和裴迪登蜀州東亭送客逢早梅相憶見寄

東閣官梅動詩興，還如何遜在揚州。○何遜在揚州爲廣陵記室。三輔决録：何遜在揚州見官梅亂發，賦四言詩，人得傳寫。○【趙次公曰】按何遜集又有揚州早梅詩曰：兔園標物序，驚時最是梅。銜霜當路發，映雪擬寒開。枝横却月觀，花遶陵風臺。知應早飄落，故逐上春來。此時對雪遥相憶，送客逢花可自由。○【王洙曰】花，一作春。幸不折來傷歲暮，若爲看去亂春愁。○【王洙曰】春，一作鄉。○【趙次公曰：「言裴君幸不折梅以相寄，若折來則使我傷歲暮矣。……若何更欲往看乎？苟欲往看之，則起春思撩亂矣。此皆遭時艱難，流離於外，雖見花而感，亦詩人之情也。」】幸不折梅以相寄，若折來則使我傷歲暮矣。苟往看之，則起春思撩亂也。江邊一樹垂垂發，朝夕催人自白頭。○觀甫此和詩有「對雪逢花」之句，與遜詩「映雪逐春」之意頗同，所謂「還如何遜在揚州」者，其以此歟。

寄贈王十將軍承俊

將軍膽氣雄，臂懸兩角弓。纏結青驄馬，出入錦城中。危時未授鉞，○【王洙曰：「未受鉞，言未經專征。」趙次公曰：「賜斧鉞然後征，受鉞則爲大將矣。」】授鉞則爲大將，得專征伐。勢屈難爲功。賓客滿堂上，〇後漢李充傳：鄧騭置酒請充，賓客滿堂。何人高義同。

少年行

馬上誰家白面郎，〇【王洙曰：「一云騎馬。一云薄媚。」】一作「騎馬誰家薄媚郎」。〇宋沈慶之傳：今欲伐國，而與白面書生謀之，事何由濟？臨堦下馬坐人床。不通姓字麤豪甚，〇【趙次公曰】吴志：孫權言甘寧曰：「此人雖有不如人意時，然其較略大丈夫也。」指點銀瓶索酒嘗。〇貴不期驕而驕自至，富不期侈而侈自生。馬上少年白面之郎，生乎富貴之家，不識禮法，坐人之床不言其姓氏，而妄亂指人而有需，甫是以識其粗豪之甚也。顏延之好騎馬遊里巷，據鞍索酒，亦此類也。

蕭八明府實處覓桃栽

奉乞桃栽一百根，春前爲送浣花村。〇甫所居草堂在浣花村。河陽縣裏雖無數，〇【王洙曰】裏，一作底。〇【趙次公曰】甫以河陽縣比蕭明府所治之邑也。〇【王洙曰】晉潘岳，字安仁，爲河陽令。滿縣種桃李，人號曰「河陽一縣花」。濯錦江邊未滿園。

憑何十一少府邕覓榿木數百栽

○榿木，蜀中有之，俗傳音丘宜切。杜田云：榿音欹，是也。鄭印〔一〕音五來切，誤矣。

草堂塹西無樹林，非子誰復見幽心。飽聞榿木三年大，與致溪邊十畝陰。○【王洙曰：「蜀人以榿爲薪，三年可燒。」又，集千家注批點杜工部詩集引作「公自注」。】此木乃蜀地不材之木，三年可爲薪，可燒之也。

【校記】

〔一〕鄭印，古逸叢書本作「郭璞」。

憑韋少府班覓松樹子栽

落落出群非櫸柳，○櫸，居許切。青青不朽豈楊梅。欲存老盡千年意，○盡，一作蓋。○【趙次公曰】抱朴子：有天陵偃蓋之松，與天齊其久，與地等其厚。爲覓霜根數寸栽。○【王洙曰】栽，一作來。

又於韋處乞大邑甆盌

○【趙次公曰：「大邑，邛州屬縣。出瓷器，今猶然也。」又，集千家注批點杜工部詩集引作「公自注」。】大邑在臨邛。

大邑燒甆輕且堅，扣如哀玉錦城傳。○【王洙曰】哀，一作寒。君家白盌勝霜雪，○勝，平聲。急送茅齋也可憐。

詣徐卿覓果栽

草堂少花今欲栽，不問緑李與黄梅。○【王洙曰】西京雜記：武帝初，修上林苑，群臣遠方各獻名果。李十五種，内有緑李。石笋街中却歸去，果園坊裏爲求來。

從人覓小胡孫許寄

人説南州路，山猨樹樹懸。舉家聞若駭，○【王洙曰】一作共愛。爲寄小如拳。○【師古曰】言胡孫至小者爲奇也。預哂愁胡面，初調見馬鞭。○【師古曰】言始調狎之，則用笞撻，如馬之見鞭而後行也。許求聰慧者，童稚捧應癲。

上元二年辛丑在成都公年五十五歲〔一〕

【校記】

〔一〕公年五十五歲，古逸叢書本作「所作」。

百憂集行

憶年十五心尚孩，健如黄犢走復來。庭前八月梨棗熟，一日上樹能千迴。即今倏忽已五十，○【蘇曰：「舊本作『即今年才五六十』。魯直云：此語似『方六七十，如五六十。』」或作「即今年才五六十」。○倏忽，犬走疾也。杜〔二〕田云：開元十四年丙寅，公年十五。上元二年辛丑，公年五十歲。坐卧只多少行立。强將笑語供主人，○【師古曰】主人，指郭英乂。英乂鎮成都，甫客依之，笑語年少事也。甫老而客，雖强笑語以陪主人，奈非其真情也。悲見生涯百憂集。入門依舊四壁空，○【王洙曰】司馬相如歸成都，家徒四壁立。老妻覩我顔色同。○謂妻亦抱憂也。癡兒未知父子禮，叫怒索飯啼門東。

【校記】

〔一〕杜，元本、古逸叢書本作「柱」。

暫如蜀川新津縣四首

題新津北橋樓得郊字

望極春城上，開筵近鳥巢。白花簷外朵，青柳檻前梢。池水觀爲政，○【王洙曰】言其澄清不可撓也。○【趙次公曰】顧子與子華遊東池，子華曰：「水有四德，池爲一焉。沐浴群生，澤流萬世，仁也。揚清激濁，蕩滌塵穢，義也。弱而難勝，勇也。導江疏河，變爲流謙，智也。」顧子曰：「我得汝於池上矣。」厨煙覺遠庖。○遠，去聲。○【師古曰】知其遠庖厨也。西川供客眼，○【王洙曰】客，一作遠。唯有此江郊。○爾雅：邑外謂之郊。

奉酬李都督表文早春作

力疾坐清曉，○【師古曰】力疾，言雖病猶勉力起坐也。來詩悲早春。轉添愁伴客，更覺老隨人。紅入桃花嫩，青歸柳葉新。望鄉應未已，四海尚風塵。

遊修覺寺○前遊

野寺江天豁，山扉花竹幽。詩應有神助，○【杜田補遺】又，門類增廣十注杜詩引作「杜云」。杜陵詩史、分門集注、補注杜詩引作「修可曰」。【南史】謝惠連年十歲能屬文。族兄靈運嘉賞之，每有篇章，對惠連輒得佳語。嘗於永嘉西堂思詩，竟日不就，忽夢見惠連，即得「池塘生春草」，大以爲工。嘗云：「此語有神助，非吾語也。」吾得及春遊。徑石相縈帶，○【王洙曰】相，一作深。川雲自去留。○【王洙曰】自，一作晚。禪枝宿衆鳥，○【趙次公曰】公於佛寺多用佛書，斯爲當體。庾信周新州安昌寺碑：禪枝四静，慧窟三明。孟浩然詩：禪枝稀鵠〔一〕棲。漂轉暮歸愁。○【師古曰】言衆僧得所棲托，傷己漂轉，曾衆僧之不若也。

【校記】

〔一〕鵠，原作「鴿」，據元本、古逸叢書本改。

後　遊

寺憶曾遊處，橋憐再渡時。江山如有待，花柳更無私。○【趙次公曰】言遊者皆得見之，無所私也。野潤煙光薄，沙暄日色遲。客愁全爲減，○爲，于僞切。捨此復何之。○禮：吾捨此何適〔一〕。

【校記】

〔一〕適，元本、古逸叢書本作「也」。

遣意二首

囀枝黄鳥近，泛渚白鷗輕。一逕野花落，孤村春水生，○【王洙曰：「見登白馬潭注。」】前注。衰年催釀黍，細雨更移橙。○言移席就橙陰，以雨細故也。本草：橙似橘而葉大，形圓於橘而香，皮厚而皺。八月熟。漸喜交遊絶，幽居不用名。

簷影微微落，津流脉脉斜。野船明細火，○船，一作松。宿雁聚圓沙。○【王洙曰】雲掩初弦月，香傳小樹花。鄰人有美酒，稚子夜能賒。○【王洙曰】夜，一作圓，一作寒。○【師道曰】或云：甫之子宗文，字稚子也。

漫成二首

野徑荒荒白，○【王洙曰：「日，一作月。荒荒，一云茫茫。」】或作「野月茫茫白」。春流泯泯清。渚蒲隨地有，村逕逐門成。只作披衣慣，○【師古曰】披衣以示疏懶也。常從漉酒生。○漉，黄作受。○【王洙曰】陶潛以葛巾漉酒。眼邊無俗物，○【杜田補遺】世説：嵇、阮、山、劉在竹林酣飲，王戎後往。阮步兵曰：「俗物已復來敗人意。」多病也身輕。

江皋已仲春，花下復清晨。仰面貪看鳥，迴頭錯應人。讀書難字過，○晉張叶讀書，遇難字即過。對酒滿壺頻。近識峨嵋老，○【九家集注杜詩依例爲「王洙曰」，杜陵詩史、分門集注引作「王洙曰」。集千家注批點杜工部詩集引作「公自注」。】甫自注曰：東山隱者。○【杜陵詩史、補注杜詩、集千家注批點杜工部詩集引作「石曰」：「峨嵋山在蜀。」分門集注引作「石敏若曰」。】按，地理志：劍南，其山名峨嵋，屬導江縣。峨嵋接岫千里，神仙福地。知余懶是真。

早　起

春來常早起，幽事頗相關。帖石防頽岸，開林出遠山。一丘藏曲折，緩步有躋攀。童僕來城市，缾中得酒還。

三絶句

○【九家集注杜詩依例爲「王洙曰」。杜陵詩史、分門集注、補注杜詩引作「王彦輔曰」。】王彦輔曰：此詩皆愍交道凋弊，風俗衰薄。○趙子櫟以爲不然。

楸樹馨香倚釣磯，○楸，美木也。斬新花蘂未應飛。不如醉裏春風盡，可忍醒時雨打稀。○【王洙曰】可，一作何。○【九家集注杜詩引「趙次公注」爲「洪覺範云」。杜陵詩史、分門集注、補注杜詩引作「師古曰」。】或曰：此詩譏後進暴貴，雖可爲一時榮觀，奈何恩重才薄，眼見其零落，不若未受恩眷之時。雨比天恩，以雨多，故致花易壞也。

門外鸕鷀久不來，沙頭忽見眼相猜。自今已後知人意，一日須來一百迴。○【九家集注杜詩引「趙次公注」爲「洪覺範云」。杜陵詩史、分門集注、補注杜詩引作「師古曰」。】或曰：此詩言貪利小人畏君子之譏其短也。然君子以蒙養正，瑜瑾匿瑕，山藪藏疾，不發其惡，而人來革面諂諛，不能媿耻也。

無數春笋滿林生，柴門密掩斷人行。會須上番看成竹，○番，音去聲。○【趙次公曰：「上番，乃川語。」】上番，蜀人之語也。○吴筠：春怨多看笋成竹。客至從嗔不出迎。○【師古曰】或曰：前篇言花雖斬新，終爲風吹雨打，以至零落。此詩言笋初生，終乎成竹。而有「客至從嗔不出迎」之語，蓋言唯君子守道爲歲寒，異夫小人之暴貴易壞也。

客至

○【魯曰。又，集千家注批點杜工部詩集引作「公自注」。】喜崔明府見過。

舍南舍北皆春水，但見群鷗日日來。○【王洙曰】言所居僻寂，唯與沙鷗相狎也。花徑不曾緣客掃，○【王洙曰】未嘗有客至，故不掃花徑也。蓬門今始爲君開。○【王洙曰】今日剪除蒿萊，以待君子重客過也。盤飧市遠無兼味，樽酒家貧只舊醅。肯與鄰翁相對飲，隔籬呼取盡餘盃。

春水

○【黄希曰】顔師古漢書音義：月令：仲春之月，始雨水，桃始華。蓋桃方華時，既有雨水，川谷漲泮，衆流盛長，故謂之桃花水。

三月桃花浪，○浪，一作水。○【趙次公曰】韓詩「溱與洧，方涣涣兮」注：謂三月桃花水下時也。江流復舊痕。朝來没沙尾，〇曹毗賦：飛鷺下平沙尾。碧色動柴門。〇【王洙曰】古詩：春水似挼藍。接縷垂芳餌，連筒灌小園。已添無數鳥，〇【趙次公曰】古詩：寄語故林無數鳥，會入群裹比毛衣。争浴故相喧。

江亭

坦腹江亭暖，〇【王洙曰】晉王羲之東床坦腹。長吟野望時。水流心不競，雲在意俱遲。寂寂春將晚，欣欣物自私。故林歸未得，排悶强裁詩。〇一作「江東猶苦戰，回首一顰眉」。

村夜

風色蕭蕭暮，〇【趙次公曰：「一本作『蕭蕭風色暮』，則錯字眼矣。又一本作『肅肅風色暮』，却無義矣。師民瞻本作『風色蕭蕭暮』，是。上官儀初春詩：風色翻露文，雪花上空碧。」】一作「蕭蕭風色暮」，今從樊本。江頭人不行。村舂雨外急，鄰火夜深明。胡羯何多難，樵漁寄此生。中原有兄弟，萬里正含情。

可惜

花飛有底急，○【趙次公曰：「有底，唐人語。有甚底事也。韓退之詩云：有底忙時不肯來？」】謂有甚底事也。老去願春遲。可惜歡娛地，都非少壯時。寬心應是酒，遣興莫過詩。○【鄭卬曰】過，古禾切。此意陶潛解，○【鄭卬曰】解，胡買切，曉也。吾生後汝期。○【師古曰】陶潛以早悟棄官而歸，今甫當衰老而困於羈旅，故云「吾生後汝期」也。

野人送朱櫻

西蜀櫻桃也自紅，○也，音夜。野人相贈滿筠籠。數回細寫愁仍破，萬顆勻圓訝許同。憶昨〔二〕賜霑門下省，○甫乾元元年時在左掖。○【杜田補遺。杜陵詩史、分門集注、補注杜詩、集千家注批點杜工部詩集引作「修可曰」。】按，唐李綽歲時記：四月一日，內園進櫻桃。寢廟薦訖，頒賜各有差。退朝擎出大明宮。○大明宮，唐東內。金盤玉筯無消息，○【王洙曰】唐制：賜近臣櫻桃，有宴。此日嘗新任轉蓬。○【王洙曰】公自言流落如蓬之隨風，任其轉徙也。

【校記】

〔一〕咋，原作「非」，據元本、古逸叢書本改。

落日

落日在簾鈎，溪邊春事幽。芳菲緣岸圃，○【趙次公曰】芳菲之圃，緣岸而爲之者也。樵爨倚灘舟。○【趙次公曰】樵爨之舟，倚岸而泊之者也。啅雀争枝墜，○【王洙曰：「啅，噪也。」】啅，竹角切，噪也。飛蟲滿院遊。濁醪誰造汝，○酒經：醪，汁滓酒也。一酌散千憂。○【王洙曰。杜陵詩史、分門集注、補注杜詩又引「王洙曰」作：「一酌，一作酌酒。」】一酌，一作酌罷。○【杜田補遺。又，杜陵詩史、分門集注引作「沈括曰」。】東方朔别傳：武帝幸甘泉。長平坂道中有蟲，赤如肝，頭目口齒悉具。朔曰：「此謂怪氣，是必秦獄處也。」夫積憂者，得酒而解，乃取蟲致酒中，立消。

獨酌

步屧深林晚，開樽獨酌遲。○【趙次公曰】宋書：袁粲爲丹陽尹，嘗步屧白楊郊野間，道遇一上人，便呼與酣飲。仰蜂粘落絮，○【王洙曰】絮，一作蘂。行蟻上枯梨。○【王洙曰：「音航。

行列之行。」】行，音航，行列也。薄劣慙真隱，○【王洙曰】謝靈運詩：彼美丘園道，喟然傷薄劣。幽偏得自怡。本無軒冕意，不是傲當時。○【師古曰】蜂粘落蘂，蟻上枯梨，言無味也。獨酌最無興味，故以喻之。隱有真有假，如杜淹之隱嵩山，傲求利禄，此所謂仕途之捷徑耳。甫以薄劣而遁世，故云真隱，非有意於軒冕也。○【薛蒼舒曰】莊子：今之所謂志者，軒冕之謂也。物之儻來寄者也。

徐步

整履步青蕪，○【王洙曰】履，一作屐。荒庭日欲晡。○【趙次公曰】淮南天文訓：日至于悲谷，是謂晡時。芹泥隨燕觜，花蘂上蜂鬚。把酒從衣濕，吟詩信杖扶。敢論才見忌，實有醉如愚。

即事

○【趙次公曰】贈舞者也。

百寶裝腰帶，真珠絡臂鞲。○【鄭卬曰】鞲，古侯切。○臂，捍也。○【王洙曰】馬后傳：蒼頭衣綠鞲。注：鞲，臂衣也，以縛左右手，於事便也。笑時花近眼，舞罷錦纏頭。○【王洙曰】開元時，王元寶常會賓客。元寶富於財，而無文采〔一〕，親友問曰：「昨日高會，有何佳談？」元寶視屋角良久，曰：「但費錦纏頭耳。」

【校記】

〔一〕而無文采，元本、古逸叢書本作「輕棄繒采」。

贈花卿

○花卿，名驚定。按唐舊書崔光遠傳：光遠爲成都尹。及段子璋反，東川節度李奂敗。及光遠率將花驚定討平之。

錦城絲管日紛紛，半入江風半入雲。此曲祇應天上有，○【薛夢符曰】宣室志：明皇夢仙子十輩御卿雲而下，列於庭，各執樂器而奏之。其度曲清越，殆非人世也。及樂闋，有一仙子前曰：「陛下知此樂乎？此神仙紫雲之曲也。」人間能得幾回聞。○趙傁云：古歌辭所載林鍾宮水調入破第二云：錦庭絲管日紛紛，半入靈山半入雲。此曲多應天上有，人間能得幾回聞。

寒食

寒食江村路，風花高下飛。○王作「寒食江村樹，風花江上飛」。汀煙輕冉冉，竹日淨暉暉。田父要皆去，○【王洙曰】父，一作舍。○要，平聲。鄰家問不違。○【王洙曰：「鬧，一作問。」】問，或作闕，非是。○【師古曰】甫既卜居浣花溪上，日與田父老叟相狎蕩，故有「皆去」、「不違」之語。不違者，受之不逆其情也。問，乃問遺也。○詩「雜佩以問之」是也。地偏相識盡，雞犬亦忘歸。○魯作「地偏不相識」。

别唐十五誡因寄禮部賈侍郎

○【鮑彪曰】賈至傳：寶應初，轉禮部侍郎。

九載一相逢，百年能幾何。○【王洙曰】古詩：百年能幾何，會少别離多。○顧況詩：一别二十年，人堪幾回别。復爲萬里别，○古詩：行行重行行，與君生别離。相去萬餘里，各在天一涯。送子山之阿。白鶴久同林，潛魚本同河。未知棲集期，○【薛蒼舒曰】徐幹詩〔一〕：末途幸休明，棲集建薄質。衰老强高歌。歌罷兩悽惻，○陸機赴洛詩：感物情悽惻。六龍忽蹉跎。○【杜田補遺】六龍，所以駕日車而行天也。○【師古曰】蹉跎，甫自謂衰老也。○春秋命曆序：皇伯登扶桑日之陽，駕六龍以上下。劉向九歎篇「維六龍於扶桑」〔二〕。相視髮皓白，况難駐羲和。○【師古曰】：「謂日月逝矣，歲不我與。」】謂日去之速也。○廣雅：日御謂之羲和，月御謂之望舒。胡星墜燕地，○【師古曰】胡星，謂旄頭星也。○【趙次公曰】謂是歲上元元年，史朝義弑其父思明也。

漢將仍横戈。○【師古曰】漢將即唐將，唐承漢，因謂之漢。由今承唐，亦謂之唐朝。○【趙次公曰】仍横戈，言史朝義襲僞位，復爲亂也。蕭條四海内，○石苞與孫皓書：四海蕭條，非復漢有。人少豺虎多。○喻盜賊也。少人慎莫投，○恐劫掠也。多虎信所過。飢有易子食，○經歷亂離之地，當兵革之際，年歲凶荒，人有易子而食者。○【王洙曰】左氏傳：宋子罕夜登子反床而告曰：「弊邑易子而食，析骨而炊〔三〕。」獸猶畏虞羅。○【王洙曰】：「虞羅，可避之物，而獸猶畏之。至於父子之親，而不能相保，則時可知矣。」】虞羅，乃虞人之羅，所以捕獸。虞羅而獸猶知避之，人返不能還樂土，至於易子而食，抑何愚乎！○【九家集注杜詩引作「張夢陽云」。又，杜陵詩史、分門集注、補注杜詩引作「余曰」。】劉貢父云：如此等句，含蓄深矣。殆不可模倣。子負經濟才，○子，指唐也。天門鬱嵯峨。○【趙次公曰】泰山記：泰山盤道屈曲而上，凡五十餘盤，經小天門、大天門，仰視天門，如從穴中視天窗矣。飄飄適東周，○【王洙曰】平王東遷于洛，故謂之東周。來往若崩波。○若崩，一作亦奔。唐生負經濟之才，厭蜀之亂，欲往東都扣天子之門以求仕，不憚辛苦往來之遽，若波之崩墜也。南宮吾故人，○南宮，指言賈侍郎。○【杜田補遺。又，杜陵詩史、分門集注、補注杜詩引作「杜定功曰」。】按天官書：南宮朱鳥，權、衡。衡，太微，三光之庭。藩臣將相執法，郎位衆星咸在。漢建尚書百官，府名曰南宮，蓋取象也。○【杜田補遺】猶唐以中書省爲紫微，尚書省爲文昌。故後漢鄭弘爲尚書令，前後所陳有補王政者，皆注之南宮，以爲故事。以此考之，若元稹爲南宮散郎，禮部郎中號南宮舍人。

蓋南宫猶言南省，非止稱禮部而已。今人徑以禮部爲南宫，誤矣。歷考前代禮部之名，方起於江左，而南宫已見於漢時。○按集，甫又有「飛霜任青女，賜被隔南宫」之句，所援乃後漢樂崧之故事，以是知南宫非止稱禮部明矣。**白馬金盤陀。**○甫因薦唐生於禮部侍郎賈公，庶幾望賈公爲之先容也。南宫，謂禮部也。蓋有於五行爲火，於五常爲禮。昔賈逵爲禮部侍郎，常乘白馬，故於賈至亦云。金盤陀，未詳。或曰山名，屬東都。時肅宗收復洛陽，賈公侍天子在焉。**雄筆應千古，**○【師古曰】謂賈公大手筆也。**見賢心靡佗。**○靡，一作匪。○【王洙曰】言其好賢出至誠也。詩：之死矢靡佗。**念子善師事，**○欲唐生盡心以事賈公也。**歲寒守舊柯。**○【師古曰】又欲唐生無變節於賈侍郎也。○【王洙曰】論語：歲寒，知松柏之後凋。**爲吾謝賈公，病肺卧江沱。**○【鄭卬曰】沱，徒河切。○江水别流爲沱。○【師古曰】甫有肺疾，不及與賈公會集，託唐生以謝罪也。

【校記】

〔一〕九家集注杜詩、杜陵詩史、分門集注、補注杜詩作「文選謝靈運擬鄴中詩」。

〔二〕元本、古逸叢書本「扶桑」下尚有「云云」二字。

〔三〕炊，原作「吹」，據元本、古逸叢書本改。

高柟

○【鄭卬曰】柟，那含切，木名。華似桑，子似杏而酸，俗作楠。

柟樹色冥冥，江邊一蓋青。○【王洙曰】蜀志：劉先主所居，籬角一樹，遠望若車蓋。近根開藥圃，接葉製茅亭。落景陰猶合，微風韻可聽。○聽，他經切，聆也。尋常絶醉困，卧此片時醒。

惡樹

獨遶虛齋徑，常持小斧柯。○古詩：願借小斧柯，翦伐東山木。幽陰成頗雜，惡木翦還多。○【趙次公曰】管子：士懷取介之心，不蔭惡木之枝。惡木尚能耻之，况與惡人同處？枸杞因吾有，○本草：枸杞春夏採葉，秋採莖實，冬採根。葉可作羹。諺云：去家千里，勿食羅摩枸杞。言其補益强盛也。雞棲奈汝何。方知不材者，生長漫婆娑。○【趙次公曰】莊子山木篇：此木以不材，得終其天年。

石鏡

○揚雄蜀本紀：成都丈夫化爲女子，顏色美好，蓋山之精也。蜀王開明納以爲妻，疾卒於成都郭中。葬之以石，作鏡一枚，以表其墓。述異記言，以石鏡一枚同葬之。○【王洙曰】。又，杜陵詩史引作「王彥輔曰」。】成都記：武都山精化爲女子，蜀王納爲妃。未幾物故，王取武都土築爲冢，以此鏡表其門。

蜀王將此鏡，送死置空山。○置，一作至。冥寂憐香骨，提携近玉顏。衆妃無復歎，○【趙次公曰】言昔日專寵，衆妃嗟嘆，今既死矣，無復嘆也。千騎亦虚還。○【趙次公曰：「言人已葬矣，送葬之千騎虚還而已。」】言送葬之騎亦空還也。獨有傷心石，埋輪月宇間。○按集，甫有詩云「石鏡通幽魄，琴臺隱絳唇」是也。

琴臺

○王褒益州記：司馬相如宅，在州西笮橋北百許步〔一〕。李膺云：市橋西南二百步，得相如舊宅。今海晏寺南有琴臺故墟。○【王洙曰】成都古今集記：琴臺院，以司馬相如琴臺得名，而非相如舊臺也。舊臺在浣花溪金花寺北厢，號海安寺。梁蕭藻鎮蜀，增建樓臺，以備遊觀。元魏伐蜀，下營於此，掘爲塹，得大罌二十餘口，蓋所以響琴也。隋蜀王秀更增五臺，并舊爲六。○按十道志：成都有琴臺，即相如與文君貰酒處，今海安寺。趙清憲玉壘記：相如琴臺，在浣花溪北。

茂陵多病後，○【王洙曰】司馬相如常有消渴病，既免，家居茂陵。尚愛卓文君。○尚，一作常。○【王洙曰】相如游臨邛，富人卓王孫有女字文君，少寡，好音，相如以〔二〕琴心挑之，文君夜奔相如，相如與馳〔三〕歸成都。酒肆人間世，○【王洙曰】相如既歸成都，家徒四壁，乃之臨邛，盡賣車騎，買酒舍，令君當壚。琴臺日暮雲。○傷不見其人也。餘見題注。野花留寶靨，○【鄭卬曰】靨，於牒切，頰輔也。○【趙次公曰：「沈佺期梨園亭侍宴詩云：野花飄御座，河柳拂天杯。以花譬寶靨花鈿也。靚野花，如文君所留之鈿。」】言花之容如留其臉也。蔓草見羅裙。○【趙次公曰：「蔓草，則詩云『野有蔓草』。草之色緑，如見其裙。或以白樂天『裙腰細草』言之，其義亦通。」】言草之色，如見其裙也。歸鳳求皇意，○【九家集注杜詩、分門集注引作「杜田補遺」。杜陵詩史、補注杜詩、集千家注批點杜工部詩集引作「修可曰」。】徐陵玉臺新詠載相如琴歌曰：鳳兮鳳兮歸故鄉，遨遊四海求其皇。時未通遇無所將，何悟今日升斯堂。有艶淑女在此芳，室邇從遐愁我腸。何緣交頸爲鴛鴦。又歌曰：皇兮皇兮從我棲，得托字尾永爲妃。交清通體心相怡，中夜相從知者誰。雙羽俱起翔高飛，無感我心使予悲。寥寥不復聞。

【校記】

〔一〕步，元本、古逸叢書本作「叔」。

〔二〕以，元本、古逸叢書本作「撫」。

〔三〕元本、古逸叢書本「馳」下有「騎」字。

聞斛斯六官未歸

○【趙次公曰】:「此豈前篇所謂斛斯融者乎?絶句云『南隣愛酒伴』,而自注云:『斛斯融,吾酒徒。』又自閬中再歸成都,則有過故斛斯校書莊以弔矣。」】按集,公有詩云「走覓南隣愛酒伴」,注云:「斛斯融,吾酒徒也。」

故人南郡去,去索作碑錢。本賣文爲活,○【趙次公曰】夫爲人作碑而至遠去索錢,爲可傷矣。其求碑之人亦可鄙矣。翻令室倒懸。○【王洙曰】孟子:猶解倒懸也。左氏傳:室如懸磬。荆扉深蔓草,土銼冷疏煙。○【鄭卬曰】銼,粗卧切。○蜀人呼釜爲銼。老罷休無賴,歸來省醉眠。○【師古曰】唐史拾遺:斛斯子明尤工碑銘,四方以金帛求其文者,歲不減十萬,隨得隨費,家人至貧窶不給,子明不以介意。故甫有是句,深以爲戒也。

漫興九絶

眼見客愁愁不醒,○【王洙曰】見,一作前。無賴春色到江亭。即遣花開深造次,便覺鶯語太丁寧。〇【王洙曰】覺，一作教。

手種桃李非無主，野老墻低還是家。〇【趙次公曰】野老，公自况也。恰似春風相欺得，夜來吹折數枝花。

熟知茅齋絶低小，〇【王洙曰】熟，一作耐。江上燕子故來頻。銜泥點污琴書内，更接飛蟲打著人。〇打，都挺切，擊也。〇【師古曰】已上甫自傷爲客，而爲小人見欺也。

二月已破三月來，漸老逢春能幾迴。莫思身外無窮事，〇思，一作辭。且盡生前有限盃。〇【王洙曰】晉張翰任心自適，不求當世，曰：「使我有身後名，不如即時一杯酒。」

腸斷春江欲盡頭，杖藜徐步立芳洲。顛狂柳絮隨風去，輕薄桃花逐水流。

懶慢無堪不出村，呼兒日在掩柴門。蒼苔濁酒林中静，碧水春風野外昏。

糝逕楊花鋪白氈，點溪荷葉疊青錢。○錢，一作鈿。筍根稚子無人見，沙上鳧雛旁母眠。○師古曰：稚子，説者不一。或以爲竹留，或以爲雉雛，或以爲筍，皆非也。殊不知子美多借爲對偶，其語句相混，後人多不曉其義。稚子，乃甫之子宗文也。甫有二子，一曰宗文，字稚子，二曰宗武，字驥子。按集，如曰「驥子春猶隔，鶯歌暖正繁」，乃憶幼子之詩也。借驥子以偶鶯歌，正似此以稚子對鳧雛之類是也。如曰「老妻畫紙爲棋局，稚子敲針作釣鈎」，又曰「晝引老妻乘小艇，晴看稚子浴清江」，又曰「鄰人有美酒，稚子夜能賒」，則稚子乃宗文也審矣。「筍根稚子無人見」，此尋兒不見，忽於竹叢邊得之，遂有是句，復何疑乎！殊不看下句「沙上鳧雛旁母眠」，以禽鳥猶知愛其子，可以人而不如之乎？蓋謂小兒戲於竹邊，偶尋不見，遂至感物以興己意，其理灼然。

舍西柔桑葉可拈，江邊細麥復纖纖。人生幾何春已夏，○莊子：人生幾何。○【王洙曰】武帝〔二〕短歌行：對酒當歌，人生幾何。不放酒醪如蜜甜。○梁朱异田飯引：笑味〔一〕薄於東魯，鄙蜜甜於南湘。

【校記】

〔一〕味，元本、古逸叢書本作「朱」。

〔二〕武帝，元本、古逸叢書本作「魏武帝」。

隔户楊柳弱嫋嫋，○【王洙曰】隔户，一作户外。○嫋，奴鳥切。○【九家集注杜詩引作「趙次公曰」。杜陵詩史、分門集注、補注杜詩引作「修可曰」。】鮑照詩：嫋人柳垂道。恰似十五女兒腰。誰謂朝來不作意，狂風挽斷最長條。

戲爲六絶

庾信文章老更成，凌雲健筆意縱横。○【趙次公曰】周庾信字子山，文章綺麗，爲世所尚。作哀江南賦，尤見稱於世，謂若相如作大人賦，飄然有凌雲之氣。今人嗤點流傳賦，不覺前賢畏後生。○文苑傳序：簡文、湘東听其淫放，徐陵、庾信分路揚鑣，其意淺而繁，其文匿而彩。同尚輕險，情多哀思，格以延陵之聽，蓋亦亡國之音也。

楊王盧駱當時體，輕薄爲文哂未休。爾曹身與名俱滅，不廢江河萬古流。○【杜田補遺。又，杜陵詩史、分門集注、補注杜詩引作「歐曰」。】唐史：李敬玄重楊炯、盧照鄰、駱賓王、王勃，必當顯貴。裴行儉曰：士之致遠，先器識，後文藝。勃等雖有文才，而浮躁淺露，豈享爵禄之器哉？

縱使盧王操翰墨，劣於漢魏近風騷。○【趙次公曰】言漢、魏之文去古未遠，終有風騷之氣，而盧、王二人文比之爲劣矣。○宋書曰：自漢至魏，文體三變，莫不同祖風騷。龍文虎脊皆君馭，歷塊過都見爾曹。○過，古禾切。○【趙次公曰】謂文章之妙如龍文虎脊之馬，皆可充君之馭。○【師道曰】其逸足過都，如歷一塊土之易也。○【杜田補遺。又，杜陵詩史、分門集注、補注杜詩引「修可曰」】：「漢天馬歌：驊騮駿驥，龍文虎脊。武帝時，西域大宛馬虎脊魚目，龍文鳳頸，尾如蒲梢也。」【西域傳：蒲稍龍文汗血之馬，充於黄門。又郊祀歌：天馬徠，出泉水。虎脊兩，化若神。○【王洙曰】王褒頌：過都越國，蹶若歷塊。

才力應難跨數公，凡今誰是出群雄。或看翡翠蘭苕上，○【王洙曰】以翡翠喻言今之爲文者，只得其小巧耳。○【薛夢符曰。又，趙次公曰。】郭璞遊仙詩：翡翠戲蘭苕，容色更相鮮。○異物志：赤而雄曰翡，青而雌曰翠。未掣鯨魚碧海中。○【趙次公曰：「公自負其出群雄者，如掣鯨魚於碧海，非釣手之善氣力之雄，安能然哉！」】言爲文之雄健，未有能如鯨魚之掣浪也。○曹植賦：掣大鯨而制巨鼇。

不薄今人愛古人，清辭麗句必爲鄰。竊攀屈宋宜方駕，恐與齊梁作後塵。○【趙次公曰】此公之志也。公必欲追琢屈原、宋玉之文而與之並馳者，惟恐不能超越齊、梁而翻與之作後塵。

蓋齊、梁文體輕薄華麗，公所不取也。

未及前賢更勿疑，遞相祖述復先誰。○【趙次公曰】禮記：仲尼祖述堯、舜。謝靈運傳論：王褒、劉向、揚雄、崔、蔡之徒，遞相師祖。別裁僞體親風雅，轉益多師是汝師。○【師古曰】遞相祖述，言齊、梁相習爲輕薄之文，無有慨然以風雅正體倡先者，多師言意，尚之不一也。

朝雨

涼氣曉蕭蕭，江雲亂眼飄。○【趙次公曰】周庾信詩：鶯花亂眼飄。風鴛藏近渚，雨燕集深條。○【師古曰】鴛藏燕集，謂避雨也。黃綺終辭漢，○【趙次公曰】黃公、綺里，乃秦之四皓也。漢太子卑辭厚禮迎之，既定太子位，遂辭歸商山。餘見前注。巢由不見堯。○【趙次公曰】：「巢、由，巢父、許由也，嵇康高士傳曰：巢父，堯時隱人。年老，以樹爲巢，而寢其上，故人號爲巢父。堯之讓許由，由以告巢父，巢父曰：『汝何不隱汝形，藏汝光，非吾友也。』乃擊其膺而下之。許由悵然不自得，乃遇清泠之水，洗其耳，拭其目，曰：『嚮者聞言，負吾友。』遂去，終身不相見。豈非皆不見堯耶？」】皇甫謐逸士傳：巢父者，堯時隱人也。及堯讓位許由也，由以告巢父，巢父曰：「汝非吾友也。」由悵然不自得。乃過清泠之水洗其耳。又高士傳：巢父聞許由之爲堯所讓也，以爲污，乃臨池而洗耳。○夢弼謂：黄、綺、巢、由，乃甫自喻也。草堂樽酒在，幸得過清朝。

晚晴

村晚驚風度，幽亭過雨霑。夕陽薰細草，江色映疏簾。書亂誰能帙，○以風之急，故書亂不能整其卷帙也。杯乾可自添。時聞有餘論，○相如子虛賦：願聞先王之餘論。未怪老夫潛。○【趙次公曰。又，補注杜詩、集千家注批點杜工部詩集引作「薛夢符曰」。】後漢王符著潛夫論，故甫效慕之也。

江上值水如海勢聊短述

爲人性僻耽佳句，語不驚人死不休。老去詩篇渾謾與〔一〕，春來花鳥莫深愁。新添水檻供垂釣，故著浮槎替入舟。焉得思如陶謝手，○【王洙曰】陶淵明、謝靈運。令渠述作與同遊。

【校記】

〔一〕與，古逸叢書本作「興」。

大雨

西蜀冬不雪，春農尚嗷嗷。上天回哀眷，朱夏雲鬱陶。○【王洙曰】朱，一作清。○【魯曰】鬱陶，積不散貌。執熱乃沸鼎，纖絺成縕袍。風雷颯萬里，霈澤施蓬蒿。敢辭茅葦漏，○【王洙曰：「茅葦，類蓬葦也。」】茅葦，謂草堂也。已喜黍豆高。三日無行人，○以水漲也。二江聲怒號。○【趙次公曰】寰宇記：秦李冰穿二江於成都行舟，今謂内江、外江。左太冲蜀都賦「帶二江之雙流」是也。流惡邑里清，○【趙次公曰：「左傳有『汾、澮流其惡』。今言大雨所蕩，亦流出穢惡也。」】久旱得雨而水漲，流出穢惡，邑里爲之清爽也。左氏傳：汾、澮流其惡。矧兹遠江皋。荒庭步鸛鶴，○鸛鶴，水鳥也。隱几望波濤。沉痾聚藥餌，頓忘所進勞。○【趙次公曰】甫以肺疾之故，而聚藥餌，今得大雨之凉，而喜於是，頓忘供進藥餌之勞也。則知潤物功，可以貸不毛。○【趙次公曰】因雨之潤，雖不毛之地亦假貸而生。陰色静隴畝，勸耕自官曹。四鄰耒耜出，○一作「出耒耜」。何必吾家操。

溪漲

當時浣花橋，溪水纔尺餘。白石明可把，○【王洙曰】石，一作月。○把，恐當作掬。○【趙次公曰】言水之清淺，而石可以掬也。水中有行車。○【王洙曰】華陽風俗録：浣花亭在州之西南，江流至清之所也，其淺可涉，故水中有行車。公有宅在焉。秋夏忽泛溢，豈惟入吾廬。蛟龍亦狼狽，○【趙次公曰】酉陽雜俎：狼、狽是兩物。狽前足絶短，每行常駕兩狼，失狼則不能動，故世言事乖者謂之狼狽。况是鼈與魚。○甫築草堂于溪側，水忽漲而入其廬，君子猶失所，况小人乎？○【師古曰】蛟龍喻君子，魚鼈喻小人也。兹晨已半落，歸路跬步疏。○【逢原曰】：「半步曰跬。」跬，亡蘗切，半步也。馬嘶未敢動，○馬嘶欲歸也。前有深填淤。○淤，協音於。○【師古曰】謂君子遇險而止也，此處亂世之道也。○【杜田補遺】溝洫志：桃花水盛，有填淤反壤之害。顔師古曰：填淤，壅泥也。青青屋東麻，散亂床上書。不意遠山雨，○意，一作知。夜來復何如。我遊都市間，○間，或作所。晚憩必村墟。○【趙次公曰】村墟，指草堂也。乃知久行客，終日思其居。○【趙次公曰】甫每於浣花里無事，晝放步成都市間，日暮即歸草堂，蓋戀所居故也。○客居猶有眷眷之心，况萬里羈懷，寧不思故鄉乎？

泛溪

落景下高堂，○落景，晚照也。進舟泛迴溪。誰謂築居小，未盡喬木西。遠郊信荒僻，秋色有餘凄。練練峰上雪，○【趙次公曰。又，杜陵詩史、分門集注、補注杜詩、集千家注批點杜工部詩集引「馬曰」：「練練，白貌。」】練練，白貌。江淹麗色賦：色練練而欲奪。纖纖雲表霓。童戲左右岸，○【王洙曰】一作「兒童戲左右」。○【師古曰】童戲，指其子宗文、宗武也。罟弋畢提携。翻倒荷芰亂，指揮路徑迷。○【師古曰】恐兒童爲荷芰之亂而迷路，故指揮以示之也。得魚已割鱗，採藕不洗泥。人情逐鮮美，物賤事已睽。○【師古曰】開元中物賤，今經兵火以來，百物踊貴，與向者不同矣。吾村靄暝姿，○【程曰】謂日已黑矣。異舍雞亦棲。蕭條欲何適，出處庶可齊。○庶幾齊出處，無使富貴勝吾貧賤之樂也。衣上見新月，霜中登故畦。濁醪自初熟，○【王洙曰】初，一作新。東城多鼓鼙。○【趙次公曰：「蓋言濁酒幸自初熟，可以供飲，宜安郊村之興。况東城多鼓鼙乎云云東城，東州之城也。是年四月，東川節度兵馬使段子璋反。五月，西川節度使崔光遠使牙將花驚定擊斬之。驚定乘勝大掠東蜀，至天子聞之而怒。則雖七月兵應未定，故云。」】言濁醪新熟，可以供飲，宜安郊居之樂，况東城多鼓鼙乎！是年東川段子璋反。○古詩：莫出東城望，鼓鼙愁殺人。

新定杜工部草堂詩箋斠證卷第二十一

上元二年辛丑在成都所作

柟樹爲風雨所拔歎

倚江柟樹草堂前，故老相傳二百年。○【王洙曰】故，一作古。誅茅卜居總爲此，五月髣髴聞寒蟬。東南飄風動地至，○古詩：回風動地起。江翻石走流雲氣。幹排雷雨猶力争，根斷泉源豈天意。滄波老樹性所愛，○滄波，一作蒼茫。浦上童童一車蓋。○【王洙曰】蜀志先主傳：先主舍東南角籬上有桑樹，生高五丈餘，遥望見童童如小車蓋。野客頻留懼雪霜，○野客，公自言也。行人不過聽竽籟。○聽，他經切，聆也。○【趙次公曰】：「聽竽籟，言其聲之鼓動如之，字則宋玉高唐賦『纖條悲鳴，聲似竽籟』。舊注引『地籟』，非。】言柟樹爲風之鼓動，其聲有如竽籟也。宋玉高唐賦：纖條悲鳴，聲傾竽籟。虎倒龍顛委榛棘，○榛，樊作荆。淚痕點血垂胸臆。我有新詩何處吟，草堂自此無顏色。○師古曰：楩柟杞梓，天下之良材。柟樹爲風雨所拔，喻嚴武死於蜀，甫無所依，故歎息之。上元元年，嚴武鎮成都，甫自閬州挈家往依之。武歸朝廷，甫浮遊在蜀諸郡，往來非一。武再鎮兩川，奏爲節度參謀檢校工部員外郎。永泰元年夏，武卒，郭英乂代之，甫失所依，乃挈家下忠、渝。詳味此詩，與下篇皆爲嚴武而發嘆焉。甫築草堂於成都浣花里，甫爲得此樹以爲遊息。木，仁類，以覆庇其下，喻甫賴武以庇焉。今也如「虎倒龍顛」，是使草堂之人憔悴而無所依託，故末章云「自此無顏色」也。夢弼謂：今按此詩，若從師氏之說，當次于永泰元年之秋也。

茅屋爲秋風所破歌

○蘇軾曰：古之封諸侯，分之以茅土，所謂茅屋者，制節之方州也。風，號令也，所以鼓舞萬民，和四方之義也。天寶十四載，安禄山起漁陽之師，詭言奉詔誅楊國忠，是謂義兵。號令天下，陷河北郡縣，是謂茅屋破也。夢弼謂：按此詩若從師氏之説，亦當次于永泰元年之秋也。

八月秋高風怒號，○【杜田補遺。又，杜陵詩史、分門集注、補注杜詩引作「修可曰」。】莊子齊物篇：大塊噫氣，其名爲風。是唯無作，作則萬竅怒號。卷我屋上三重茅。○卷與捲同。蘇軾曰：八月，陰中也。陰以肅殺爲事。秋高風怒號者，秋於五性爲義。天寶十四載十一月九日，范陽節度使安禄山率蕃、漢兵十餘萬，自幽州南向指闕，詭言起義，以誅楊國忠爲名，其怒號之甚也。卷我屋上三重茅者，是時方陷三郡，謂先殺太原尹楊光翽於博陵郡，十二月六日陷陳留郡，殺張介然，九月陷滎陽郡，殺太守崔無詖，故云「三重茅」也。師古曰：秋者，肅殺之氣，兵革之象也。茅屋，所以覆庇人所依託焉。既爲秋風所破，則無以自庇。甫以嚴武鎮成都，遂往依之。不幸武卒，郭英乂代武爲節度，甫由是見知英乂，託以爲庇焉。兼與楊子琳、柏正節〔一〕二刺史相善。崔旰殺英乂，併攻楊子琳、柏正節，是「卷三重茅」之比也。夢弼謂：蘇氏、師氏二説不同，今兩存之。茅飛度江灑江郊，○【王洙曰】灑，一作滿。○師古曰：謂楊子琳、柏正節蒼皇竄走也。高者挂罥長林梢，○【鄭卬曰】罥，古泫切。○師古曰：謂在位賢者逃于林野也。下者飄轉沉塘坳。○【鄭卬曰：「坳，於郊切，地窳也。」】坳，於交切，地不平也。○師古曰：喻下民墜於塗炭之苦也。蘇軾曰：分茅之臣悉皆奔逃，濱於患難之側而不顧者。若范陽副使封常清三與戰，皆不勝，西奔陜。高仙芝鎮陜，棄城西保潼關，故曰「灑江郊」也。高者，以義爲高也。林，君也。肅宗即位靈武，玄宗在蜀，長林也。高義之臣扈從左右，如韋見素、陳玄禮，故曰「挂罥長林梢」也。塘坳，泥塗也。下者卑污喪節，處於泥塗。是時河北二十四郡俱爲所陷，如焦守陽、萬石、令狐潮、楊希文、劉貴哲皆附賊。其後，潮亦説張巡曰：「盍相從以苟富貴。」可謂飄轉而不能自守也。南村群童欺我老無力，忍能對面爲盜賊。公然抱茅入竹去，脣焦口燥呼不得，○蘇軾曰：南，明也。村，鄙也。童，無知也。明明鄙野無知之輩，以我國家師老而莫能爲之敵，所以盜吾土疆，賊吾善良。故令狐潮説張巡曰：「本朝詭〔二〕蹙，兵不能出關，天下事去矣。」豈非「欺我老無力」也！平原太守顔真卿以食盡援絶，棄郡渡河，於是河北郡縣盡陷賊，豈非「對面爲盜賊」也！竹，制節也。「公然抱茅入竹」者，禄山反，顔杲卿、袁履謙緋袍令與假子守土門，所謂抱茅制節者也。杲卿謂禄山曰：「汝營州牧羊羯奴，叨荷恩寵，天子負汝何事，而乃反乎！」禄山怒，縛之，節解，而罵不絶，賊鉤斷其舌，杲卿含胡而絶。不獨，夫張巡保睢陽，使南霽雲詣賀蘭進明告急，賀蘭無意出援兵，且張樂以大享，霽雲言城中食盡力屈，賀蘭不聽，遂截指示信，竟不食而去，豈非「呼不得」也！師古曰：「南村〔三〕群童」，以譬崔旰之徒。「欺我老無力」，喻代宗師老，崔旰輩無忌憚焉，而恣爲殘暴。左氏傳：師直爲壯，曲爲老。「公然抱茅入竹去」，謂據其茅土也。「脣焦口燥呼不得」，時代宗號令不行，召諸道之兵，無有應者，是以避吐蕃之亂，跳而幸陜。今崔旰叛，雖遣使諄諭，豈能止其侵暴乎？歸來倚杖自歎息。俄頃風定雲黑〔四〕色，〇蘇軾曰：甫嘗與韋宙同陷賊，遁歸行在，所此所以欷歔嘆息也。方是時，張巡、許遠擣其腹心，而賊勢遂衰，四方掎角，而禄山詭言之號令無所施，猶風之定也。雲黑者，雲喻禮樂法度，黑色，不明也。天子蒙塵而出幸，忠臣繼踵而陷賊，禮樂法度無自而明故也。師古曰：甫依託三子以爲覆并，如茅屋然。今三子爲旰所攻，是失棲託，是以倚杖有所嘆息。時朝廷遣杜鴻漸討平蜀亂，故旰兵稍定，是以有「俄頃風定」之喻也。然旰雖定，蜀中乘隙而叛者不一，如渝州、開州並殺刺史，殺氣猶盛，是以有「雲黑色」之喻也。秋天漠漠向昏黑。布衾多年冷似鐵，〇似，一作象。嬌兒惡卧踏裏烈。〇惡，烏路切。蘇軾曰：秋，義也。望天子以義理天下。今也宦豎蔽其明，女謁侈其心，漠漠而無所察治其情。向昏者，重老之晚年也。黑，不明也。明皇晚年，高力士導其欲，太真妃迷其情，豈非「向昏而黑」也。布者，女工之本，儉之所尚也。衾者，所以衣被也。以布衣爲衾，蓋以儉而衣被天下，且置之而不用，所以冷而似鐵。鐵，黑金也，而以斬伐爲事。斬殺則少恩，明皇末年非惟不知崇儉，以衣被天下，又且少恩，以徇太真妃之欲也。嬌兒，太真妃也。卧，安寢也。太真妃淫，其安謂常，以禄山爲養子，出入宫掖不禁，穢醜稔聞，而明皇不悟。禄山出范陽，與太真妃爲内外援，且令進奇獸異物以蠱帝心。宰相、太子多言其反，太真妃力保之，故帝不信。及漁陽難作，且約太真妃爲之内應，朝廷機謀，禄山靡所不知，豈非「踏裏烈」也。師古曰：昔楚王投醪於水，以飲士卒，三軍之士皆如挾纊。爲上者不可不恤其下。「布衾多年冷似鐵」，謂寡恩而士不和。英乂爲政刻薄，無温暖之惠，如布衾然。嬌兒，比崔旰。旰乘士卒怨背，舉兵以反，而蜀中大亂，豈非「惡卧踏裏烈」之譬乎？床床屋漏無乾處，〇梁簡文帝風詩：客舍床床漏，不復容人宿。雨脚如麻未斷絶。〇蘇軾曰：床，人所即以爲安也。床床，四方之所安居者。「屋漏無乾處」者，謂今皆陷於泥塗。是時滄、趙見拔，博、平虜陷，潼關失守，南破宛、洛，張介然、崔無詖死其城郭，李登、盧弈、蔣青死其官。所謂「如麻未斷絶」者，蓋天下浸淫於泥塗，未有已也。揚雄嘗曰：震風凌雨，然後知厦屋之爲帡幪。故甫以「雨脚未斷」言亂之滋也。師古曰：屋漏無乾處，非特甫無所庇，蜀民皆失所依故也。雨脚未斷絶，謂反者繼而起也。按集，甫有詩云「前年渝州殺刺史，今年開州殺刺史」是也。自經喪亂少睡眠，長夜沾濕何由徹。〇蘇軾曰：禄山父子僭竊，於三年之間，四方騷然，不遑安枕，豈非「少睡眠」也！蜀道尚艱難，靈武未還内，故謂之「沾濕何由徹」也！安得廣厦千萬間，大庇天下寒士俱歡顔，風雨不動安如山。○蘇軾曰：亂而願治，憂而思樂，忠臣義士之常心。甫於是時官卑位下，身親罹之，力無所施，不免傷今思古，而欲庇覆天下之蒼生，謂其歡然懷歸，尚未忍棄去高祖、太宗之遺烈，故欲覆安之，使無震風凌雨之虞，故曰「不動安如山」也。嗚呼，何時眼前突兀見此屋，吾廬獨壞受凍死亦足！○壞，鮑作破。死，一作意。蘇軾曰：嗟嘆之不足，故永歌之。甫遇亂而願治，其所以嗟嘆永歌者，蓋寫其憂憤之心，冀欲有興衰撥亂之主而康濟王室，以成巍巍突兀之功。謂之「何時」者，所望之誠至也。「吾廬獨壞受凍死亦足」者，禄山之亂，天子入蜀，甫走鳳翔謁肅宗，授拾遺。與房琯少爲布衣交，至德元年七月二十一日琯敗於陳陶斜，罷相，甫上疏言琯罪細，不宜免。肅宗怒詔吏推問，後意解，出爲華州司功曹。然不甚省録。時寇奪，甫家鄜彌年，孺弱至餓死，繼而棄官去客秦州，負薪採橡栗自給，故其斷章所以言「死亦足」也。

【校記】

〔一〕節，原作「義」，據元本、古逸叢書本改。

〔二〕詭，古逸叢書本作「危」。

〔三〕村，元本、古逸叢書本作「林」。

〔四〕黑，杜陵詩史引作「墨」。

暫如蜀州青城縣五首

赴青城縣出成都寄陶二少尹

○青城，今曰永興軍，倚郭。

老被樊籠役，○【王洙曰】一作「老耻妻孥笑」。貧嗟出入勞。○【師古曰】謂無車馬也。客情投異縣，詩態憶吾曹。東郭滄江合，○【王洙曰】蜀城之東，二水合流而南下，土人謂之合水。西山白雪高。○西山，青城所接之山。○【王洙曰】蜀都記：西山近接羅維，上有積雪，經夏不消。文章差底病，○【趙次公曰】差，病校也。蓋近尚投異縣以干戈，雖有文章，可差得病乎？迴首興滔滔。

因崔五侍御寄高彭州適

○按，房琯作蜀州先主廟碑，載州將高適修建，其末有云：「公頃自彭還蜀。」故公有如蜀州與高使君詩。

百年已過半，秋至轉飢寒。爲問彭州牧，何時救急難？○【趙次公曰。又，杜陵詩史、分門集注、補注杜詩引作「師古曰」。】詩常棣：兄弟急難。

野望因過常少仙

野橋齊度馬，秋望轉悠哉。竹覆青城合，○覆，去聲。青城山在益州西永康軍界。江從灌口來。○寰宇記：灌口山，在永康軍導江縣，又云灌口鎮，在彭州。李膺益州記：清水路西七里灌口，古所謂天彭衙。○【王洙曰】秦守李冰守劍棧，鑿離堆以灌蜀土，因而得名。入村樵徑引，嘗果粟園開。○園，一作皺，側救切，讀作平聲。余謂非也，皺疑當作皴，七倫切，皮裂也。落盡高天日，幽人未遣迴。

丈人山

○【九家集注杜詩依例、分門集注、補注杜詩引作「王洙曰」。杜陵詩史、集千家注批點杜工部詩集引作「王彥輔曰」。】青城山記：此山爲五嶽之長，故名丈人。有丈人觀。○登真隱訣：青城山在蜀郡界，黄帝奏拜爲五嶽丈人。高三千六百八十丈九尺，左右二山。○【沈曰】玄中記：蜀郡青城山有洞穴，分爲三道。西北道崑崙。茅君傳：青城是十洞天之一也。○三洞珠囊：青城山周回二千里，名曰竇仙九室天。五嶽圖：青城在蜀郡界，周回二千七百里高，五千一百丈。黄帝奏拜爲五嶽丈人。趙傁云：按地志：青城山，導江縣封畛，岷峨接岫千里，青城第一峰。導江圖經：青城丈人，黄帝師，初拜五嶽丈人。川嶽百神，青都受事，西晉祠之。十道志：青城山有黄帝壇。

自爲青城客，不唾青城地。○【趙次公曰】唾地者，有所惡而唾也。不唾其地者，所以敬之也。○古樂府：去婦情〔一〕更重，千里不唾井。○【趙次公曰】陳徐陵玉臺新詠載劉勳妻雜詩云：千里不唾井，况乃昔所奉。爲愛丈人山，丹梯近幽意。○【趙次公曰】謝玄暉敬亭詩：要欲追奇趣，即此凌丹梯。○按地理志：蜀州唐安郡有青城縣，在州北五十里，有丈人山，山有丈人祠。祠之西有鳴鶴山，漢張道古隱處。故甫在蜀不敢唾其地。梯不可以上昇，如張道古之得道昇仙也。丈人祠西佳氣濃，○祠謂丈人觀也。緣雲擬住最高峰。○【王洙曰】靈光殿賦：緣雲上征。掃除白髮黄精在，○神仙傳：王烈字長林，服黄精鉛華，老而更少。君看他時冰雪容。○【王洙曰】莊子逍遥遊篇：藐姑射之山，有神人居焉，肌膚若冰雪。

【校記】

〔一〕情，古逸叢書本作「清」。

寄杜位

○【王洙曰】位京中有宅，近曲江。詩尾有述。

近聞寬法離新州，○離，力智切，去也。新州，新興郡，屬廣南道。杜位貶新州，朝廷寬其罪，移之於近郡也。想見情懷尚有憂。逐客雖皆萬里去，悲君已是十年流。○流，竄也。按集，杜位宅守歲詩：四十明朝過。自後位即被〔一〕謫耳。干戈況復塵隨眼，○【王洙曰】塵，一作行。鬢髮還應雪滿頭。○【王洙曰】雪，一作白。玉壘題書心緒亂，○【趙次公曰】玉壘，山名，在蜀之青城縣也。何時更得曲江遊。○曲江，池名，在長安，於唐爲勝遊之地，乃謂之故鄉也。有宅近焉。

【校記】

〔一〕被，古逸叢書本作「彼」。

出郭

○【趙次公曰】成都諸城門，唯二〔一〕東門，大東郭、小東郭。

霜露晚淒淒，高天逐望低。遠煙鹽井上，○【趙次公曰】成都惟出大東郭，則東望簡州一帶，可以遠見晚鹽井之煙。○【王洙曰】蜀都賦：家有鹽泉之井。斜景雪峰西。○【立之曰】斜景，謂晚照也。○蜀都記：西山上有積雪，經夏不消。故國猶兵馬，○【王洙曰：「公，長安人也。」】故國，謂長安也。他鄉亦鼓鼙。江城今夜客，還與舊烏啼。○【趙次公曰】公感亂而與烏俱啼，其傷至矣。

【校記】

〔一〕二，元本、古逸叢書本作「一」。

戲作花卿歌

○花卿，名驚定。○【黄希曰】按，唐舊書崔光遠傳：光遠爲成都尹，及梓州副使段子璋反，東川節度使李奐敗走，投光遠。牙將花驚定等討平之。將士剽掠，劫婦女，有金銀臂釧，皆斷腕以取之。光遠不能禁。肅宗按其罪，光遠憂恚成疾，正元二年十月卒。○【九家集注杜詩依例、分門集注引作「王洙曰」。杜陵詩史、補注杜詩引作「王彦輔曰」。】高適傳：花驚定恃勇誅子璋，大掠東蜀。天子怒光遠不能戢軍，乃罷之。以適代光遠爲成都尹。新書肅宗紀：上元元年，段子璋反，陷綿州。○舊書亦云：段子璋於綿州殺之。夢弼謂：花卿誅子璋，恃功大掠。天子聞之，大怒。由是不見擢用。○【師古曰】此甫爲花卿痛惜之。○【九家集注杜詩引作「魯直曰」。又，杜陵詩史、分門集注、補注杜詩引作「魯曰」，又引「黄曰」，集千家注批點杜工部詩集引作「山谷曰」：「楊明叔爲余言云云。」則所謂「魯曰」、「黄曰」皆爲「黄庭堅（魯直、山谷）曰」之省稱。】楊明叔曰：花卿家在丹稜之東館鎮，至今血食其鄉。國朝封爲忠應公。

成都猛將有花卿，學語小兒知姓名。用如快鶻風火生，○鶻，音骨，鳥名。言如風中之火，其焰愈猛也。○易家人卦：巽上離下，爲風自火出，火熾則風生，風生自火，自内而出也。象曰：風自火出，家人。見賊唯多身始輕。綿州副使着柘黄，○【趙次公曰】綿州，唐書又作梓州，必有誤也。○【王洙曰：「柘黄，僭乘輿服色也。」】柘黄，天子服色。指子璋僭服御衣也。我卿掃除即日平。子璋髑髏血模糊，○璋，一作章。手提擲還崔大夫。○【王洙曰】崔光遠也。李侯重有此節度。○重，平聲。○【王洙曰】李侯，奐也。○【趙次公曰】：「段子璋既攻東川，則李奐必失節度矣。以花卿斬之，則李侯復保有節度焉。」〔一〕段子璋改東川，李奐走成都，此失節度矣。及光遠討平之，奐復得之鎮，故云「重有此節度」也。人道我卿絶世無。○【王洙曰】世，一作代。既稱絶世無，天子何不喚取守京都！○花卿平子璋，其功非細，天子正當安史之亂，何不召取共守京都，擢爲大將，蓋怒其暴掠百姓，故見廢棄。甫是以譏之。○【黄曰】説者謂子美花卿歌雄壯激昂，讀之者如見其人也。

【校記】

〔一〕「易家」自「家人」，元本、古逸叢書本作：「南史：曹景宗謂所親曰：『昔在鄉里，與少年輩（詩云兹）（拓弓弦）作霹靂聲，放箭如餓鴟叫。覺耳後生風，鼻尖如火。』」

少年行二首

莫笑田家老瓦盆，自從盛酒長兒孫。○盛，時征切。長，丁丈切。○【王洙曰】一作養。傾銀注玉驚人眼，共醉終同卧竹根。○【趙次公曰】甫言在田家自瓦盆中喫酒，與傾銀注玉之少年同醉卧竹根之傍耳。○【趙次公曰】：「竹根字，古詩云：徘徊孤竹根。杜田之説，以竹根爲飲器。夫竹根固是酒杯矣，酒杯既空，豈可謂之卧乎？又别是一物，與傾銀注玉不相接，雖傾銀注瓦，亦不接矣。」按，杜田補遺：「酒譜云：老杜『共醉終同卧竹根』，蓋以竹根爲飲器。」又，杜陵詩史、分門集注、補注杜詩引作「修可曰」：「子美謂卧竹根者，但謂醉卧竹林中，且理甚易曉。若以竹根爲酒器，失之太鑿。」】或以竹根爲酒樽，失之鑿矣。

巢燕養雛渾去盡，江花結子已無多。○【王洙曰】已，一作也。黄衫年少來宜數，○數，所主切，計也。○【趙次公曰】黄衫，想唐人貴遊之服也。不見堂前東逝波。○【王洙曰：「言行樂當及時也。」】謂日月之速，如東逝之水，言行樂當及時也。

送裴五赴東川

故人亦流落，高義動乾坤。何日通燕塞，相看老蜀門。東行應暫別，北望若銷魂。凜凜悲秋意，非君誰與論。

奉簡高三十五使君

當代論才子，如公復幾人。驊騮開道路，○言會遇之榮也。鷹隼出風塵。○言飛騰之快也。行色秋將晚，交情老更親。天涯喜相見，披豁對吾真。

贈蜀僧閭丘師兄

○【九家集注杜詩依例作「王洙曰」。又，杜陵詩史、分門集注、補注杜詩引作「王彦輔曰」。集千家注批點杜工部詩集引作「公自注」。】太常博士，均之孫。

大師銅梁秀，○【杜田補遺：「太平御覽載張孟蜀都賦注云：銅梁，山名也。按，其山有桃枝竹，東西連亘二十餘里，山嶺之上平整，遠望諸山，此獨秀也。山在合州界銅梁縣。」】銅梁，山名，在合州界銅梁縣。○地靈則人必傑。大師指閭丘，鍾銅梁之秀氣而生也。籍籍名家孫。○【安石曰】籍籍，名聲之盛〔一〕也。○唐〔二〕張均乃閥閲之族，而閭丘乃均之孫也。嗚呼先博士，炳靈精氣奔。○【師古曰：「炳靈，言英靈顯赫也。」】均爲太常博士，英靈顯赫精爽之氣，奔逸絶群也。惟昔武皇后，○惟，一作往。臨軒御乾坤。多士盡儒冠，墨客藹雲屯。○武后擢用儒雅，號爲才能之盛，後世謂武后以寬得人者，蓋謂此之也。當時上紫殿，不獨卿相尊。○均於是時詔上紫殿，武后尊之，不獨卿相之爲貴也。世傳閭丘筆，峻極逾崑崙。○逾，一作侔。鳳藏丹霄暮，○【王洙曰】暮，一作穴。○山海經：丹穴之山，有鳥名鳳皇。龍去白水渾。○【王洙曰】去，一作出。東京賦：龍飛白水。○余謂鳳藏龍去，言均之長往也。青熒雪嶺東，○雪嶺，即西山也。廣志：五月霜雪酷烈。碑碣舊制存。○【鄭卬曰】碣，巨列〔三〕切。○【王洙曰】：「均以文名當時，四方碑碣多出其手。」】均善爲文，當世卿大夫碑銘墓碣皆出其手。○自均之往，而雪嶺以東舊製青熒猶在也。○【杜田補遺】山〔四〕東蜀牛〔五〕頭山下有閭丘均撰〔六〕瑞聖寺磨崖碑，嚴政〔七〕書，寺今改爲天寧羅漢禪院。斯文散都邑，高價越璵璠。○均之文章貴重當世，其價超越乎寶玉也。魏文與鍾大理書：魯之璵璠，價越萬金，貴重都城。晚看作者意，妙絶與誰論。○【梅曰】作者，均也。○甫雖晚輩，每看作者爲文之意，神妙精絶，當世無足與語者。○【趙次公曰】郄生見王導詩，歎曰：「晚見作者妙意。」吾祖詩冠古，○吾祖，謂杜審言也。以詩名于唐。同年蒙主恩。○審言〔八〕與均同年第進士也。豫章夾日月，歲久空深根。○審言與均俱抱大材，如豫章之木，高凌日月，深根固蒂也。按，司馬相如子虛賦：楩柟豫章。服虔曰：豫章，大木也。生七年乃可知。述異記：豫章生七年而後與衆木異。小子思疏闊，○小子，甫自謂也。豈能達詞門。窮愁一揮淚，○【王洙曰】愁，一作秋。相遇即諸昆。○甫與閭丘相遇，而閭丘視之，不啻昆弟之相親愛也。我住錦官城，○【王洙曰】成都記：府城亦呼爲錦城，以江山明媚錯雜如錦。○一曰：錦織天貢，曰錦官城。兄居祇樹園。○【鄭卬曰】祇，翹移切。○【杜田補遺】楞嚴經：祇洹精舍。注：祇洹，林樹名〔九〕。唄云祇陁洹，或云逝多，此云戰勝，即太子林主是役，故云勝林精舍。建立有二因緣，須達長者施〔一〇〕園，祇陁太子施〔一一〕

樹。○【王洙曰。又，杜陵詩史引作「田曰」。】金剛經：佛在舍衛國祇樹給孤獨園。○慧能注：舍衛，乃波斯匿王所居園。本屬須達，故又有給孤長者。地近慰旅愁，往來當丘樊。○樊，乃藩籬也。天涯歇滯雨，粳稻臥不翻。○粳，古行切。漂然薄游倦，始與道旅敦。○始，晉作如。○【王洙曰】旅，一作侶。○道經〔二〕閭丘敦厚也。來往道經閭丘所居，遂謁之，其情相親厚也。景晏步脩廊，而無車馬喧。○【王洙曰】陶淵明詩：結廬在人境，而無車馬喧。夜闌接軟語，○一作「夜言詞柔軟」。華嚴經：菩薩摩訶薩有十種語，一者柔軟語，能使一切衆生得安穩。○【杜田補遺：「維摩經云：菩薩成佛時，命不中夭，大富梵行，所言誠諦，常以軟語，眷屬不離，善和諍訟，言必饒益，不疾不恚。」】故維摩經常以軟語眷屬不離。〔三〕落月如金盆。漠漠世界黑，○【王洙曰】黑，一作空。○謂世昏暗也。驅驅爭奪繁。○驅，一作區。謂禄山之亂也。惟有摩尼珠，可照濁水源。○【師古曰】摩尼珠，以喻法性圓明清浄，不染塵垢。甫奔走盜賊間，健羨閭丘不爲污濁所累也。○【杜田補遺】按圓覺經：譬如摩尼清浄珠，映於五色，隨方各見。諸愚癡者見彼摩尼，實有五色，圓覺浄性，現於身心，隨方各應，亦復如是。觀無量壽佛經：諸天童子摩尼以爲纓絡，光照百餘里。抱朴子：識珍者必拾濁水之明珠。宣室志云：馮翊嚴生家漢南峴山，得一珠如彈丸色。胡人曰：「此西國清水源也，若至濁水，泠然洞徹矣。」○成都記：濁水源，在府西南六里。

【校記】

〔一〕盛，杜陵詩史、分門集注作「衆」。

〔二〕唐，元本作「厚」，古逸叢書本作「蓋」。
〔三〕列，古逸叢書本作「剎」。
〔四〕山，九家集注杜詩、杜陵詩史、分門集注無。
〔五〕牛，元本、古逸叢書本作「半」。
〔六〕撰，古逸叢書本作「拱」。
〔七〕政，元本、古逸叢書本作「改」。
〔八〕言，元本、古逸叢書本作「年」。
〔九〕名，古逸叢書本作「各」。
〔一〇〕施，元本、古逸叢書本作「也」。
〔一一〕施，元本、古逸叢書本作「陁」。
〔一二〕經，元本、古逸叢書本作「旅指」。
〔一三〕離，古逸叢書本作「堆」。

送韓十四江東覲省

兵戈不見老萊衣，○干戈阻隔，母子離散，故不相見也。○【王洙曰】高士傳：老萊子少以行孝養親。年七十，猶服荆斕之衣，爲嬰兒戲於親前。歎息人間萬事非。我已無家尋弟妹，君今何處訪庭闈。黄牛峽静灘聲轉，○【趙次公曰】盛弘之荆州記：宜都西陵峽中有黄牛山，南崖有重嶺疊起最大，高崖間有石如人負刀牽牛，人黑牛黄分明，曰黄牛。此崖既高，江湍紆迴，塗經信宿猶望見之。行人歌曰：「朝發黄牛，暮宿黄牛。三日三暮，黄牛如故。」○十道志：在峽州，亦經黄牛山。下有牛灘，南岸高崖有石如人負刀牽牛，人黑牛黄，故得此名。自此東入西陵，三峽之一，地在宜昌縣界。白馬江寒樹影稀。○白馬江，蜀州江名。或謂白馬灘，屬萬州。○【王洙曰】又，江陵縣有白馬州。此别還須各努力，○【師古曰】峽江阻險，甫因戒之，欲其謹重也。故鄉猶恐未同歸。○【趙次公曰】故鄉，指長安也。

贈杜二拾遺○適自淮陽單馬入覲，刺彭、蜀二州。○【師古曰】時作此以贈子美也。

蜀州刺史高適

傳道招提客，○【王洙曰】招提，佛寺也。○客，謂甫也。增輝記：招提者，梵言拓鬬提奢，唐言四方僧物，後人傳寫之訛，以拓爲招，又省去鬬奢二字，只稱招提。餘見前遊奉先詩注。詩書自討論。佛香時入院，○【杜田補遺。又，杜陵詩史引作「師古曰」。】維摩經：如人入薝蔔林，唯齅薝蔔不嗅，餘香若入此室，但聞佛功德之香，不樂聞辟支佛功德香也。僧飯屢過門。○飯，扶晚切。聽法還應難，○聽，他經切。難，乃旦切。○【王洙曰：「支遁與許詢同講維摩詰經，互爲設難。」】世說：支遁、許詢共在會稽。支爲法師，許爲都講。支通一義，四坐莫不厭心。許送一難，衆人莫不抃舞。嗟詠二家之美。高逸沙門傳：支遁時講維摩詰經。尋經剩欲飜。○【王洙曰】飜，譯也。草玄今已畢，○【王洙曰：「揚子雲作太玄經。解嘲曰：時方草玄。」】揚雄傳：哀帝時丁傅、董賢用事，諸附離之昔，或起家至二千石。時雄方草太玄，泊如也。此後更何言。

酬高使君相贈

古寺僧牢落，空房客寓居。○客，一作得。趙清獻玉壘記：草堂，鹿苑府右七里，浣花三里，物色邃清。沙門履空居之甫草堂，杖屨初齒梵遊。故人供祿米，○【趙次公曰：「故人，豈正是高使君邪？」】故人，謂高使君。○【王洙曰】祿米，廩俸也。鄰舍與園蔬。雙樹容聽法，○隋經籍志：釋迦在世教化四十九年，乃至天龍、人鬼並來聽法，後於拘盡那城娑羅雙樹間，二月十五日入涅槃。涅槃，譯言滅度，亦言常樂我淨。○【王洙曰：「釋書言佛説法於祇園樹下。」】又涅槃經：世尊在雙樹間演説如是大經。又，佛遺教於娑羅雙樹間。三車肯載書。○【王洙曰】妙法蓮華經「火宅喻」。三車，牛車、羊車、鹿車。草玄吾豈敢，賦或似相如。○【趙次公曰】揚雄傳：孝成帝時，有薦雄文似相如者。今公詩意姑以著書則不敢，爲賦則能之耳。○相如有上林賦、子虛賦。

草堂即事

荒村建子月，○【趙次公曰。又，王洙曰：「肅宗上元中，去年號，止稱元年，以十一月爲歲首，以月斗所建辰爲名，故有建子月。」】肅宗上元元年，歲在辛丑，於九月壬寅大赦，去尊號。又去上元年號上稱元年，以十一月爲歲首，以斗所建辰爲名。今公作此詩以紀著事，蓋有意於後世之所考信，亦春秋「變古則書」之義也。獨樹老夫家。○按集，公有詩曰「倚江稱樹草堂前」是也。雪裹江船渡，風前徑竹斜。寒魚依密藻，○藻，水菜也。宿鷺起圓沙。蜀酒禁愁得，○【鄭卬曰：「禁，居吟切。」】禁，讀平聲。無錢何處賒。○後漢琅琊海曲吕母釀酒，少年來沽者皆賒與之。

得廣州張判官叔卿書使還以詩代意

○卞圜云：公雜述曰：魯之張叔卿、孔巢父二才士者，聰明深察，博辯閎大。何面目黧黑，常不得飽飯喫。曾未如富家奴，兹敢望縞衣乘軒乎？叔卿遺辭工於猛健放蕩，似不能安排者，以我爲聞人而已，以我爲益友而已。

鄉關胡騎遠，○【趙次公曰】鄉間以胡騎之阻，故去之遠也。宇宙蜀城偏。○【趙次公曰：

「言寓居宇宙內，在蜀城之偏僻也。」】宇宙之內，蜀城西居其一偏也。忽得炎州信，○【王洙曰】廣在南，故謂之炎州。遥從月峽傳。○甫言寓居於蜀，得廣州張判官書傳從三峽而來也。○【趙次公曰：「樂史寰宇記於渝州之巴縣云：有明月峽，以山壁有圓穴，如月明之。」。又杜陵詩史引「孫曰」：「十道志：渝州有明月峽。」】荆州記：巴州有明月峽。十道志：渝州有明月峽，石壁高四十丈，有圓孔，形似滿月，因以名之。雲深驃騎幕，○驃，毗遥切。前漢霍去病嘗爲驃騎將軍。○【趙次公曰：「言廣南節度使之幕，而張判官者幕中之人也。」】甫以張叔卿爲廣州幕府屬官，故比霍驃騎也。夜隔孝廉船。○【王洙曰】世説：張憑嘗謁丹陽尹劉恢，恢留宿，明日乃還船，須臾恢出，傳教遣騎求覓張孝廉船，召同載詣撫軍。○【趙次公曰：「言張判官，用張憑比之。」】甫以判官姓張，故比張孝廉也。却寄雙愁眼，相思淚點懸。○吴越春秋：越王夫人歌曰：心惙惙兮若刈，淚泫泫兮雙懸。

魏十四侍御就弊廬相别

有客騎驄馬，○【趙次公曰】桓典爲御史，常乘驄馬，時人爲之語曰：「行行且止，避驄馬御史。」公用以比魏侍御也。江邊問草堂。○【王洙曰：「公所築也。」】公築草堂於浣花溪之濱。遠尋留藥價，○【趙次公曰】言魏遠來見尋，因餽我以買藥之資也。惜别倒文場。○【師古曰】言魏傾寫其詩章也。○倒，一作到。○【趙次公曰】謂公自以其〔一〕居爲文場也。杜預贊：元凱文場，稱爲武庫。入幕旌旗動，○言魏參乎重幕之職也。歸軒錦繡香。○言魏軒車之還也。時因念衰疾，書迹及滄浪。○【王洙曰】跡，或作疏。○【趙次公曰】公自以所居浣花溪爲漁父之滄浪也。

【校記】

〔一〕其，古逸叢書本無。

范二員外邈吴十侍御郁特枉駕闕展待聊寄此作

暫往比鄰去，○【王洙曰】比音毗，近也。空聞二妙歸。○【王洙曰】晉春秋：衛瓘與尚書郎索靖俱善草書，時人號爲「一臺二妙」。○【趙次公曰】甫用以比范、吴也。幽棲誠簡略，衰白已光輝。○甫時暫往近隣未歸，聞范、吴二公而來，遂喜而歸。甫所居幽僻凡陋簡略，今枉駕，雖衰老頭白，已復生光輝也。野外貧家遠，村中好客稀。論文或不愧，重肯款柴扉。○【王洙曰】范彦龍贈張徐州詩：田家樵採去，薄暮方來歸。還聞稚子説，有客款柴扉。輕蓋照虚落，傳瑞生光輝。○傳，陟戀切。

王十七侍御掄許携酒至草堂奉寄此詩便請邀高三十五使君同到

〇柳芳曆曰：適乾元初刺彭州。甫以乾元二年客秦，寄適于彭州。時上元元年，適牧蜀。梅春，燕公于浣花溪之草堂。

老夫卧病朝慵起，白屋寒多暖始開。〇謂梅花始開也。江鸛巧當幽徑浴，〇【王洙曰】鸛，一作鶴。鄰雞還過短墻來。〇此聯謂以日晏開户故也。繡衣屢許携家釀，〇【趙次公曰】指言王侍御也。〇【王洙曰】前漢御史大夫領繡衣直指，使出討姦猾，治大獄。武帝所製，不常置。後漢譙元，平帝元始四年選明達政事能班教化風俗者八人，時並舉元爲繡衣使者。皂蓋能忘折野梅。〇【趙次公曰】指言高使君也。按續漢志：二千石皂蓋，朱兩轓。能忘折梅，此有邀之之意。〇【王洙曰】：「陸凱詩：折梅逢驛使，寄與隴頭人。」】范蔚宗與陸凱相善，自江南寄梅花一枝詣長安與蔚宗，并詩曰：「折花逢驛使，寄與隴頭人。江南無所有，聊贈一枝春。」戲假霜威促山簡，〇【王洙曰：「謂侍御邀高使君，故言『假霜威』。」】以山簡比高使君也。甫借王侍御霜臺之威，督高使君以相過也。〇前漢孫寶謂侯文曰：「今鷹隼始擊，以成嚴霜之威。」須成一醉習池迴。〇【趙次公曰】晉荆土峴山南豪族習郁有佳園池，山簡每出遊，多之池上，置酒輒醉而歸，名曰高陽池。

王竟携酒高亦同過共用寒字

〇用，一作得。

卧疾荒郊遠，通行小徑難。故人能領客，携酒重相看。自愧無鮭菜，〇【趙次公曰】鮭，户佳切，又居諧切。字或作畦〔一〕，非是。集韻：吴人謂魚菜總稱。至今有此語。南史：庾杲之清貧自業，食唯有韮葅、瀹韮、生韮、雜菜。任昉嘗戲之曰：「誰謂庾郎貧，食鮭常有二十七種。」空煩卸馬鞍。移時勸山簡，〇時，或作樽，或作盃。頭白恐風寒。〇【王洙曰。又，集千家注批點杜工部詩集引作「公自注」。】高每云：「汝年幾小，且不必小於我。」此句戲之也。

【校記】

〔一〕畦，古逸叢書本作「集」。

暫如蜀州新津縣三首

陪李七司馬皂江上觀造竹橋即日成往來之人免冬寒入水聊題短作奉簡李公

伐木〔一〕爲橋結構同，褰裳不涉往來通。〇褰裳，謂揭衣也。〇【王洙曰】詩：褰裳涉溱。

天寒白鶴歸華表，○【趙次公曰】橋前二柱曰華表。昔遼東有白鶴集於柱上，有云：「有鳥有鳥丁令威，三千年，吾其歸。」日落青龍見水中。○朝野僉載：趙州石橋甚工，望之如初月出雲，長虹飲澗。天后大足年，默啜破趙、定州，賊欲南過，至石橋，馬跪地不進，但見一青龍卧橋上，奮迅而怒，賊乃遁去。顧我老非題柱客，○【王洙曰】成都記：昇仙橋，司馬相如初西去，題其柱曰：「不乘高車駟馬，不復過此。」後果以傳車至其處。橋在望鄉臺東南一里。知君才是濟川功。○【王洙曰】書說命：若濟巨川，用汝作舟楫。合歡却笑千年事，驅石何時到海東。○【趙次公曰】甫言與賓客落橋之成而歡飲，因笑往事之勞，徒驅石也。○【王洙曰】按，三齊略記：秦始皇作石塘，欲過海看日出處，有神人能驅石下海，石去不速，鞭之，石皆流血。

【校記】

〔一〕木，元本、古逸叢書本作「竹」。

觀作橋成月夜舟中有述還呈李司馬

把燭橋成夜，迴舟客坐時。天高雲去盡，江迴月來遲。衰謝多扶病，招邀屢有期。○【王洙曰】謝惠連詩：輟策共駢筵，並坐相招邀。異方乘此興，樂罷不無悲。○【趙次公曰】見橋成而翻悲，何也？蓋橋所以通往來，公流落旅寓而不能歸故鄉，此其所以悲也。

李司馬橋了承高使君自成都迴

向來江上手紛紛，三日成功事出群。已傳童子騎青馬，總擬橋東待使君。○此以郭伋比高使君也。○【王洙曰】後漢郭伋爲并州牧，始至行部，到西河美稷，有兒童數百騎竹馬道次迎拜，曰：「聞使君到，喜，故來奉迎。」

入奏行贈西山檢察使竇侍御

○【「贈西山檢察使竇侍御」，九家集注杜詩、門類增廣十注杜詩、門類增廣集注杜詩依例爲「王洙曰」。分門集注引作「王洙曰」，杜陵詩史、補注杜詩引作「王彥輔曰」。】○卞圜云：按，吐蕃陷京師之歲，南入松、維、保等州，及雪山之新籠城。明年嚴武破其南鄙，兵七萬，拔當狗城，遂收鹽川。是歲廣德二年甲辰，公至成都之五六年也。詩當作於此時。公傳稱嚴武再帥劍南，表爲參謀。廣德二年，武再帥之初，公在幕中預謀云。○【師古曰】夢弼謂，時吐蕃分三道入寇，欲取成都爲東府。竇公以御史出檢校諸州軍儲器械，得以便宜入奏，甫作此以贈之。

竇侍御，驥之子，鳳之雛。○【師古曰】驥子、鳳雛，言皆不凡也。年未三十忠義俱，骨鯁絕代無。○【師古曰】逆耳之言，比之骨鯁。炯如一段清冰出萬壑，○【鄭卬曰】炯，户頂〔一〕切，光也。置在迎風寒露之玉壺。○【王洙曰】玉壺貯冰，言其瑩澈也。漢有迎風寒露玉壺。○【杜田補遺】張平子西京賦：既新作於迎風，增寒露與儲胥。注：武帝先作迎風館於甘泉山，後加儲胥、寒露二館。○【趙次公曰】鮑明遠白頭吟詩：清如玉壺冰。按集，公槐葉冷淘詩亦云：「萬里露寒〔二〕殿，開冰清玉壺。」蔗漿歸厨金盌凍，○【王洙曰】蔗，與柘同。○【杜田補遺。又，杜陵詩史引作「王洙曰」、「杜定功曰」。分門集注、補注杜詩、集千家注批點杜工部詩集引作「杜定功曰」。】前漢禮樂志：景星歌：秦尊柘漿析朝酲。注：柘漿，取甘蔗汁爲飲，可以解朝酲也。○【趙次公曰】宋玉招魂：濡鼈炮羔有蔗漿。○【王洙曰】張協蔗賦：挫斯蔗以療渴，若漸醪以合蜜。洗滌煩熱足以寧君軀。○【師古曰】蔗漿可以除煩。天子方憂吐蕃，不無内熱，今竇公入奏忠言，上沃帝心，如蔗漿然也。政用疏通合典則，○【王洙曰】政，一作整。○【師古曰】言疏通其施爲，無所蔽也。戚聯豪貴耽文儒。○【師古曰】太宗皇后竇氏，侍御正其族也，故云「戚聯豪貴」。雖云外戚，尤好儒學也。兵革未息人未蘇，天子亦念西南隅。○【師古曰】西南隅，謂蜀也。吐蕃憑陵志頗麤，○【王洙曰】時吐蕃欲取成都爲東府。竇氏檢察〔三〕應時須。○樊作「才能俱須」。○【師古曰】乃軍興所須也。運糧繩橋壯士喜，○【王洙曰。杜陵詩史、補注杜詩又引作「師古曰」。】蜀人以竹繩爲橋，謂之「繩橋」。○【師古曰】蜀地志：繩橋，在天彭。斬木火井窮猿呼。○【師古曰】按地理志：卭州有火井縣，在州西六十二里。斬木將以爲柵，猿依於木，公既盡斬之，則猿窮而失所也，是以號呼也。○【杜田補遺。又，門類增廣十注杜詩引作「杜云」，杜陵詩史、分門集注、補注杜詩引作「修可曰」。】張華博物志：蜀臨邛有火井，縱廣五尺，深十餘丈，以竹木投取火。後人以火燭投井中，火即滅，不復然。諸葛丞相往觀，後火益盛。以盆着水煮鹽得熟，後以家燭投井中，火即滅，不復然。○蜀都賦注：蜀都有火井，在臨邛縣西南。出其火，先以家火投之，須臾隆隆如雷聲，焰出闌然，通天光耀十里，以竹筒盛之，接其光而無炭也。取井火還煮井水，一斛水得四五斗鹽。家火煮之，不過二三斗。家語：窮猿奔林。八州刺史思一戰，○按地志：劍南節度西抗吐蕃，南撫蠻獠，都督松、維、恭、逢、雅、黎、姚、悉八州。○【師古曰】或曰八州謂彭、嘉、黎、簡、嚴、陵、惟、邛也。三城守邊却可圖。○【師古曰。又，趙次公曰：「西山三城也。」】西山三城，謂姚、維、松也，皆當吐蕃之要衝。此行入奏計未小，密奉聖旨恩應殊。○【師古曰】兵有攻有守，八州可攻，三城可守，奏其事於朝廷，以取天子之命。甫謂必蒙殊恩也。○高適傳：上皇東還，分劍南爲兩節度，百姓敝於調度，而西域三山列戍。公東南〔四〕兩川說：頃三城失守，罪在職司，非兵之過也，糧不足故也。今此輩見缺〔五〕兵馬，使八州歸心，許其世襲刺史也。繡衣春當霄漢立，○春當，或作飄飄。繡衣，見前注。○【師古曰】謂竇侍御衣繡衣立對于天階也。綵服日向庭闈趨。○日向，一作粲粲。樊本此下有「開濟人所仰，飛騰時所須」一聯。○【王洙曰】高士傳：老萊子服荆蘭之衣，戲於親前。○【門類增廣十注杜詩引作「杜云」。又，杜陵詩史引作「修可曰」。】東晳補亡詩：眷戀庭闈。○論語：趨而過庭。省郎京尹必俯拾，○【師古曰】甫謂此行入奏，必蒙殊恩，省郎、京尹如拾地芥也。○夏侯勝常曰：「取青紫如拾芥。」江花未落還成都。○一有重句，未落，一作多暇。○【師古曰】謂竇公之行當春秋間，可還成都也。肯訪浣花老翁無，○浣，胡管切。○【王洙曰】一作「公來肯訪浣花老」。○【師古曰】甫築草堂于成都浣花里，自號「浣花翁」。爲君酤酒滿眼酤，○爲，于僞切。○【王洙曰】一作「携酒肯訪浣花老，爲君着衫捋髭鬚」。○説者謂蜀人酤酒，挈以竹筒，筒上有穿繩眼。其酤酒者曰滿眼酤，言其滿迫筒眼也。與奴白飯馬青芻。○【師古曰】或者又曰：滿眼酤〔六〕謂滿前士卒皆有勞也。甫約竇公歸來，不遺寒賤，倘〔七〕賜光訪，當酤酒宴集，下至車從僕隸，皆待以殊禮。蓋所以尊重於竇公故也。○勞，郎到切。

【校記】

〔一〕頂，杜陵詩史作「預」。

〔二〕寒，元本、古逸叢書本作「塞」。

〔三〕察，古逸叢書本作「祭」。

〔四〕南，當作「西」。

〔五〕缺，元本、古逸叢書本作「鈌」。

〔六〕酤，古逸叢書本作「葩」。

〔七〕倘，古逸叢書本作「尚」。

贈别何邕

生死論交地，何由見一人。○言朋友避亂而離散也。○【王洙曰】鄭當時傳：翟公署其門曰：「一死一生，廼知交情。一貴一賤，交情廼見。」悲君隨燕雀，○言禄位卑棲也。○【余曰】：「邵氏聞見録：少陵此二句，本陳勝與人傭耕之語也。或以此論少陵之妙。予謂少陵所以獨立千載之上者，不但有所本也！三百篇之作，果何所本哉？」【陳勝傳：勝與人傭耕，曰：「苟富貴，無相忘。」傭者笑曰：「皆爲傭耕，何富貴也？」勝曰：「嗟乎，燕雀安知鴻鵠之志哉！」】○【王洙曰】公孫洪傳：以鴻漸之翼，困於燕雀。薄宦走風塵。○【王洙曰】陸士衡詩：飄飄冒風塵。綿谷元通漢，○【王洙曰】綿谷，縣名，屬利州，通漢水。沱江不向秦。○【趙次公曰】言何公往利州而去，得歸漢上也。○沱江在蜀城北三十里，水不入秦。蜀志：岷山西南道出劍棧，沱江南流華陽縣界。五陵花滿眼，○五陵，前注〔一〕。傳語故鄉春。○【趙次公曰】沱江不向秦，甫自況尚留蜀中，勢不能去，故有懷鄉之念也。

【校記】

〔一〕前注，元本、古逸叢書本作「故土」。

贈別鄭錬赴襄陽

戎馬交馳際，○【趙次公曰】老子四十六章：天下無道，戎馬生于郊。柴門老病身。把君詩過日，念此別驚神。○一作「念別意驚神」。○【趙次公曰】別賦：使人意奪神駭，心折骨驚。地闊峨眉晚，○【王洙曰】晚，一作曉。○【趙次公曰】公自言在蜀也。○地志：劍南其名山峨眉屬導江縣。峨眉接岫千里，神仙福地。天高峴首春。○【趙次公曰】言鄭之赴襄陽也。峴首山在襄陽，杜預墮淚碑所在也。爲於耆舊内，試覓姓龐人。○【王洙曰】後漢龐德公隱於襄陽之鹿門山。○【黄曰】甫意以龐公與鄭錬爲一輩人也，故有是句。

重贈鄭錬絶句

鄭子將行罷使臣，○【師古曰】鄭錬出監蜀，今任滿也。囊無一物獻尊親。江山路遠羈離日，裘馬誰爲感激人。○【趙次公曰】：「言乘肥衣輕之人，誰感激而憐鄭之貧也？」師古曰：「然身居皇華之貴，以至囊無一物，雖清潔如此，不能爲人所知，故甫欲朋友輟裘馬以資之。」言鄭錬身居皇華之貴，以至囊無一物，雖清潔如此，而乘肥衣輕之人有誰感激而憐其清貧也？甫意欲朋友輟裘馬以資之者也。

懷舊

○【王洙曰】蘇前名預，緣與今上同名，後改爲源明。○今上謂代宗。○【趙次公曰】甫平生與蘇源明最相善，今已死而追悼之，故曰「懷舊」。

地下蘇司業，○【趙次公曰】司業即源明也。親情獨有君。那因喪亂後，○【王洙曰】喪，讀平〔一〕聲，一作衰。便有死生分。○【王洙曰】有，一作作。老罷知明鏡，○【師古曰】言覽鏡知其衰老也。悲來望白雲。○【師古曰】古有白雲篇。觀源明之篇詠，則情不勝其悲也。自從失辭伯，不復更論文。○【趙次公曰：「王充論衡有云：文詞之伯。」】美源明爲文辭之伯也。

【校記】

〔一〕平，元本、古逸叢書本作「去」。

所思

○【集千家注批點杜工部詩集引作「公自注」。】得台州鄭司户消息。

鄭老身仍竄，○【王洙曰】鄭老，虔也。○【趙次公曰】以禄山之污，雖免死，而卒不免於貶也。台州信始傳。○始，荆公作所。虔貶爲台州司户。○【趙次公曰】時始得其消息也。爲農山澗曲，卧病海雲邊。世已疏儒素，○潘安仁夏侯湛誄：恩思儒素。人猶乞酒錢。○乞，音氣。○【趙次公曰】按集，公贈虔詩：「賴得蘇司業，時時與酒錢。」徒勞望牛斗，無計斸龍泉。○【師古曰】台州屬吴，吴應斗牛之域。斸，謂掘取之。○【趙次公曰】龍泉，劍名也。昔雷焕掘劍於豐城之獄，上常有紫氣夜衝斗牛之間。喻鄭虔之在台州，如劍之埋於土，遠望其有衝斗之氣。○【師古曰】而朝廷不能擢用，故曰「無計斸龍泉」也。

不見

不見李生久，佯狂真可哀。○【趙次公曰】昔箕子披髮佯狂。按唐史氏：白以永王璘反之累，謫流夜郎。世人皆欲殺，○殺，或作戮。○【趙次公曰】白會赦，放還潯陽。坐事下獄。此衆人欲殺之證也。吾意獨憐才。敏捷詩千首，○白有集行於世。飄零酒一盃。匡山讀書處，頭白好歸來。○【杜田補遺】：「范傳正李白新墓碑云：白厥先避仇，客居蜀之彰明，太白生焉。彰明有大、小匡山，白讀詩於大匡山，有讀詩臺尚存，其宅在清廉鄉，後廢爲僧坊，號隴西院，蓋以太白得名。院有太白像。唐綿州刺史高忱及崔令欽記：所謂匡山乃彰明之大匡山，非匡廬也。」又，杜陵詩史、分門集注、補注杜詩、集千家注批點杜工部詩集引作「修可曰」。】按范傳正李太白新墓碑：白本宗室子，厥先避仇，客居蜀之彰明太白山焉。彰明，綿州之屬邑，有大、小匡山。白讀書於大匡山，有讀書臺尚存。其宅在清廉鄉，後廢爲僧坊，號隴西院，蓋以太白得名。院有太白像。及唐綿州刺史高忱及崔令欽記：此所謂匡山，乃彰明之大匡山，非潯陽廬江郡之匡廬山也。